北欧文学译丛

Vilhelm Moberg

[瑞典] 维尔海姆·莫贝里 著

王康 译

大移民

Utvandrarna

中国国际广播出版社

"北欧文学译丛"
编委会

主 编

石琴娥（中国社会科学院外国文学研究所）

副主编

徐　昕（北京外国语大学欧洲语言文化学院）
张宇清（中国国际广播出版社有限公司）
田利平（中国国际广播出版社有限公司）

编　委

（以姓氏汉语拼音为序）

李　颖（北京外国语大学欧洲语言文化学院芬兰语专业）
王梦达（上海外国语大学德语系瑞典语专业）
王书慧（北京外国语大学欧洲语言文化学院冰岛语专业）
王宇辰（北京外国语大学欧洲语言文化学院丹麦语专业）
余韬洁（北京外国语大学欧洲语言文化学院挪威语专业）
赵　清（北京外国语大学欧洲语言文化学院瑞典语专业）
凭　林（知名学者）
张娟平（中国国际广播出版社有限公司）

绚丽多姿的"北极光"

——为"北欧文学译丛"作的序言

石琴娥

2017年的春天来得特别地早,刚进入3月没有几天,楼下院子里的白玉兰已经怒放,樱花树也已经含苞待放了。就在这样春光明媚、怡人的日子里,我收到中国国际广播出版社文史编辑部主任张娟平女士打来的电话,想让我来主编一套当代北欧五国的文学丛书,拟以长篇小说为主,兼选一些少量有代表性的短篇小说、诗歌等,篇目为50部左右。不久之后,中国国际广播出版社负责人和张娟平主任又郑重其事地来到寒舍,对我说,他们想做一套有规模、有品位的北欧文学丛书,希望能得到我的支持,帮助他们挑选书目、遴选译者,并担任该丛书的主编。

大家知道,随着电子阅读器和智能手机的普及,越来越多的人通过电子设备来阅读书籍。在目前的网络和数码时代,出现了网络文学、有声书和电子书,甚至还出现了人工智能创作的作品,纸质书籍受到极大冲击,出版纸质书籍遇到了很大困难。有的出版社也让我推荐过北欧作品,但大都是一本或两本而已,还有的出版社希望我推荐已经过版权期的作品,以此来节省一些成本。而中国国际广播出版社却希望出版以当代为主的作品,规模又如此之大,而且总编辑又亲临寒舍来说明他们的出版计划和缘由,我被他们的执着精神和认真态度所感动,更被他们追求精神品位的人文热情所感动。我佩服出版社的魄力和勇气。面对他们的热情和宝贵的执着精神，我怎能拒绝，当然应该义不容辞地和他们一起合作，高质量、高品位地出好这套丛书。

大家也许都注意到，在近二三十年世界各国现代化状况的各类排行榜上，无论是幸福指数，还是GDP或者是人均总收入，还是环境保护或者宜居程度，从受教育程度和质量、医疗保障到养老、失业等社会保障，还有从男女平等到无种族歧视，等等，北欧五国莫不居于世界最前列，或者轮流坐庄拿冠夺魁，或是统统包圆儿前三名，可以无须夸张地说，北欧五国在许多方面实际上超过了当今世界霸主美国，而居于当今世界发达国家最前列，成为世界现代化发展中的又一类模式。

大家一般喜欢把世界文学比作一座大花园，各个时期涌现出来的不同流派中的众多作家和作品犹如奇花异葩，争妍斗艳。北欧文学是这座大花园里的一部分，国际文学中，特别是西欧文学中的流派稍迟一些都会在北欧出现。北欧的大自然，由于地理位置、自然环境和气候条件，没有小桥流水般的婀娜多姿，而另有一种胜景情致，那就是挺拔参天、枝叶茂盛的大树，树木草地之间还有斑斓似锦的各色野花和大片鲜灵欲滴的浆果莓类。放眼望去，自有一股气魄粗犷、豪放、狂野、雄壮的美。北欧的文学大花园正如自然界的大花园一样，具有一股阳刚的气概、粗豪的风度。它的美在于刚直挺立、气势崴嵬。它并不以琴瑟和鸣般珠圆玉润和撩拨心弦的柔美乐声取胜，却是以黄钟大吕般雄浑洪亮而高亢激昂的震颤强音见长。前者婉转优雅、流畅明快，后者豪迈恢宏、气壮山河。如果说欧洲其余部分的文学是前者的话，那么北欧文学就是后者。正如鲁迅所说，北欧文学"刚健质朴"，它为欧洲文学大花园平添了苍劲挺拔的气魄。以笔者愚见，这就是北欧五国文学的出众特色，也是它们的长处所在。

文学反映社会现实。它对社会的发展其功虽不是急火猛药，其利却深广莫测。它对社会起着虽非立竿见影却又无处不在的潜移默化作用。那么，北欧各国的当代文学作品中是如何反映北欧当代社会的呢？它对北欧各国的现代化发展是不是起了推动促进作用了呢？也许我们能从这套丛书中看到一些端倪。

北欧五国除了丹麦以外，都有国土位于北极圈或接近北极圈。北极光是那里特有的景象。尤其到了冬天夜晚，常常能见到北极光在空中闪烁。最常见的是白色，当然有时也能见到五彩缤纷、绚丽多姿的北极光。北欧五国的文学流派众多，题材多样，写作手法奇异多姿，犹如缤纷绚丽的北极光在世界文坛上发光闪烁。

北欧包括5个国家：丹麦、芬兰、冰岛、挪威和瑞典。讲起当代的北欧文学，北欧文学史上一般是从丹麦文学评论家和文学史家勃朗兑斯（Georg Brandes，1842—1927）于1871年末在丹麦哥本哈根大学所作的《十九世纪文学主流》算起，被称为"现代突破"。从19世纪的1871年末到目前21世纪一二十年代的150年的时间里，一大批有才华的作家活跃在北欧文坛上。在群英荟萃之中，出现了几位旷世文豪，如挪威的"现代戏剧之父"亨利克·易卜生，瑞典文学巨匠——小说家、戏剧家斯特林堡和荣获诺贝尔文学奖的第一位女作家、新浪漫主义文学代表塞尔玛·拉格洛夫，丹麦1944年诺贝尔文学奖获得者约翰纳斯·维尔海姆·延森，芬兰批判现实主义作家尤哈尼·阿霍以及冰岛1955年诺贝尔文学奖获得者哈多尔·拉克斯内斯等。本系列以长篇小说为主，也有少量短篇和戏剧作品。就戏剧而言，在北欧剧作家中，挪威的亨利克·易卜生开创了融悲、喜剧于一体的"正剧"，被誉为"现代戏剧之父"，是莎士比亚去世三百年后最伟大的戏剧家。瑞典的奥古斯特·斯特林堡所开创的现代主义戏剧对世界戏剧产生了重大影响。戏剧是文学的一部分，所以我们在选编时也选了少量的戏剧作品。被选入本系列中的作家，有的是北欧当代文学的开创者，有的是北欧当代文学中各种流派的代表和领军人物，都是北欧当代文学中的重要作家，他们的作品经历了时间考验。

在北欧文坛中，拥有众多有成就有影响的工人作家是其一大特色。有的还获得了诺贝尔文学奖，成为世界级的大文豪。这些工人作家大多自身是农村雇工或工人，有过失业、饥饿或其他痛苦的经历，经过自学成为作家。他们用笔描写自己切身的悲惨遭遇，对地主、资产阶级的剥削和压榨写得既具体细腻又深刻生动。正是他们构成了北欧20世纪以来现实主义文学的主流。在这些工人作家中最突出的有丹麦的马丁·安德逊·尼克索和瑞典的伊瓦尔·洛-约翰松等。对这些在北欧文坛上占有重要地位的工人作家的作品，我们当然是不能忽略的，把他们的代表作选进了这套丛书之中。

除了以上这些久享盛誉的作家外，我们也选了新近崛起的、出生于1970和1980年代的作家，如出生于1980年的瑞典作家乔安娜·瑟戴尔和出生于1981年的挪威作家拉斯·彼得·斯维恩等。他们的作品在北欧受到很大欢迎，有的被拍成电影，有的被搬上舞台。这些作品，虽然没有经历过时间的考验，但却真实地反映了目前北欧的现状，值得收进本丛书之中。

从流派来看，我们既选了现实主义作品，也不忽略浪漫主义、超现实主义和意识流的作品，力求使读者对北欧当代文学有个较为全面的印象。从作家本人的情况看，我们既选了大家公认的声誉卓越的作家的作品，也选了个别有争议的作家的作品，如挪威作家克努特·汉姆生，他是现代挪威、北欧和世界文坛上最受争议的文学家。他从流浪打工开始，1920年成为诺贝尔文学奖得主，晚年沦为纳粹主义的应声虫和德国法西斯占领当局的支持者，从受人欢呼的云端跌入遭国人唾骂的泥潭，而他毕竟是现代主义文学和心理派小说的开创者和宗师，在20世纪现代文学中扮演了承上启下的转型角色。我们把他的"心理文学"代表作《神秘》收进本丛书。这部作品突破传统小说的诸多常规要素，着力于通过无目的、无意识的内心独白，以及运用思想流、意识流的手法来揭示个性心理活动，并探索一些更深层次的人生哲理。1978年诺贝尔文学奖得主、美国作家艾萨克·辛格说："在我们这个世纪里，整个现代文学都能够追溯到汉姆生，因为从任何意义上他都是现代文学之父……20世纪所有现代小说均源出汉姆生。"我们把这位有争议的作家的作品选入我们的丛书，一方面是对北欧和世界文学在我国的译介起到补苴罅漏的作用，另一方面也可进一步了解现代文学的来龙去脉，以资参考借鉴。

20世纪60年代中期，瑞典出现了一种新兴的文学——报道文学。相当一批作家到亚非拉国家进行实地调查，写出了一批真实反映这些地区状况的报道文学作品。这批从事报道文学的作家大都是50年代和60年代在瑞典文坛上有建树的人物。如瑞典作家扬·米尔达尔是这种新兴文学——报道文学的代表人物之一，他的《来自中国农村的报告》（1963）成为当时许多国家研究中国问题的必读参考材料，被译成十几种文字多次出版。他的这本书材料详尽、内容真实、记载细腻而风靡一时。还有福尔盖·伊萨克松通过访问和实地采访写出了报道中国20世纪70年代真实状况的作品。这些文字优美、内容详尽的作品为西方读者了解中国起了很好的桥梁作用。他们的作品是在我国改革开放之前来中国写的，今天再来阅读他们当时写的作品，从中也能领略到时代的变化、改革开放的伟大成就。

总之，我们选材的宗旨是：尽量把北欧各国文学史中在各个时期占有重要地位的作家的代表作收进本丛书。本丛书虽有45部之多，是我国至今出版北欧丛书规模最大的一部，但是同150年的时间长河和各时期各流派的代表作家与作品之多比起来，45部作品远不能把所有重要作家的作品全部收入进来。

本丛书中的所有作品，除了极个别以外，基本都是直接从原文翻译，我们的目的是想让读者能够阅读到原汁原味的当代北欧文学。同英语、俄语、法语等大语种翻译比起来，我们直接从北欧语言翻译到中文的历史不长，译者亦不多，水平不高，经验也不足，译文中一定存在不少毛病和欠缺之处，望读者多多包涵，也请读者给我们提出宝贵的建议和意见，便于我们改进。

本丛书能够付梓问世，首先要感谢中国国际广播出版社执行董事张宇清先生和副总编田利平先生，田总编是在本丛书开始编译两年后参与进本丛书的领导工作的，他亲自召开全体编委会会议，使编委们拓宽思路，向更广泛的方向去取材选题。没有他们坚挺经典文化的执着精神和开拓进取的勇气，这部丛书是不可能跟读者见面的。我还要感谢本书所有的编委，是他们在成书过程中做了大量工作，从选材、物色译者到联系有关国家文化官员和机构，都付出了辛勤的劳动。不仅如此，他们还亲自翻译作品。没有他们的默默奉献和通力合作，这部丛书是难以完成的。在编选过程中，承蒙北欧五国对外文化委员会给予大力帮助和提供宝贵的意见，北欧五国驻华使馆的文化官员们也给予了热情关怀，谨向他们致以衷心的感谢。对编选工作中存在的疏漏和不足，还望读者们不吝指正。

2021 年 10 月
于北京潘家园寓所

石琴娥，1936年生于上海。中国社会科学院外国文学研究所北欧文学专家。曾任中国－北欧文学会副会长。长期在我国驻瑞典和冰岛使馆工作。曾是瑞典斯德哥尔摩大学、丹麦哥本哈根大学和挪威奥斯陆大学访问学者和教授。主编《北欧当代短篇小说》、冰岛《萨迦选集》等，为《中国大百科全书》及多种词典撰写北欧文学、历史、戏剧等词条。著有《北欧文学史》《欧洲文学史》（北欧五国部分）、"九五"重大项目《20世纪外国文学史》（北欧五国部分）等。主要译著有《埃达》《萨迦》《尼尔斯骑鹅旅行记》《安徒生童话与故事全集》等。曾获瑞典作家基金奖、2001年和2003年国家图书奖提名奖、第五届（2001）和第六届（2003）全国优秀外国文学图书奖一等奖、安徒生国际大奖（2006）。荣获中国翻译家协会资深荣誉证书（2007）、丹麦国旗骑士勋章（2010）、瑞典皇家北极星勋章（2017）、翻译文化终身成就奖（2024）等。

译　序

2018年，我荣幸受"北欧文学译丛"主编石琴娥老师的信任和推荐，来翻译"移民系列"的第一部《大移民》（*Utvandrarna*），这既是作者维尔海姆·莫贝里（Vilhelm Moberg，1898—1973）四部曲巨作的头一部，也是这系列丛书当中最有分量的一部。经过两年左右的辛勤耕耘，终于在2021年底全部将其翻译完工，又经过长时间的修改润色，最终交付出版社也算是不辱使命了。翻译期间，我有幸得到我的老同学袁世惠及其丈夫由奥金等瑞典友人的帮助，所以在此一并感谢。

本书作者维尔海姆·莫贝里是一位集记者、剧作家、历史学家和评论家于一身的高产作家。他的文学生涯超过45年，这与他的四卷本"移民系列"书籍有关。这些小说于1949年至1959年间出版，它们总共被改编成三部电影（两部在1970年代，一部在2021年）和一部音乐剧。

莫贝里1898年出生于瑞典南部斯莫兰省阿尔兹博达教区艾玛博达镇外的一个农场。他在六个孩子中排行第四，其中只有三个孩子活到成年。他的祖先是士兵和小农。他在斯莫兰的士兵小屋里度过了人生的头九年，他父亲卡尔·莫贝里是一名地方军人。1907年，莫贝里全家搬到了莫斯胡尔特莫拉村（Moshultamåla）的一个小农场。这里曾是他母亲艾达·莫贝里的家。他们因贫穷而失去了它。她在美国的亲人给他们寄来了钱，让他们能够买回房产。

从1906年到1912年，莫贝里接受了有限的学校教育，但他小时候就是一位狂热的阅读者。1916年，他差一点跟随叔叔和婶婶移民到美国，但最终他决定和父母一起留在瑞典。除了上过一所私立学校和短暂的非正规的高中，莫贝里基本上是自学成才。他天赋异禀，13岁时就发表了他的第一篇作品。

莫贝里生活阅历较为丰富，曾当过农民和森林工人，还从事过玻璃吹制工作。1918年莫贝里感染西班牙流感，愈后莫贝里在东约特兰的《瓦德斯腾省报》（*Vadstena Läns Tidning*）任职，该报在1919年至1929年间发表了许多他的作品。

1926年，莫贝里创作的喜剧《卡萨布里斯特》在斯德哥尔摩上演，他在剧作领域取得了突破。次年，他出版了第一部小说《拉斯肯斯》。该书所获收益让莫贝里能够全身心投入写作，他成了一名全职作家。

他的许多作品已被翻译成英文，受到对斯堪的纳维亚文化和历史感兴趣的人们的广泛认可。在他的自传体小说《持断折步枪的士兵》中，他谈到了为他的祖先中受压迫的文盲阶层发声的重要性。这一观点也成了他创作《瑞典人民史》的动机之一，该书于1970—1971年以瑞典语和英语出版。他原本打算将人民史写成多卷本，但未能完成。

作为一名剧作家，莫贝里在1919年至1973年间创作了38部舞台剧及广播作品。有些被制作为瑞典舞台剧和电视剧，成为经典，有的被著名导演英格玛·伯格曼（Ingmar Bergman）和阿尔夫·斯约堡（Alf Sjöberg）改编为电影。

莫贝里于1913年成为一个年轻的社会民主党俱乐部的成员。此外，他还投入大量时间帮助遭受不公正待遇的公民。与伊瓦尔·洛-约翰松、哈里·马丁松和莫阿·马丁松等同时代瑞典工人阶级作家一样，莫贝里描绘了被剥削者的传统、习俗和日常生活。他的小说是社会历史的重要文献，追溯了瑞典各种社会和政治运动的影响。莫贝里还是瑞典著名公共知识分子和评论家，曾对瑞典君主制予以直言不讳的批评，并且他公开主张以瑞士式联邦制加以取代。他还曾激烈抨击希特勒的倒行逆施。

他的其他作品包括1927年出版的《拉斯肯斯》，这部作品主要描述19世纪下半叶斯莫兰农村年轻长工的生活；1941年出版的《今夜骑行》则是一部关于17世纪斯莫兰叛乱的历史小说。

莫贝里最著名的作品就是"移民系列"，共四卷，是根据历史现实创作的小说。小说写于1949年至1959年间，该系列书籍详细描述了19世纪上半叶，在当地人口激增、地少人多、阶级矛盾、宗教矛盾等加剧的大背景下，以卡尔·奥斯卡及其妻子克里斯蒂娜为代表的一群斯莫兰人，为了摆脱生活窘境，抛家舍业、毅然决然地踏上千辛万苦的移民美国的冒险之旅。当时仅有乘坐帆船唯一可行的交通方式可横渡大西洋抵达北美，几个月的跨越大西洋的旅程艰难无比，可谓九死一生，其中的艰辛难以言表。他们成为近百万瑞典人移民北美的先驱。这些人中，有几位其原型人物为作者的亲属。从1830年到1930年的一个世纪里，瑞典前后共有120万人移民国外，其中超过100万人移居美国，几乎占当时瑞典总人口的四分之一。本书作者所叙述的只是其中一个缩影。这些作品已被翻译成英文：《大移民》（1951）、《到一片好土地》（1954）、《定居者》（1961）和《最后一封家信》（1961）。他对瑞典裔美国移民经历的文学描写被认为可与奥勒·埃德瓦特·罗尔瓦格

（Ole Edvart Rølvaag）描写挪威裔美国移民经历的作品相媲美。

多年来，莫贝里的其他几部作品已在瑞典被改编成电影和电视剧。

瑞典电影导演扬·特洛尔（Jan Troell）于1971—1972年将这些书籍改编成两部主要故事片：《大移民》（根据"移民系列"前两部小说改编）和《新大陆》（根据"移民系列"后两部小说改编），两部影片均由马克斯·冯·叙多夫（Max von Sydow）和丽芙·乌曼（Liv Ullmann）饰演卡尔·奥斯卡和克里斯蒂娜。这些影片获得奥斯卡金像奖多项提名，《新大陆》曾荣获金球奖。

1995年，前瑞典传奇音乐组合ABBA成员比耶恩·乌尔瓦欧斯（Björn Ulvaeus）和贝尼·安德松（Benny Andersson）曾根据"移民系列"小说的女主角改编了音乐剧《克里斯蒂娜》。2021年，该系列小说被改编为电影《大移民》并上映，还于2022年8月在数字平台上上映。

莫贝里还将他的论文捐赠给了位于瑞典韦克舍的瑞典移民研究所，莫贝里纪念展厅展示了他的原始手稿、摘录、笔记和照片，让参观者有一种在他的工作室里见到莫贝里的感觉。这个独特的纪念展厅收藏了包括阿克塞尔·奥尔森（Axel Olsson）所创作的《大移民》雕塑，它描绘了"移民系列"中的主要人物。维尔海姆·莫贝里协会总部位于瑞典移民研究所，致力于促进莫贝里作品的出版、研究和公众兴趣。

莫贝里在生命的最后几年与严重的抑郁症做斗争。他在屋外的湖中溺水身亡。他给妻子留了一张纸条，上面写着："现在七点二十分了，我要去湖里寻找长眠。请原谅我，我无法忍受。"他去世后，被埋葬在斯德哥尔摩的北郊墓地。

王康
2024年3月3日
于斯德哥尔摩

译者简介：王康，1964年生于江苏省苏州市。1980年进入江苏省苏州中学学习。1983年考入北京外国语学院瑞典语专业，后就读于瑞典斯德哥尔摩大学政治学系。1988年毕业后进入外交部工作，曾在中国驻瑞典大使馆及中国驻哥德堡总领事馆任专职翻译、领事官、外交官。其主要译作有《诺贝尔全传》(世界知识出版社，2014)。

一部叙述移居美国的瑞典人故事的书

目 录

他们要离开的村庄 / 004

上卷　通往美国之路的篱笆门 / 011

石头国里的国王 / 013

淹死在磨坊小溪里的雇工 / 036

雇工房间里跳蚤会听到的动静 / 055

卡尔·奥斯卡和克里斯蒂娜 / 082

从疯人院回来的奥凯 / 097

轻微的家法 / 112

关于一块麦田与一桶大麦粥的故事 / 131

在神的帮助及国家的照料下 / 155

美国箱子 / 180

最后一次点头哈腰的农民 / 215

一个可以自由自在上路的农民 / 229

最早的出国移民 / 241

最早一批移民 / 242

通往美国的大门都敞开着 / 244

下卷　在大海上漂泊的农民 / 273

40步长与8步宽 / 291

一艘满载梦想的船 / 316

船上发生的故事 / 348

"海浪如此这般地拍打着船只" / 368

一钵从瑞典带来的泥土 / 394

在家与在外 / 405

在船尾发生的故事 / 411

这就叫作船病 / 423

大舱口旁的故事 / 435

在大海上漂泊的农民 / 445

母亲流血了 / 459

又是三铲瑞典带来的泥土 / 477

朝向仲夏夜的航行 / 486

这是一部关于几个离乡背井、从瑞典南部斯莫兰的尤德尔地区移居到北美的瑞典人的故事。

他们是第一批远离自己故土的瑞典人。他们离别了自己熟悉的小木屋,离别了自己童年时曾经嬉闹、玩耍、留下欢声笑语的小山包。他们是这块土地上生于斯长于斯的主人,他们和这里的人们有着千丝万缕的血缘关系,这些亲人千百年来一直耕作着这块他们将要离开的农庄院落;一代一代地进行着交替:儿子从父亲手上接过耙子和犁,女儿则接替了母亲在手纺车和织布椅子上的位置。千百年来,无数的世代交替使得这个院落成了这个家族的家园和人们维持生计的源泉。他们的面包产自燕麦地,肉制品产自他们豢养的家畜,而羊毛、亚麻及牲畜的皮则成了制作衣服和鞋帽的原料,由走街串巷的流动裁缝和鞋匠做成合身的衣服鞋帽。所有人们不可或缺的物品都来自这块土地。人们过着靠天吃饭的日子,风调雨顺的年份他们就能得到好收成,而要是天公不作美的话,人们也就只能忍饥挨饿,在太阳底下,谁也拿上帝没有办法。这个院落成了一个与世隔绝的世界,它对于外面的世界几乎没有任何需求。木屋很低矮,外面是灰色的,它们是数个世纪里人们用原木搭建起来的,而就在用泥炭和桦树皮做成的相似的屋顶下,这里的人们从出生走向死亡。在这儿人们举行着婚礼,喝着孩子的满月酒,喝着落葬后的葬礼酒,生命之火在用柚木垒成的、同样的四面墙壁里被点燃,也在同样的地方熄灭。人们除了生命里的重大事件,只剩下一年四季自身的变化。春天耕地里冒出嫩嫩的绿芽,而枯黄的枝干则提醒着人们秋天的肃杀。生活平静地过着,而农民们则周而复始地履行着他们耕作的使命。

这样的日子持续了很久很久,世世代代交替着,度过了无数个世纪。

然而,到了耶稣出生后的第19个世纪的中间,这样毫无变化的秩序被彻底打破了。新发现的力量被人利用,车辆不用马车就可以行走而船只不用风帆就可以在大海里航行。地球各大洲变得不是那么遥不可及,而是越来越靠近了。而对于掌握了读书本领的新一代首批移民来说,他们对等待他们到来的国度知之甚少。他们不会知道,有超过一百万的国人会离开自己的祖国去追随他们的足迹。他们更不会知道,他们国家四分之一的人会在一百年后,在这个新的国度定居下来,还有,他们的子孙后代会在那儿耕种超过整个瑞典的耕地。他们或许根本不敢相信或设想,一块比他们原有耕地大很多的耕地,会成为他们勇敢行为的犒赏。这些寻求新家园的人忍受了离别时旁人的谩骂和嘲笑,在充满无数不确定性的天空下,前赴后继地开启了他们的探索之旅,他们的行为被打上了勇敢的印记,这的确完完全全是一次冒险之旅。

这个故事里讲述的那些男人和女人,已经早都离开了人世。某些人的名字我们还能够在距离他们降临于世时的村落万里之遥的零散墓碑上依稀读到。

而在他们的家乡,他们的名字早已被人遗忘,他们的移民冒险很快就会成为"萨迦"①和传奇。

---

① 挪威短篇小说的起源大致可以上溯到北欧海盗时期的"萨迦"（Saga）。"萨迦"这个名词是从动词衍生而来，源出于古日耳曼语，其本意是"说"和"讲"，也就是讲故事的意思。北欧萨迦具有独特的风格，它所描述的事件一般发生在10世纪或11世纪之间，但是直到13世纪才记载成文，因而叙述之优劣、首尾之连贯、情节之铺垫全仗讲故事者整理加工的才能。萨迦记载的大体上都是真有其事、真有其人的，具有一定的真实性，不过为了惊险或是吸引人，添枝加叶和拔高夸大英雄人物则是萨迦中所常用的表现手法。

❀　他们要离开的村庄　❀

关于教区本身：

孔佳地区的尤德尔教区长20公里，宽5公里。地里是那种肥沃的黑色土壤，这种土壤由细沙和一般沙砾组成。在这块土地上，只有两个很小的水源、两条小溪和四个小湖泊或者说水洼。迄今仍然稠密的针叶柚木林已经在这里挺立了一百多年，还有成片的阔叶林和灌木及其伴生的草地形成壮观的林区，成为放牧牲口的牧场。

1846年1月1日，尤德尔共有1925个居民，其中男性998人，女性927人。自从1750年以来，这里的人口几乎翻了三番。而那些没有土地的人、特殊人员、每天去小地主家打工的长工、住在东家的长工、签约劳工、地方管理机构的雇员以及无力保护自己与没有固定住所的人员数目增长了五倍。

这些人赖以生存的东西：

根据尤德尔的产权登记本，整个尤德尔地区有43块地，1750年时分别由87个地主所拥有。到1846年遗产分割时，耕地总数增加到254块，其中三分之二为八分之一或更小的耕地。仅仅只有4块地刚超过国家征税的单位面积，也就是几个在克鲁克斯湖、格萨姆拉、尤德尔的神父庄园以及在奥莱贝克的省长官邸等免税的贵族所拥有的土地。

一百多年前的农村经济主要为畜牧业、农耕业以及酿酒业，还有某种程度上的手工业。谷物价格十分低廉，以至于农民们乐此不疲地将他们的谷物加工成烧酒，除此之外就不会干别的营生了。1840年代整个教区的酿酒炉子共有350多个；每六个人里就有一个人拥有自己的酿酒池。人们一般认为，院落越大，酿酒炉子也就越大；每半个国家征税单位面积就有10个酒桶的奉献。最大的酿酒炉设在克鲁克斯湖庄园，比它小一点的是神父庄园，这个庄园的人数也较前者略少。所有的酿酒者都可以自由销售自己生产的烧酒。而到了1833年恩诺克·布鲁桑德神父当上教区的主教后，他下令在神父庄园里，星期天除了给在庄园里的临时工及仆人，不得销售或馈赠任何烧酒。1845年教区议会决定，人们不得在星期天把烧酒销往离教堂200抱①以外的地方，要是教区居民给尚未接受基督教成人礼的孩子喝酒的话，要被罚缴1银币②作为济贫储蓄金。这个教区还告诫孩子的父母们不要"一滴一滴"地训练他们的子女喝酒，在孩子们哭着喊着要喝烧酒的时候，父母们只可以让孩子们一次喝过一点量，之后他们会大病一场，这样孩子们就会失去尝试喝烧酒的乐趣。

这些人统治着教区：

1840年代，尤德尔地区最有影响力的人物是主教恩诺

---

① 抱是瑞典古代长度单位，一抱为1.78米。
② 1银币相当于如今瑞典通用硬币的1克朗50奥尔。

克·布鲁桑德，他因为所担任的职务成了全能的、天国和世俗的国王的代表。比他权力稍小一点的第二号人物是住在奥莱贝克的省长大人亚力克桑德尔·罗纳格伦，他拥有那个时候瑞典和挪威联合王国世俗的国王奥斯卡一世陛下颁发的委任状。至于拥有人口和土地财产规模最大的，则要数克鲁克斯湖庄园主，上尉兼骑士鲍尔·鲁德博格，这个教区最前卫的人物。他和他妻子是这个教区里唯一具有贵族姓氏的。教区法院最有影响力的人物是奥凯比村的教堂管家兼商人佩尔·佩尔松，仅次于最有钱的上尉鲍尔·鲁德博格。

他们四人，凭借着罗马人（这里指罗马教皇）的信的第13章中第1至第3段上的文字"由上帝委派的当局"所衍生出的神职及世俗的职位的权力统治着这个教区。

住在这个教区的其余人员：

除了在户口登记表上拥有土地的254个农民和佃农，还有39个在册登记的手工业者及出徒的熟练工，还有92个小农场佃农、11个成编制老兵、6个客栈主人、5个马匹商人以及3个走街串巷的叫卖小贩。此外在这个教区还有274个用人、23个照顾穷人的人、104个"普通的住在济贫院的穷人"、18个体弱多病者及瘸腿者、11个聋哑人、8个盲人、6个弱视者、13个严重残疾者、4个瘫痪者、6个有缺陷者、3个傻子、1个"半傻"、3个妓女和2个贼、27个从这个教区潜逃后不想让人知道行踪者。这些人员都被记载于教堂的人员登记簿末尾。

那些贫穷的"普通的住在济贫院的穷人"还分为三个层级，这在教区委员会里有专门标注。第一等是那些身体状况最差的、年老的跛子,那些完全丧失劳动能力的人。人们为这些人提供一等的济贫救助或者完全的补给,每年给3银币或4斗谷子。第二等是那些身体状况有时很差但大部分时间还能生活自理并间或能照料自己孩子的人。他们每年会得到12先令至1银币的现金以及最多2斗的谷子。第三等穷人属于那些仅仅临时需要帮助的人;这些人经教区委员会评估后会给他们分发"尤德尔教区的施舍"。最低等的穷人也包括那些酗酒糟蹋自己或者懒惰造成贫穷的人;教区委员会决定"记住会给他们提供尽可能少的救助以驱使其向节制饮酒以及由懒变勤的转变"。

那些贫穷和没有父母的孤儿由教区委员会"在合适的地方以最好的价格"通过拍卖的方式让人领养。教区委员会为这些"教区男孩"和"教区女孩"寻找领养家庭,这样这些小孩"得以获得养父母的照顾,他们会逐渐养成勤劳的习惯"。

居民心灵的护理:

根据1686年颁布的教堂法规定,这里的人们完全受纯粹的路德教培养,这种培养还受到1726年国王颁发的禁止异教及有害的宗教新闻传播的"禁令"保护,这个非常健康的条例就是为了在教区维持良好的秩序及基督教教义单位。

该教堂法鼓励人们对神职人员进行监督,这样孩子们可以把《圣经》背得滚瓜烂熟,这样"他们用自己的眼睛就可以看到上帝用神圣的话语邀请及指挥"。孩子们在阅读《圣经》时获得了心灵的愉悦及满足,只有到下课铃声敲响或者孩子父母过来叫唤时才停歇下来。每年秋天教区里的牧师用《路德教问答手册》两个一组地进行信仰学说的测试，其中阅读能力的测试针对所有教区里未婚的居民，作为惩戒，会责令其到现场进行测试。

1836年，教区雇用了一个自己的教师。他从前是个骑兵，名叫里纳尔多，他的一只眼睛瞎了，因此提前退役。他每年的工资为3斗燕麦以及每天收取他教的每个学生1先令。此外，孩子父母还要给他提供食宿及柴火。里纳尔多在村庄里四处游逛，在农民家里给孩子们上课，他们依次给他提供某个房间或阁楼居住。每个地方的学期长短由这个教师决定。他保证让孩子们能够将《路德教问答手册》背下来。他还负责给孩子们教某些稀奇及世俗的课程：算数、写作、瑞典国家历史和地理。

大部分男性和女性还能凑合着看书。普通人中还有一些会写自己的名字，而会写更多东西的人就非常少了。妇女当中只有很少一部分会写字的；没有人知道女性会写字到底有啥用。

宗教误入歧途者：

在我们的教堂历史中，有一个所谓奥吉安宗教误入歧途者，它于1780年代出现于相邻的艾尔米博达教区，也曾经想要在尤德尔生根。据该邪教的煽动者、农舍主奥凯·斯文松把这些邪教主义者称为奥吉安人。他们企图模仿最早的基督教社区并且重返使徒传播宗教时期。那些奥吉安人从教堂分离出来并且在自己的区域里既不承认神也不承认世俗当局。所有人从头到脚的差别或者私有财产对于他们来说都是与上帝的话相抵触的，在自己的协会里他们实施完全的共有财产。他们中任何一人会将某块土地称为自己的私产。他们还安排自己的礼拜及圣餐。

在艾尔米博达和尤德尔教区有40多人参加了这个新的宗教组织。大部分教众属于奥凯·斯文松的亲戚，他们遍布两个教区。邪教组织在尤德尔的固定场所叫作谢拉耶尔德，它为奥凯的内弟安德里亚斯·摩恩松所有。

奥吉安人被传唤到威克斯舍的牧师会进行审讯并受到严厉的警告及示众。可是他们无可救药并且对教堂的人员恶语相向。他们被教堂通报批评，可还是坚持自己的错误言行。于是他们被告上世俗的法院且被告上英格尔斯塔德市的孔佳郡法院，法院判决他们要服从现行法规及规定的教堂习俗。

奥凯·斯文松和他的支持者对自己的伪命题无法自圆其说。他们拒绝回归唯一正确及真实的教会共识。

为了维护教堂的安宁以及大众的安全，这个案子被移送至哥达高院，在其判决中将宣布艾尔米博达和尤德尔教区的邪教主义者"彻头彻尾地陷入疯狂并且背离了其理智的正确应用"。因此高等法院发现，无论是根据普通法令还是那些误入歧途者的自身利益要求，都需将其收入疯人院。哥达高院还裁定，奥凯·斯文松以及他邪教的7个"以多种展现并且特别引人注目的疯狂行为"的领头人，将被移送至斯德哥尔摩丹维肯的疯人院，在那里接受依据他们的病情所要求的护理和照顾。

8个邪教分子于是乖乖地被法院宣布为疯人院的仆人并入住疯人院。他们被移交给该地区的国家省政府工作人员，并在国家公务人员的照顾下，于1786年送至丹维肯疯人院，来自谢拉耶尔德的奥凯·斯文松、安德里亚斯·摩恩松以及其他两个人在接受了两年必要的护理和照料后死亡。奥凯·斯文松死时年仅35岁。

其余奥吉安人后来被陆续释放，他们的疯病已经痊愈，回到了原来的住地，那些原来的疯人院仆人的品行随后变得平和并且不再讨人嫌。奥吉安主义惹起的灾祸看上去好像已经被永久扑灭了。

可是到了1840年代，这个危险的宗教歧途在尤德尔教区重现了。然而所发生的事件仅仅限于传说。

上卷　通往美国之路的篱笆门

石头国里的国王

1

米尔达胡尔特是尤德尔教区最古老的农民之家,在美洲大陆被发现200年前的法院记录中曾被提及。

尼尔斯家族在这个院落里居住了如此漫长的时间,以至于这张记录还是尼尔斯家族成员极力回忆才能依稀记得。最早的知名业主是米尔达胡尔特的尼尔斯,之后他们家族就用他的名字作为姓氏。如果要问尼尔斯到底因何而出名,那就是长着一个在任何人脸上所看到的最大、最厚实的鼻子。它就像青萝卜地里的一根沉甸甸的萝卜。这个鼻子后来被他的后代继承,在每一代家族的某个人的脸上明显地展现出来。它成为家族的一个标志,被称作尼尔斯鼻,成了注定要成功的标志性特征:大鼻子将给它的主人带来好运。那些生来就长着尼尔斯鼻的孩子成为这个家族最能干、最幸运的人,尽管它让女人变得有点丑,却并未成为影响她们结婚的障碍。

房地产登记簿显示,18世纪时尼尔斯家族在米尔达胡尔特的院子是一个整块的地皮①,但随后进行了多次遗产分

---

① 一个整块的地皮就是一个完整的纳税单位。

割，最后一次是在1819年，那次是在两个兄弟奥洛夫和尼尔斯之间分割；这次遗产分割还提及另外四个兄弟和三个姐妹。这些新的地块已经被拆分成十六分之一。尼尔斯，这个弟弟不得不成为外围业主，他在柏树边得到了一块薄地。这一新地块在这本登记簿上做了登记，是记在米尔达胡尔特老家的科尔帕默恩那块地的十六分之一大小。

尼尔斯·雅各布的儿子长得很矮小，只有5英尺[①]高。他没有继承尼尔斯鼻，可仍然很能干，十分坚忍不拔。要是有啥事做的话，他的手总是闲不住。他的妻子麦尔塔是个强壮高大的女人，比丈夫高了整整一头。

科尔帕默恩刚开始时也就比租种的田亩大不了多少，可是尼尔斯把他继承的地产变成了一个院落。土地绝大多数是砂质土且掺杂着石头；这儿看上去就像上帝在创造世界的最初六天里从天上下过石头雨一般。可是尼尔斯想方设法找到了所有可以用于耕作的泥土，他还用自己的铁犁耙和撬子对石子进行筛选，这个撬子是一根用钉子固定的带马掌的长木棍。然而他最顺手的工具是从上帝那儿得来的：他的一双手。他赤手空拳将石块分离出来，他不停地用双手翻滚这些石块，从深深的洞穴里把它们挖出来并且与它们搏斗。而当尼尔斯碰到一块他用尽自己吃奶的力气也没法撼动、没法用他的铁犁耙和带马掌的长木棍撬子的石头时，他就会跑去叫他的老婆帮忙。麦尔塔几乎和她丈夫一样强壮。她会死死抓住长木棍的小头，而尼尔斯这时会用铁犁耙伸进石头底下。

这是一场较量，一场尼尔斯与石头之间的沉默较量，

[①] 1英尺约等于0.3米。

一场死沉死沉的石块与一个坚忍不拔且不屈不挠的男人的肌肉之间的较量。

而这也是一场持续尼尔斯整个农夫生涯时期的较量：他每年开出一块20蒲式耳①的耕地。最后，在科尔帕默恩出现了比教区其他地方多得多的石冢。当尼尔斯在耕作时，他的犁大多数情况下是围着这些石冢绕圈；他常常说，他在自己的耕地上耕作时脑袋老发晕。

尼尔斯·雅各布的儿子还是一个能干的木匠，他是乡里远近闻名的伐木工。他自己盖好了房子。还是男孩的时候他就跟着伐木工四处跑了，在他快成年的时候，他就会用木头垒木房的犄角了，这可是伐木工专业里最难的活。他还是一个架子匠，并且会做马掌，是个马蹄匠。每年冬天他就会待在刨台旁做各式各样的农具。

当他出现在科尔帕默恩的时候，他用院子做抵押贷款，用现金买下兄弟姐妹们分得的遗产。

为了能够还上抵押贷款的年利息，他当上了伐木工和木匠。

尼尔斯和麦尔塔婚后生了三个孩子，儿子分别叫卡尔·奥斯卡和罗伯特，女儿叫莉迪亚。麦尔塔还怀上过另外两个孩子，但都流产了。其中一次就发生在她到外边去帮丈夫把一块大石头从洞里挖出的同一天。

瑞典和挪威的新国王卡尔·约翰在尼尔斯与麦尔塔结婚前几年登基，于是他们的长子就以国王的名字命名。同时，他们还顺便将王储奥斯卡作为儿子的中间名。孩子能够以世界上高贵的国王和王储、皇后和公主的名字称呼一

---

① 蒲式耳为英美制容量单位，英制1蒲式耳合36.37升，美制1蒲式耳合35.24升。

定会非常有福气。而那些最贫穷的人也负担得起起名字的费用，因为这些名字并不比其他命名日的名字贵。

此外，这个长子早在出生的时候就长着家族的幸运遗传物、那个给人带来幸运的鼻子——尼尔斯大鼻子。

随着卡尔·奥斯卡逐渐长大，他日渐强大。很快他就跟着父亲盖房子并且帮助他粉碎石块。可是这个男孩很早就显示出很有主见。譬如他曾不按照父亲指挥的那样做，而自行其是，并且会担当起自己的责任，尽管他还需要依靠父母的面包维生。这孩子怎么打都没法让他屈服。尼尔斯多次被自己这个自作主张的儿子气得半死。

卡尔·奥斯卡14岁那年，有一天父亲让他把树枝条锯成5英尺高的干草围栏。卡尔·奥斯卡觉得用这么短的枝条做成的干草围栏太低了，于是他把枝条锯成6英尺高的干草围栏。

尼尔斯量了一下干草围栏的树枝高度后说道：

"小子，要是你不愿意照我说的去做，那么你可以走人了，爱上哪儿就上哪儿！"

卡尔·奥斯卡沉默了一小会儿，然后恶狠狠地答道："那我就走了，你们谁也别管我！"

也就在这一天，他离开了家，跑到伊德莫的一个农户那里当上了长工，在那儿一干就是七年。

尼尔斯这句气话被儿子当真了，这时他非常懊悔。儿子曾经是他的得力助手，给他出了很多力。可是他却没法收回自己说的话。一个还没有举行过神的圣餐礼的男孩，在干活的时候是不能违拗自己的父亲的。

在长达25年的时间里尼尔斯和麦尔塔两人在科尔帕默恩过得有模有样，相当幸福。

1844年冬春之交，尼尔斯·雅各布的儿子独自在外面离家较远的林地牧场犁地。这时他被一个石块击中，这个石块非常麻烦。如果人们将它单独拿起来的话，它比许多石块都要小，可是它躲在很深的地里，圆滚滚的像一颗子弹，它有幸躲过了铁犁耙，那个长木棍撬子也没能把它给刨出来。尼尔斯穷尽他所有的计谋也拿它没办法，最后他把石头从石头洞里挪出一半多。为了腾出手来用手完成剩下的活，他用铁犁耙将石块固定在那个位置。可正当他要翻动石块把它翻上去以完成最后的紧要一击时，其中一只脚下的泥土滑了下来，他于是直挺挺地倒了下去。由于这时他松开了铁犁耙，这块石头失去了约束。于是它滚回自己原来的洞穴，并且压在尼尔斯的一条大腿上。

他被石头压得动弹不得。等到中午过后他还没有回家，麦尔塔就出去找她的男人。这时他还紧挨着那块石头躺在那个石头洞穴里，她使劲抓住男人的脊背把他从石头洞里拽出来，然后将他背回了家。他们延请伊德莫专治各种伤病的大夫贝尔塔到尼尔斯家里来给他疗伤，贝尔塔大夫说他的大腿骨头断了，髋关节也受了伤。

尼尔斯在床上躺了几个月，贝尔塔用草药和药剂照料他。他的大腿骨长上了，他又可以自己站立起来了。但他髋关节的伤还是没好，并且没法根治。他不得不用双手拄拐杖才能挪动脚步。自此变故，他只能坐着做一些手工活儿。

尼尔斯·雅各布的儿子成了跛子，他的农庄主时代终结了。在25年里他一直在和石头搏斗。在他们的最后生死较量中，那块石头赢得了胜利。

科尔帕默恩堆积如山的牛粪现在向人们昭示，这里已经不再是什么农庄主的土地了:牛棚外边到处都是牛粪,现在这个院落有7英亩^①耕地,还有分别在冬天和夏天出生的七头小牛犊。尼尔斯和麦尔塔把他们25年前接手的那块耕地扩大了一倍多。现在他们要离开它们了。

十六分之一的地块没法分开了,没有什么可以分开的了。现在孩子当中有的应该可以从他们撂下的工程中得到好处。卡尔·奥斯卡差一点就成年了。女儿莉迪亚14岁,而二儿子罗伯特还只有11岁。即便是大儿子年纪也不大,让他自己当农庄主还太嫩,尼尔斯琢磨着,与其把院子给不相干的旁人,还不如让给他那个固执、有进取心的大儿子来经营。这个孩子从14岁那年因为做围栏自作主张从父母家出走后,已经让尼尔斯刮目相看。

在外面给人家干了七年长工后,卡尔·奥斯卡也很愿意要自己父母的院子,拿它做自己的农家庄园:他准备把它买下来。

"可要是想当农庄主,那你还需要一个女人。"尼尔斯说。

"我想只要我愿意,我就会有一个好的。"卡尔·奥斯卡自信满满地答道。

可是才过了两天,卡尔·奥斯卡就回来告诉大家,他下个星期天就要举行婚礼了。父母吃惊得说不出话来。儿子一句话都没有跟父母商量就定下了自己的终身大事!这个小子确实非常有主见。可是这很让父母焦虑不安:儿子如此这般刚愎自用,从长远看他是绝对不会一帆风顺的。

---

① 英亩是英国和美国惯用系统中使用的土地面积单位,1英亩约等于4047平方米。

2

两年前的一个秋天,卡尔·奥斯卡给农庄主还债,他驾车将一车柴火送到伊德莫的贝尔塔——那个给父亲治病的能干的老太太家里。贝尔塔老太太从厨房里拿出一瓶酒送给他。厨房里面坐着一个年轻的陌生姑娘,她正在给马准备饲料。她长着一头浓密的、浅黄色的头发和一双温柔的眼睛,颜色介于绿色或蓝色之间。她的脸盘很大,皮肤很水嫩,尽管脸上长着许多雀斑。姑娘穿着大衣,一直静静地坐着,而卡尔·奥斯卡待在那儿,两个人都沉默着。等到他要离开的时候他转身走到她跟前说:

"我叫卡尔·奥斯卡。"

"我叫克里斯蒂娜。"她答道。

姑娘仍然静静地坐着,还像之前那么侍弄着马饲料。可她自报家门,她想嫁给他,做他的妻子。

当俩人第一次碰面时,克里斯蒂娜还是阿尔兹博达地区杜威莫拉村农庄主17岁的女儿。可这时候她的身体已经完全发育好并且具备了女性特征。她圆滚滚的屁股高高翘起,少女坚挺的乳房将连衣裙的衣角高高顶起,让人觉得连衣裙不够大。然而在心理上她还只是个孩子。她非常喜欢荡秋千。在遇到卡尔·奥斯卡之前,她在杜威莫拉村自己家附近曾将一个牛缰绳拴在谷仓里玩起了荡秋千。在玩的时候她不小心摔了下来:她摔倒在谷仓地板上并且摔伤了一块膝骨。这个伤口没有得到很好的处理,膝盖处长了骨溃疡。父母于是就将她送到附近教区都闻名遐迩的治病能手伊德莫的贝尔塔那里,而老太太现在正好在给她治疗骨溃疡。

克里斯蒂娜那时走路一瘸一拐的，所以在卡尔·奥斯卡留在厨房里的时候她没有站起身来。

为了再见到克里斯蒂娜，卡尔·奥斯卡又找了件事，再下一次他见到她的时候是在门廊外边。这时他才注意到，她原来是一个高挑的姑娘，几乎跟他自己个头一般高。她的大腿很强壮，可是身体很纤细。她的一双眼睛羞答答的，非常迷人。

克里斯蒂娜住在伊德莫的时候，他们就这样见了几次面。过了一段时间，她膝盖上的伤口愈合了，骨溃疡也被根治了。她把拐杖扔了，等卡尔·奥斯卡再见到她时，她已经不再害怕登高和行走了。

回家前的晚上，他们又碰到了一起，他们在贝尔塔的地下室外边的土豆储藏室里一起坐着。他说，他很喜欢她并且问她是否也喜欢他。她回答道他们都太年轻了，他至少应该先成年。他回答道，他可以给国王写信申请结婚许可。这时她答道，他们连住的地方都没有，她也不知道怎么去弄吃的和穿的。对这个问题他无言以对，因为这是千真万确的事实：他没有任何东西可以向她许诺，于是他沉默了。这时她需要的是一句话或者说一个许诺；而他应该回应这个问题，然而男子汉的话一言既出，驷马难追。

这个晚上过后，他们又在克林塔克鲁根的市场上见了三次面，两次在春天，一次在秋天，每次见面卡尔·奥斯卡都说，他仍然喜欢她，他脑子里别无他念。

卡尔·奥斯卡知道他想要的东西。当父亲请他买下科尔帕默恩的地产时，他径直去了克里斯蒂娜在杜威莫拉的父母家里。她的父母见到一个完全陌生的年轻人到访时感到有点吃惊,他在众目睽睽之下要和他们的女儿说话。

卡尔·奥斯卡和克里斯蒂娜站在她家木房的山墙外边谈了20分钟。

卡尔·奥斯卡认为:他们到了该结婚的时候了,他现在已经成年,已经足够成熟去接管父母的院落了;他们有了自己的房子和家园,也有能力自己弄到吃的和穿的了。

克里斯蒂娜认为,他们一共才见了十来次面,还来不及了解彼此的生活方式和脾气。她才19岁,当农庄主太太还太年轻。还有,他还必须征求她父母的意见,是否愿意接纳他当他们的女婿。

卡尔·奥斯卡最后如愿以偿了。当克里斯蒂娜的父母得知这是一个非常认真的求婚并且求婚者手上还握有一座庄园后,他们热情地接纳了这位女婿。他留在这个房子里,在克里斯蒂娜的闺房里,穿戴整齐,一本正经地和他朝思暮想的妻子一起过了夜。六个星期后,他和克里斯蒂娜在杜威莫拉举行了婚礼。

卡尔·奥斯卡对他年轻的妻子说,世界上没有任何人会像他那样宠她,因为她永远不会责怪他或是像其他人那样把他的过错抖搂在人前。他一辈子都定会和她过得非常愉快的。

3

就在奥斯卡一世登基当上瑞典和挪威联合王国国王的同一年,卡尔·奥斯卡·尼尔松拥有了科尔帕默恩十六分之一的土地。(这位新农庄主学会了写字,他把自己带有儿子的姓氏写在了一起[①]。)可即便完成王位更替后,他仍然

[①] 瑞典语中,很多姓氏都以 SON 即某某儿子结尾,故有此说。

使用瑞典和挪威联合王国国王和王储的名字，只不过名字的顺序发生了变化：现在的国王叫奥斯卡，而王储叫卡尔。

科尔帕默恩庄园和牲口及农具加在一起的售价一共是1700银币。售价中要刨除800银币的贷款。此外，尼尔斯和麦尔塔还从儿子那儿终身保留如下例外权利：在阁楼留一个他们可以居住的房间，一头牛和一只羊的冬、夏饲料，3蒲式耳用于自己耕作的耕地，可以用新主人的牛进行犁地，他们每年还能得到3大桶谷物，一半燕麦和一半大麦。在保留下来的合同上留下这样一个业主做的标记："这个例外权利条款自1844年7月1日起生效，系在理智情况下经过深思熟虑后于本年6月19日在科尔帕默恩的证人见证下达成本协议。"

三个孩子还对家产进行了划分，每个孩子分得210银币及24先令。未成年的罗伯特和莉迪亚将其份额继续留在庄园作为留在哥哥那儿的债权。

卡尔·奥斯卡如愿以偿了。他是怎么当上新的农庄主的？他从自己妻子那里得到200银币的嫁妆，他自己分得的家产是210银币。可是这些钱还不够庄园售价总额的四分之一。剩余的四分之三属于他要偿还的债务。他还要偿还弟弟妹妹分得的房产债权的利息。而最大的债务是给父母的额外份额，这对于一块小小的十六分之一的地块来说是很沉重的债务。可无论如何他必须承担下来，也就是说，父亲和母亲应该可以靠它维生。父亲尼尔斯才51岁，母亲麦尔塔也只有48岁；这份额外条款对于他们而言就是这个庄园的债权，只要父母还活着，他就必须偿还。

卡尔·奥斯卡进驻的几乎称不上什么庄园，它是需要偿付的债务和利息。可是通过劳动就可以消除债务，所以他并不感到忧郁，因为他会干活。

于是在科尔帕默恩庄园里的日子就这么过下去了。尼尔斯和麦尔塔搬进了阁楼的小房间，他们准备在这儿度过余生。克里斯蒂娜带着娘家的嫁妆箱子来到庄园并且取代了麦尔塔女主人的位置。一个新的女主人入住了。可是她还带来了自己亲手做好的被子，这是她在新婚前夜为她的婚床准备的。它是矢车菊蓝色，婆婆麦尔塔说被子非常漂亮，克里斯蒂娜感到很自豪。

卡尔·奥斯卡对于母亲和他妻子和睦相处非常高兴。否则，她们会吵得不可开交，因为他们居住的木屋非常拥挤。在补充条款里载明了他母亲有权在厨房做饭，在烤箱里烤面包。要是麦尔塔和克里斯蒂娜成为仇敌的话，任何一个角落里发生的争执都会让她们分道扬镳。

可是有一天，婆婆麦尔塔被克里斯蒂娜在谷仓里的表现吓到了，那时她正在那儿荡秋千，这是她偷偷在屋脊上安装的。麦尔塔看到后一言不发。克里斯蒂娜还是有点小孩子气，身体里还留存着游戏的情趣。可是在她已经因为荡秋千掉下来严重摔伤膝盖后还保留着这样的情趣实在有点奇怪。这种让人晕眩的游戏对于一个已婚女人来说并不合适，她应该知道这一点。可幸运的是，迄今为止还没有任何外人看到她在谷仓里荡秋千，因此也就没有传出任何谣言。

然而尼尔斯和麦尔塔对克里斯蒂娜却心存芥蒂，但也无可奈何：因她母亲与奥吉安主义的创始人有血缘关系。她的母亲是奥凯的姐姐的女儿，而克里斯蒂娜母亲的哥哥丹尼尔·安德里亚松现在拥有奥吉安人在这个教区的老家的谢拉耶尔德的庄园。他，奥凯·斯文松的外甥，也就是克里斯蒂娜的舅舅。自从这个来自奥斯特约尔地区的造反者兼邪教创始人在丹维肯的疯人院去世至今已经过去50多年了，除了听说谢拉耶尔德庄园奥吉安主义令人毛骨悚然的传染已经被清理干净，人们并没有听说什么别的。可大量教区居民对于异教的创始人的反感还是深深地埋下了根，它还在年青一代里继承下来并且在许多人那里残存着。那些在丹维肯疯人院里死去的奥凯·斯文松的亲戚也不在周围走动并四处招摇。

尼尔斯和麦尔塔对于此事在儿媳妇面前绝口不提，可是他们有一次问卡尔·奥斯卡：

"你知道你媳妇和奥斯特约尔的奥凯是亲戚吗？"

"我知道的。"卡尔·奥斯卡说，"可要是谁因此而责备她，我可是要翻脸的。"

双方就此无话可说。尼尔斯和麦尔塔仅仅希望，儿媳妇与奥吉安邪教领袖之间的亲属关系在这个教区里不为人所知。在科尔帕默恩再也没有人提及此事。

4

每个工作日一大早，尼尔斯就会拄着他的拐杖从他阁楼的房间里出来。他会缓慢地移向自己存放在储藏木材的旧刨台。他在那里坐着，将橡木切成车轱辘，削成耙子、斧头柄及大镰刀柄。他还会做刨子和凿子，他的手很健康，他的手工技能完好地保存着。他把自己这方面的知识毫无保留地传授给他的儿子卡尔·奥斯卡。

在炎热的季节里，尼尔斯会坐到木房外边的枫树下做木工活。在那里他可以往外看到含有所有石冢的耕地，这些都是他亲手堆砌起来的，这是他当农庄主25年给自己留下的印记。所有的石墙和石冢各就各位，它们也许还会在那里停留相当长的时间。

跛子并不感到痛苦。他认为这个世界上发生的所有事情都是上帝预先设定好的。他估计，从一开始上帝就选择了，将一块石头置于他的耕地，并且在某天的某个时刻会滚回自己的洞穴并且砸碎他的髋关节。他的脚失去了支撑，于是他不得不用拐杖支撑着向前挪动，他的余生就像一个折断翅膀的家雀儿，在四周扑腾。为啥要选择毁坏他的一只脚？上帝一定有某个理由。可是由于他实在不好意思去探究究竟是否只有造物主自己才会知道，于是尼尔斯·雅各布的儿子对这个问题也就不放在心上了。

现在他的儿子正在地里翻耕并播种，继续他中断的事业。他竭尽所能和这里的石头进行搏斗，他的儿子现在正在享用他的成果。

可是卡尔·奥斯卡却正对债务和利息发愁。要是他有一匹马，就可以用它来帮忙运输。可是十六分之一的地块对于饲养一匹马来说实在太小了，它会在冬季吃掉几桶燕麦。要是想养一匹马，他还需要3英亩耕地。而现在全家老老小小，他父母、妻子和他自己都要靠这7英亩的耕地来养活。

他开始明白为什么父亲整日和石头搏斗，他也必须开垦更多耕地。

卡尔·奥斯卡走到外边，凝视着科尔帕默恩那些未开垦好的土地。那是云杉树林和光秃秃的山坡，那是荒凉的砂土地及石楠灌木和松树根，那是长着白苔和蔓越莓的阴湿的洼地，那是起伏不平的、长满野草的草地。剩余的是碎石。他拿了一根铁棍在这儿和那儿戳着,而到处能听到同样的回声:那是铁棍与石头碰撞的声音。他在牧场和草地、树林和砂土地之间四处走动,所到之处都能听到铁棍与石头碰撞发出的声音,告诉他这里到处是石头、石头,还是石头。这是一首千篇一律的单调歌曲,一首充满哀愁的歌曲,这是对于那个想要开垦更多耕地的人来说,就是石头!

卡尔·奥斯卡没有一块能够种植东西的、有覆盖物的地皮。他父亲已经完成了他的任务:所有能够变成耕地的地方都已变成耕地。他在这里所进行耕犁和播种的,曾一度也被所有人做过。只要他不能把上帝一度造就的这块地延展,那他在科尔帕默恩这里就不能再发掘出更多的可耕种的土地。

由于这个年轻的农庄主无法在上帝已经终止的地方继续创造,他只能满足于他7英亩的耕地。而对于所有在他的地皮四周看到的石头:石头碎片、石冢、石墙、地面上的石头、地底下的石头,到处都是石头、石头、石头。

奥斯卡国王刚刚接任瑞典和挪威王国的国王。而卡尔·奥斯卡则成了一个石头王国里的国王。

5

1845年,他当农庄主第一年的收成还算不赖,农作物非常喜人,有很多桶麦子被拿去酿了酒,他及时还上了欠款利息,于是所有事情都非常美好。在他们居住的楼房里,克里斯蒂娜生下了他们第一个孩子,一个女儿。孩子取名安娜,是克里斯蒂娜母亲的名字。

第二年他们在科尔帕默恩也得到了好收成，可是秋收并不理想，燕麦在麦堆里发芽了，用这种面粉烤的面包表皮非常硬。有一部分谷子没法发酵成烧酒。他们把一头小牛和一头猪卖了还欠款的利息，卡尔·奥斯卡从他身体残疾的父亲那里借了钱补交20银币的缺口，这是他做木匠活挣来的。就在8月份进行这场救助的过程中，克里斯蒂娜又生了一个男孩。这个新生儿以他在杜威莫拉的外祖父的名字命名为约翰。

第三个年头让人有点不安了。当草场的干草7月份打下后，下了一场大雨，淹没了草垛，草在水里四处飘散，大水退去之后只有一部分草垛还留着，这些草红得像狐狸皮一般，都腐烂变质了。它们变得臭不可闻，牲口都不愿意吃，而且里面也没有什么营养了。卡尔·奥斯卡和克里斯蒂娜不得不卖掉一头母牛。祸不单行，他们的另一头母牛生了一头死小牛，而一只羊在树林里跑迷路被食肉动物吃掉了。那年秋天土豆腐烂病传播到村子里：从地里挖出的每两个土豆中就有一个有烂疙瘩。当他们收获一篮子好土豆的同时，不得不扔掉同样一篮子烂土豆，它们几乎无法给牲口当饲料喂。那年冬天他们无法像往年那样每天做土豆饭。听说烂土豆疫病是从别的国家传来的，在那儿还引发了饥荒和造反。

1847年这一年，卡尔·奥斯卡陷入更加严重的债务危机中：他不得不借钱偿还全部欠款的利息。父亲尼尔斯已经没有任何钱可以借给他了，而他也不愿意向在杜威莫拉的岳父张口借钱。克里斯蒂娜建议他向她在谢拉耶尔德的舅舅丹尼尔·安德里亚松开口借钱，他相当有钱。他是出了名的平静且不惹人生气的人，尽管他是奥吉安邪教领袖的外甥。现在再把发生在50多年前的事件联系起来也是很蠢的事情。于是卡尔·奥斯卡刚一张嘴,就从丹尼尔那儿借到了50银币。

那年圣诞夜前,克里斯蒂娜生了一对双胞胎,一个男孩和一个女孩。男孩出生时非常虚弱,他得到了布鲁桑德牧师的告急洗礼,14天后就死去了。存活下来的女孩根据卡尔·奥斯卡的母亲的名字被唤作小麦尔塔。

在科尔帕默恩住了三年,卡尔·奥斯卡的牲口房里少了一头母牛,且比他刚当上农庄主的日子增加了70银币的债务。可是三年里所有的日子,他和克里斯蒂娜都在辛辛苦苦地劳作。他们一直追求着往前发展,实际上却在向后退步。他们拿上帝的天气毫无办法,他们也拿牲口的运气没有办法。卡尔·奥斯卡曾经想过,只要他们身体健康且有力气干活的话,所有事都是可以摆平的。现在他得出经验了,在这个地球上,人类有时再怎么努力也无济于事。

"有人说,面包出自你辛勤劳动的汗水。"父亲尼尔斯说道。

"是呀。"卡尔·奥斯卡答道,"可是即便人们累死累活地干活,也不一定能吃上面包。"

他从《圣经》的故事里了解到关于人类的堕落,还在教区牧师寻访时用快板的形式回答并且得到布鲁桑德神父的夸赞。

卡尔·奥斯卡虽已如愿以偿,可是一个人不可能一帆风顺。当他如愿以偿之后,不可能一直那么顺风顺水。所有人都以为他应该是被运气和福气一直尾随着:他的名字里含有两个国王的名字,这是他在受洗时获得并且载入教堂的人口登记簿里的。还有他的那个巨大的尼尔斯鼻子。"你的鼻子是最好的家族遗传!"他父亲如是说。可是现在国王或者皇帝的名字对于他来说有啥用呢？对他来说，那个比世界上所有人都长的鼻子对他有啥用呢？可有一天省府官员罗纳格伦要来这个庄园进行抵押贷款时，这个鼻子还真差点儿管用了。

卡尔·奥斯卡在男孩时期，他因长着大鼻子难看而被同龄人耻笑过。他总是这么还击：这是我从父母那里继承的迄今为止长得最好看的鼻子。他已经相信了父母讲的故事，他经常自我安慰，这个鼻子会给他一生带来好运。克里斯蒂娜也不认为鼻子把他变丑了；那样的鼻子要是长在一个女人脸上应该看上去有点异样，她说，而它长在一个男人的脸上就比较合适。然而她并不认为她丈夫与生俱来的鼻子究竟有啥用；它或许起源于异教的想法。克里斯蒂娜的父母都是虔诚的基督徒，于是她知道上帝按照其神秘莫测及智慧统治着人类：现在在他们在科尔帕默恩开始遇到厄运，它的发生一定是上帝的旨意。

6

卡尔·奥斯卡用4先令从一个叫里纳尔多的学者那里买到的日历显示，1848年来临了。他注意到，这一年是这个世界被创造出来后的第5850年[①]。

而1848年也是奥斯卡国王48岁大寿，还是他登基后的第四个年头。这一年也是卡尔·奥斯卡在科尔帕默恩当上农庄主的第四个年头。

他在日历上看到这一年那些大行星的运程及其辉煌。

---

① 原文如此。

他对于星座的预兆深信不疑，它们画在日历上月份及日期的右边：白羊座长着大的、弯曲的角，摩羯座长着怕人的捕捉用的前爪，狮子座张着血盆大口而处女座身体纤细，手上握着一个花环。这些星座因行星徘徊而聚合并决定了气候和风力，甚至可能影响了人类的命运。

就在即将过去的那年的末尾人们发觉一系列令人不安的迹象，它意味着战争、疾病和瘟疫，意味着造反和昂贵的物价。在星星通常发出明亮而清晰的光芒的银河，就出现了黑暗和空虚的命运带：极度的光亮已经消失。而这在圣诞前就已经有征兆，极度寒冷的冬天；那些去教堂做圣诞凌晨的弥撒的人回家时耳朵都冻僵了。新年前夜刮起了大风。埃尔米博达的钟楼被大风刮倒，那棵在奥科比村路旁、沿着整个教堂大道最粗壮的大桦树被吹倒在地上，而在外面磨好的长柄大镰刀一般将这些树木如同凌晨带有露水的草一般切割。而自1817年那个干旱的年份后消失的挪亚方舟，又一次在要塞变得可见，它在地上变得庞大无比。这个方舟由白色的云雾组成并由东往西延伸。于是它站在那儿正对着地球上所有流动的河水，这样它在过去一年阻止了雨水的降落。

整个冬季和春季都让人看到这种罕见的迹象。在2月份就热得像春天一样，而春天的3月份则变得又干又冷，还刮着大风。干旱让地面变得光秃秃的，燕麦耕地上的绿皮上张着大口。秋天的收获于是非常糟糕。

可是到了4月最后一个星期，人们觉得春天终于来了。沃尔帕吉斯之夜①的早晨卡尔·奥斯卡开始准备在他的耕地

---

① 沃尔帕吉斯之夜是瑞典的一个节日，每年4月30日，人们要在这一天燃起篝火以庆祝春天的来临。

里春播了。他从杂物间里拽出长木棍耙子。而这时天开始下雪了。雪下了整整一天。到当天晚上，大雪已经有1英尺深了。他不得不把刚刚放出去吃草的牲口又关进笼子。4月的这场大雪把刚开始发芽的花草全部包裹起来。于是这个春天再一次冻掉了这一年的收成。

卡尔·奥斯卡将耙子拖回杂物间。傍晚他沉默地坐在饭桌旁。在人们的记忆中还从来没有过哪一年的收成会像这个古怪的春天那样糟糕和让人忧虑。在这个沃尔帕吉斯之夜，卡尔·奥斯卡精神沮丧地上床睡觉。

这对科尔帕默恩的年轻夫妇在克里斯蒂娜做好的被子下躺在一起。那张被子已经在这个房间里伴随了他们四年时光，超过了1000个夜晚。许多夜晚卡尔·奥斯卡赤身裸体地躺着并思索着贷款的利息，而克里斯蒂娜在这许多夜晚要起床去安抚醒来哭闹的孩子们，让他们安静下来。躺在那张矢车菊蓝被子里经历了第一次男欢女爱之后，他们经历了四个春暖花开的春天，收获了四个秋天的麦秆。

那个秋天的晚上，当他们一起坐在伊德莫的土豆地里的时候，他们感到相互之间的距离是如此遥远，好像是在另外一个世界里一样，超越了他们的年龄。他们是青年，可却在谈论他们自己的青春时好像是在过去的某个时候：他们结婚前曾经年轻过，而那是很久很久以前的事情。

这一年卡尔·奥斯卡刚满25岁，克里斯蒂娜很快要过24岁生日。不久前她还是个孩子，可现在她已经把4个孩子带到了这个世界上。其中活下来的3个孩子正在木屋里面躺在自己的床上；她躺着聆听着他们此起彼伏的呼吸声，对于自己的孩子，她一直是那样多愁善感。

有时候克里斯蒂娜会回想起她年轻一生里所经历的

事情经过及其关联。要是她在老家杜威莫拉的谷仓里玩秋千时没有摔下来并且摔伤膝盖的话,她就永远不会到伊德莫去找贝尔塔看病治疗骨溃疡。那么她也就不会碰到卡尔·奥斯卡,他们也就不会成为夫妻。那样的话,他们也不会在一起经营科尔帕默恩的农庄,而她也不会为他生下4个孩子。那样的话,今天晚上他们也不会在这里盖着她做好的新婚被子睡在一起。那么她也就没有安娜、约翰和小麦尔塔,那几个就在他们附近睡着的小东西了。

在她生命中发生的最最重要的事,是由于她一度在娘家荡秋千并且摔了下来,上帝也许就知道她要荡秋千;是为她事先安排好了这一切。

而她迄今还保留着荡秋千的爱好;她最近又到谷仓里荡了一回秋千,她确定没有任何人看到她。她知道婆婆看到后会怎么想:一个农庄主妇做这样的事情实在不好,对于已经有了4个孩子的母亲尤其不合适。她还想到了其他的事情。

克里斯蒂娜吹灭了烛台上的蜡烛,然后到床上躺着。外边的皑皑白雪发出的光芒透过窗户掩映到屋里,这些白雪就是在这个4月里最后一天落下的,现在它们还堆积在屋边。

卡尔·奥斯卡在她身旁静静地躺着,可是她听出他还醒着:

"你在想啥呢?"

"我在想今年的春天。它没有预示着今年会有好收成。"

"真的。天看上去很不好。"

克里斯蒂娜朝窗户望了一眼:窗外透着皑皑白雪反射回来的白色光芒。明天一大早起床后,5月就要来临了。

她说道：

"我们还是得相信上帝会让庄稼生长的。今年一定不会像往年一样了。"

"相信，我们是得相信！要是相信就能管事的话，那我们应该可以拯救起几百桶燕麦用到秋天了。"

以前他从没显示出任何绝望的情绪。而现在他有点沮丧了，如果还不算气馁的话，而他的情绪显然传染给了她，因而她也开始对接下来的日子发愁了。

他继续说道："加上我父母全家现在总共七口人，所有人都要靠这十六分之一的土地养活。要是年头没有好收成的话，我还真不知道该怎么办了。"

克里斯蒂娜想到了孩子们，那3个正在里屋睡得香甜的小东西。是他们把孩子们带到了这个世界上，他们有责任管好孩子们，让他们吃饱肚子，身体茁壮成长。对她来说，孩子们过得好，比她自己过得好更重要，她知道卡尔·奥斯卡也是这么想的。

年轻的妻子如往常一样合上双手做晚祈祷："仁慈的主啊，让我今晚上愉快地入眠吧……"正当她要说"阿门"时，还加了两句从"为地球祈祷果实"里记得的话："给我们风调雨顺的好天、让地上苍生保有果实免遭毁灭吧！指引我们得到谷物和种子吧。祈求耶稣，我们的主，阿门（但愿如此）。"

卡尔·奥斯卡近来很少做晚祈祷。当他躺下时，他感到实在太累了。可当克里斯蒂娜念叨时他听到的话，他也会跟着一起祈祷。上帝一定也会宽容那个在石头王国里的农庄主。

她将身子翻到另一侧想要睡觉，并且试着找他的手，因为握着他的手她会更快地入眠。

俩人都静静地躺着；卡尔·奥斯卡让妻子的手攥着自己的手。在接触过程中他体内的欲望被唤醒了。他用双臂环抱着她的脖子拉向自己。

"不，不要……卡尔·奥斯卡，我不知道是怎么了……我不想。"她挣扎道。

"怎么啦，克里斯蒂娜？"

"我在想我们的孩子们……"

"他们三个都睡着了。"

"我指的是另外的事：我在考虑孩子们的食物。"

"食物？"

她凑近他的耳朵悄悄说道：

"我指的是，要是我们就这样了，那么就不会生更多孩子了。"

她显得有点难为情。可是话已经说出口了。

"就怎样了？以后整个一生都这样吗？你是这样的意思吗？"

她不再说话。

"我们要一直这样相互保持距离吗？"

克里斯蒂娜自己也在想，她到底是啥意思。上帝如他所愿创造了这么多人：这么多孩子由他决定生了出来。她是知道的。可是她肯定知道这个：要是任何男人都不再接近她，她就不会生更多孩子。从某种形式来看，这是上帝单独支配的，而从另一种形式来看就好像是她自己支配的。

卡尔·奥斯卡说，他没想让她就这样了，当他每晚在床上和她紧挨着睡觉时。没有哪个男人和自己的老婆睡在一起会不当男人。至少要到他上了年纪，等耳朵里长满老茧以后。

克里斯蒂娜无言以对。不,她想,他们无法一辈子都这么相互保持距离。她自己也有欲望,这种欲望是她无休无止地难以抵御的。然而她永远不会那么没羞没臊,她不会在卡尔·奥斯卡面前流露出想要他的意思。

他继续接近她,揉她的奶头,奶头受到刺激肿胀起来并且在他手里坚硬起来。她自己的欲望也被唤醒了,她开始张开自己的身子,如同一个贝壳张开它的壳一样。她屈服了。

他们相拥着祈祷,就如他们经常这么做的那样。在心满意足的瞬间她完全忘却了自己刚刚说过的话。

大约过了一个月,克里斯蒂娜得知她怀上了第5个孩子。

淹死在磨坊小溪里的雇工

1

尼尔斯和麦尔塔的二儿子罗伯特，比大儿子卡尔·奥斯卡要小10岁。他小的时候常给父母添麻烦，他到外边的山坡时一直会跑丢。他从牧场往外出发，而他们会用数小时在浓密的杜松灌木丛中寻找这个小家伙。他们在这个男孩的脖子上挂了一个牛颈铃，这样他们能够听到他在什么地方。可是这并不一直管用：当这个孩子静静坐着的时候，这个铃铛就不会发出声响。他长大以后也没有发生什么变化：要是没人看住他，他就会从牧场消失并躲藏起来。而最好是他坐着干什么事的时候，这样他就不会跑出去了。等男孩长大之后，因为太难看了，他父母就不在他的脖子上挂牛颈铃了，这就好像他是头牲口似的。

当父母不再是庄园主而成了留在庄园里的特殊人物后，罗伯特得到了一个营生，就是到奥科比村学区给农民当牧童。这样家里饭桌旁就少了一张嘴。罗伯特从农民们那里得到2银币的工资，每年秋天他还会得到一块奶酪和一双羊毛袜子。他在田里过得非常愉快，在那里他单独和牲口们待在一起。在漫长的夏日，牛和羊默默乖巧地吃草的时候，他躺在草坪上望着天空和变幻的天气。他学会了自言自语,他躺着歌唱并且不假思索地哼着曲调。然后,等他的夏季放牧生涯过去后,他才知道做所有这一切的缘故。他感到一身轻松。

他在3年里一共上了6个星期的学,这是里纳尔多老师在这个学区里给他上的。他很轻松,就在第一学年他就学会了读书和写字。里纳尔多老师只有一只眼睛,可是他却比教区里大多数长着两个眼睛的居民都要见多识广。有一次他到了哥德堡的海边,在那儿看到了大海。他给学校的孩子们讲述了他这一生中的冒险,孩子们感到比《路德教问答手册》和《圣经》故事更加有意思。

罗伯特从学校毕业那天,从老师那儿得到一本书——《自然知识》。里纳尔多说,学业结束之后孩子们通常再也不去摸他们的书本。可是如果不再训练自己的阅读技巧的话,他们就会把它忘掉。因为现在罗伯特不想结束读书,于是学校结业的时候里纳尔多给了罗伯特这本书。

《自然知识》是罗伯特的第一件收藏品。可是在这之后的一年里他都没有翻开过自己那本书。而在那年冬天因为在神父面前念了这本书而帮助他的哥哥卡尔·奥斯卡获得了砍伐橡树的机会。橡树原木是要被运送到卡尔斯港的,那里人们将会用这些木料建造船只。他们还砍伐柚木,它们是森林中长得最高的,这些木料会被用作船只的桅杆。罗伯特参与了砍伐树木并锯成原木的过程,这些木料将来会在海上漂浮,这时他脑海里冒出了跟随这些将要建成的船只漂洋过海的念头。从这里到海滨城市卡尔斯港有80公里路程,那些运送木材的农民要花两天两夜来回。罗伯特希望,他能跟上一个去卡尔斯港的木料运输队,这样他就可以见到大海了。

尼尔斯和麦尔塔用他们与儿子签订的临时协议奶牛调制了半磅黄油以凑足钱给儿子买了一本《圣经》，以便他参加圣餐。这本《圣经》是用皮带装订好的，一共花了1银币32先令，这些钱都够买一头刚出生的小牛犊了。而这本《圣经》相当结实，非常耐磨。这种神圣的书籍必须用皮带装订，因为人们要一辈子携带。

罗伯特现在拥有两本书，一本世俗的，还有一本神圣的。里纳尔多曾经讲过，所有人都必须读两类书籍：从其中之一人们会获得关于人体和所有世俗的事情的知识，而在另一类里人们会获得关于灵魂和其他所有精神方面事情的知识。在《自然知识》里有所有他需要知道的关于世界的知识，而在《圣经》里有他所有需要知道的未来的事情。

然而现实生活将他拽回这个世界上，他现在必须出去当雇工了。父亲为他尚未成年的儿子做了决定：尼尔斯给他在纽巴肯那儿签订了一年的雇用合同。纽巴肯离科尔帕默恩大约四分之一密尔①远。

可是罗伯特并不愿意出去当雇工。他跟父母说，他不愿意让农庄主管着他。他问能不能辞了纽巴肯这个活？

尼尔斯和麦尔塔听到儿子说这番话时非常生气并严厉地斥责道："好你个不知羞耻的东西！身体这么好，脑子也好使，怎么就不愿意干活挣钱养活自己呢？你想和那些整天在乡间马路和郊外的木屋里晃悠的无业游民混在一起吗？"他父母就靠着大儿子的特殊照顾过日子，难道他还要给他们再增添负担吗？现在莉迪亚已经到外面当了几年

---

① 瑞典古制，1665—1855年期间的长度单位，密尔（Mil），1密尔大约为10千米，1/4密尔，约2672米。

的女佣。科尔帕默恩家里吃饭的人已经很多了。卡尔·奥斯卡没法养活他,他雇不起一个雇工。此外他父亲已经在纽巴肯的阿隆那儿和他定了雇用合同还收了对方佣金,所以这个合同没法作废。阿隆给他的报酬很不错,第一年就可以拿到30银币,外加一件粗呢西装和一双高筒靴。他本该为自己的父母给他找了这么好的营生而高兴。

一个5月的早晨,太阳升起的时候,罗伯特·尼尔松离开父母家去做他第一份雇工工作。母亲帮他把皮鞋、粗呢裤子、周日穿的一件衬衣和一双袜子用一条羊毛头巾包好,他将这个包裹和他的私人物品系在一起放在一只手臂下。他用另一只手拿着《圣经》和《自然知识》,母亲还给了他一本唱诗本。这些书都用灰纸包裹着,这样它们就不会弄脏了。

头天夜里还下了雨,可是现在阳光却照耀着乡村小路。小路两旁的草地经过大雨洗礼后,新鲜的花草发出特有的清香。桦树叶子开始张开并放射出绿光,而从灌木丛中发出鸟类嬉戏的声音。然而背着两个包裹的男孩面对他四周的春天清晨的美好景象却一点儿也高兴不起来。他去纽巴肯只是去开始他的雇工生涯。可他是否愿意到纽巴肯当雇工这件事却从来没有人问过他,他不想要什么农庄主来管自己。他往纽巴肯方向行进着,可是并不愿意到达。

等他年纪稍大之后,他就被从家里赶了出来,就像小鸟被挤出鸟窝一般。他是小儿子,是没有权利分到土地的;他是什么都分不到的孩子中的一个。可是他并不羡慕自己的哥哥,因为他哥哥不得不在石头之间转悠,被贷款的利息压得喘不过气来。

当罗伯特走到通往克旺那小河的三岔路口时,他停了下来。他想，早半小时或晚半小时开始他的工作有什么关系呢？对于他来说，接下来的整个一年他有的是时间，不差那一时半会儿。

于是他从路上下来，在小河边坐下。他脱下自己的木鞋和袜子，并把自己的脚伸进水里。小河里的水流在它的春流里奔流四溢。这年的春天终于开始变暖了，河水变得不再冰冷。流动的河水冲刷着他的双脚，在他的脚趾间穿梭着形成水泡。他坐着看河水如何流走，看它流到大桥下面，看它如何流经自己并匆忙向前奔涌。他看到那些白色的泡沫一路漂移到大柳丛里消失，那儿小河的沟壑形成一个弯曲的形状。这里的河水被放归自由了。小河里的水并没有被纽巴肯雇用，也不需要在同样的地方待上整整一年。河水从来不停歇，可以要跑多远就多远。它可以径直流到大海，然后自由地流向整个世界，遍布整个地球。

他可以坐在这儿一个小时，只为看小河。这是他当雇工前最后的时光。

他跟前的小河沟壑里的一块巨石周围有一个又深又大的洞。他曾经在这个洞里淹死过一只猫；这是一段可怕的记忆。而在这块石板旁边近两年有一个纽巴肯的女佣淹死了。她不是想跳河自尽，而是在那块石板上洗衣服时失足掉进了河里。那块石板是那么陡峭，她再也没有办法爬上来：她的尸体在一个洞穴里被人找到了。石板上可以看到清晰的痕迹：她指甲抓挠的印迹。她在石板上用指甲抓挠，可是石板上却没有任何地方可以抓。后来罗伯特看到了这些印迹，它们让他无法忘怀。这些印迹告诉他一个人在死亡前是如何恐惧。

一个雇工也可以像一个女佣那样掉进洞里淹死。当雇工掉进河里淹死后,那么雇用合同就不管用了,也没有任何雇工在世时可以接受的佣金可言了。一个淹死的雇工不会有任何主人管着他。

罗伯特坐在那儿苦思冥想。

他打开包书的灰纸。他的母亲在唱诗本书页中间放了一根小小的桃金娘树枝,他翻开书到那根树枝插着的地方,那儿写着"一个仆人的祈祷":

啊,我主耶稣,上帝的儿子,你自己低声下气地承担了一个仆人的创造……教我万分虔诚地对我躯体的主人诚恳、顺从和慈爱……你给我在人世间所有的好,我也倾尽所有来报答你所给予的温柔及慈父般的精神与肉体的愉悦。教我在所有的日子里都虔诚地信奉上帝并让我满足,如此我的收益就足够了……你甚至让我发现好的及具有基督精神的农庄主,他们不会蔑视或虐待一个柔弱的雇工,而是以爱和温顺来容忍我……

母亲用桃金娘树枝插在书中的方式告诉年轻的雇工:你要念这一段祷告词!而在家庭问询时,布鲁桑德神父曾要求,雇工和女佣要表现出自己微不足道的身份,他们要把"一个仆人的祈祷"这段经文倒背如流。

可是现在罗伯特想念一段《自然知识》的段落。他曾经在一页纸上折了一个角,因而很快找到了那个地方:

关于海洋的大小。

许多人会对上帝把地球上很小的一部分给人类和

动物建造房屋。也就是说地球的将近四分之三的面积被水覆盖。可是那些想了解为什么水面占据如此多面积的人会再次发现造物主全能和仁慈的证据。

那些四面八方围绕着陆地的巨大的咸水水域，被我们称作大海……

罗伯特念着书本，然后看到流动的河水。土地是根据人口登记划分的，分成四分之一、八分之一和十六分之一，而这是地主所决定的。那些没有权利支配土地的人就成了到其他人那儿打工的雇工。可是大海比陆地要大三倍。而任何人都不会支配大海。

他想着，地上有很多路可以走，也有许多通往纽巴肯的路。在小河边的这座桥边就有一个岔路口：往右边走就是去往纽巴肯，可是那些折向左边的会到奥布鲁磨坊——要是他继续朝这边走的话，永远也到不了纽巴肯。

那个朝左边走的人会避开那个地区。曾经有人避开了这个地区，这些人留在了教堂的户籍登记本上，可是记载在"教区的末尾"。在查户口时神父会念到这些人的名字并询问他们。每次查奥科比教区时他会高喊柯昂坡的弗雷德里克·艾玛努埃尔·特隆：自1833年起未听到回音。教区管事回答，教区里没有人知道他在哪儿。于是神父就在他的笔记本上记录：在无人知晓的地方居留。这事每年都要重复一遍：柯昂坡的弗雷德里克没有回应。15年来一直如此，那个雇工在无人知晓的地方逃匿的时间跟罗伯特活着的年头一样长。这是罗伯特唯一知道的关于柯昂坡的弗雷德里克·艾玛努埃尔·特隆的事，因为他不知道其他事情，他时常琢磨那个消失的人的命运。

过去曾经发生过,一个雇工选择另外一条路逃匿了。

一个小时很快过去了。当罗伯特想穿上自己的袜子时,他发现少了一只木鞋。那只木鞋已经掉进了河里;那只木鞋在水里晃荡着一直漂到了柳树丛里,他的手根本无法够到。他惊愕地凝视着这个情形,就好像他无法理解他的木鞋会在水里漂走似的,现在那只木鞋在河流拐弯处的柳树丛枝头上挂着。潺潺的河水在那只木鞋四周流动着。

罗伯特站在河边好像看到自己的脚蹬踏着水花飞溅。他看到自己躺在那儿并正在河里被淹死。

刚刚过去的瞬间唤起了他朦胧及模糊的记忆,它好像发生在自己身上。剩下的只是如何实施了。

他把自己的袜子塞进那只剩下的木鞋里并把它也扔进河里。然后他把自己的毛线衫脱下来也扔进河里,跟在那只木鞋后边漂浮,他看到它在水里漂着,于是心满意足。然后他提着两个包裹折返到那座桥上。到桥那边的岔路口,他转身向左——他走上了那条不是通往纽巴肯的路,那条不对的路。

于是现在那条河流拐弯处的大柳树丛悬挂着一件小男孩的毛线衫。当流动的河水将柳树条冲得前摇后摆,它们向经过那座桥的人们挥动着毛衣衫的手臂。它们好像在告诉人们发生在一个要去纽巴肯上工的雇工身上的故事:他在克旺那河落水淹死了,就像那个庄园的女佣前些年那样。

2

罗伯特的脚在树荫下的地上感到丝丝凉气;现在这个季节光脚走路还有点太早了。他只走了一小段路,就看到有人驾着车从他背后过来。罗伯特在心里祈祷那是一个运送木料的驾车人，他要去卡尔斯港；那么他就会问是否可以搭顺风车。可是这个驾车人只是一个磨坊工，他叫尤纳斯·彼得，住在他家科尔帕默恩最近的邻居海斯特溪，他驾车是运磨粉的谷物。他停下车来，告诉罗伯特可以坐车到奥布鲁磨坊。

于是罗伯特爬上了货堆跟在磨坊工的旁边。尤纳斯·彼得是一个和蔼的小伙儿。他没有问罗伯特要去哪儿，只是说在春天这么早的时候光脚走路是非常危险的事情。罗伯特说不穿鞋袜走得更轻松些。也就是说，当磨坊工驾车经过大桥的时候，并没有看到要去纽巴肯的雇工在这天早晨淹死。

在奥布鲁磨坊房间里已经有三个农民在那儿等着开磨。他们都不认识罗伯特，当他们询问他家在哪儿时，他回答说他家在米尔达胡尔特。他和农民们一起待在磨坊房间里，那儿很暖和并且很舒服。面粉和谷物散发出香甜的味道，而炉子里生着很大的火。

磨坊的农民们坐着吃自己带的饭袋，还喝着烧酒，其中一个人给罗伯特一块面包片和一些酒。他把面包片放进烧酒里，那样面包片会变得滑润且好咀嚼；他仍然像一个孩子那样喝酒，对喝烧酒还是有点羞耻感，虽然现在他马上要成年了。

农民们坐成长长的一排并且拿上了自己要磨的谷物，而现在他们又开始磨东西，大声喧哗着、吵闹着。海斯特溪的尤纳斯·彼得用腿把几个旧的空袋子推到炉子跟前。他是个长着黑色络腮胡子的、高大威猛的小伙儿。

在磨坊屋子的地板下方，石磨以其匀称的步伐前行着，发出像远处的驴子发出的震耳欲聋的声响。否则，这里面应该是宁静并充满了祥和的气氛。罗伯特坐在尤纳斯·彼得旁，在炉子跟前坐着；他不会去当什么长工了，他由衷地感到轻松。

"我们这儿奥布鲁边的所有人都还记得老阿克塞丽娜。"尤纳斯说，"还有人记得我们这个教区里那个最富有的女人怎么到磨坊来的吗？"

其他农民都点头表示赞同。

没有人像尤纳斯·彼得那样记得这个教区那些罕见的故事，而现在他要讲述阿克塞丽娜的故事。在他小时候，这个女人曾经拥有奥布鲁磨坊。

是的，那个阿克塞丽娜她是个心灵手巧且机敏的妇人。她来这儿是给一个叫弗朗兹的风力磨坊主做女佣。他拥有这个磨坊很多年了，他从要磨成面粉的谷物袋子里偷了很多面粉，靠这个方法他变得如10个大亨那样富有。现在他老了，变得羸弱不堪，于是阿克塞丽娜千方百计要继承他的财产。她用了唯一妇人与生俱来的能耐实现了她的愿望，试图勾引他发生肉体关系。很多个晚上等他上床后她只穿着睡衣去和他做爱，她每次都换着花样给他看。可是弗朗兹已经波澜不惊了，他的血液已经迟钝了，对女人的诱惑已经提不起什么兴趣了。

然而一个冬天的夜晚，他参加了一个圣诞晚宴并且喝了过量的烧酒，回家的路上他牢牢地坐在一架雪橇上不省人事。阿克塞丽娜举着一盏蜡烛灯到外面去寻找她的主人。当她找到他的时候，他身体已经完全冻僵了。她扶着他回到家，把他放到床上并让他喝了一小杯烧酒，以便让身体慢慢暖和起来。弗朗兹把酒全喝了，可仍然抱怨身体发冷。

于是阿克塞丽娜说,她只有一种办法解决这个问题,除此以外别无他法,而弗朗兹可能并不想用这个办法。弗朗兹非常害怕冻僵会引发致命的疾病,于是他问到底是什么办法。啊,女佣回答,她可以躺在他身边用自己的身体温暖他,她听说这是治疗冻僵最好的办法。弗朗兹很惊愕。可是他因喝了太多烧酒,于是他说,要是她觉得用这种办法可以救他的话,她可以过来爬到他身上。她接着说,她这么做的目的自然是救他的命,他必须答应不要跟她太接近了。他非常爽快地答应了,因为他一丝那样的念头都没有,这时他躺在床上瑟瑟发抖。

于是阿克塞丽娜就这样和她的主人躺在了一起,而她非常明白如何得手:故事以磨坊主人与女佣相互接近到夫妇通常会做的事那样结尾。她后来讲,只用了不到半小时,弗朗兹就不再发冷了,于是她又可以从他身边走开了。

这件事发生后又过了40个星期,阿克塞丽娜生下了一个儿子,儿子长得很像弗朗兹,可是没有人去探究孩子生父的名字。弗朗兹虽然因女佣骗了他心怀不满,没有和她结婚,但他因有了自己的儿子而感到非常高兴。于是等他两年后去世时,人们才知道他在遗嘱中将所有财产都留给了儿子,他还指定一位亲戚当孩子的监护人。而阿克塞丽娜一个铜板都没得到。

可是这个男孩在4岁那年出天花死了。于是阿克塞丽娜继承了自己儿子的遗产,她得到了奥布鲁磨坊以及弗朗兹的其他财产,成为这个教区最富有的女人:她的财产超过了4万银币。然后她经常吹嘘,她一共只花了半个小时就挣了这么多财产——这半个小时就是她躺在弗朗兹的床上帮他暖身的时间。这个活一点儿也不难:她也就是静静地躺着。整个世界上没有其他女人,甚至王后或者皇后,像她阿克塞丽娜那晚在主人的床上挣得多。

"是啊。"尤纳斯·彼得吸了一口气叹道,"女人挣钱太容易了,只要她们愿意:静静地躺着就行了。"

罗伯特盯着尤纳斯·彼得:他总是讲女人干的或导致的恶事。也许是因为他自己就受尽坏老婆的折磨。他们夫妇一起在海斯特贝肯过得非常糟糕,经常大吵大闹,人们站在房子外边的马路上就能听到他们说的每一句话。马匹听到这样的噪声时惊得狂奔。曾经发生过一次这样的事情,因为他不能跟他老婆布丽塔·丝塔瓦在同样四面墙的同一间房子里待着,尤纳斯睡在了一个牲口棚的牛栏舍里。

罗伯特在火堆前方的地板上展开身子躺着,他朝上方盯着磨坊房间顶上被烟熏黑的裂开的房梁。他再次想起那个从正路上潜逃的雇工,他没有向右边而是朝左边拐向另一条路。

过了一会儿,他问尤纳斯·彼得道:

"叔叔你还记得从家里出走后消失了的柯昂坡的弗雷德里克吗?"

"是那个弗雷德里克·艾玛努埃尔·特隆吗?啊,那个可笑的家伙我记得非常清楚!"

"那是一个大恶棍。"尤纳斯·彼得继续说。他懒惰得像一只圣诞时待宰的肥猪,宁愿去偷窃也不愿意干活。要是丢了什么东西,人们马上就能明白是谁顺走的。弗雷德里克偷东西与其说是要派啥用场倒不如说是为了自娱自乐,可对于被盗者来说则一样的怒不可遏。而他对所有恶作剧都非常过瘾,当人们还在教堂里的时候,他关上了教堂大门,把马匹从教堂的马厩里放出来,他还在人们在教堂里做礼拜时把活的蝮蛇和草蛇放出来吓人,如此这般。几乎每一个教区里的农庄主都对这个柯昂坡的无赖深恶痛绝。

那个男孩的父亲是一个在庄园里干活的佃农,他好说歹说才让克鲁克斯湖的中尉接受弗雷德里克在那儿接替他的差事,试图让他和人们分开。他在庄园里待了一个星期后,得到了一个差事,中尉路德伯格让他把两头他在克林塔餐馆旁的市场上买下的牲口赶回庄园。这是一对温和、驯化得非常好的牲口,一个孩子在这段路上尾随着做了手脚。弗雷德里克尽管已经20岁了,却还是没有能耐处理这件事:等他把牛赶到庄园时,才发现那两头牛不是中尉买的牛。路德伯格中尉从来没有见过,弗雷德里克带来的是两头陌生的牛。中尉买的是两头重13克瓦特①的牛,他的雇工却带回来两头只有不到11克瓦特的阉过的小牛。这两头牛只值不到他所付价钱的一半。于是中尉对他的雇工火冒三丈。

从市场回家的路上,弗雷德里克做了一笔牛生意,他用两头小一点的牛调换了中尉的牛——他自然收取了中间的差价。可是现在这个恶棍发誓他移交的牛就是他当时接收的。两只牛的颜色几乎一样,它们都长着带白斑的红色额头。弗雷德里克一点儿也不傻,他承认这两头牛确实看上去小了一点,不过这是因为它们一路走来都没有吃东西。这就是事情的全部经过。否则,它们看上去就不会小了。

可是中尉有证人,证人说那两头牛不是他的,于是弗雷德里克没法自圆其说了。现在路德伯格中尉开始怜悯男孩的父母,他不愿把孩子关起来。但他也不愿忍受在这个

---

① 克瓦特,瑞典古计量单位,每一克瓦特相当于三分之一升。

村里再次见到这个家伙。他问村里人,要是他们愿意出一半的钱的话,他愿意出剩下的另一半,然后他们把弗雷德里克·艾玛努埃尔·特隆送到北美去。

那个国度应该最适合他了。"美国是所有在自己家乡干坏事的恶棍待的地方。"中尉说,"在那儿他和其他流氓无赖换多少次牛都可以。而要是把他关进监狱的话,等他刑满释放后又会回到这个地区。如果把他送到北美的话,就可以一劳永逸地把他送走了。"

农庄主们情愿每个人出2银币以摆脱这个叫弗雷德里克·艾玛努埃尔·特隆的男孩,他们实在对他不胜其烦。他们为他凑齐了路费,把他送上停在克林塔餐馆旁的客栈主人的马车,而路德伯格中尉亲自看着他的恶棍仆人上路。

这么过了几个月,一切风平浪静,没有听到任何恶作剧,于是所有人都说:"把弗雷德里克送到北美,这是人们能做的最明智的事情。"

可是有一天又传来谣言:"那个去美国的人又回到了柯昂坡的家里。"

弗雷德里克从来就没有登上去北美的轮船。他从来没有去过比哥德堡更远的地方。他一直都待在哥德堡。在那儿他住在酒店里大吃大喝,花天酒地,俨然一位绅士,只要钱包还够他花。而钱花光后,他又回到家里。于是这个颓废的年轻人像从前一样当面瞪着那些诚实的人,就像他自以为的那样,好像所有人都那么愿意再见到他风风火火、结结实实地回家一样。他已经得了肥胖症,大腹便便的,可是看上去过得还不错。因为他用诚实的人们给他的钱过着花天酒地而又无所事事的日子。这个厚颜无耻的恶棍说,要想吃好就不要干活。他是那么不要脸,还挨家挨户去感谢那些凑钱给他当路费的人家，说他尽可能好地花了他们的钱：他过了一段非常有趣而愉快的日子。要是他们仍然愿意把他记在心里并且再次给他筹钱的话，那么他非常愿意再去一趟美国。因为他一直盼望着出去看看外面的世界，这对一个人的修养是非常有益的，弗雷德里克如是说。而这个教区真是肮脏，它不太适合有智慧的人们。他还希望下一次能凑更多钱，这样他可以在美国跑得更远一点。

可是这回所有人对柯昂坡的弗雷德里克恨得咬牙切齿，这个冷酷无情的坏蛋，他们一见到他就朝他吐唾沫。他是与生俱来的堕落，也就是说，他与恶与生俱来地亲近，而与善天生地抵触。给他赞助了一半赴美路费并且亲自把他送到哥德堡的路德伯格中尉，对这个坏蛋再也没有任何怜悯之心：他到省政府那儿状告弗雷德里克偷窃了牛。

可是等政府官差罗纳格伦来柯昂坡逮捕弗雷德里克时，他已经溜了，因而罗纳格伦一直没有抓到他。

"这是15年前发生的事了。从那时起，这个地区的人们就再也没有见过弗雷德里克。有人听说他当了海员。"尤纳斯·彼得最后讲道。

等那个海斯特贝肯的农庄主静下来后，磨坊工人里头还有人在咕哝着愤怒的话。罗伯特想：也许他们中间有人曾经为弗雷德里克掏过去美国的路费，让这小子到哥德堡花天酒地一番，因此还在愤愤不平。

尤纳斯·彼得讲述的故事中的几句话，给他留下了深刻印象，现在他正躺着琢磨呢。克鲁克斯湖的中尉曾说：有这么一个国家，适合所有在家乡干过坏事的人去。

那些从这个教区逃避工作的人会被列入教区人口登记簿的"教区的末尾"。于是他已经听到了神父秋天时节下次家访时高声呼喊：科尔帕默恩的雇工阿克塞尔·罗伯特·尼尔松。那些在场的人中谁也不知道他现在在什么地方待着。自从上个春天之后再也没有人知道他的情况。于是神父就这样记载：在未知地方居留。下一次家访时神父会同样这么记载，然后再下次的家访还会在户籍登记簿上这么记载，过了10年、15年后，神父还会这么记载雇工阿克塞尔·罗伯特·尼尔松：在未知地方居留。自1848年之后再无音讯。在任何时候他都会在教区人口登记簿的"教区的末尾"：在未知地方居留。

这就是对于那些获得自由的人的描述。

"到北美到底有多少公里呢？"他不应该在这里向人们提问，那个被问的人一定会开始琢磨他为什么要问这个问题。也许在某本书里能够找到答案。

可美国是那个从正路上潜逃的人想去的地方。

3

罗伯特被磨坊房间里的暖气及磨坊里磨石单调的轰鸣声弄得昏昏欲睡，他在房间角落的空袋子上睡着了。等他醒来的时候已经是下午了：尤纳斯·彼得和其他磨坊工人已经离开了，他们带上自己磨好的面粉坐车回家了，而在他们刚才待过的地方来了另外两个磨坊工人，他们坐在那儿吃着自己带的饭袋里的食品，他们显然以为罗伯特是躺在那儿等着磨东西的雇工；当其中一个看到罗伯特并没有带饭袋时，他给了罗伯特一块面包片和一块肉片。

那个农庄主讲述了一个死亡事件，是这天上午在附近发生的：一个要去纽巴肯当差的男孩，在克旺那河淹死了。

看上去好像他是从桥上滑下去的。他们找到了他的毛线衫，纽巴肯的雇主阿隆正在河里打捞尸体，可是迄今还没找到。奇怪的是，前两年纽巴肯的一个女佣也在相同的地方掉河里淹死了。

那个农庄主还说起，那个淹死的雇工是科尔帕默恩的尼尔斯的儿子。他刚刚破产。那个男孩从小就有点古怪：他常常从家里跑出去，于是父母不得不在男孩脖子上套一个牛颈铃，这样方便找到他。

一个年轻人的暴毙，真是一个糟糕透顶的事件，那个农庄主叹着气又说道："万幸的是，那个暴毙的男孩已经参加了上帝神圣的圣餐礼，于是人们可以期盼现在他在自己救世主永恒的天堂里逗留呢。"

这时罗伯特正好将那块面包片塞进嘴里；他被呛到了，咳嗽了很长时间才平复下来。那个给他面包片的人还相信他现在在天堂里享乐。这是一个好人，他真想再次感谢他。

在这个磨坊里，他随时随地都有可能被人认出来，他不能在这儿逗留了。

他知道朝哪个方向出发：他要去卡尔斯港，去港口城市，去大海。

他不知道那些磨坊工中是否有从教区南边尽头来的；也许他可以搭一辆顺风车。可正当他想开口问时，有一个被面粉弄得浑身白色的人走进磨坊。他看上去正在寻找某人。他锐利地瞪着罗伯特问道：

"你是科尔帕默恩尼尔斯的儿子吧？"

等他靠近男孩打量了一下后又补充道：

"你光着脚，毛线衫也没有了。你一定就是那个人！"

这时候再去问搭顺风车已经太晚了。

"你的雇工在这儿呢。他和其他那些磨坊工待在一起。"

从磨坊的楼梯上走下来一个额头前被浓密得像狐狸尾巴一般红色头发覆盖的大个子。他的脸颊像上了猪油般光滑,而他却长着细小的、窥视的眼睛。他就是纽巴肯的阿隆。

罗伯特蜷缩着往后缩进自己那个角落。

阿隆看到那个消失的人后开心地笑了起来:

"不!快看哪!这就是我的雇工!看,这就是我的雇工!"

他朝雇工伸出自己长满又长又粗的红毛的双手。它们就像长着弯曲纹理的桦树板那么沉重粗糙,罗伯特从来没有在一个人身上看到过那样大的双手。而它们和他一对巨大的手臂合在一起,长在纽巴肯的阿隆、他的主人身上。

他蜷缩进自己的衬衫和裤子里,想变得尽可能小,这样他的主人就没法抓住他,也没法看见他。

可阿隆看上去像是一个和蔼的人,他的嗓音温和、柔软,就像甜奶油一般。

"是吗?你走迷路了,我的小雇工。今天早晨你没有找到纽巴肯!现在我来给你领路!我在外面还给你备好了车子!"

他伸出自己的大手抓住男孩的肩膀:

"拿上你的包裹来吧!"

罗伯特在主人前面从磨坊里走出来。他是按照规矩受雇,也依附于这个长着他所见过最大的手的男人。

在磨坊外面,在纽巴肯的马车边,主人和雇工四目相对。阿隆狠狠抓住罗伯特的一只耳朵,而他嘴边的笑意渐渐收了起来:

是吗，这个小雇工就是这样的人！是吗，他自己溜了！而他还企图欺骗别人他已经溺水身亡了！而这却给他主人惹了巨大的麻烦——他试图花几个小时去打捞他失踪的雇工！就在眼前最忙碌的春天！是的，他就是这样丑陋的人，他想在他还没有开始工作前就逃避他的工作！这个小雇工就是想用这种方式来为父母争光并且敬畏和服从自己的主人！他可怜的父母今天还因为他溺水身亡而悲痛万分，而明天肯定会因为他还活着而感到羞耻。他是已经行过坚信礼的成人了，可却不会从家里走25里的路程去雇主家，而是半道消失了！他要跟他父母说：他们仍需要在把自家的男孩从家里放出来之前，在他脖子上挂上牛颈铃！

"你理应受到严厉的惩罚，我的小雇工！但是你得吃一记小小的耳光，这样就可以一笔勾销了！"

于是他给了他的雇工一记耳光。

罗伯特往后朝着一个车辘轳那边跌倒，于是他周围的世界晃悠了大约半分钟。可是他并没有倒下。主人阿隆粗大、沉重的大手原本可以把他打得更重，但他一定是非常手下留情了。他听明白了：他今天尝到的耳光还算轻的！

然后罗伯特不得不坐车跟着他的主人沿着那条他早晨走过的、跑偏了的路走回去。而等他们到达这天早晨故意回避的那座克旺那桥时，马车驶向了那条通往主人阿隆家的正路。

那天就这么收场了，罗伯特·尼尔松要迈出去美国之路的第一步就这么终结了。

雇工房间里跳蚤会听到的动静

1

纽巴肯庄园里有农庄主和女主人,一个老主人的遗孀,三个女佣,住在女佣房间,还有两个雇工住在马厩房。阿隆的雇工贴着放饲马厩的墙根住着,在那儿他们有一张折叠桌子,各有一张长凳、一张床,床上都铺着麦秸捆,晚上则用马盖的被子遮身蔽体。墙上和床上住着大量跳蚤,它们在不受干扰地悄悄繁殖并且充斥于所有的坑洞及缝隙里。

阿尔维德,第二个雇工,他已经成年,身体非常强壮,尽管他的脸颊还长着浅黄色卷曲的少年的胡子。他脸上的皮肤有红色的皲裂,而在他的鼻子上则有旧的冻疮,因为寒冷开裂后一直不见痊愈。阿隆告诉他的大雇工:罗伯特是他的"小雇工"。

阿尔维德好像有点木讷,怕见生人,可是就在罗伯特躺着在雇工房间里第一个晚上他就询问他的伙伴农庄主的情况,纽巴肯这儿怎么样啊?

在罗伯特睡着之前,那个大一点的雇工来得及告诉他问题的答案:阿隆很热情,而当他被惹急后,他会给他的雇工一两个耳光或踢一脚,其他时候他会很和蔼并且是一个通情达理的人,不会为某事伤害某人。女主人则要坏一点:她会打自己的女佣和自己的丈夫,而阿隆很怕她,因此一般不会还手。可农庄主和女主人都害怕住在阁楼上边的奶奶,老主人的老太婆。她年纪很大了,要是阎王爷管好自己的事情的话,她好像很早就应该躺在坟墓里了。可是他也许也害怕她。

他们要干的活非常累,因为农庄主自己很懒惰,所以雇工所有的活都得干。在好的年头,食品是不配给的,下人可以敞开肚皮吃面包。而要是收成不好的年份,这里和其他地方一样,吃面包时要看主人的脸色。

每两顿饭饭桌上就有一顿腌鲱鱼,可是在许多地方他们除了圣诞夜,全年每顿饭都得吃腌鲱鱼。而在许多地方,女主人亲自切面包,并分发面包片。所以,纽巴肯的人们无权对食物挑三拣四。当然,有时会发生面包发霉、鲱鱼发臭、牛奶变酸、奶酪被老鼠咬过等情形,人们甚至能清晰地看到它们那些小牙齿咬过的痕迹。可是迄今为止只发生过一次老鼠屎掉进牛奶里的情形,于是阿隆亲自把那些"黑色的珍珠"拣出来扔了。阿尔维德曾经在另外一个地方干过活,那个农庄主在教区里有多个农庄,在那儿面包大部分是发霉的,鲱鱼总是发臭的,牛奶也始终是发酸的,那儿的农庄主和女主人从来都不会去把牛奶里的老鼠屎拣出来。所以纽巴肯这儿的人们无权瞧不上这儿的食物,阿尔维德说。

这就是这个小雇工干活的头天晚上从大雇工那儿了解到的事情。罗伯特每天晚上在床上倒头就睡,他累得要死要活的,睡得就像地里的麝香鼠一般,即便是床上的跳蚤叮咬也没法把他弄醒。直到阿隆早晨来推揉他的肩膀把他唤醒：我的小雇工，醒醒吧，已经4点钟了！我的小雇工，你要知道无所事事是一种堕落！你现在不要睡了，不要再懒惰了，你得起床开始刻苦干活，干你该干的事！

那个大雇工阿尔维德，他岁数大一点，已经习惯了，他已经去自己该去的地方干活了，他说活儿非常苦，这正如他所言，他已经深有体会了。

罗伯特是这个庄园里年纪最小的人，所有人都对他发号施令：阿隆、女主人、老太太、女佣们都对他指手画脚。所有人都指使他，派他去干这干那，纠正他的错误，斥责他。庄园里所有的人都是他的主人，甚至动物们也是这样：庄园里的4匹马都需要持续的照料。每天早晨他得起床给马的饲料槽里加饲料，晚上他必须在饲料槽里添好料才可以去睡觉。而马儿们需要牵引，要给它们清理粪便；还要用干草喂马，从谷仓里取出燕麦，在谷仓将饲料草切成碎片，还要去井里担水。他还要与马儿们亲密接触，与马儿们墙贴墙地睡觉，得赶着马车去运输东西；得闻马儿呼出的气味以及马儿的粪便、汗液、皮毛及马鞍散发的气味；这就是罗伯特的雇工生活，无论是工作日还是休息日都一样：马儿们随时都要有人照料。

动物们被缰绳拴着站着，而雇工们被动物拴着。一个雇工一年的活，如果把他一周的休假剔除的话，总共有358天。

也就在纽巴肯的第一个星期，罗伯特就已经做了自己人生的决定：他要逃离所有农庄主，远离这儿的人类和动物。

这个被所有人使唤的小雇工，眼观六路，耳听八方。

他四处聆听、观察并且跟踪着庄园里发生的事态并且搜索着庄园里的秘密。当人们谈论那头去年秋天在纽巴肯被屠宰的白色的未曾生育的小母牛时，人们闪烁其词，好像暗示着什么。一头还是小牛犊的漂亮小母牛被送上了断头台，因为阿隆不想让它活着。为什么他要这么做呢？

罗伯特将从四处打听到的消息拼凑起来：那头白色的母牛在没有和任何公牛交配的情况下怀上了小牛。而现在发生的事情是那头母牛怀上的小牛长着人头和人脸，是半兽半人的可怕魔鬼。这是人们在母牛怀孕期间将这头白色的母牛屠杀的缘故。

罗伯特不明白那头母牛在没有和任何公牛交配的情况下是如何怀上小牛的。于是他得到这样的答复：那他就得去问阿尔维德了。除了阿尔维德谁也不清楚。他一定能够告诉你答案的。

他通过这种方式引导庄园里的人对和他一起干活的伙伴进行可怕的责难。

所有事情从来都不说得那么完全清晰。他说的每句话都在中间被打断，在涉及责难本身时中断。女佣们轻轻地耳语道：任何人都不会高声谈论这种事情。罗伯特询问这些事时，也得不到完整的回话：他们会为这事责怪阿尔维德？不，谁也不会为啥事怪阿尔维德。可是谁要是想知道更进一步的消息的话，必须去找他：他是唯一知道那头白色母牛真相的人。他们只知道老太太说过的话。

事情的起源是住在阁楼上的老太太。去年夏天她碰巧亲眼看到阿尔维德从牲口棚里驱赶那头白色的母牛。那天正好是大白天，牲口棚里没有任何人，没有谁指使那个雇工去驱赶那头母牛，她不理解为啥那头牲口要在大白天被赶进牛栏舍捆住。老太太没有看到别的事情，除了阿尔维德将牲口赶进牛栏舍，没有看到其他事情。她没有去责怪他和牲口做了什么不允许且令人作呕的勾当。她只是这样跟女佣们说，他在牛栏舍里和那头母牛干的事，除了上帝和他自己，谁也不知道。

老太太没有说更多没有根据的话。

罗伯特在小男孩时就跟随父亲看到公牛和母牛交配的场景，而等他当上放牛娃后，他也多次看到公牛如何让母牛生小牛的过程。这一点儿也不奇怪，他知道牲口们是怎么做的，他也能想象人类会怎么做爱。可是他无法想象人和牲口，一个男人和母牛是怎么在一起的。他无法相信他的伙伴会做出这样不齿的勾当。

只有上帝和阿尔维德知道那头白色母牛是如何怀上小牛的……这是老太太把这件丑事给抖搂出来的，而女佣们是相信这件事的。她们把阿尔维德看成好像他患过麻风病一样，他要触碰她们时会立马抽身出来，她们也绝对不愿意单独和他待在一起。关于纽巴肯的雇工和那头白色母牛的传言已经在乡里四处传播并且使得所有女孩都躲着阿尔维德。有一段时间他会到相邻的院子里去和一个女佣打招呼，可是现在再也碰不到她了。谁也不会和一个跟一头牲口干那事的男孩有任何牵扯。

罗伯特无法说服自己去和他的伙伴说这件事，可是他觉得他是知道这件事的。以前很开朗并且和人很好相处的阿尔维德，最近变得胆怯并且沉默寡言。人们肯定知道这是为什么。

等罗伯特干了一个月的活后，他向阿隆请求准许他在某个星期天回家看望他在科尔帕默恩的父母，可是阿隆却回绝了他：他还是不太信任那个常常跑路的小雇工，要是把他放出院子上路的话，说不准就会开溜了。阿隆也许认为，他会回家向他父母抱怨干活太苦并且诽谤主人，阿尔维德解释道。而这时罗伯特才知道，他年长的伙伴半年都没有离开他干活的地方了，尽管他住的地方离父母家只有5公里远。他也明白了他与人保持距离的原因：那个被人责怪和一头母牛干那个勾当的，只有他到了不得已的时候不愿意说更多的东西。要是这件事情是真的话，这是一个令人作呕的责难，而要是这件事情是一个谎言，这是更加令人作呕的责难。

阿隆对罗伯特说这个服役年头没有休假日，那是因为他走的不是时候，那几天都有活要干。于是他就对他的小雇工为什么非要跑回家去见自己的母亲感到不解：他已经不再需要吮奶了吧？

要是没有农庄主的准许的话，一个雇工哪儿也去不了，他不能离开他干活的东家。

可是在夏天的星期天里，等马儿都放出去吃草后，既不用喂饲料，也不用力拉或喂水，纽巴肯的雇工们在马厩房里总算有了一段悠闲的时光。这时罗伯特就会拿出《自然知识》并为他的伙伴高声朗读。

阿尔维德在学校只上过两个星期的课并且一直不会念书。可是他装作会的样子。

有时他会脸上带着若有所思、神秘莫测的神情盯着《自然知识》，好像在看书一般。过了一段恰当的时间，他会翻开下一页，慢慢地沉思，就好像他对刚才看过的那一页深刻理解似的。然后他会坐着对下一页盯看同样长的时间。可是罗伯特一下子就看穿了他的伎俩，因为他把书本上下拿颠倒了。

阿尔维德从来不会"念"很长时间。他抱怨眼睛疼：书里曲曲弯弯的字是那么小，这对眼睛来说太费劲了，而他眼睛一直不太好。只要念一会儿就开始刺疼，就好像靠近火堆凝视似的。他说，因为眼睛是那么虚弱，他才不得不辍学。

于是他把书本递给罗伯特：

"你念吧，因为你的眼睛比我好。"

那个大雇工装作看得懂书，而那个小雇工假装他信他会念书。

于是罗伯特大声朗读《自然知识》里关于空气和水、动物和植物、鳄鱼和响尾蛇、蝴蝶和蚕茧、海狮和飞鱼、佐料植物及咖啡灌木、整个沙漠和寒冷的冰海、无叶植物和天体、地下源泉及火山的内容。阿尔维德听到所有这些他从来都没有见过的地球上奇奇怪怪的东西和现象。等罗伯特再次合上书本时，他说，可惜他自己没法要看多少就多少，因为他那双不争气的眼睛。他其实视力还可以，可就是看书里的字母时不这么给力。

在世界上所有的食物里，阿尔维德对每年圣诞节才能吃上一顿的加糖和牛奶的米粥评价最高。一个星期天罗伯特念了一段《自然知识》里关于大米的段落，等他念完后阿尔维德请求道：

"你再念一遍吧！"

罗伯特念道：

关于大米。大米是一种谷物，在比较热的国家里种植。可是那些去壳的米粒甚至也运到我们这儿，这时我们把它称为大米。人们将它和牛奶一起煮成好吃的白甜粥。最好的大米来自北美的卡罗来纳……

阿尔维德听得目瞪口呆,他沉浸在自己白色牛奶大米粥的梦想里。到圣诞节还有将近半年时间;他与白色牛奶大米粥桶之间还漂浮着几百条腌鲱鱼,这是他要先吃掉的。阿隆刚从卡尔斯港带回一桶鲱鱼,而他们要吃到见底,然后才会给他们煮甜甜的牛奶大米粥。

罗伯特继续念另一段:

关于甘蔗。几乎我们国家所有食用的糖都是用甘蔗生产的。它是一种8—10英尺高的草本植物并在所有炎热的国度,譬如东印度和美洲种植……

那个大雇工若有所思地在脖子那儿挠着痒痒,眼睛透过窗户往外瞧着,他脖子那儿有两处昨天夜里被跳蚤咬过的鲜红的印儿。

有那么一个国度,那儿既产大米又产糖,可是它却在世界遥远的另一端,而它们之间隔着很大的海洋。教区里的湖都不怎么宽广,人们可以在一小时里沿着湖岸划一圈,除此之外他和罗伯特再也没有见过比这更大的水域。于是阿尔维德开始想那个横亘在这个国家和美国之间的海洋。

他突然自言自语道:

"那个大洋有多大?"

罗伯特吃惊地瞧了一下他的伙伴。他能回答这个问题。他能告诉阿尔维德很多与之相关的事情。可是他自己带着一个秘密,一个他要小心翼翼地保护和隐藏的秘密。他要表现得非常明智和小心谨慎；他不敢信赖任何人，即便和他一起干活的伙伴也不例外。

阿尔维德和罗伯特常常在星期天就这么坐着，通过马厩房里仅有的一扇窗户往外眺望。那几块窗玻璃已经很久没有擦了，布满污渍，在窗户角落里有一个蜘蛛网，里面满是死去的苍蝇，窗框的白漆已经剥落。一个黑乎乎的窗框和其中透出寒酸味的、脏兮兮的狭窄窗玻璃给纽巴肯的雇工们放进了白天的光线。可是他们可以通过它，穿越这个农庄和牲口棚外的空地，一直引向下面的乡村路，看到外面的世界。等到眼睛不再能够看得见的时候，他们继续独自放飞自己的思绪；他们的思想继续努力跨越他们从来没有看到的道路，跨越大洋的水域。

2

一个星期六晚上，等雇工们辛辛苦苦地干完活在自己房间里坐下后，阿尔维德拿出他的部分工资从庄园的酒桶里打了点烧酒，阿隆还用木桶给他续了酒并请大伙喝。罗伯特迄今还没有直接喝酒的习惯，他总是用面包蘸着酒喝。为了遂阿尔维德的愿，他把一杯烧酒直接倒进嘴里，过后他感到嗓子眼儿好像被松果枝往下拉伤一样。

今天阿隆说，纽巴肯就要进行一年一度的牧师家访了。去年秋天因为不会回答神父的第四个问题而被严厉警告的阿尔维德，对这一天的临近感到非常恐惧：

"神父去年问我哪些人称得上是我们的先生，可是我答不上来。"

"按照上帝制定的秩序，所有和我们父母一样的人都享有慈父般的权力，如当局、老师、农庄主。"罗伯特快捷地答道。

"啊，上帝保佑！"阿尔维德羡慕地瞧着他的小伙伴，这时他正为自己的显能而怡然自得呢。

"上帝赋予我们的父母和先生们管理我们的权力，他们就像上帝的奴仆，仁慈地教育和管理我们并且以他的方式促进我们真正的福祉。"

"每一个人都应顺从行政当局。因为没有任何当局是可以脱离上帝而存在的，而那个现存的当局是由上帝安排的。要是你想逃避对当局的畏惧，那么就尽可能做好事，这样你就会得到当局的奖赏了……"

"啊，上帝啊！"阿尔维德大叫一声，并且急速地喝干他手里烧酒杯中的酒，因为喝得太过猛烈而呼吸急促。

罗伯特可以喋喋不休地讲那些旧规矩，要讲多久就多久，他会时不时给他的伙伴教一点这方面东西：

"阿尔维德，你知道我们有多少主人和农庄主吗？我是指在整个世界上。"

"不知道。"

罗伯特举起右手掰着手指计算，每个主人和农庄主他用一根手指来代表：第一位是国王；第二位是比国王小的省长；第三位是追债机构官员，他比省长要小；第四位是省府官员罗纳格伦，他比追债机构官员要小；第五位是省长的仆人；第六位是神父，他们是管理精神的当局；第七位是他们的农庄主，纽巴肯的阿隆。省府官员管着他们，这样他们会待在这儿工作，神父则通过牧师家访管着他们，而阿隆则管着他们干活并且给他们发工资。加起来一共有七位主人和农庄主。

"啊，耶稣啊！这样高贵的主人啊！"

"现在你可以在牧师家访时告诉神父了。"

"我要试着记住这些。"

于是阿尔维德开始自己掰着手指来计算：

"国王，第一位主人……他叫什么名字？"

罗伯特解释道：那位受上帝旨意登上瑞典和挪威联合王国王位的叫奥斯卡一世，上帝通过他安排设置了其他当局。

他和他的伙伴一次又一次重复他们的主人名单，最后阿尔维德也会所有七个主人的名称了，他们按照上帝的安排对他们行使着慈父般的权力。

过后罗伯特对教课已经感到厌倦了；他又喝了两口烧酒，有点昏昏欲睡。他脱下衣服，拿马匹用的被子盖着，直挺挺地睡了。阿尔维德继续在烧酒桶旁的桌子前坐着，继续喝酒。最近一阵子他经常喝酒。挂在墙上的钉子上的马厩提灯用微弱的光线将马厩边的房间照亮。墙那边传来马儿们喘息以及在马厩地板上蹬踏的声音。那些夜晚的猎者跳蚤已经在裂缝及凹槽里做好了准备，随时出去吮血。

罗伯特鼻子里喘着酒气睡着了。

然而他突然被某种噪声惊醒了。他只睡了一小会儿；那盏提灯还在亮着。房门打开着，从外面刮来的狂风吹得房门发出剧烈的响声，就是这个动静把他惊醒了。可是阿尔维德没有在自己的床上睡觉，他出去了。

罗伯特摇了摇桌上的酒桶，里面是空的。他一下子被忧虑攫住了。

他只穿了一件衬衫就迅速跑到马厩外边的空地。外边月光非常好。在月光里他看见有人正往木柴棚的门移动。

他往前走得近些,看出那人是阿尔维德,他刚从木柴棚里出来,脚步踉踉跄跄的,手里拿着一把斧头。

"你在那上边干吗?"

阿尔维德前后晃动着停了下来。他呼吸非常急促,光着脑袋,头发朝各个方向支棱着。他还大张着嘴。他的上嘴唇因肿胀而变厚,他的脸颊血迹斑斑,因为他摔倒把自己磕伤了。月光里映射出他的眼里红色的火苗并且有点呆滞。他从木柴棚里拿了那把大的开山斧。

"你要在半夜砍柴吗?"

"不,不是柴……一样别的东西……"

"你昏头了吗?"

"有个人要死了,就在今天夜里……"

"阿尔维德!"

"老太婆就要在今夜死了……"

"阿尔维德!把斧子放回去!"

"我要把那个老太婆给砍了!"

"你昏头了!"

"我要把那个卑鄙下流的家伙的嘴给劈了!"

"阿尔维德……甜美的……亲爱的……你不要这样!"

"她把我给毁了……她得去死……"

他拔腿向庄园院落跑去。

罗伯特猛地追上去,在他还没从木柴棚那儿跑出几步的时候就抓住了他。他用手臂抱住他的伙伴并且抓住了那把斧头。

"亲爱的、好心的阿尔维德……

"把斧头放下!

"听我说……要是你这么做的话,这辈子你都不会幸福的……"

"我已经很不幸了……"

"听我说！你不知道你在干什么！"

"把斧头放下，听我的！放下！"

两个雇工在争夺那把斧子。罗伯特怕被刀口割伤，而阿尔维德要比他强壮得多，他很快就将斧头从他手里夺走。可是他因为多喝了一点烧酒，腿下有点不稳，他被一块树皮绊了一下，仰面朝天倒下了，在倒地的瞬间他的手松开了他的武器。罗伯特迅速夺下那把斧头，拼尽全力把它扔得远远的。它掉到牛棚矮墙边的醋栗灌木里。

阿尔维德在木柴房外边的空地上坐着，他用手摸到那块树皮，骂骂咧咧地寻找那把斧头。罗伯特在他边上站着，试图劝说他不要干傻事：

"我们是好朋友……我为你好，阿尔维德……你是甜美的……好心的阿尔维德……"

过了一会儿他平静下来了。他不再追着要斧子了。他只是一遍又一遍地重复着：

"我是那么不幸……那么悲惨……"

罗伯特被他和蔼的伙伴突然不停冒出的不理智念头给吓着了。他只穿了一件衬衫，因为在屋外寒气袭人，又被刚发生的事情吓的，在那儿瑟瑟发抖。

"我冻着了，我们现在回去吧……"

他渐渐劝阿尔维德跟随他回到雇工房间。那个喝醉了的家伙直挺挺地倒在自己床上。他所有的力气好像都离他而去，精疲力竭地倒在那儿，嘴里还咕哝着：

"有时我真想把那个住在阁楼里的老太婆给砍了……"

罗伯特觉得他的伙伴能冷静下来真是最好不过了。冲

动过后他头脑好像很快就开始清醒了。他坐了起来,又开始平静地说道:

"你知道她是怎么说我的吗?"

"知道……"

"我知道。可这一切都是那个可恶老太婆捕风捉影,你能明白吗?"

"我能明白的,阿尔维德……"

那个大雇工嘴里又咕哝了什么,然后他又沉默了很长时间,以至于罗伯特以为他睡着了。可是突然他又继续往下说,现在他已经完全清醒了:

他从来没有和那头白色母牛干过任何无耻或不该干的事。要是他躺在这张床上现在就死了,那他最后想说的一句话就是:他没有和任何牲口乱伦。他在牛棚里和母牛做的事情,只有上帝和他自己知道,老太婆说过。可要是人们都不知道实情,要是人们料想他干了啥勾当的时候,他是不是要感到高兴呢?

除了说他从来没有相信过对他的非议,罗伯特实在不知道自己还能说什么。

阿尔维德说,此外,那头母牛从来没怀过小牛;那是个天大的谎言,是在母牛被屠宰很长时间后老太婆在阁楼上凭空捏造的。那头母牛要是还活着的话,从来不会生下长着人头的怪物。

"要是你去法院告那个老太婆呢?"

阿尔维德肯定已经仔细想过这种洗白自己的方式。可是他对法院比较发怵。他不想站在法庭上被好奇的人们指指点点。他害怕要是在郡法院出庭的话,谣言会传播得变本加厉。而且老太婆也许会像没事儿人一样大摇大摆地出来，因为她从未很清楚地责怪他，她只是说上帝和他知道他干了什么而已。

罗伯特很少在室外看到她，那个披着灰色披巾和黑色头巾小老太太，那个蜷缩成一团的东西，她看上去连苍蝇飞近了都没力气赶跑的样子，可是却毁了阿尔维德的一生。这对于他的伙伴来说是极大的不公平。全能的上帝为什么不能将真相公之于众，还阿尔维德以清白？

"你知道他们怎么称呼我？"阿尔维德问道。

"不知道……"

"我可以告诉你……"

最近几天他在走路的时候听到两个小男孩在他背后小声嘀咕。他听到两句话。他们在议论他。他们在叫他的绰号：纽巴肯的公牛……

雇工房里沉默了几分钟。罗伯特的眼睛开始冒火。他现在明白了，他的伙伴近来常常借酒浇愁也就不足为怪了。

阿尔维德继续用颤抖的嗓音说，他被称为"公牛"。所有妇人都这么躲着他，这一点儿也不奇怪。没有任何女孩会再和他靠近，这一点儿也不奇怪。谁愿意和一个被唤作"公牛"的人在一起？而尽管背负这个绰号的人既没有对人也没有对动物干过啥坏事。他试着去忍受。可这个绰号却时刻笼罩着他。他在这儿成为嘲笑的对象，被所有人嘲弄和憎恶。于是他在这儿没法在人前露面。

罗伯特于是理解了他为什么会奔着去取那把斧头……

阿尔维德又一次躺下了。他的身子在颤抖。他哭了。他静静地哭着，整个身躯都在震颤。他就这样躺了很久。

罗伯特对他的伙伴的情况已经很清楚了：阿尔维德对被唤作"纽巴肯的公牛"已经无法忍受。任何一个人要是面对及忍受阿尔维德所承受的一切,他都必定会选择从这儿离开。

由此罗伯特也知道了他该做的事:他应该可以信任他的伙伴。

也就在第二天晚上,他把自己的秘密告诉了阿尔维德。两个雇工如往常一样坐在自己的床上,准备睡觉,马厩房当时只有他们俩,院子里所有的人都睡了。可是罗伯特表现得特别小心翼翼,就好像省府的工作人员罗纳格伦站在窗外正在听着似的:他把自己往阿尔维德身边靠了靠并且贴近他坐着,然后开始跟他悄悄地耳语,尽管附近除了在夹缝和其他躲藏地方的跳蚤没有人会听到他当前正暴露的犯罪的意图:

"我有一个隐藏的秘密,阿尔维德。你是唯一一个值得我托付的人。我可以相信你吗?"

"就是砍头也愿意,我发誓!"

俩人互相握着对方的手,年轻点的雇工松了一口气:他讲了自己打算逃离自己的劳役。可是这次他不会再像当年春天去上工时那么愚蠢。他打算等到秋天,那时他们会往卡尔斯港运橡木木料。他目前在木料运输起点站工作,因此也许可以骑那匹老母马跟着赶马队。可是等那匹跑运输的大牲口在路上把他扔下后,阿尔维德也许再也见不到他了:那匹老母马会独自跑回纽巴肯的。而这个时候赶车的小伙子已经跑得远远的了:他会到卡尔斯港登上一艘开往北美的船,抵达新的世界。

"你愿意跟着我吗,阿尔维德?这样就再也没有人会提你的绰号'公牛'了?"

阿尔维德一句话也说不出来,他只是直愣愣地望着罗伯特。他是那么兴奋地坐着,直愣愣地望着他的伙伴——那个15岁的男孩,他是那么勇敢无畏,竟然敢用农庄主的木料运输队逃跑,他竟然要漂洋过海。

而阿尔维德想起今年春天发生在罗伯特身上的事情,那天他要出发去打工,却在克旺那河的桥边踏上了一条错误的道路。

他已经成功抓住了某种帮助他继续长途跋涉的东西。现在他从那个隐匿的地方把他藏在麦秸束下的秘密抖搂出来,他从里面掏出一本有棕色窄边框且书脊镀金的小书本:《北美利坚合众国简介》。

他在那儿获得了那种秘密的帮助。现在他知道了一切他需要知道的东西。

当罗伯特拿着粪叉在粪堆场的时候,当他用长柄大镰刀在割干草的时候,当他在干草车上或饲料箱踩着的时候,当他在马厩房间里坐着往窗外眺望的时候——他的思想始终伴随着他越过大洋。而渐渐地在他面前呈现出大洋彼岸的另一个国度:这就像花朵从黑土地里绽放出来并且张开它的花冠,就这样在他的想象中成长起来。他已经跨越了大西洋并且与那个远方的国度——美国成了密友。

这里存在两个世界,一个是《自然知识》里的世界,还有一个是《圣经》里的世界,这个世界和那个未来的世界。在这个世界里又依次分为两个部分:一个旧的和一个新的。他的家乡存在于旧世界,这个世界是脆弱且摇摇欲坠的,被使用过且年老体衰了。那里的人们已经精疲力竭,颓废、老迈且虚弱而过时。在他们过时的住地上一切都是静止的。那些长满苔藓的木屋就如以前一样,家徒四壁。孩子们对他们的父母百依百顺并且模仿着他们一次又一次地重复着父母曾做过的事情。旧世界不会再存续很多年了。过不了多久它就会轰然倒下并且将所有颓废的人们的家打得稀巴烂。

可是在远方，在地球另一边，那儿有一个新世界，它是新近才被发现并被人定居的。新世界是年轻且新鲜的，充满了财富以及所有人们可以想象得到的美好事情。而那些在那儿定居的，是年轻、生气勃勃及机智的有着未来的人们。新世界的居民来自旧世界的最厉害、最聪明的人们：他们是离开自己家乡的主人及农庄主的人们。所有愿意获得自由、不愿意听命于任何农庄主以及在母国贫弱并受压迫的，在自己家乡被虐待和折磨、贫穷且痛苦、被驱赶并且绝望而不幸的人们迁居到那个新世界。

那些在旧世界里不愿意认命的人迁移到了新世界。对于他还有阿尔维德来说，去美国是正确的选择。

3

今年春天里纳尔多在庄园里教课时，罗伯特曾经问过他，他是否知道描述北美真相的图书。那位校长刚刚看到在《温度计报》上刊登过这样的图书广告，那本书包括邮寄费总共48先令。里纳尔多给罗伯特写下书名并给他48先令，让他赚到他雇工的工资后还给他。校长非常愿意帮助他，因为罗伯特是他的学生里唯一一个完全自觉自愿地看书的。

现在是夏天，晚上他在房间里躺着通读了《北美利坚合众国简介》一书，他从头到尾一共看了三遍。这本书是给那些想要迁移到那个新世界的、文化程度不高的粗人写的。而就在翻看第一页的时候，罗伯特已经肯定，这就是一本讲述真实故事的书：书中看上去傻傻的、不可思议及寓言般的无知，都是清晰和纯粹以及好的真实。这里所有东西都保持原样，没有添油加醋或者虚构的成分，一切都是当今的美好真相。

罗伯特对那些重要的地方如数家珍或几乎都能背诵，而现在阿尔维德也知道了所有他想知道的、关于新世界的事情。那个小雇工讲述着，而那个大雇工聆听着：

那些先生和名门望族撒了谎并且丑化了北美利坚合众国。他们说这个国家只适合那些在家里干了什么坏事的人移居。克鲁克斯湖的中尉曾想把教区柯昂坡人人嫌恶的弗雷德里克送去北美，虽然他在哥德堡折返回了家。中尉指出，在北美那儿居住的绝大多数是土匪、恶棍流氓、窃贼和其他丑恶且堕落的人们。可这是谎言。美国人经商的品行都很正直和诚实，他们在居住环境和穿着打扮方面都很爱干净且风格雅致，他们勇敢慷慨且非常乐于助人并为人谦逊。然而那里也有个别坏人。还有，说美国会非常炎热，只有印第安人和黑人以及异教徒在那儿才能在活。从旧世界这里去那儿的人们也可以呼吸到空气、吃得上饭及喝得到水，没有任何人窒息或被毒死了。在最健康的地区的印第安人，他们的死法和这儿的人不一样，而是到百年后，会将他们烤干直到他们变得非常轻，这样他们可以被吹走并消失在天空中。

可是名门望族一直隐瞒的，是新世界的人们不像瑞典王国那样被划分为贵族和平民。在美国任何人都不比他人更具优势，因为所有人一样好。那里不允许皇族和王族人员的存在。美国人并不由贵族引领：人们不需要向任何人鞠躬或行屈膝礼。在美国人这儿也没有骄傲自大。没有人因为所干的是肮脏或简单的活而受到轻视和冷落。所有工作都一样具有很高的价值。一位拥有1000蒲式耳耕地的农庄主整天和他的雇工一起劳作。可有谁看见过克鲁克斯湖的中尉和他的雇工一起运动物粪便呢？而他只拥有130蒲式耳耕地而已。这里也没有雇用条款或者佣金，雇工和女佣只要愿意就可以不受任何惩罚地辞工。他们也不必起早贪黑地干苦力：在北美没有人每天干活超过12小时。

在那儿，钱叫美元，一美元相当于两个半银币，一个身强体壮的雇工一年可以赚最多125美元，这相当于超过300银币。譬如阿尔维德在纽巴肯一年工资为40银币再加一件羊毛西服。要是人们把西服算10银币的话，那么他在美国一年的工资比在阿隆那儿整整六年的工资还要多。还有就是食品要好很多：美国人吃得非常好。所有人每天都能吃上排骨和白面包，而且有些人在星期天还能吃上双份面包。腌鲱鱼是被禁止食用的。在美国牲口吃的东西比瑞典的用人吃的还要好。纽巴肯的阿隆给他的用人的伙食连美国的猪都不爱吃，因为它们非常挑食。在新世界里的猪跟瑞典的伯爵过得一样滋润。

罗伯特将他在书里记得的东西讲给阿尔维德听，话语滔滔不绝地从他嘴里流出，也许他为了劝说阿尔维德有意在某些地方避重就轻，而在另一些地方添油加醋，可是总的来讲还能自圆其说，这样关于美国的真相不会太离谱，并因此造成某种伤害。

他急于将他的伙伴拉拢跟随自己，这样他在这些罕见的消息跟前就会感到震惊。他时不时地插话道："不！真的？我的上帝呀！魔鬼才信这个！帮帮我可怜的灵魂吧！"

他白天嘴上一直挂着这几句话而并不指任何事情。阿尔维德从来没看过描述天堂的任何文章，因为他不会念书，他也从来没有听过神父在布道椅上讲述过天堂是什么样子，因为他只是讲如何上天堂，可要是罗伯特的书里讲的事情只要有一半是真的、另一半是假的话，那么这本书所描述的就是这个世界上的天堂。

可是阿尔维德现在要对形形色色的事情进行探究，譬如那些异教徒和印第安人，用自己的刀去剥人头皮那种办法伤害基督徒。罗伯特说，那本书里没有讲任何印第安人剥人头皮的事。这时阿尔维德就问起北美那些野兽是否危险。那儿有没有可怕的蛇？他一直害怕那些爬行动物，他从来不敢打死一条蛇，当他看见一条小四脚蛇时，他会慌忙躲开。罗伯特同意在美国生活着会吃人的大型野兽因此也是有点让人恼火的。最厉害的动物是灰熊，它会攻击任何企图伤害它的人。但要是人躺倒在地并且装死的话，那头熊就会放过这个人。那儿还有狮子、老虎和狼，可是它们都对人类有天生的敬畏和厌恶，因此只要它们没有被伤害或惊吓，是不会对人进行攻击的。那里有有毒的响尾蛇，在它们爬行的时候会发出咯吱咯吱和轰隆的声音，所以人们老远就能听到它们，于是人们就很容易逃跑。美国也有令人头疼的蚱蜢、大头苍蝇和蝎子，可是它们不会伤及人的性命。蚱蜢除了吃青蛙其他什么也不吃，它们满足于这个。所以谁也不必因为野生动物而害怕在美国定居。

他也不害怕，阿尔维德说。他问这个只是出于兴趣。而现在他已经知道了：等熊瞎子来了就只要躺在地上装死。而他听觉很好，他也许能很早听到响尾蛇轰隆着来到，这样他就会很快跑开。

而书上讲述的那些被称为黑人并且长着羊毛般头发的人,被当作奴隶养着,被人像牲口一样买卖。罗伯特也思考过这个,认为这对他们不是很公正。可是他们宁愿忍受而且过得很舒服,他给阿尔维德念道:

很多奴隶居住条件很好,吃的穿的、医疗和工作条件都很好,而且他们的老年比绝大多数英格兰的工厂工人及绝大多数欧洲农民享有更足够及可靠的扶养。他们有自己养的母鸡和猪、自己的土地,在那儿他们可以种植自己喜欢的东西并且收成归自己所有。他们可以离开半年而不会被主人责骂。因此有自愿的奴隶,他们不满足于自己新的境况并且想对获取物进行节制,想到年纪老了之后不免要有人照顾,于是他们将自己的自由之身打包再次卖身为奴。

阿尔维德惊讶地叫了起来:"奴隶们有自己的母鸡和猪?还有自己的地?还有比这里大部分农庄主还要好的食物和衣服?那么人们一到美国就应该马上把自己卖作奴隶,这应该是一个农民能做的最聪明的事。因为在瑞典他永远不会拥有自己的土地、自己的母鸡和猪。"

罗伯特说,在美国白种人是禁止将自己卖作奴隶的。

"禁止的?"阿尔维德傻眼了,"可你不是说美国是一个自由的国度吗?所有人可以干他想干的一切,你刚才还说过不是?"

"当然啦。可是对于白人来说,这种买卖无论如何是不允许的。"

既然所有人在那儿可以有权做他想干的一切,那为什么要拒绝某人把自己给卖了呢?

罗伯特显得很尴尬,他无法回答这个问题。阿尔维德指的是,也许在美国人和人之间还是有差别的,那些白人不像那些黑人那样享有同样的权利,把自己给卖了并且得到自己的土地、母鸡和猪。

要不是他视力太弱的话,他实在很想多看几章关于美国的介绍;他念书的时候眼睛就会十分疼。所以他请罗伯特能够继续给他念书,于是他开始叙述新世界里疯人院里病人的生活——在宾夕法尼亚的一所医院:

> 在这个医院里那些弱智者在清醒的时候可以做织布、劈木柴等工作,通过这种方式缩短其精神伤害的时间,除此以外,那里的人们也有书看、有报纸读,他们还能玩国际象棋,演奏笛子和钢琴等乐器……

"那些弱智者也能干这些?"阿尔维德大叫起来。
"那上面写着:那些弱智者。"
"他们能看报纸还能吹笛子?"
"是的,你自己可以看呀!"
"我的天哪!"

罗伯特眼睛非常棒,可这是千真万确的,他不可能念错书里的内容。那些残障之人在美国都能过得如此高质量和奢侈,那么人们很容易想象聪明人在那儿会过得怎样了。

阿尔维德于是打定主意跟随他的伙伴一起去新世界。

在美国没有人听到过那个丑陋的谣言,那个纽巴肯的老太婆泼给他的脏水,在那里谁也没有听说过针对那个白色母牛的可耻勾当,这是他在家乡百口难辩的事。在美国没有谁会背地里叫他"公牛"。那儿的女孩也不会躲着他。在那儿他可以自由地见任何人并且像其他男人一样受到尊敬和公平的对待。

于是那个大雇工握着小雇工的手说,他们要一起跨过大西洋。

4

那天晚上马厩房间的提灯一直燃到夜里很晚,阿尔维德和罗伯特一起盘算着自己即将来临的迁移。除了房间木板夹缝里的跳蚤,没有人会听到他们的秘密筹划。

罗伯特很精明,他计划好坐阿隆的木材运输车去卡尔斯港。这就让农庄主为他去美国的第一段路付了车费。在那个港口城市他们得租借一艘船,载他们渡过大海。

阿尔维德问道:

"要渡过大西洋得花多少钱?"

罗伯特告诉了他答案:"从瑞典到美国纽约的路费加上路上携带的食物等必需品,再加上柴火和淡水等,每个成人要花150银币。现在美国还要加收10银币的入境费,所以每个移民需要大约200银币。"他自己存款里有从他科尔帕默恩的大哥那儿分得的遗产,大概正好够这个数。

"天哪,快来拯救一下我可怜的灵魂吧!200银币啊!"

阿尔维德站了起来,接着又沉沉地坐了下来,以至于让凳子发出砰砰的响声。

200银币对他而言是整整5年的工资。而他却一个先令都没有存下。即便他把每个银币都存下并且不舍得花一点钱去买鼻烟①,那他也得留在纽巴肯这儿干上5年,才能攒够这笔钱。

他垂头丧气地坐着并且回避着同伴的目光。他从未想过,横渡到北美要花这么可怕一笔钱。他必须在这儿再待上至少5年——在这长长的5年里他还是不得不像"公牛"一般在纽巴肯这儿晃悠。

雇工房里这时被长长的沉默笼罩。跳蚤们以为今晚上的猎物终于睡着了,于是开始从自己的洞里和角落里爬出来。

200银币,那个男孩真幸运,他有遗产可以取出。可是他不得不独自前行了。尽管他们刚刚打定主意要结伴同行,他们还互相握手表示确认。

"你是指你没钱带行李,是吗?"

"不,我没法凑够这笔钱……"

"一点儿办法也没有吗?"罗伯特几乎跟他同伴一样沮丧。

"没有,我真的一点儿钱都没有!"

"难道我们找不到别的什么办法吗?要是我们相互帮助着?"

于是他们再次陷入沉寂并且苦思冥想着解决办法。

突然阿尔维德的眼睛一亮。他再次兴奋起来:

"也许我们可以用别的方法去那儿?"

"你指什么呢?"

阿尔维德呼吸急促、急切地抓住罗伯特的肩膀说道:

"我们走陆路,知道吗?我们忘了我们可以走陆路!"

---

① 鼻烟为一种用来提神的烟,常置于嘴唇底下。

是的，陆地上也应该有一条去那儿的路。他们可以绕过大西洋并且通过这种方式抵达美国。自然他们得走许多弯路，并且要花更多时间，可是这对他来说一点儿事也没有，因为他宁愿走那条长长的陆路去美国也不愿意待在家乡像流氓阿飞那样被人指指点点。要是他能够不湿鞋地走到那儿，那么他宁愿走一条弯路。他长着非常健硕的腿脚，应该能够忍受长途跋涉。而且他还可以避免到大海去搏命。他肯定可以徒步到美国；也许他要走几年，可那一点儿办法也没有。当然他没法携带很多东西，因为带着会非常沉重。他无法带上他的箱子，他得带上一个铺盖卷。也许他可以带上一个烧酒桶，因为走那么长的路需要靠它提提神，这样只要单独在腿上花点钱就行了。

现在他不相信还有其他什么办法可以绕过大西洋……

"这是不可能的。没有人能够走着去美国。"

"真的一点儿办法都没有吗？"阿尔维德乞怜地看着他的伙伴，要是有一点点希望，哪怕只有一丁点儿微小的可能性，即便那意味着最长和最麻烦的弯路也成。

罗伯特肯定地回答：没有谁可以不湿鞋地走到一个四周被水围绕的陆地。阿尔维德你可以自己看里纳尔多老师的地图：美国像一个巨大的岛屿一样在世界的海洋里。他们无法绕过这些水域。

"难道一点儿办法都没有吗？"

"一点儿办法也没有！"

阿尔维德的下巴耷拉到了胸口。罗伯特继续说，除此之外这段路也太长了；要是阿尔维德用脚走完这段路的话，那么等他走到美国的话，也已经80岁了，那时他应该已经躺进坟墓里了。此外他还必须带上乡里的鞋匠，每年给他做几双靴子用来替换那些穿坏的。

阿尔维德坐了很久,他从紧咬的牙齿缝里吐出一句:

"那个该死的大西洋!"

最后他蜷缩在床上,还不停地诅咒那个将旧世界和新世界隔绝的大西洋——那天晚上他躺着诅咒着进入了梦乡。

卡尔·奥斯卡和克里斯蒂娜

1

这一年，是世界创造之后的第5850个年头，那年的早夏是31年来最干旱的年头。

在这年6月，天上一个雨滴都没有落下。一直刮着东风或者北风，那是干燥而迟缓的风，可就是不吹那带来雨水的西风。太阳在一丝云彩都不挂的朗朗晴空中日复一日地照耀着大地。牧场和草场里的草变得又硬又糙并且垂到了脚下，在风中发出瑟瑟的声响。秋燕麦停止了生长，就长得齐膝高。食草快吃完了，而谷物也快耗尽了。

6月份还没过完，人们就开始割干草。草已经成熟了，要是在这个干燥的气候里再多待一会儿的话，它们所有的养分都会被榨干。山坡上和坡地里那些干枯的草放射出如动物鲜血般的棕红色光芒，昭示着动物们到冬天饲料耗尽的时候它们必须死于屠刀之下的命运。

卡尔·奥斯卡和克里斯蒂娜拯救着那些可怜的干草，它们在他们的草场里生长着。秸秆又细又短，几乎没法跟随耙子移动。卡尔·奥斯卡说，它们少得都可以一根根地数清楚。

他边走边用耙子耙,心里又苦又涩:去年是个涝年,大批干草有些被泡烂,有些被大水冲跑。今年则是个大旱之年,干草被热坏了。对农庄主来说,到底哪个年头才最好呢?他该怎么办呢?

今年除了卡尔·奥斯卡自己的汗水,他的耕地几乎没有啥湿的地方。上帝的天气游戏不是太涝就是太旱。自己弯腰曲背地拖拽和努力有什么用呢?上帝的天气游戏使得他一贫如洗,让他的所有努力化为泡影。

"这一切都是因为上帝的天气游戏!"

克里斯蒂娜停下她的耙子认真地对他说:

"不要瞎扯,卡尔·奥斯卡!"

"可是你看看这些是干草还是猫毛?这些值得我们这么干吗?"

于是卡尔·奥斯卡马上义愤填膺。他用耙子把一个干草垛铲起来高高地抛向天空,他朝天大吼道:

"你抓住了那个干草垛,那你也能抓住这个!"

克里斯蒂娜也惊愕地高喊,他在对上天和地球的主人大喊。

妻子的眼睛跟随那个干草垛,就好像她以为那个东西会翻转直到天空一样。可是那捆干草垛并没有飞得很高就被风吹得分开,又缓缓飘落到地上。上天那儿没有任何人愿意接收这些干草。

"卡尔·奥斯卡!你冒犯了上帝!"

克里斯蒂娜脸色气得煞白并用手紧紧抓住耙子的手柄。她的丈夫把他们的干草抛向高高在上的上帝,因为他的不满。他想干什么?他怎么能这样呢?他难道不敬畏自己的主了吗?他难道不明白上帝是不容冒犯的吗?于是她惊恐地朝天上看去,就好像她那个厉害而全能的主马上会给她惩罚似的。

"你去讨一下饶吧!为你干的事讨一下饶吧!"

卡尔·奥斯卡没有回应。他默默地将一大堆干草拢在一起。他一定知道上帝的戒条,也知道上帝不容冒犯,于是他胸口感到一阵刺痛。他刚才有点太过冲动了,他可以不把那个干草垛抛向空中,他也可以不说那些话的。

《圣经》里明文规定,地上的人们要靠自己的血汗挣面包吃,而他除了让人这么做并没有要求怎么做才更好。可是当他流了汗,那么他也要能吃上面包。他不认为他所遵从的上帝亲口说的话是过分的要求。

他们在默默地继续抢救着自己的干草。在干草收成好的年头,干草库房太小了,而今年只存放了一半。

干旱在继续。水井干涸了,在科尔帕默恩的人们只能到树林里的一个旧水源去担水喝。牲畜们饥渴难耐地整天站在台阶旁咆哮。土地像被大火烧过烤焦了一般。到8月初桦树开始变黄并倒下。在夏天里植物一直没有来得及成熟和开花,直到等秋天到来后。这个夏天在其童年时代就夭折了。

卡尔·奥斯卡走着,仰着头搜寻着天空的积雨云,脖子都累得酸了。有时候天会阴一会儿,可这只是干燥的云,空空的烟雾飘过天空,这是骗人的情形,一种残酷的嘲弄。有时它会洒下几滴可怜的小雨滴:这就像是一个笑话。

燕麦熟得很生硬,有从穗里掉出来的危险。人们在开镰时得小心翼翼地,这样所有有用的可以做面包的谷子都不会被弄丢。卡尔·奥斯卡和克里斯蒂娜从床上取出那张手织被子拿到地里在用镰刀割下的麦秆前面铺开。他们将被子一点一点地挪动,这样那些割下的麦秆都放倒在上面躺好，然后他们将其捆成麦束。他们就这样把所有从穗里掉出的燕麦粒收集到被子上面然后留下备用。而克里斯蒂娜则把每一棵折断的穗从地里捡起来放进她胸前的围兜里。

到那天晚上他们共在被子上收集齐了一罐散落的燕麦粒。他们肯定可以拿它们做两个面包条。而在这个收成不好的年份，燕麦在食物中所占比例不会超过三分之一。等冬天来临的时候一个面包条它难道不会变得相当有价值吗？

克里斯蒂娜将被子的四个角拢在一起，变成一个袋子并且将其夹在手臂下背回家。四年前这张被子曾经是她的新娘嫁妆，它包裹并见证了她和丈夫在一起的初夜，那天她从少女变成了妇人。现在她用这张被子收齐了夫妻俩在田里的做燕麦面包的麦粒。它将他们之间的生活捆得更加紧密了。

克里斯蒂娜想：四年前，当这张被子还是新的时候，卡尔·奥斯卡有许多话要跟我说。而现在他为什么这么少言寡语了呢？她搞不明白。现在他讲得最多的是要做的事情，早晨讲白天要做的事情，晚上讲明天要做的事情。而每天不是他就是她都至少讲一遍：今天还是不下雨！

这个夏天让所有人都变得紧张兮兮并且愁眉不展。天气变化已经触动了人们的神经。他们谈论起即将来临的冬天的窘境。因为收成差，好像没有什么理由值得高兴了，甚至孩子们也不得表现出高兴的样子来：当一个孩子碰巧发笑时，附近总有个别老人斥责并让其安静下来。于是人们会继续谈论这个话题：今年冬天该怎么过呢？

卡尔·奥斯卡把一切都归罪于这个干旱的夏天。当他拿着步枪牵着狗到林子里然后两手空空地回家时，这也是那个被烤干的土地的错：狗嗅不到一点野兽的气味。当他在池塘里收网时发现里面空空如也时，他也把它归罪于干旱：炎热将鱼儿赶到水深处了。他三次将公牛牵到一头没有怀上小牛的母牛那儿，而这也是干旱的错。这个说法不一定是对的，这也可能是公牛的缘故。可是卡尔·奥斯卡说，他在海斯特溪的邻居尤纳斯·彼得家的母牛这个夏天也没能怀上小牛，因为天太热了。

8月末的一天夜里，克里斯蒂娜被一声巨大的声响惊醒：这是雷鸣声。她害怕打雷，于是她把丈夫弄醒了。

卡尔·奥斯卡在床上坐了起来听打雷声。天空中砰砰作响、雷声隆隆，闪电透过窗户照进房间。他只穿上衬衣就走到衣帽间，伸出手。一两颗硕大的雨滴掉在手上。要是它下起来的话，那一定会是一场很大的雷阵雨。他可以回去躺下并很快就进入梦乡了，因为常识告诉他，他们久盼的甘霖很快就会来了。

他走回房间，克里斯蒂娜正在安抚孩子们；三个孩子都醒了，他们都被隆隆的雷声吓着了。

最大的孩子安娜，现在已经4岁了，所有人都觉得她比实际年龄要更老成。她经常跟着卡尔·奥斯卡到外面干活，他走到哪儿就跟到哪儿，他坐车她也跟着。他把她当作自己的大女佣。他指的是她跟一个8岁的女孩一样聪明。

隆隆声又回来了，于是安娜问道：

"那个雷今夜里要打死我们吗，妈妈？"

"不会的！你讲什么蠢话啊！谁跟你说的？"

"父亲说我们所有人都是要死的。"

"是的……可是不会在今天夜里……"

"那我们什么时候死呢，母亲？"

"除了上帝，谁都不知道。你们现在只要躺下睡觉就好了！"

克里斯蒂娜用眼睛询问卡尔·奥斯卡：他跟孩子说了些什么？他笑着解释，最近他跟安娜穿过牧场空地时碰到一只死去的小兔子，这时她问道，是否所有人都会像那只小兔子那样死去。他被追问得实在没有办法搪塞，只好如实相告，因为他不能向孩子撒谎。可是自从那次之后，女孩向所有她碰到的人都问这个问题，什么时候会死。最近几天她问的问题让她奶奶着实吓了一跳。他不得不向母亲保证，那个问题是孩子自己脑袋里冒出的念头。

卡尔·奥斯卡对自己女儿，他的大女佣非常自豪。

现在传来一声巨响，比以前的更加厉害了，而且闪电光线刺入他们的眼帘，非常锋利，让人眼花缭乱。

克里斯蒂娜叫了起来：

"那个雷打下来了吗？"

"快下来了。"

可是那场挣扎了许久的雨仍在拖延，只稀稀拉拉下了一些雨滴打在窗户玻璃上。卡尔·奥斯卡没法帮着下雨，于是他走去又躺下了。

他还没来得及睡着，又一道新的光芒照亮了窗玻璃。然而这次不是穿透黑暗然后消失的一闪而过的闪电。这次那个光芒停留了一会儿，并四处跳动着。

那个年轻的农庄主跳了起来：

"它点着火了！"

"温和而亲爱的上帝啊！"

"哪个地方着火了？"

等卡尔·奥斯卡站到窗边时，他发现火光是从下面茉草地那里传来的。

"草料房！它把草料房给点着了！"

他衣衫不整地跑了出去，妻子跟着他。甚至尼尔斯和麦尔塔现在也在自己的房间里醒来了，克里斯蒂娜叫他们帮着照看一下孩子。

卡尔·奥斯卡跑到那口井那里，井旁边有两只盛满水的桶，是他从林子里的旧水井那儿打来的；他把其中一只递给了妻子。然后他们拎着水桶把手继续往下跑到草料房。桶里的水已经晃悠出去很多，等他们跑到那个燃烧着的干草仓库时桶里的水剩下不到一半了。这也无济于事：大火已经烧了一会儿了，两桶水对火势的影响几乎可以忽略不计。草料房已经烧起来了，火苗在那个就像引火用的火绒一般的干燥木板屋顶上窜得老高。那个贪婪的雷电犹如炉子点火一般将一个装着一堆他们抢救回来干草的旧干草房点燃后在那儿肆无忌惮又贪婪地燃烧着。

干草房的主人，这对年轻的农庄主夫妇尽最大可能想靠近大火。他们手里握着自己的水桶看着火苗。他们只是站着看。就像一对聆听着一个残酷而可怕的"萨迦"的惊愕而不懂事的孩子一般，在虔诚地祈求那不是真的。邻近院落的人们已经发现了火情纷纷往这儿奔来。他们也很快发现试图灭火是徒劳的。草料房已经处于伸着炽热火舌的大口深处，没有任何人能够阻止它吐出它已经到嘴的猎物。

万幸的是那天没有风。可是邻居们还是留在那儿观察以确保大火不再扩散。在如此干燥的时候，啥事不会发生呢？要是它烧进林子里了该怎么办呢？

那场雨已经过去了；它只是洒落几个雨点，几乎没有打湿地里的石头。

在很短时间里，草料房就被烧得倒下来了，变成一个大火球，然后变成一个由干草和一切烧成的灰烬。过后卡尔·奥斯卡和克里斯蒂娜再次走回家，回到院落。什么事也没有做，他们没有做任何事。在回家路上，他们的步履非常缓慢，他们不再奔跑，已经不再有什么让他们着急忙慌的事情了。他们各自手里还拎着只有半桶水的水桶，他们想都没想就把水又拎回家了。在草场台阶他们碰到了父亲尼尔斯，他正拄着拐棍往火灾现场赶。他刚走了一半，儿子和儿媳就让他回去了。可是他坐在台阶上要歇一会儿。他已经有好几年都没有从他住的房子里走出这么远了。

这时卡尔·奥斯卡和克里斯蒂娜站在那儿看着火焰，谁都一言不发。他们只是相互看了对方两眼。也许他们想着同样的念头。

现在他们在回家的路上，克里斯蒂娜说道：

"你记得夏天抢收干草的事吗？当时你把干草垛抛起来？"

"记得……"

"你终于得到报应了！"

卡尔·奥斯卡沉默了。因为他无言以对。

她继续道：

"这就是惩罚。因为上帝不容冒犯。"

科尔帕默恩的卡尔·奥斯卡拎着水桶走回家，他脑袋耷拉着看着地面。克里斯蒂娜说的都是真的：这次是上帝回应了他，他把其他干草也拿走了。

2

东风吹来了，而雨却没有下来。那些能够看到将来出版的书的预言的就会知道,天一直就没有再下雨。上帝上一次想用大水消灭人类,而这次他想用干旱的办法,而且这次不会有挪亚方舟带着妻子和孩子去繁殖一个新的家族。

卡尔·奥斯卡在尚未播种的耕地里播秋燕麦种子,地里到处是板结、没有任何生机的灰色的硬土块。土地已经干到了底层。他也许还不如把种子放进家里炉子的灰里。今年春天他在一块耕地里播种了4蒲式耳种子,秋天他收回了4蒲式耳的谷子。他所有的辛劳都获得什么了?为什么他将种子播进土地,而她却不能让它们翻倍成长?这儿只有等下雨硬结的土块松开后才会长出点东西来。

他将他的燕麦种子托付给他的耕地,可是她却靠不住。他已经失去了对自己土地的信任。谁知道她会给他返还哪怕一粒种子呢?也许还不如将种子磨成面粉烤成面包更明智些。

当上帝将他创造的人类从天堂赶出来时他如此说:"因为你,土地将被诅咒,在你活着的每一天,你对于她的担忧会始终如影随形。"对于卡尔·奥斯卡而言,《圣经》里的话,没有比这些更为真切的了。上帝还对亚当说,他将像荆棘和刺蓟一样背负着土地。他并没有在他的这个石头王国的耕地里被尖锐的刺蓟刺疼。然而《圣经》里的话语还是很有道理的,至少这村里的耕地就像他背负的刺蓟那样刺疼着他。

听说其他教区下了雨,可是这儿的土地像被诅咒一般,滴雨未下。

克里斯蒂娜每天晚上念《长久干旱祈求》,而有时他也自己念。她被雷电引起的、把他们的草料房烧毁的火灾吓得不轻,并且也相信这是上帝的警示。现在她要卡尔·奥斯卡去神父那儿请求宽恕，因为他抢收干草那次诋毁了上帝。在他们下次一起圣餐前他必须得这么做。

可是他对这个劝告一点儿也不在意。

"你良心没有一点不安吗？"她问道。

"不，为这个事还不至于。"

卡尔·奥斯卡不愿意去见神父：他没有杀人，也不是马上就要死了。他在草场所做的无非就是鲁莽，他已经后悔过了，可是这个小小的鲁莽上帝现在已经可以原谅他了，他不需要继续用干旱来折磨人和牲口了，上帝不会那么心胸狭隘，他不会仅仅为了那堆干草烧了那间草料房。人们无法相信，那位高高在上的上帝会是一个纵火犯。

可是他非常清楚，除了那位万能的上帝还有谁会决定到哪儿去打雷呢？克里斯蒂娜反驳道。她继续迫切地进行她的劝说：他应该在准备下一次圣餐前，去找神父并求得神的谅解。至于他的罪过是大还是小，这得由布鲁桑德神父来定。而他和神父走得挺近的，因为他们常去教堂做礼拜，所以他常夸他俩。

可是她没法说动卡尔·奥斯卡去见神父。他是那么粗鲁，居然不愿向上帝屈服。而当克里斯蒂娜回想起他们结婚后的那几年，她都想不起来是否曾经说动过他啥事。要是他打定主意要做什么事，那肯定都会不折不扣地去做。他的妹妹莉迪亚曾经说过，她哥哥非常固执，很难让他妥协，可是他们结婚前，她没有发觉他是那么难对付。对于有用的事还有好的意图来说固执是值得表扬的。可是卡尔·奥斯卡却在没用的事和糟糕的意图方面一样固执。大鼻子的人会很顽固：

"你的固执长在你的鼻子里。所以它长那么大。"

卡尔·奥斯卡回答，在上帝没有给他另外一个鼻子前，他只能用他的旧鼻子。可是他已经注意到，它伸出那么老长，以至于有些人看到后会挪不动脚。

除此之外，克里斯蒂娜没有任何抱怨她丈夫的理由。他很少过量饮酒，而他的酒量非常大；她不需要像其他妻子不得不做的那样：在圣诞大餐后，将其丈夫像弄得脏兮兮的、毫无理性的牲口一般拉回家。而还有已婚的男人跑到韦斯特尤尔去找一个叫乌尔丽卡的妓女逍遥，那个妓女又叫鸢鹰，她因在尤德尔地区最出名也是最受欢迎而闻名遐迩。对于那些贫穷的男子，她只要12先令或者半瓶烧酒就把自己卖了，可是对于那些农庄主来说她往往要整整1银币。乌尔丽卡年轻时曾经是一个鲜艳夺目的女人而到现在还风韵犹存；听说奥科比的教堂管家佩尔·佩尔松自己曾经在那个妓女最好的时候要过她。卡尔·奥斯卡将永远不会在这样的路上把自己弄得灰头土脸的，让别人来指指点点。

可是克里斯蒂娜对他最近那么封闭感到不安，于是最后她直截了当地问道："你到底在想什么？"

"生计的担忧，"他说，"上哪儿去给人找吃的？我们院子里人口越来越多了。"

克里斯蒂娜已经怀孕5个月了，很快在科尔帕默恩要有8个人要养活了。人口增加了，而土地却没有，耕地绝对不会超过7英亩。

克里斯蒂娜对奥斯卡对她身孕的暗示很不高兴：

"把对未出生生命的烦恼还给上帝吧！"

"我倒是想要相信可以这样做，可那管用吗？"

"你以为你比上帝还聪明吗？"

"没有啊。可是我肯定他不会给我们生孩子，要是我们手臂交叉地坐着的话。"

这句话惹恼了她，她愤怒地喊道：

"上帝有义务为你生下所有的孩子吗？那可是你造的孽。"

"克里斯蒂娜？你指的什么？"

"我指的是当你让自己老婆怀上孩子后，不该将罪过推给我们的主。"

他两眼发呆地站在那儿：

"可是亲爱的宝贝，我可从来没有否认过，我会对所有我的孩子负责呀？"

她哭了起来：

"你抱怨我们人越来越多了。好像都是我的错似的——因为孩子都是我生的！"

"可是我从来没有怪过你呀……"

"是的，我不愿意要孩子了。我已经对你说过，但你不信我的。"

"我也没有不信你呀。"

"可是当你在那儿一言不发，就好像怪我似的……你让人怎么想？"

于是她抓起自己的围裙捂着脸哭了。

一个怀着孩子的女人非常脆弱并且容易生气。他有时会忘记这一点并在他讲话的时候不假思索。

他让她平静一点儿，然后他说，她怎么能让人相信，即他对她不满意了？他沉默地走路并思考着问题，因为他被焦虑压得喘不过气来；而这就是一切。而她怎么会相信，他会因为她又快要生孩子而责备她？那么他就会是一个小流氓。而她显然看到他见到她之前生下的孩子们有多高兴？孩子和妻子是他整个世界里最挚爱的。是的，他很明确地向她表示过。譬如,她看到他如何依恋安娜。而他肯定也会像对待其他三个孩子一样对待即将出世的孩子。然而因为年景不好和遇到困难,他为孩子们的食物感到忧虑这一点也不奇怪。

克里斯蒂娜慢慢擦干自己的眼泪:

"你是说,你会像以前一样照顾我?"

"你完全可以放心,我会这么做的。"

"你说的是真的吗,卡尔·奥斯卡?"

"你说说看,我以前哪次骗你了?"

她说不出哪次。于是他说,他们必须相互友好并且团结一致应对困难。因为世界上没有任何人会帮他们,他们必须自己帮助自己。

克里斯蒂娜很快就觉得刚才自己犯傻了。她无法理解自己会因为一句话就哭起来。可是她觉得,自己这么做是由于恐惧:她害怕他不会再像以前一样照顾她了。

现在经他这么一说,她几乎为与他的这次吵架而感到高兴。

3

卡尔·奥斯卡陷入越来越深重的债务里,甚至这个秋天他还去找在谢拉耶尔德的丹尼尔·安德里亚松——他妻子的舅舅,请求再借50银币用于还贷款的利息。

他回来时脸上浮现出一种古怪的神情。克里斯蒂娜不安地询问:

"舅舅没有答应借钱给你吗?"

"没有不答应,我要的每一个奥尔[①]都得到了。"

[①] 奥尔,Öre,瑞典最小的货币单位。

"可是你为什么看上去神情那么古怪呢？"

"因为在谢拉耶尔德发生了一桩奇怪的事情。"

"跟舅舅丹尼尔有关吗？"

"是的，跟他有关。"

这天卡尔·奥斯卡刚走进丹尼尔·安德里亚松家的门槛就感到有点奇怪。院子里站满了人，住在济贫院的穷人和院外的穷人。陌生人坐着和院子里的人一起吃饭；里面坐着那个出狱的士兵塞维柳斯·皮尔，那儿坐着跛子女佣西莎·思文斯多特，是个院外的穷人，是个坏女人。可是最让他感到惊愕的是，他在那儿还看到韦斯特尤尔的乌尔丽卡，那个妓女，而她的私生女也在人群当中。这时他首先想到的是，这些人正巧同时跑到庄园里来乞讨。可是当丹尼尔说，这些人跟他一起在谢拉耶尔德住时，他感到犹如额头被人击打了一下。而舅妈尹佳·列娜也确认了舅舅的说法：他们所有人都在那儿住。

克里斯蒂娜高声笑了起来：

"你是在逗我玩，是吗？卡尔·奥斯卡？"

"你觉得我是在骗你吗？"他问道，他觉得有点被冒犯了。

"你在编故事哪，想证明我是多么容易上当受骗吗？"

"可这一切都是真相！不信你可以自己去你舅舅那儿看去！"

于是为了保险起见，克里斯蒂娜凑近他的嘴巴，他今天是喝多了所以不知道自己在说什么吗？他没有喝烧酒吧？

"我一整天就喝了两口酒。"

"可是你说韦斯特尤尔的乌尔丽卡，那个妓女也搬到我舅舅那儿去住了？"

"他自己说的。"

"那么舅妈尹佳·列娜呢？她干什么了，你说？"

他们刚宰了猪，而她正在给她的客人烤猪血面包。

"给鸢鹰，那个妓女？舅妈在给她烤猪血面包吗？"

"是呀。要是你不信我的话，你可以自己去问啊！"

现在克里斯蒂娜已然不知道该说什么了。这个世界怎么啦？这是啥征兆啊？

卡尔·奥斯卡继续说道：最最奇怪的是丹尼尔在借给他50银币时的表现。在他问舅舅是不是要像以前那么计算利息时舅舅回答道，那些钱一个先令的利息都不用还。而当卡尔·奥斯卡请求推迟那些旧债的利息偿付日期时，舅舅丹尼尔说，他永远也不会要那些借出的钱的利息了。

克里斯蒂娜现在一定很清楚，她舅舅那儿一定是发生了什么严重的事。卡尔·奥斯卡猜想，他去的时候碰巧舅舅精神错乱了。

而没过几天，从丹尼尔·安德里亚松的院子里就开始传出消息，从一间房子到另一间房子，从一个村子到另一个村子，从一个教区到另一个教区传播着这样的新闻：人们以为已经与奥凯·斯文松一起埋葬了50多年的邪教，又开始在他在谢拉耶尔德的外甥那儿复活了。

从疯人院回来的奥凯

1

丹尼尔·安德里亚松,也就是卡尔·奥斯卡妻子的舅舅,是奥吉安人的带头人奥凯·斯文松活着的最近的亲戚,这年44岁。他以和蔼可亲而远近闻名,迄今为止他一直过得平和且很少招惹是非。他虔诚地接受着那个唯一纯洁而正确的学说①,而且他也显示出对宗教的明智理解。他那一度被奥吉安主义弄得声名狼藉的谢拉耶尔德的院子,已经被宣称净化了很多年了。

然而1848年秋的一个夜晚,在谢拉耶尔德发生了一件很稀奇古怪的事。

那天晚上丹尼尔上床前感到一种莫名的不安,他跟尹佳·列娜诉说他对某种疾病的恐惧:他有时感到会特别晕眩。那天夜里他被某种砰砰的敲门声惊醒并且有人高声呼喊自己的名字。在相信大火已经燃起并且有人呼叫请他帮忙的情况下他迅速站了起来。当他打开房门时,房间被一束外面照来的光线照亮。外边站着两个男人。其中一个穿

---

① 这里唯一纯洁而正确的学说指基督教。

着一套老式毛呢西服，丹尼尔不认识。可是另外一个他一眼就认出来了，他就是悬挂在教堂祭坛背后墙上的画上人物：他是救世主，耶稣·基督。耶稣手里拿着一个火炬，正是这个火炬发出明亮的光芒将漆黑的四周照得透亮。

救世主自己与画像非常像。从他脸上发出一道强烈的光线，这让丹尼尔无法直视，于是他不得不将自己的眼眸低垂。

那个站在救世主身旁穿着毛呢西服的是呼唤过丹尼尔的人。这时他又叫了他的名字并说道：

"我是奥凯·斯文松，你的舅舅。我在年轻时就死了并且到了天上救世主这儿。"

丹尼尔这时看到那个男人很像老人们对于舅舅的描述。迄今还有记得奥凯在被政府执法人员押往丹维肯的疯人院前的模样的老人。

救世主向丹尼尔投来温柔的目光，可是他自始至终都没有开口。奥凯·斯文松又开口说道：

"你的救世主今天夜里把你唤醒是为了你可以接过我在地上的事业。神会告诉你将怎么做！丹尼尔，出发并继续我的事业吧！你的救世主已经召唤你了！"

奥凯用他高亢而清晰的声音重复地激励着他的外甥。过后那两个半夜不速之客离开了，耶稣火炬发出的光芒也消失了，围绕着丹尼尔的一切重归于黑暗。

等他回过神后，他在门槛边双膝跪着并祈祷。他的神志完全平静了。在他家门边所见所闻并没有吓到他。他躺的地方不再感到任何忧愁。而他的心中充满了平静，这是他以前从来没有感觉到的。

他把妻子尹佳·列娜叫醒了，并且告诉救世主这天夜里和在丹维肯死去的舅舅奥凯一起造访过他们家的事。她说他做了一个梦。可是他知道，他一直都醒着。他的耳朵听见了敲门声，当舅舅奥凯叫他名字的时候，他的眼睛看见了救世主的脸。他还能详细地描述耶稣手上举着的火炬的样子；这和他在教堂祭坛上方的画上的火炬一模一样。

这就是发生在丹尼尔·安德里亚松身上的事情。于是从这一刻开始，他在地上人间的生活发生了改变。

奥凯讲的话不到20个词，可是他已经知道该怎么去做了：神在他的心里告诉他。从奥凯回到谢拉耶尔德那天夜里起，他所有的事业都在神的催促下进行。他对自己的事业不再感到迟疑也不对它们的后果感到丝毫的胆怯。每一次他的心智都会告诉他做得对。耶稣已经召唤了他；他成了救世主的随从并且以后要在地上像使徒以及最早的基督徒那样活着。他要实现奥凯的学说，这个学说已经在这个地区被人遗忘了。当他念《圣经》时，神指引着他并且将他的手指向那个给他发出指令的地方："你的话是照亮我的脚步的提灯，这一束光明将照亮我前进的道路。"他已经看到了耶稣的提灯，知道了他前进的道路。

那个丹尼尔听到别人呼唤自己的名字的秋天的夜晚，他又一次活了过来。一直到他44岁那年，他只是没有灵魂的行尸走肉，而现在他的生命开始有了灵性。

于是他重新审视并继续奥凯的学说。每个星期天他给他的家人、他妻子、孩子和仆人宣讲《圣经》，而要是有某个邻居到场的话，他也会表示欢迎。每一次圣诞大餐他都会去享用那昂贵的、令人愉悦的美食。他甚至还在田里耕作、耙地，在连枷旁的谷仓劳作中间，或在进行祈祷，每次祈祷的时候他会双膝着地。祈祷的时候他会大声叫喊他的祷告词,附近的人会很快赶来观看,相信某种危险正在迫近。

丹尼尔将庄园的烧酒锅炉扔到了废品堆里;他不仅停下了酿造烧酒和卖酒的营生,甚至不再享用烈性酒,他不再在他家里请人喝酒。他不再说脏话或者使用滥用上帝名字的说话方式。以前有时他会很激动并且会突然发火,而现在他会始终柔声细语并且谦恭。只有对那些在他舅舅在世时进行过跟踪的神职人员,他才会使用生硬的言辞。

从那之后丹尼尔将所有他的财产都看作上帝的礼物,只要他还够用的话,他有义务与贫穷的兄弟姐妹们分享。于是他把几个贫穷而无依无靠的人请到家里,告诉他们可以持久地到他在谢拉耶尔德的家里来,他们在那儿既可以有饭吃,还可以有衣服穿。他们中还有教区里名声最糟的一对:他们因乱搞男女关系、酗酒和懒惰以及其他生活恶习而臭名昭著。他在院子里不再使用门闩和锁,而是所有的门夜里都不上锁。当上帝在为他看家护院的时候,他为啥还要门闩和搭扣呢?一个由人手制造的脆弱的锁会比那个万能的上帝的手更能保护他的房子吗?那些用锁锁自己房门的人并不信任上帝。他们违反了怀疑,这是人最严重的犯规。

对于丹尼尔来说,也像奥凯以前一样,人既没有高低之分,也没有贵贱之别,所有人都是平等的。他只是把他们区分为那些已经在基督那儿降生许久的老人和刚刚降生的,区分那些活在肉体里和那些活在精神世界里的人。

他新生后,不再和他的妻子在一张床上睡觉。因为尹佳·列娜仍然活在肉身里,他们不能再成为一对真正的夫妻。那些已经降生很久的人们的婚姻是被魔鬼黏合起来的,而那些仅有一方是新生的也一样。要是丹尼尔这时和他的妻子肉身交合的话，那么他就相当于通奸。于是丹尼尔告诉她今后他们相互之间身体不能再行云雨之欢。

他们不能这么做的原因还有为后代着想的考虑。一个纯洁而无辜的后代必须不经色欲产生，所以只有由那些纯洁和新生的人结合才能产生。这时丹尼尔与尹佳·列娜已经有三个孩子了，他们都是双方还是肉身时生下的，所以他为这些孩子的出生受到良心的谴责。他知道，由于他们不是在真正的婚姻里产生的，所以他们一定会被认定是通奸的产物。可是他已经坚持通过祈求上帝宽恕和怜悯，他们会被净化并且像那些真正的夫妻生下的孩子一样。

谢拉耶尔德庄园的女主人尹佳·列娜，现在处于一个非常窘迫的处境。她非常爱她的丈夫，除了上帝没有第二个人比他更亲了。她活着就是为了服侍她的丈夫，而且她总是试着迎合他的意愿去改变自己。她自己不能确定自己的本性而且很困惑；她很依赖丹尼尔并且由着他决定事情。他是庄园的主人和农庄主。甚至在他重生后，这时她还是试图遂他所愿，可是她没法接受那些他在他们生活里设定的新的规矩。她愿意将自己的面包片分给那些来庄园乞讨的饥饿的人。可是等丈夫让四口人搬进家里并且给他们饭吃时，她感到既震惊又焦虑。而当她在自己家里也得接待韦斯特尤尔的乌尔丽卡，尤尔教区里最臭名昭著的妓女时，她对自己丈夫温柔地抱怨说：当他让乌尔丽卡和她的私生女住到他们家里时，她不愿意以某种方式反对他，或者说他哪些是做错了的，可当他们接受了鸢鹰那大妓女到自己家里来住，别人会怎么想呢？丹尼尔答道，我们必须比人更顺从上帝。那个没有同情心的女人应该到这儿来向乌尔丽卡投第一块石头。

于是，当她的丈夫做了许多奥吉安人曾经所做的事时，尹佳·列娜变得更加多愁善感。奥凯·安德松曾经想要建立一个王国。在那里并不是国王，而是那个神圣的上帝，在那儿统治。在那里没有谁会把什么东西称作自己的私产，而是认为所有地上的财产都属于人们共有。他被关进疯人院，这是谁也没法质疑的。没过几年他在那儿很悲惨地死去。尽管死的时候他还很年轻、很敏捷。许多人猜想，他是在丹维肯疯人院里被折磨致死的，而个别人却不认为这么对待他是对的。

奥凯的命运让这个地区的所有人都感到十分震惊。可是却没有任何人提出异议。因为他提出所有人是平等的并且应该将所有财产合在一起的想法是永远不可能的事儿。

这时，尹佳·列娜感到非常害怕。丹尼尔有步他舅舅后尘的倾向。这将会导致同样可怕的结局，与当局的规定对抗将与神父们结怨，他最终会受到伤害。

可是丹尼尔却说："只要那个人不去冒犯众人并且不引起神父和教堂以及这个世界其他有权势的人的追逐，他就不会踏上耶稣的血迹斑斑的足迹。"

等丈夫不再锁房门后，她开始担心他们的财产。有一天晚上，有好几个毛贼跑到那个没有锁门的食品仓库偷走了猪排和牛奶。丹尼尔解释说，他们还有一个更大的食品仓库。上帝只同意他们偷一部分，所以他允许这个盗窃行为的发生。可是尹佳·列娜不能理解这件事。上帝在他自己的第五条规定中，就明文规定禁止任何偷盗行为。现在她承担起了要保证院子里所有人都能够有足够食物的任务。从此以后，她在晚上把院子里的食品仓库门给锁好了，并且不让她丈夫知道这事儿。

可是每次她不听从丈夫的时候，都会受到自己良心的谴责。《圣经》中明确规定，因为丈夫是妻子的头，犹如基督是众人的头一样，犹如现在众人臣服于基督一样，妻子们就是这样接受教育的，一切都要对丈夫唯命是从。

当丈夫开始和她分床睡的时候，尹佳·列娜开始觉得自己像一个不洁和被传染的女人。在孤单的夜晚，她开始做令人不安及备受折磨的梦，醒来后她呼唤上帝，祈求给她出主意并帮助她。在她的祷告中，她承认自己只不过是个可怜且没用的女人：她的智慧无法理解奥凯的学说。她祈求上帝能够给她启示，丹尼尔也为她做同样的祈祷。

如此这般，经过一段时间后，夫妇俩的祈祷得到了回应：神也光临了尹佳·列娜，于是她也经过了重获新生的过程。她从中认识到她必须顺从，仅凭她自己的理解力是不够的，丹尼尔所做的一切是对的，他是站在神一边的，而她是错的。于是夫妇俩又和好如初。丹尼尔又回到他们的婚床并且开始和妻子尹佳·列娜翻云覆雨了。

这时奥凯的继任者在谢拉耶尔德已经聚集了一小批人。除了那些在庄园里居住的人，还有一对邻居夫妇转变为信奉奥吉安学说并且认为丹尼尔·安德里亚松是上帝新派到地上的使徒。

可是他的妻子尹佳·列娜，因为每天夜里偷偷锁上庄园的食品仓库的门而犯下了失信的过错。

2

没过多久，在谢拉耶尔德发生的事情传到了主教布鲁桑德的耳朵里：丹尼尔·安德里亚松以祷告之名将人们聚集到自己身边，在宗教里宣扬奥吉安主义的新东西——这个邪教又开始将毛骨悚然的毒素渗入人群里去。

布鲁桑德是一个雷厉风行的神父，他很好地维护着他的那份工作的价值和神圣。他一直热心地捍卫着路德教的纯洁。他一直不遗余力地看护着上帝委托给他的那些子民，保护他们不受异端邪说的侵害。于是他马上派奥凯村的教堂管家佩尔·佩尔松去了解情况，他证实了在谢拉耶尔德正悄悄发生着的非法集会。这个教区里的人们到处传言奥凯·斯文松借着他外甥丹尼尔·安德里亚松的躯体回来了。而且佩尔·佩尔松说，丹尼尔对主持牧师出言不逊，并且称他在对人们精神世界的维护方面玩忽职守，因为他允许人们在牧师庄园里酿制并销售烧酒。

布鲁桑德对一个教区的居民否认他作为全国所有拥有土地的神职人员都享有的合法权力感到十分恼火。而国王的庄园以及王储的领地贝卡斯林地也在酿酒并销售和赢利，因此谢拉耶尔德的农庄主犯了欺君大罪。而目前只有在星期日才允许在神父庄园里销售烧酒，那些烧酒主要是为了犒劳那些白天辛勤劳作的工人和仆人。尽管维尔赛格伦，那个维斯特斯塔德声名狼藉的主教曾想完全取缔烧酒酿造及销售，他怀着相当的仇视心态跟踪那些仅仅使用其法定权利的同行们。维尔赛格伦还盲目地想剥夺农庄主自己的合法食品：要是他们不能将自己的谷物酿造成烧酒，国家的谷物耕种就会在很短时间内被摧垮，那些耕种者也会随之穷困潦倒。谷物价格也会随之大幅下跌，农庄主们将会破产，而它将造成的唯一后果，就是贫穷阶层将变得更加粗鲁，这样人们会发现雇用长工和短工变得非常麻烦。当1

蒲式耳谷子花24先令就可以买下的时候有谁还会愿意去干日工呢?

布鲁桑德让人把谢拉耶尔德的丹尼尔·安德里亚松传唤到神父庄园。在布鲁塞尔助理牧师及教区两个教堂管家的见证下,对他进行了长时间的讯问。助理牧师对此次讯问做了记录,由两个出任讯问的公证员的管家签字确认并且将其存放在教区里的神父档案里。

3

农庄主丹尼尔·安德里亚松被恩诺克·布鲁桑德主教传唤并询问几个关于宗教的问题,于是他在主教面前显摆了关于灵魂得救的基础及顺序的方面他颇为得意的学识。在被问到特殊的问题时,丹尼尔·安德里亚松承认目前在他的房子里住着几个流动人口:服刑后的士兵塞维柳斯·皮尔,跛子女佣西莎·思文斯多特以及韦斯特尤尔的未婚者乌尔丽卡和她未婚生的女儿艾琳;乌尔丽卡自年轻时就因与人私通而名声在外,这段时期她一共生了4个未婚子女,3个孩子在幼儿阶段就去世了。丹尼尔·安德里亚松承认,他给前面提及的人提供食物和衣服。

布鲁桑德主教问道:

"你同家里的仆人和邻居在家里聚会,这是真的吗?"

丹尼尔·安德里亚松答道:

"是真的,主教大人。"

布鲁桑德问道:

"在这些聚会里你都干了些什么?"

丹尼尔·安德里亚松答道:

"我给我的听众讲解《圣经》里的词汇。"

布鲁桑德问道：

"也就是说你承认，自己僭越并履行了神父的职能，对吧？"

丹尼尔·安德里亚松答道：

"我做了神父们不做的事。我宣扬上帝的真话。"

布鲁桑德问道：

"是谁给了你这样的权力？"

丹尼尔·安德里亚松答道：

"上帝之灵魂在我心里赋予我这样的权力。"

布鲁桑德说：

"你被一种邪恶的灵魂缠住了。除了经由教堂法召集并宣布的人选，任何人不得从事布道职务所涉工作。在这些诚实并可靠的人的见证下我顺便告诉你，丹尼尔·安德里亚松，禁止你从事任何应该属于布道职务所涉工作。"

丹尼尔·安德里亚松答道：

"主教大人没有权力禁止我做这件事。"

布鲁桑德神父说：

"上帝将你的灵魂托付于我。我是掌管你宗教的上司。你所有宗教事务都归我而非任何他人所管，你必须服从于我。"

丹尼尔·安德里亚松答道：

"《圣经》告诉我要更信任上帝而不是人。主教大人只是一个人。"

布鲁桑德说道：

"《圣经》中'致罗马人的信'的第13章第2段中说：'那些与上司作对的人，他就是对抗上帝的旨意，但那些对抗者需要接受这种教育。'你承认上帝设置的当局吗？"

丹尼尔·安德里亚松答道：

"不承认，主教大人。"

布鲁桑德主教问道：

"你不否认你要遵守法律规定吗？"

丹尼尔·安德里亚松答道：

"对于一位没有罪孽者来说没有任何法律规定。"

布鲁桑德神父问道：

"是因为你摄入了这样的精神上的骄傲，才敢妄称自己是无罪者？"

丹尼尔·安德里亚松答道：

"我是摄入了上帝的精神。我生活的准绳是《圣经》以及我的良心指南。"

布鲁桑德主教问道：

"你能告诉我，良心是什么东西？"

丹尼尔·安德里亚松答道：

"被唤醒的人可以知道良心是什么东西。我看主教大人并没有被唤醒。"

布鲁桑德主教说：

"恶魔，灵魂的敌人，在你耳朵旁悄悄地告诉你的答复。你曾经宣扬过任何人尤其是为自己都无权拥有财产吗？"

丹尼尔·安德里亚松答道：

"是的，要是主教大人传播上帝的真话，也应该宣扬过这样的观点。"

布鲁桑德主教问道：

"难道你指责我是在伪宣扬吗？"

丹尼尔·安德里亚松答道：

"在'使徒使命'第4章第32段有关于基督教集会的说明：'如果将整个一群人看作有一个心脏和一个灵魂；而他们中间就没有谁会说什么东西是他所拥有的，而是所有东西都归大家所共有。'主教大人从来没有宣讲和说过，我们这样信奉基督教的人应该在集会讲过这个。"

布鲁桑德主教说道：

"你从《圣经》的某个角落找到一些东西来作为你观点的支撑想要推翻别人的观点。你还指责我是一个在人们喝醉酒之后引领他们走下地狱的灵魂的忽略者。你在你的非法布道场讲过的这些话，是真的吗？"

丹尼尔·安德里亚松答道：

"确实如此，主教大人。"

布鲁桑德主教问道：

"然后你还与你的主教对这个伪证言进行辩论。"

丹尼尔·安德里亚松答道：

"主教先生销售神父庄园里酿制的烧酒难道不是真的吗？"

布鲁桑德主教回答道：

"我使用我的财产赢利。你有什么权力反对法律赋予我作为神父庄园的使用者的合法酬劳呢？"

丹尼尔·安德里亚松答道：

"人们喝了主教大人卖出的烧酒并且犯了暴力和通奸及其他上帝的十诫。那些违反上帝十诫的人难道没有因此下地狱吗，主教大人？"

布鲁桑德主教说道：

"是你被传唤到这里讯问，而不是我。"

丹尼尔·安德里亚松说：

"当为魔鬼服务的时候我得到了主教大人的表扬。而我现在为上帝服务则被传唤到这儿被人非难。"

布鲁桑德主教说道：

"你的事情已经查清楚了，丹尼尔·安德里亚松。你在公正的证人面前承认了，你从事了非法布道工作。现在你可以被世俗法庭判罪。可是我不想你就此毁了，而是希望你能改好。如果你改变你的思维方式并且答应不再继续讲道或散布你在宗教方面的虚假和不敬上帝的言论，那我就宽恕并赦免你的违法行为。"

丹尼尔·安德里亚松答道：

"恩恕仅仅属于上帝。如此说来，主教大人并没有什么可以宽恕于我的。我也不能从主教大人那儿接受什么恩恕。"

布鲁桑德主教说：

"在这些公证人的见证下，我禁止你侵犯神圣的布道工作。如果你仍然从事这个非法的营生，你将被告上世俗法庭并被判罚款或监禁。"

丹尼尔·安德里亚松回答道：

"主教大人也无法在一瞬间就将我逐出上帝的天国。"

尽管布鲁桑德主教一再严肃表态，被传唤的安德里亚松仍然坚持所有异见并且不愿收回他的任何伪学说。于是主教大人向他发出了首次警告，不准他散布旨在分裂教会统一性并且对公共秩序及对国家福祉和安全造成威胁的异端邪说。主教大人劝告他认真听取这次传唤中他讲的话并配合他合法的工作。然后他让被传唤的安德里亚松回去了。

4

现在布鲁桑德主教从被讯问者亲口所言里发现了真相：丹尼尔·安德里亚松，一个淳朴的乡下人的后裔，对自己的正义及自负沾沾自喜，其内心里怀着对教会与神父布道工作的怨恨及恶意。其言论显示出些许狡诈与敏锐，这在农庄主里并不多见。他对人们的精神与世俗的福祉抱有最荒唐的执念。可是他的邪说具有很大的危险，因为他针对联结当局与臣民之间的纽带：他反复表示他对神圣的教堂法的蔑视。那些荒谬的思想很容易被未受教育的乡下人接受，就像在奥凯·斯文松时代一样。但除了零星几个臭名昭著的人，丹尼尔·安德里亚松迄今尚未让其他人改变信仰，可还是有德高望重及可信赖的教区居民会被其虚假的宗教外衣引诱。

布鲁桑德清楚自己高尚、神圣的义务：他不允许任何污点玷污那个唯一真正正确的宗教学说，不允许它出现任何走样。路德教教会、祖先的信仰，他要保持教会一以贯之的纯洁。在笃信上帝的卡尔六世国王时期，那些对正确信仰偏离的人曾受到鞭笞的惩罚，甚至有个别被惩罚者因此而丢了小命，这在人们过后一段时间回头看时会觉得当时执行得太过严厉，然而人们必须认识到这事攸关奥古斯堡忏悔（Augsburg bekännelsen）以及马丁·路德教的纯洁性。而目前瑞典的国王较为温和，他们生活在一个宽容及开明的时代，对于因思想问题而犯错的群众采用怀柔的举措来对待。而要是在另外一个时期的话，丹尼尔·安德里亚松也许就没那么好过了。主教只是用警示及温和的劝告试图让他改邪归正。他不想让这个可怜人堕落：他应该祈求上帝开启他被蒙蔽了的理智。他想不靠世俗的制度，即当局的力量驱使他改好并肃清奥吉安主义在教区里的传播流毒。

布鲁桑德主教对其可信赖的群众进行了警示：他连着三个星期在他的布道椅子上宣布对大家有益的条例，对男女老少、几个人或多个人到单个房子以做祷告的名义聚会将会被罚款、判入监及驱逐出境。向所有教区的居民警告奥凯比村的谢拉耶尔德庄园已经成为被禁止的聚会地点。

可是过了一会儿，主教又听人说，丹尼尔·安德里亚松顽固地坚持并继续他非法的《圣经》解释。这时布鲁桑德主教就针对他采取了教会的惩戒措施：谢拉耶尔德的庄主丹尼尔·安德里亚松以及所有他的家人被上帝的圣诞大餐拒之门外，他们还不得参加教会的各种仪式及公共活动。

这是教会针对那个又从疯人院回来的人的禁令。

轻微的家法

1

往卡尔斯港的橡木木材的运输秋天开始了,可是纽巴肯的阿隆却跟着自己的运输马队。他说,他不放心自己的小雇工,他不敢放他走那么长的路。

一扇罗伯特认为已经打开的大门在他面前眼看着就那么合上了。而且那里还有很多扇正在被关上的通往美国的大门。

他的主人还是不信任他。可是自从干上活之后,他一直很顺从和听话。整个夏天除了一次,他都没有挨打。有一次,阿隆叫他去给马上水,他不够麻利,拖了后腿,于是阿隆在他的小雇工胯部踢了一脚。这一脚原本可以踢得很重,可是这脚踢在了屁股上,肿了起来很疼。他跛着难受着走了好几天。女佣嘲笑他,问小雇工为啥那个地方会生病。可是这是阿隆唯一一次对他不满意。

圣米迦勒节①前后的一天清晨,罗伯特被派去邻近庄园

---

① 圣米迦勒节是一个古老的秋天的节日,表示秋收季节的终结以及冬天的开始。

的一块耕地清理一条明沟。他用铁耙将石头弄松，用铲子将泥土甩到上边去；这条沟很深，当他蹲着干活时，在沟两边几乎看不到他的脑袋。他在沟里清理了两个小时，还没有人来叫他吃饭，他的饥饿感增加了，他大汗淋漓又感到很渴，他的脊背因为一直弯腰而发酸，他铲子上的泥土随着他铲的次数越来越沉。沉重的活儿枯燥无聊又没完没了。他感到心灰意冷：到现在为止，他这年的工作还没干完一半，他在阿隆这儿的工龄没有终结的时候。他已经看到自己将来在农庄主这儿度过的所有年份，而所有年份都是没有终结的。在他看来世界上的一切都是悲惨且永无休止的。他琢磨着要是他继续像雇工那么活下去到底有啥意思。

最后他把铲子扔了，伸直腰躺在明沟底部。他的脖子枕着手臂，他往天上看那些飘动的云彩。当他还是牧童的时候他会时不时这么躺上半天。他对这仍然很享受，他愿意就这么在地上躺着不起来。

可要是他能够这么躺着而不被阿隆打搅，他就必须让人从院子里往这儿看他仍然在清理沟底。

于是罗伯特摘下自己的帽子悬挂在铲子的手柄上，然后他把它举着，这样那顶帽子就可以在明沟底的边沿让人看到了。然后他躺在那儿将铲子移动一点点，让它活动着，这样人们就可以想象一个勤劳的雇工在一条明沟里勤奋干活的样子。

这条妙计将那些沮丧的念头赶跑了，他变得高兴起来，几乎是兴高采烈：他可以躺在这儿休闲并且感到很舒服，而他的主人在院子远方时不时地朝这儿看一眼他正在田里干活的聪明的小雇工。阿隆很满意，他自己也满意。只要他足够机敏,每天都可以贪婪地找到这样一个又一个休闲的时刻。

在明沟底部的休闲对于罗伯特实在是很受用。在上方他看见高高的天空,就像是一片覆盖着地球的所有明沟与正在清理的雇工的蔚蓝色海洋,他是如此高兴,于是开始小声哼唱一首小曲。

之后他为这一举动十分后悔。当某个雇工在干活时开始哼唱小曲,农庄主马上就会明白有什么不对劲。

纽巴肯的农庄主突然站在明沟的边上。

"我的小雇工是在玩过家家吗?"

罗伯特没有注意到农庄主靠近他。现在他站在那儿正朝下注视着他的雇工,他正背靠沟底躺着。

他一下子拿起铲子跃上了沟堤。他想说他只想休息5分钟,因为午饭延迟了。可是他没来得及说出口,阿隆的爪子就伸来了。他的腮帮鼓起,双手交叉着站在跟前说道:

"你要逃工吗?你这个该死的懒骨头!"

他朝着罗伯特举起两只多骨的大爪,他在所有人身上见过的最大的手。他绝望地扔下手中的铲子并且想逃走,可是却一步也走不动。

农庄主的右手打在了他左边的脑袋上,正好打中耳朵。他就像一把战斗前的折刀一样直挺挺地扑倒在一个高高的明沟里挖出来的泥土堆上。倒下的时候他的脸正好插进泥土里。疼痛感刺入他的大脑,他眼前金星直冒,整个世界都在那儿旋转。他还听到什么喊声;他已经分辨不清了,这会是自己的声音吗?

他没有晕过去,整个时间里他都能感觉到脑袋里那个可恶的东西爆炸的声音。他想他的脑袋已经碎了,已经变成了两瓣,犹如被斧子劈开一样,他顶着两瓣劈开的脑瓜将没法活了。他想在这个可恶的声响里死去。可是他已经停止了喊叫,这时他听到另一人在喊叫:农庄主的老婆站在门厅过道叫阿隆,饭已经做好了。

农庄主从那儿走了,那个挨揍的雇工缓缓坐起来。他的脸被明沟里的泥土弄脏了,他试着把眼睛里的泥土掸掉。有一块尖利的石块把他的鼻子划破了。他的嘴里也吃进不少明沟里的泥土,他吐了口唾沫。直到这时他还觉得有点眩晕,可是疼痛已经不那么厉害了。

以前他只吃过农庄主一次耳光,那天是他来上工的时候。那次是一记小耳光。这次他吃了一记大耳光。

等挨打的疼痛感退去后,饥饿感又回来了。他站了起来并且试着往前走了几步:他脚下的地面几乎还是那么平稳。他随着农庄主回到了家去吃午饭。

罗伯特对谁都没有提起那记耳光的事。他挨了揍,而这是难为情的,没啥可说的。他在干活时偷了懒,所以挨了揍;这是他咎由自取,没有啥可说的。要是一个雇工懒惰并且不听话,他的主人有权对他动用家法。他非常清楚这一点,大家也都知道这个,而要是他们不知道这个的话,那么农庄主就会完成更少的活儿。可是现在还保持着布鲁桑德主教经常在家访时念的雇用规定:"如果雇工偷懒做错事的话……那么农庄主有权对其采用适度的家法。任何人说情也不管用。"

纽巴肯的阿隆是他的主人,是根据上帝的旨意对他行使慈父般权力的人。阿隆有权给他用适度的家法:他的小雇工没有任何话可说,没有啥可抱怨的。他没有受到不公正对待。罗伯特被打一记耳光是上帝的旨意。

而且他在心里也没有对打他的农庄主记仇。有一次他站在牛棚背后，看见阿隆被自己老婆打了一下：她用牛棚扫把在他脖子上抽了一下。那是一根很大很沉的扫把，枝条上还沾着动物的粪便，可是阿隆却一声不吭地忍受了：他看上去很惊恐，什么也不敢干。罗伯特对他老婆更多的是怜悯而不是仇恨。

等他晚上躺下的时候，他在明沟边挨的那记很沉的耳光还是在回响。他的四周一点儿声音也没有，可是耳朵里却还在发出回响。他躺着聆听那低沉的呼啸声，他搞不明白这个声音是如何产生的。外面山坡和雇工房间里面被完全的寂静所笼罩，可是他的耳朵里却传来一个奇特的警报声。他静静地躺着，没有任何噪声干扰他，他仅仅聆听着自己发出的声音。可那呼啸声及海浪汹涌澎湃的声音是怎么出现的呢？

他让阿尔维德将他的耳朵凑近他听。可是阿尔维德搞不明白怎么回事，啥也听不到。这真不可思议：罗伯特听到了一种并不存在的声音。

半夜他醒了过来。左耳里发出爆炸声并引起剧烈的疼痛，耳朵里面的声音有增无减，就像一场巨大的风暴发出的咆哮声。而心脏的跳动声在耳朵里感觉好像针扎，他躺在床上疼得狂怒，就好像有什么东西在他耳朵里面碎裂了一般，好像脑袋里发生了爆炸。他数着心跳：针尖在他的耳朵里一下又一下地刺着；感觉就像针尖在刺一个新的、敞开的而且一碰就疼的伤口。这样的针刺一直没完没了，那种难受的感觉怎么也过不去。他数着，等待并且希望着，可就是过不去。他在世界上孤独地忍受着疼痛并且不知道有谁能够帮他。

他开始呜咽；他没有大哭，可是他慢慢地啜泣然后停止了。于是他双手合拢祈求上帝：他知道耳朵疼痛是对自己今天在明沟里偷懒行为的惩罚，他祈求上帝的原谅。要是他得到原谅，也许上帝会把耳疼给带走。他是个不诚实的用人，他还记得最近一段时间他很少去念"仆人的祈祷"。这时他在夜里怀着深深的懊悔祈祷："教我变得诚实、谦卑并且挚爱我的肉身的主人……让我也找一个好的并且信奉基督的主人，他不会蔑视与欺负一个弱小的用人，而是给予我爱和温柔……"

祷告后他在黑暗中躺着等待。可是疼痛并没有放弃折磨他，它在不停地爆炸着，每分钟里似针尖在上百次地刺那只受伤的耳朵。上帝不愿为他去除疼痛，他与自己的疼痛孤军奋战着，他实在是一点辙也没有，非常无助。他的耳朵处在风暴的咆哮声中，而疼痛在他的耳朵里躲着不愿意出来。

他站了起来把灯点亮了。阿尔维德醒来睡眼惺忪地问发生了什么事。

"我耳朵里吵死了。"

"我该怎么办啊？"罗伯特可怜兮兮地说道。

大雇工在床上坐起来，在他翘起来的头发里挠着痒痒思考着。

对付耳鸣最好的办法是喝母乳，他说。可是这半夜三更，到哪儿去找一个正在哺乳并且还剩一口奶的女人呢？庄园女主人从来就没有生育过，她是一个被榨干了的女人。而女佣们还是处女，乳房还没有被打开。

可是阿尔维德站了起来并拿来他的烧酒桶：

"我们可以拿烧酒蘸一下羊毛尖来试试。"

然后他花了一小会儿从他的雇工箱子里找到一团羊毛，然后在烧酒里蘸了一会儿，再将它塞进他伙伴的病耳朵里。

"开始的时候它会很疼，过一会儿就会好的。"

那个湿的羊毛尖塞进去后，罗伯特疼得又快要晕过去了。为了不叫出声来，他不得不抽搐般捏紧双拳躺着。过了一会儿那个爆炸般的疼痛感消退了，就像阿尔维德预言的那样。没有比终止疼痛感更大的享受了，而他也明白阿尔维德是上帝派来帮助他的，幸亏他的伙伴酒瓶里还剩有烧酒。他渐渐滑入睡眠，可是还有些许疼痛残留着并且进入他的梦乡：他的左耳朵里充满了蜇人的大黄蜂，一整个蜂巢的大黄蜂钻了进去蜇他，就是不停地蜇他。那只耳朵肿了起来，变成一个大大的、一碰就疼的肉球，所有黄蜂的刺留在里面让他疼痛难忍。

第二天早晨他醒过来的时候，疼痛几乎已经消退了，在接下来的日子里它完完全全地消失了。那浓稠的、黄色的、闻着让人恶心的液体开始从耳朵里流出来。这就是那个在里面作怪的、邪恶的东西。可还是有什么别的东西残留了下来：那个古怪的声音，那个别人听不到而只有他自己才能听到的声音。

那个呼啸声和海水的咆哮声在他耳朵里住了下来；有时候声音响一点儿，有时候低一点儿，它一直留在耳朵里。它并不发疼，却从早到晚一直跟随着他，让他感到疲劳和厌烦。他把手指塞进去、把棉球塞进去都不管用，声音还是在那里面住着，没有什么东西可以让它静下来。

于是一到晚上，当他躺着并且聆听着他的一只耳朵发出的声音时，他明白这个只让他听见的稀罕的声音意味着什么：这是来自一个属于他的巨大水域发出的声音，这是大海自己发出的噪声和警报。他耳朵听到的是大海发出的声音和波浪撞击的澎湃声——而这只是给他一个人听到的。他是被挑选出来的：大海在呼唤他，在高喊着让他出来。而那些耳朵里发出的嗡嗡声变成了一个词，一个白天黑夜始终尾随着他的词：来吧！

可他仍然没法去。所有陆地上的大门仍然都关闭着。

2

一个星期天的早晨，罗伯特没打招呼就回到了科尔帕默恩的自己父母家里。自从他到那儿打工后一直没有回过家，尼尔斯和麦尔塔见到儿子后非常开心。这年春天，当他该去纽巴肯打工，然而半道上却把衣服扔进小河里并且到了磨坊，这个男孩在家乡成了一个故事，可是现在他们不愿意说起这件事，因为他们已经整个夏天都没有看见他了。麦尔塔觉得他瘦了，可是当她问起在阿隆那儿过得是否快活时，他一言不发。

罗伯特整个星期天都待在家里，而他吃完晚饭后还坐在自己的椅子上时，父亲尼尔斯就问他要不要在睡觉前回到他打工的地方。男孩回答，他再也不想回到纽巴肯了。

尼尔斯和麦尔塔惊恐地对视了一下。尼尔斯说道：

"你接受了佣金，就必须在那儿待上一整年。"

罗伯特答道："如果你们再要把我送回纽巴肯的话，那么你们就必须先把我的手脚捆起来并且把我像一头待宰的牲口那样绑在车上。"

父母不知所措地站在那儿，儿子他坐在那儿，然后他就没什么可说的了。母亲转身去找卡尔·奥斯卡，说："你弟弟不愿意回去打工了。"

"你没有得到阿隆的允许就走了吗？"卡尔·奥斯卡问道。

罗伯特把他的褂子脱了下来，他的脊背亮了出来：脊背上有几条宽宽的红色痕迹，皮肤已经开裂了，血迹从里面渗出来。

麦尔塔叫道：

"你被人打了吗，可怜的孩子？"

"谁打了你？"哥哥问道。

罗伯特说，昨天他推了一辆装猎物的马车经过一个狭窄的牧场围栏边的台阶；那条路就在台阶围栏的入口处拐弯，母马很难驾驭，并且对于缰绳的指挥反应不够敏捷，它朝前挺着走以至于将一根树篱笆杆撞断了。他也没想到会把车驾驭成这个样子，他费尽了九牛二虎之力紧紧抓住母马的缰绳。可是阿隆从围栏篱笆上抽出一根木杆在他背上接连抽打了好几下。那根木杆上有些刺，这些刺刮破了他的皮肤。伤口疼了一个晚上，等到天亮后他就径直回家了，没有跟任何人说过一句话。而不久前阿隆还打了他那么一大巴掌，到现在这只耳朵还在响。他再也不回纽巴肯了。

卡尔·奥斯卡仔细审视了他弟弟的那些血红的伤痕：

"你也没有必要回去了。我们的亲戚们谁也不会接受鞭刑的。我们和阿隆一样棒的。"

"你以为阿隆会好心放了他吗？"母亲问道。

"他想干什么随他去。"男孩就是不要再回去了。可是尼尔斯发起愁来：要是罗伯特没有得到允许就离职的话，阿隆有权请省里的工作人员来带他回去，而且根据规定他还将损失一半的工钱并赔偿农庄主的损失。要是能和阿隆和解岂不更好?

"我去和他谈!"卡尔·奥斯卡意味深长地说,就好像他压根儿没有考虑去和谁谈和解的事似的。

麦尔塔找了块猪胆,将它抹在儿子的伤口上。罗伯特后悔他没有早点回家来依靠他的大哥。

对于卡尔·奥斯卡而言,弟弟血迹斑斑的脊背是整个尼尔斯家族的耻辱。而父亲因为有残疾已经不能保护他的小儿子了,现在只能由他出面了。

卡尔·奥斯卡马上拿起他的帽子径直向纽巴肯走去。他老远就看见了阿隆,他在牛棚旁的井边站着,在用吊桶取水。卡尔·奥斯卡缓缓地走到院子跟前;等他走到牛棚前的坡地,他看周围一个人也没有:在他视线之内没有看到任何人。看来他这次访问还挺幸运。

阿隆直到卡尔·奥斯卡非常靠近后才留意到他,这时他非常吃惊以至于他差点儿把提水桶掉了下去,这时他正想挂井钩,等他看见那个不速之客的脸时,他开始从井口旁往后撤,同时看到有人在周围找他。

"你是要来顶替你弟弟的位置吗?那样的话我就可以有一个一样的雇工了吗?"他脸上堆出一丝微笑,表现得很温顺的样子。

卡尔·奥斯卡靠近了纽巴肯的农庄主。阿隆哪儿也跑不了了,他已经背朝井口。他看上去想要叫喊的样子。

"你打了我的弟弟,你个懦夫!你知道他才15岁吗?"

"他得受一点点家法。因为他懒惰还粗心大意。"

"把人打出血的惩罚不是家法。"

"他也许受得住。"

"那你就去找别的雇工鞭打吧。我的亲人你再也打不着了。"

"你的弟弟明天就要回来上工,否则行政官员就会来带走他的。"

"你自己来领他吧!欢迎你来科尔帕默恩!"

阿隆脸变得煞白。

卡尔·奥斯卡又往前走近半步,这样他把阿隆挤得更靠近井口。他迅速朝四周看去:周围一个人也没有。阿隆变得很害怕,他扔掉了水桶,他刚想喊人时,卡尔·奥斯卡掐住他的喉咙。他掐得那么紧,以至于阿隆想要说的话卡在嗓子眼儿说不出来。

他慢慢将阿隆往后推,这样他被正好压在井口上,犹如一个盖住井口的活着的井盖。

纽巴肯的农庄主在牛棚边的井口上怀着对死亡的恐惧在那儿悬着,他拼命蹬踏和挣扎。卡尔·奥斯卡强有力的手死死掐住阿隆的脖子让他除了能发出叽叽声和喘息声发不出其他声音。他不知道卡尔·奥斯卡想要掐死他呢,还是想让他淹死,抑或两者都有可能,可是他知道自己现在快要死了。

而卡尔·奥斯卡觉得让阿隆受这几分钟的罪是理所当然的。

等他掐住阿隆的气管到他就快要断气的时候,他终于松开了手。阿隆就像一条空麻袋倒在井口,大口大口地喘着气。卡尔·奥斯卡说,这次就这样了。也许俩人今后还会再次碰到。也许会在冬季在外运货时碰到。他们曾经多次在偏僻的地方碰到,那儿离开人群很远。那样的话,他们还可以继续这样的交谈。

对于那些敢对他的家人动手的人,他都会这么对付。而对付敢对一个15岁的人动手的懦夫,对他来说易如反掌。

然后卡尔·奥斯卡转身返回科尔帕默恩。罗伯特站在大门口等着他。

"你不用再担心阿隆了,我向你保证。"

罗伯特从来没有和比他大10岁的哥哥那么亲密过,他对哥哥一直是感到害怕的。直到今天他们之间才这么亲近,罗伯特由于害羞没法说出他想要说的话。可是某次他会向卡尔·奥斯卡表明,他认为他比世界上其他任何人都更有价值。

3

罗伯特留在了科尔帕默恩。可因为他是一个逃工,因此谁也不知道他是否可以平安地在家里待着。卡尔·奥斯卡建议他,要是有陌生人来庄园的话,他要随时躲到树林里去。

一两天过去了,没有听见什么动静。家人请阿隆到科尔帕默恩来,可是他没有来,而卡尔·奥斯卡也没有等他来。当他时不时地朝外边路上注视着,他害怕其他陌生的事情。

一天傍晚太阳快落山的时候,卡尔·奥斯卡站在庭院大门口,他的狗开始吠了起来。他循声朝下往乡村公路望去,发现有一辆马车朝这里驶来。车里坐着两个男人,其中一个戴着帽子并佩戴着金黄色的缎带,那根缎带映射的光老远都能看到。

罗伯特站在柴火房边的锯木架旁,卡尔·奥斯卡跑到那儿去通知他。可是等狗开始叫起来的时候，他的弟弟马上丢下了锯子跑了，他看着他消失在牛棚背后的牧场。

马车在大门口停下了。卡尔·奥斯卡走上前去迎接陌生来客。

"卡尔·奥斯卡·尼尔松，日安！"

公务人员罗纳格伦穿着他长长的、宽大的制服大衣笨拙地走了过来，当他从车里出来时在脚蹬上绊了一下。他告诉他的用人把马拴在柱子上。

罗纳格伦是一个异常高大的人，在市场里他比所有人都要高出一头。他也像他的身高一样强悍：当他给人劝架时，他常常抓住一人拿他当武器对付另一人；这对于维持秩序的人来说，既省时间又省力气。当他呵斥某人犯错时总是说："你个无赖！"这是他在执勤的时候对这个教区里的人的口头禅。而对于某个更加冷酷无情的人，他会说："你个大无赖！"而当他对付窃贼和其他严重的犯罪分子时，他会说："你个该死的无赖！"罗纳格伦执法时很严厉，可是人们都认为他心肠并不坏。

"我找你的兄弟，罗伯特雇工。"他说道。

"他不在院子里。"卡尔·奥斯卡答道。

"他在哪儿？"

"我不知道他现在在什么地方。"

罗纳格伦对科尔帕默恩的农庄主的脸凝视着。卡尔·奥斯卡也朝他凝望。

罗纳格伦叫他的仆人到房子四周去找那个逃跑的雇工。

"纽巴肯的阿隆要求政府将你弟弟找回去给他继续干活。你很清楚他上星期天溜了。"

"他从那个庄园里跑了，因为那个农庄主把他揍了。"

罗纳格伦点点头:"阿隆自己说了,他给自己的雇工用了点家法,这是农庄主雇用法第5条所允许的。可是那个家法只是为了让用人改好,所以男孩有义务平静顺从地接受这个家法。"

"我的弟弟给我看了,他被打出血了。"

地方官员又将眼睛盯向卡尔·奥斯卡:

"也就是说你们见面了?他来过父母家了?"

"是的,可是现在他不在这儿了。"

"他在这儿附近吗?"

"我不清楚。"

卡尔·奥斯卡企图掩盖真相,他不想撒谎。

地方官员摸着下巴想了想。他从大衣口袋里取出一张折叠好的、很大的、盖了戳的纸张:就如雇用条款第52条以及《房地产法》第16章第7款关于农民的规定,农庄主得以强制带逃跑的用人回去。因此他以法律的名义敦促卡尔·奥斯卡·尼尔松告知他弟弟的居留点。

"我没有义务照看我的弟弟。"

"男孩曾经企图逃避。他在外面去别的地方。"

地方官员的仆人回来了:在庄园附近找不到那个要找的人。

罗纳格伦的耐心开始耗尽了:

"你把那个流窜犯藏起来了,你这个无赖!把他给交出来!"

卡尔·奥斯卡回答,他不认为他在法律上有给国家公务员提供任何协助的义务,而且还是要抓他自己的亲弟弟。他首先要看到需要他提供协助的证件。

省府官员没有回答这个问题:这个大鼻子的农庄主又

不是三岁小孩。如果是他自己安排的，他的弟弟自然已经跑掉了，去抓住那个因为逃避家法惩罚的可怜且卑劣的雇工，这是不怎么招人待见的差事。可是法律归法律，义务归义务，一码是一码，他有义务让雇用条款能够存续下去。

卡尔·奥斯卡观察着省府官员的脸色变化，他变得胆大起来：要是专员自己也有一个弟弟因为自己的农庄主把人打得都出血了而逃跑的话，那专员也会把自己亲弟弟交出来让人抓住并送回去吗？

省府官员吼叫着回答：

"既然你不讲真话，那就给我闭嘴吧，你这个无赖！"

可是他朝天上看了一下。于是卡尔·奥斯卡就想：人们关于他的传言是真的，要是他不当省府官差的话，他应该是个大好人。

罗纳格伦掉转身背对着卡尔·奥斯卡，指挥他的雇工跟着他，他们走进屋里。省府官员穿过了居室进入厨房，克里斯蒂娜站在那儿，几个吓坏了的孩子围在她的裙边。他们还去看了给尼尔斯和麦尔塔养老的房间，尼尔斯和麦尔塔各自可怜巴巴地静静坐在自己的椅子上，他们对这样的来访感到很羞愧：省府官员以前从来没有进到这间房子来过。他们走上楼梯来到阁楼，撕扯了一大堆破衣烂衫。那些破衣烂衫冒出了很大的灰尘，省府官员被呛得不停咳嗽，怒气冲冲地又走了下来。这个房子被里里外外搜了个遍，然后他们又跑到外边的房子。罗纳格伦在坡地上站着，可让他的仆人在牲口棚里一堆没有洗过的羊毛堆里搜索，他爬上爬下并且在草堆这里那里地踢着，地下室、库房、柴火房和茅房都去瞧了瞧。

省府官员不得不带着没完成的任务返回了。卡尔·奥斯卡跟着省府官员回到马车跟前。

罗纳格伦回到马车上,在前面座位上坐好后说:

"要是那个无赖还停留在这个辖区,那我就会来抓他的!你听着,卡尔·奥斯卡·尼尔松,要是你弟弟还停留在我这个辖区,我就会来抓他!"

科尔帕默恩年轻的农庄主若有所思地站在那儿目送着省府官员的马车离开庄园:他已经完全听明白了他的意思。

4

那天晚上卡尔·奥斯卡一直待着等他的弟弟。快到半夜时分罗伯特敲了下窗户,于是他哥哥将他放进屋子。整个晚上他都在相邻庄园的草房里待着。夜里他开始冷得发抖,于是蜷缩进自己的衣服里。卡尔·奥斯卡的炉子还留着火,于是他置上一口锅,热了牛奶给弟弟喝。

他说,省府官员说得已经很明确了,罗伯特已经没有必要再担心被遣送到纽巴肯去了,只要他在他的辖区之外待着。所以他不能再在家这儿停留了。这时克里斯蒂娜说他可以在她在杜威莫拉的父母家里住一段时间。奥古斯博达教区在罗纳格伦辖区之外。他在那儿可以放心地等到他们给他找到别的出路。克里斯蒂娜的父母需要一个雇工,他们俩都是和蔼可亲的人,会对他好的,也并不仅仅是亲戚的缘故。并不是所有或者一半的农庄主会像纽巴肯的阿隆那样对自己的雇工那么糟糕。

罗伯特愿意听从大哥和大嫂的安排,第二天一大早他就准备动身去杜威莫拉。

在尤纳斯·彼得冰冷的谷仓里待了几个小时后,罗伯特还是发抖,他往火炉旁又靠了靠。在他跟前坐着卡尔·奥斯卡,他用铁棍在炽热的木炭里搅动。兄弟俩很少一起在家里待着;当罗伯特小的时候卡尔·奥斯卡已经出去打工了。他们对彼此感到非常陌生,直到罗伯特上个星期天带着伤痕累累的后背回家。

他曾经当过一个懒惰且粗枝大叶的雇工。他本质上就带有这种总是让他倾向于偷懒和不听话的罪孽的祸根,他想。他遵从上帝的旨意及人的规定被家法责罚,然后变成一个被省府官员追得四处流窜的雇工。可是现在他已经不再对这个世界上的任何事情感到害怕了,因为他有一个强大的哥哥。因为这个哥哥,他不再需要把任何事情隐藏起来。而今天夜里他独自与哥哥待在这个木屋正是最合适的时刻:向他说出他很久以前就该告诉他的话,他后悔没在这年春天就告诉他。

他的耳朵里听到了阿隆响亮的耳光所发出的回声,那个持续不断的咆哮声,那个永恒的嗡嗡声,那个声音来自那片水域,它覆盖了四分之三的地球面积,那个巨大的海洋给他发出的信息:来吧!

木屋里很黑,只有壁炉的椭圆边被窜动的火苗照耀着发出一点亮光。现在,当他们两个互相信赖的兄弟坐在一起的时候正是他把心里话说出来的时候。罗伯特不再看着哥哥,他开始讲述:

"你对我真好,卡尔·奥斯卡。现在我想求你一件事。"

"是吗?只要我能帮上你的我一定会做。"

"我想取出我分到的房产。因为我想去北美。"

他已经把它说出口了,他已经这么做了。他深深地吸了一口气,然后在等他哥哥的回音。

两分钟过去了,而卡尔·奥斯卡却仍然没有回答。他听到了自己弟弟的大话,他听到一个15岁男孩像一个成年男子一样说的话,他听到他鲁莽而勇敢并且像男人一样的声音:我想移居到北美。可是他没有回答。

这样过了几分钟,两个兄弟之间仍然没有说什么话。哥哥缄默着,弟弟在等他说话。莫拉钟在角落里不停地走着,壁炉里不时发出爆裂声。罗伯特耳朵里那个巨大的水域发出的咆哮和嗡嗡声,在呼唤着他坐船去那儿。

卡尔·奥斯卡的脸被壁炉里的火光映照着。弟弟紧靠着壁炉墙壁往下凝视着壁炉里烧得通红的木炭。这时他不敢去看他哥哥的脸色。

他在等什么呢?他事先已经知道了他想要听到的话。那只健康的耳朵想要听他的哥哥对他15岁的孩子气的异想天开和新花样的看法:罗伯特,你是怎么啦?你知道的,我的小弟弟,你要等成年后并且年满21岁才能自己处置你自己的财产,而你想像你这么大的男孩独自漂洋过海去世界的另一边?你还非常缺乏理智。你也许得在家吃许多面包片,才能够离开这个国家去闯世界。你的观念还需要成熟,我的小弟弟。你的大哥比你更清楚这个世界——而现在就听比你大并且更聪明的哥哥这么说吧!

不可思议的是,哥哥啥话也没说。卡尔·奥斯卡手里拿着铁棍,手臂在大腿的支撑下伸向炭火,而他还在缄默。罗伯特不敢朝他的脸看去。他是因为听到弟弟说"我想去北美"而舌头完全变得麻痹了吗?

罗伯特又说道:

"你是感到吃惊吗,卡尔·奥斯卡?"

"是的……"

"你能理解吗……"

"我以前从来没有这么惊讶过。"

这时卡尔·奥斯卡抬起他的头,满含微笑地看着自己的弟弟:

"因为我从来没有猜到,在这个世界上你会跟我有同样的想法!"

"你自己难道也……?卡尔·奥斯卡?"

"最近一段时间那些念头也萦绕在我脑海中。可是我除了跟克里斯蒂娜说,没有跟其他人说起过。"

难道这就是罗伯特那只健康的耳朵今天夜里听到的话吗?卡尔·奥斯卡的话难道不是幻听,完全是另外那只病耳听到的大海的风暴吗?

两兄弟以前有没有像今天夜里那样,一起坐在即将熄灭的炉火旁,让彼此如此吃惊?两兄弟以前什么时候在壁炉火即将熄灭前能够在一件人生大事上马上做出决定呢?

卡尔·奥斯卡说,罗伯特不需要单独移居。他也许可以和自己的哥嫂以及他们的孩子一起去,他可以和院子里所有年轻的一起走。

这天晚上罗伯特的左耳朵咆哮得震耳欲聋,比往常更加厉害。现在他可以肯定地回应那只病耳朵听到的呼唤了:我来啦!

他穿过了通往美国的第一扇大门。

关于一块麦田与一桶大麦粥的故事

1

第一艘船已经漂洋过海,将移民者送出了国。

那个有着1000多年历史的农庄,那个曾经亘古不变的居住地,开始兴起一场运动。对于土地上看着自己分到的耕地面积越缩越小而他们的孩子越来越多的人,一则消息传到了这个地方。这个消息说,在这世界的另一边有一个大洲,那儿有着人们可以获得丰厚收成的肥沃土地,每一位愿意去那儿开垦的人都可以很容易地承租到这样的土地。在静止的乡村里的旧的灰色木屋里,相互挤在饭桌旁并且在沿袭的生活习惯和秩序里在一起生活的人们,这时有一种新的撩人的信息挤进了人家的门槛。人们通过道听途说或阅读新闻报纸口口相传,从一个邻居传到另一位邻居,从教区到郡,穿越城乡。这些撩人的传言如同随风飘扬的种子,吹落到人们心田,在那儿生根发芽并且暗暗地起作用。播种在秘密中悄悄地进行着:一夜之间这些萌芽在四处长了起来。

这个运动刚刚开始的时候,人们还有点畏缩不前并且带着试探性。关于那个国家的广告对于这儿的人们来说还仅仅停留在宣传画及传言上,迄今为止,家乡这儿还没有任何人认识那里的人,谁也没有亲眼见过那个国家。还有那个陌生的大海也让人发怵。所有陌生的事物都是危险的,而家乡却是熟知和稳妥可靠的。有的人劝说去,有的劝说不去,犹豫不决者与敢想敢干者相对;无畏者与畏缩不前者针锋相对;男人与女人、年轻人与老年人之间意见纷争不断。而那些谨小慎微与怀疑论者总能找到自己反对的理由:我们不知道其是否安全……

只有那些敢想敢干和雷厉风行的人才有足够的认识。通过他们,所有平静的地区才开始发生变化,通过他们,亘古不变的秩序才开始松动。

他们从一大群人里分离出来然后将几艘小船填满了,犹如最初开始往外流动的那股水流的几滴水珠,它们将会扩散出去并最终融入那巨大的河流。

2

卡尔·奥斯卡·尼尔松看到过一张照片。有一天他在教堂管家佩尔·佩尔松那儿借一张报纸,那上面有一张照片。

同一天他还去翻耕黑麦残留的秸秆。他赶着一头公牛和一头母牛。由于饲料不够他被迫把他的其中一头公牛给卖了,然后将轭套在一头母牛身上。现在他的驮畜非常糟糕。从古至今农庄主一直用公牛犁地;驾着一头母牛上路人们会觉得臊得慌,这是某种形式的羞辱。而且他还心疼他自己家的母牛,它不仅要产奶,现在还要犁地。那头干牵引活的母牛已经怀上了小牛,他已经能够看到小牛在踢它的肚子。它在田沟里沉重地踩踏着前进，它的乳房肿胀得那么大，以至于在前进的时候它们翻滚着敲打着后腿。这头可怜兮兮的母牛在耕地里缓慢地往前挪动着。卡尔·奥斯卡既不忍心去打它，也不忍心去驱赶一头怀着小牛还要拉犁的牲口。

上帝对人类很厉害，而人类对牲口也厉害。他因为要驱使这头可怜的母牛干活而内心备受煎熬。他自己不会拉犁，而要是他想明年给孩子们吃上一点面包的话，他就必须把地给犁好了。他的孩子也是无辜的生命，可是按照上帝对世界的安排，那么那些无辜者要和那些有责任者在这个世界上受同样多的苦，尽管他有时也绞尽脑汁地思考这个问题。干旱与歉收使正直者与非正直者一样受害。

好心的卡尔·奥斯卡翻耕着黑麦秸秆的时候，那个犁在泥土下碰到一块硬石头，它从田沟里被翻了上来。等他凑近看的时候他发现那块石头的另一边已经停留在泥土里了：犁头已经断开分成了两瓣。

他把犁头从轭上松开然后回家了。他木工活非常棒，自己就会凿出一个新的犁头。可是他没有走向刨台，而是走回了木屋然后就一屁股坐下了。这时正好是正午时分，于是克里斯蒂娜很惊讶地问他，已经犁好地回家了吗？他回答，他把犁头给弄断了。就是那块牢牢地埋在地里的讨厌的石头。这儿的土地又一次让人诅咒起来。

她觉得他没有必要为这一点小小的挫折而骂人和发作。这不像他的一贯作风。于是她就想：他大白天在这儿坐着手里却没有活干，这也不是他的风格。

卡尔·奥斯卡坐在那儿透过窗户往外看着他那没有翻好的黑麦秸秆，沮丧地皱起了眉头。于是他拿起那张他刚从佩尔·佩尔松那儿借来的报纸。这是借来的东西,于是在他拿起报纸前仔细地在裤腿上擦干净了自己的双手。他小心翼翼地拿着报纸,就好像手里拿着的是一张有价证券似的。

于是他看到了那张照片:在北美的一块麦田。

这是一块谷物堆积如山的田地。一块一望无际的平原,一块无边无际的平原。麦田一眼望不到边,它一直延伸到了地平线,人们还以为那儿的天老爷好像闭上了眼帘。在整个宽阔的秸秆耕地里人们看不到任何石头、任何石冢和任何起伏凹凸或不平整的地方。它是完完全全地整齐划一地向外延伸,犹如木屋里的舞台地板一样。而在这个耕地上杵着的一个又一个谷穗束,排列得那么紧密,以至于人们几乎无法插入一个谷物袋。谷穗束头上背负着圆滚滚的、颗粒饱满的、沉重的穗头。这是一颗颗生命力顽强的种子,在这儿杵着被捆成禾堆。在这个麦田里每一颗穗都大得像一个棉花籽一般,每一根麦秆都粗得像一根树枝一般,每一颗穗都粗得像灌木枝一般。

在万里无云的天空中,阳光普照在这些金黄色的谷物上。太阳照耀着生命力旺盛的大地、孕育着麦粒及其核心。谷穗束多得无法胜数,犹如大海里的波涛。这儿涌动着一个由金黄色谷子汇成的海洋,犹如一个不断扩展的、巨大的、深不见底的谷袋。他在这儿看到的是这块土地里结出的果实,这是给予人们多得难以想象的面包:这就是北美的一块麦田。

一个故事可以是捏造的,从人们嘴里说出的话可以不是真的,一个描述可以是添油加醋的。可是一张照片不可能是假的。一个摄影作品是不会撒谎的。它一定会反映已经存在的某个东西。那个被拍摄的东西，它一定是在它可以被拍摄前就已经存在了。他的眼睛在这儿看到的东西不可能是某种幻觉：这个麦田是存在的。这块没有石头和石冢的土地存在于这个世界上的某个角落，这些谷穗，那些金黄色的、沉甸甸的穗曾经在某个地方成长过。没有谁会对此说三道四的。他从这张照片上看到的所有东西、所有对于一个农庄主来说美好的东西，是存在的，存在于另一个世界，在新的世界里。

卡尔·奥斯卡·尼尔松，一个在科尔帕默恩的石头王国里有着7英亩贫瘠的耕地的人，他在那儿静静地坐着，目光久久地停留在这张照片上。他用凝视着这张照片的方式来让自己的精神享受。他像祈祷一样将报纸放在自己跟前，就像他常常在星期天手里握着唱诗本在教堂长椅上坐着跟人一起歌唱一般。

这事就发生在旧世界里，在这片上帝曾一度因为人类而诅咒的土地上。可是在新世界里土地仍然是让人欣喜和感恩的。

3

照片底下有几行字："据说劳碌的乡下人对于在合众国获得优裕的生活具有无限的憧憬……"

就是从卡尔·奥斯卡翻耕黑麦秸秆并且将犁头弄断那天起。这就是事情的起源，然后在接下来的几天几夜他都无法入眠，不停地苦思冥想着。

在做决定方面他并不迟钝。可是当他面对着自己有生以来最大的决定时，这就需要不止一天的时间。它必须要有健全的理智以及成熟的思考，这在这里的订购信及其他重要的文件里都有记载。

他把北美麦田的图片给克里斯蒂娜看，她完全不经心地看了一眼。她没有意识到，她丈夫给她看的那张图片是他心驰神往的地方。

那几个秋天的晚上，他们在家里的炉子跟前各自做着室内的手活，他在削斧头柄和齿耙上的齿，而她在梳理羊毛和结亚麻网。一天晚上，孩子们都睡着了，木屋里非常安静的时候，他开始说话了。他思前想后地把他想说的话和妻子所有可能会想到的、针对他观点的反对意见都事先想好了。

他已经决定要移居国外，现在他想听听妻子的意见。

她先发问道：

"你想逗我玩吗？"

她会怎么想呢？他坐在那儿突然说道，他想把庄园和他拥有的一切都卖了并且带上全家，妻子和三个孩子还有第四个还没有出生的孩子从这儿移民——既不是去另外一个村庄，也不是去另一个教区，更不是去这个国家的另一个地方，而是去一个世界上的新大陆！他还不如再延伸一下，这对于她来说也不会有更大区别，就是他追求得更多一点，带他们所有人到月亮上和月亮公公待在一起。她一定以为，他在和她开玩笑。

可是当他谈了一会儿后她才明白，他不是跟她逗着玩，而是非常认真的。而这个新花样也正像卡尔·奥斯卡，别无他人：他永远不会找到合适的度，绝不会满足于其他人感到足够的境地。他从来就不满足于这个世界的任何东西。他一直追求着奢华和罕见的东西。他以前曾经说过他要把科尔帕默恩的庄园给卖了：一次他说卖了之后要去当伐木工，另一次他说卖了之后要去当马贩子，第三次他说卖了之后要去当兵。而这次他想要从这儿移民，那要是不移到北美、到世界的另一头的话显然不够他的胃口。要是他满足于一个近一点的距离的话，那他就不是卡尔·奥斯卡了。

现在她要非常认真地告诉他，她内心是怎么想的，于是他们一晚接着一晚地交换着各自的想法，在他们交谈的时候，只有壁炉里的火时而迸发出的爆裂声与他们作伴，并时而淹没了他们的声音。

卡尔·奥斯卡为什么要移居国外：

他们在科尔帕默恩这儿做了四年，而这一天他们比四年前开始在这儿创业的那一天穷了几百银币。四年过去了，他们在这儿耗掉了自己的青春力量。如果他们要在这儿留下来的话，仍然是这个样子，他们会继续煞费苦心，直到他们手脚都不能动为止，直到最后疲惫不堪且精疲力竭地坐在这儿又瘸又弱。可是没有人会因为你自己把自己毁得一点用处也没有了而感谢你。他们可以从他父亲那里看到自己的影子，他现在就在阁楼里残疾地待着。这儿他们除了搁置抚养的阁楼没有任何别的可以期盼的东西。终会有那么一天，他们不再有人需要，也会在里面待着就像父母现在那样感伤自己的老年时代：健康与力量已经离他们远去，可是他们整个一生的辛劳除了搁置抚养对象紧巴巴的面包并没有能够获得别的什么东西。

他们无论怎么努力，永远也不会在科尔帕默恩改善他们的境遇。

他并不知道很多关于合众国的状态，可是他知道在那儿可以转让到尽可能多的最肥沃的没有石头的土地,他只需要插入耕犁用的铁器就可以了。在这儿他拿钱都买不来的东西,在北美几乎可以白送给他。现在他们俩都很健壮并且工作能力很强,所以他们所有需要携带的,就是自己的劳动能力。这是美国对他们要回应的所有要求。也许他们在那儿也得像在这儿一样苦干。可是他们会以不一样的情趣、不一样的意愿、不一样的喜悦去做这些事情。两个国家之间的巨大差别在于:在美国他们可以用自己的劳动改善自己的状况。

对于他自己而言,要是他再看不到任何可以追求的东西,他就会失去追求的动力。因为他可以预测他们耗尽自己也无法得到一个更好的运气,所以他干活一点乐趣也没有。而所有人都要有什么可以追求的东西,至少在他们还年轻的时候,就如她和他现在还是的那样。否则他们该如何活下去呢?

而他们的孩子总有一天会长大成人并达成自己的人生目标。他们在这儿的家里的运气会怎样?也许他们其中的一个孩子会跟随他们经营庄园,而剩下的其他孩子呢?他们的命运是当雇工或者佃农,不存在任何第三条道路。可是现在就有那么多雇工和女佣,他们现在就开始四处走动向农庄主兜售自己。已经有太多的佃农,很快树林里的林间空地都很难找到了,那里连一个用黑土地做地面的惨兮兮的木屋也没有。在那些木屋里人们吃面包时很少就着肉和鱼,而且并不是每天都能吃上面包。他和她都不愿意他们的孩子将来去当雇工或去当佃农。可是他们除了将他们的孩子从这个贫穷的地区带出去,无法给孩子们带来任何其他的命运:要是他们感到对孩子负有责任的话,他们就必须往外移民。

而且所有从北美传来的消息也都对得上号，那里的人们从所有方面看都更加自由。那边的四个等级已经废除很久了，那儿没有频繁加冕并且拿着丰厚酬劳的国王，而是选举自己的总统，并且要是他们愿意的话，还可以过几年再推翻。那儿没有任何欺负人们的官员，没有任何四处走动在农庄主那儿敲诈勒索的省府官员。而在教区委员会里所有人都具有一样的发言权，因为所有人都有相同的权利。

要是他现在就把庄园还有所有固定的、死的和活的都卖了的话，那么这些钱就够他们所有人漂洋过海的费用了，而且他们还可以剩下一些用于在那个陌生的国度里找一个新的住房。

他曾经反反复复想了很久，可是却无法回避那个想法：一个还很年轻并且身强力壮的农庄主，除了移民美国没有任何更好的办法可想。

为什么克里斯蒂娜想留在家乡：

他描绘出那些耀眼的和出彩的东西。而她可以相信所有他说的，所以她要跟随他出去并且赞成他的立场。

可是她却觉得这个事情看上去实在不太靠谱，实在有点漫无目的。他相信那些关于美国的描述和图片。可是谁来保证那些东西的真实性呢？他们可以依靠谁呢？谁可以信赖呢？有谁向他许诺过在合众国里的耕地呢？在那边当政的并没有给他写信并且给他任何承诺。他没有任何他们踏上陆地后就等着他们的土地使用证。而那些要出发走那么长的路程的人在他出发前，需要有人答应他们并签署合同，这样才能让自己放心。

迄今为止，他和她都没有碰到过任何到过北美的人。

他们也不认识任何踏足那儿的人,没有人可以讲述这个国家是啥样的。要是有一个可靠的人,曾经亲眼看到这个国家,然后建议他们移居到那边,那就是另外一回事了。可是对于报纸和书本上印制的东西,她还是不怎么信得过。

既然现在年轻的农庄主们移民美国是如此明智,那么就应该有几个已经做过这件事的人。可是他们却没有听说有任何这样的人。他并不能说出任何一个携妻带子踏上这条道路的农庄主,既没有年轻的,也没有老年的。所以那个聪明的想法迄今为止除了他自己并没有出现在其他人的脑袋里。

他还忘了提,他们将要乘坐一条脆弱的船越过大洋。他没有说那个危险的旅行。他们没少听人们谈论过船只沉没的事。谁也不知道他们是否能够活着抵达美国。他们自己可以拿命去冒险,可是他们永远没有权力拿自己孩子的命去冒这个不需要也不被迫的险。他们没有带他们的孩子漂洋过海并让他们拿自己的生命去赌博的义务。迄今他们还不会说自己的想法,可是也许他们宁愿待在这儿的家里当佃农也不愿意沉入海底。也许当一个活着的雇工或女佣比当沉入海底的尸体并被鲸鱼或其他凶恶的魔鬼和畜生吃掉还好一点。

他想移民国外因为他觉得要对自己的孩子负责。而同样的理由她要留下来。

而他对于孩子在那个陌生的国度的命运知道多少呢?那儿有没有人给他写信向他保证,安娜会当上流社会的夫人而约翰会当绅士?

他也没有设身处地想过他们要离开父母和兄弟姐妹,离开亲朋好友,所有他们认识的人。他们要去的地方,那儿任何一个他们碰到的人都是陌生的。他们也许会到那些地区,所有人都不怀好意并且对他们非常冷酷。他们要生活在一个这样的国度，在那儿他们一句当地话都不会说。在他们需要的时候，他们甚至没法请人给他们倒杯水喝，在他们躺着快死了时候，他们的舌头都不能去叫救命。在那个国家他们像被交换的人质一样在四周徘徊，陌生而迷茫。他也没有想过他们会过一种孤独而平常的日子。

而要是她移居到那么遥远的地方，那么她也许永远不能再回家了。她无法见到自己最亲近的人，永远无法再见到她的父母和兄弟姐妹了。她会一次就失去所有这些人，尽管他们还留在这儿，但是对于她来讲再也不存在了，尽管他们还活着，可对于她来讲却意味着已经死了。

确实，他们是倒退了，这几年收成不好，运气也不太好。可也许他们很快就会翻身的：要是运气好的话，他们某年会有一个好收成。迄今为止他们每天都有饭吃，而就像现在这么发展下去的话，今年冬天他们得挨点儿饿，可下一个冬天他们也许又可以不挨饿了。虽然他们并不能穿绫罗绸缎，可是他们自己和孩子都能有衣蔽体。他们也许会像所有其他人一样，抵达自己的终点站。

所有他咨询的聪明而理智的人，都会跟他说她现在告诉他的相同的话。

克里斯蒂娜想要留在家乡。

4

科尔帕默恩的夫妇俩就这么在决定他们未来生活的决策面前各执己见，他们在许多个秋天的晚上坐在壁炉前一边干活，一边相互交换着意见。他许诺移居国外新的好处以及移民所带来的轻松，而她则举出移民的缺点及不便。

等她的意见开始耗尽时她总是这么说：

"要是还有别的人也去过的话！可是周围并没有任何人曾经移居过。"

他的回答也总是这样的：

"那么我可以当这第一个人。总有人要当这第一个的。世界上所有事情都是这样的。"

"而你愿意承担责任吗？"

"是的。必须有人承担这个责任。所有事情里都需要某人承担起责任。"

她现在认识自己丈夫了：他永远不会放弃他之前的立场，而迄今为止他总是推动实现他自己的意愿。然而这次他必须按照她的意思干。这次她不会让步了，这次她要让他深思熟虑并且改变自己的主张。

她跟尼尔斯和麦尔塔说了这件事：他们必须帮助她劝说卡尔·奥斯卡并且让他停下这项危险的事业。

可是父母们只是同情他们的大气的儿子并且没有给予他的妻子以支持。尼尔斯说，自从卡尔·奥斯卡撒尿后会自己提上裤子起，他就从来没有央求自己父母给他出主意或者给他帮助。而人们永远不会让从来没有求过的人出主意。要是他的父亲和母亲企图妨碍他的话，那么他会变得更加固执。

于是克里斯蒂娜开始明白：这次卡尔·奥斯卡比以往任何时候都明白他想干的事情。她也一样。

5

经过这年的干旱和歉收，现在开始进入冬季荒。这年夏天持续时间很短，在其少年期就已经夭折了；冬季持续时间更长了，饥饿时间也一样延长了。

省府官员的马车越来越频繁地出现在马路上。他们的任务是关于那些最穷的庄园；马车在大门口静静地站立很久。这年冬天，省府官员的马很少在马厩里站着。它们被拴在大门的立柱上，在那儿等着那些在屋子里有许多事情要处理的农庄主。马儿们身上盖着被子，可是因为必须静静地站立很久，也冻得瑟瑟发抖。

"赶紧跑呀！把你的手套藏好吧！"

"省府官员来这儿要拿来做抵押！"

在迄今还没有覆盖雪的路上晃晃悠悠地走来了一群脸色苍白、面颊凹陷并且鼻涕邋遢、冻得发紫的小孩。当他们来到一所房子时，他们不是直着走到门厅。他们直奔垃圾堆，在那儿他们停留一小会儿，在那儿抓挠着找寻一番。然后他们走进房子，在门旁站着。男孩们鞠躬，女孩们行屈膝礼。他们用食指把自己鼻孔底下鼻涕擦一下，在紧贴着门槛边的角落静静地站着讨饭吃。

他们几乎没有必要说出自己的来意。每一个走近并看到他们的人就已经知道他们的来意了：他们是饥饿的无声的证明人。

自己感到难为情去乞讨的父母们把他们的孩子送出去乞讨。因为对于那些小孩来说乞讨一点也不可耻；对于那些无家可归、骨瘦如柴的孩子来说，乞讨是一个很自然的营生，也是他们唯一擅长、唯一可以做的有用的事情。

也许在房子里的某人等一会儿才去理会那些门角落的陌生的孩子。也许房子的主人还围坐在饭桌旁。那样的话，那些孩子就得等到里面所有人都吃好饭。他们鼻子里吸进了饭香，有烤土豆香、肉汤香味和煎猪排香味。他们站着看着，眼睛睁得大大的，他们的鼻孔也一样。房子主人吃饭时间越长，孩子们的鼻孔也变得越大。等他们站着闻饭香味儿太久了之后，他们中个别人会晕过去倒在地板上。

然后他们可以开口说话了：他们问是否可以拿走那些鱼头和肉骨头，他们刚刚在外边的垃圾堆上看到的。这些骨头可以捣碎了，这样人们就可以够到里面的骨髓，母亲也就可以用它们熬汤了。里面还有什么要扔到垃圾堆的东西，他们请求让他们带上，因为也许在家那儿可以派上用场。父亲和母亲已经教会了他们该怎么说。

父母们警告他们不要提太高的要求。他们只是去要那些人家在自己家里没有什么用场的东西。他们不能太鲁莽了，去要人家的面包。因为那些要得最少的往往会得到的更多。可是当他们要到一块面包片的话，他们会马上把它给吞了；而父母对那个面包片一无所知。

于是孩子们吮完了腌鱼头并且把吃剩的肉骨头打成一个包裹后继续往前走。他们会走向下一个庄园，去掏另一个垃圾堆。然后他们走进厨房，他们说他们在外边看见有几只鱼头在里面闪闪发光，问是否可以给他们，那么谁也不会回绝他们的。

那些小孩子是饥饿的公正的证人。没有谁会忍心甩给他们那句成年人所害怕的话：可耻！

每一个人会在他或她在教堂里登记的那个教区里乞讨。可是那些脸皮薄的人却宁愿去陌生的教区，向陌生人乞讨。饥饿在肚子和肠子里四处折腾。可是乞讨的羞愧及屈辱却在灵魂的深处肆虐。

甚至还有大人在路上晃悠，那些人高马大的成年小伙，在肩上背着扫帚、刷子、篮子或木罐,然后放在地上。他们装着诚心诚意地在做生意,没有谁会责怪他们去乞讨。可是等他们在一所房子外边得到消息说里面没人要买他们带的东西时,他们却仍然待在那儿不走。他们用肩上的负担隐藏了自己的使命,而等他们坐了很久后他们不得不说出来:给我一块咬过的面包吧!然后我就离开这儿!

然而对于很多人来说,在说出这句话之前会被这句话深深地刺痛灵魂。所以他们会让那些苍白的孩子上路乞讨,他们成了饥饿而羞涩的证人。

6

克里斯蒂娜烤了应付饥荒用的面包。当黑麦面粉不够的时候,她往里面掺入谷壳、过熟的豆子、石楠种子以及烤干的白桦树莓。她还试图放进磨好的橡子,可是这样的面包非常坚硬且难消化,几天几夜都拉不出来。她煮了一种好吃的用榛子仁做的麦糊,用来代替那种纯的黑麦粉麦糊,这是他们在冬天里不可或缺的东西。然而做这种应急食物实在不是一个好兆头;芽苞、种子、豆子和其他东西混在一起,确实能够把肚子给撑饱了,可是却不能给人持续的饱腹感。人们离开饭桌是由于吃饭时间够长了,而不是因为人们吃饱了。可是无论他们的食物如何让人耐受,在下一茬作物成熟前,面粉罐早晚也会变空。

在冬季的正当中,克里斯蒂娜的预产期到了,她生下一个儿子。现在在科尔帕默恩家里有八口人了。

由于冬季营养不足,母亲没有足够的奶水喂刚刚出生的婴儿:她的乳房已经干瘪了,而刚出生的儿子还远远没有吃饱。一个在喂奶的孩子无法咽下饿着生产的奶牛挤出的苦涩的奶水。这个冬天不适合新生儿降生。克里斯蒂娜现在必须吃更多有营养的面包片用来喂养这个小不点。可是其他孩子也一样需要。她看到最大的安娜最近一段时间掉了许多肉,变得非常瘦。她觉得好像她在从自己的三个孩子那儿偷吃的给第四个孩子一样。

那个新出生的孩子名字叫安德斯·哈拉尔德,小名就叫哈拉尔德。可是请谁来给他受洗呢?克里斯蒂娜想要请自己在谢拉耶尔德的亲舅舅丹尼尔和舅妈尹佳·列娜当孩子的养父母,但是公公尼尔斯和婆婆麦尔塔着实吓了一跳:丹尼尔宣传的就是奥凯·斯文松的邪教学说,而由于他从事了《圣经》的非法传教,主教还禁止他参加神圣的圣诞大餐。因此那个不敬畏上帝的人不能给他们的孙子受洗。

谢拉耶尔德重新变成一个臭名昭著的地方。克里斯蒂娜搞不明白,丹尼尔给无家可归和过得惨兮兮的人照顾并让他们免费过夜,她可是小时候就认识她的舅舅,舅舅一直对她非常好。也没有对任何他人不好过。她不知道还有哪个男人会比他更和蔼可亲。所以她认为主教对他非常不公平:只有那些罪大恶极的人才可以被拒之于上帝的圣诞大餐。韦斯特尤尔的乌尔丽卡曾经长久被人禁止吃圣诞大餐的面包和酒,可是为了功劳而把责任归咎于随便哪个男人头上这就不仅仅是不公正的问题了。不应该让老实人跪在祭坛围栏外。可是舅舅丹尼尔既没有通奸也没有杀人,既没有诈骗也没偷窃。在尤德尔教区有许多比他罪过大的人,尚且可以吃那个昂贵的美食,可是他被人当作一个罪人和为恶者那样揪出来并遭人厌恶实在是不应该。克里斯蒂娜想在所有人面前表明,她认为自己的舅舅是一个正直的人，所以想请他给自己的新生儿做教父。

婆婆麦尔塔问，她是打算让一个被妖魔缠住的人抱着无辜的孩子去受洗吗？她愿意把自己的后代让给神的敌人吗？

丹尼尔已经说过，他不再接受那些借出去钱的利息，由此卡尔·奥斯卡明白，他不再会正常思维了：谢拉耶尔德的农庄主因为秉承了奥凯·斯文松的学说而精神出现了问题。可是谁也不能因为疾病而受到惩罚，即便他是弱智也不例外。所以主教没有任何权力将丹尼尔逐出基督教人群的活动场所并诋毁他的家。那些穿过大门进到他的庄园的人很快就会被视为永不悔改的人。他将妓女和酒鬼放进自己的房子里即便是错了，可是上帝也不会因为他给几个可怜的穷人吃穿就惩罚他吧？

卡尔·奥斯卡与克里斯蒂娜看法一样：他们要向主教表示他们对于丹尼尔的想法并且请他给小儿子当教父。卡尔·奥斯卡自己去谢拉耶尔德说这件事。

他很快就回家了。丹尼尔告诉他，教堂还拒绝他施行受洗礼，他既不能作为教父，也不能作为养父去教堂，因此他没法带他们的新生儿去受洗。

克里斯蒂娜很伤心，而卡尔·奥斯卡对阻止他们给他们自己孩子选择教父母的主教很恼火。他很想去跟他说：他管得实在太多了。可是布鲁桑德是他的神父，而为了自己的幸福，他是不能和自己的神父结怨的。可他几乎可以肯定：在北美任何神父都无权禁止某人将自己的孩子送去受洗。

现在他们转而请他们在海斯特溪的邻居尤纳斯·彼得和他的妻子布丽塔·丝塔瓦给小哈拉尔德做教父母。除了教父母，他们还请了在克鲁克斯湖当女佣的卡尔·奥斯卡的妹妹莉迪亚喝孩子的喜酒。

而这年的冬天也没有啥东西做节日大餐。克里斯蒂娜用一袋子去壳大麦做了圣诞粥，这是她特地藏起来用来过节的，她还在粥里放了一点黄油和糖。当她盛起粥来的时候三个孩子都跑到她身旁。孩子们已经好久没在房子里见过这么香的食物了。克里斯蒂娜把粥盛入一只大瓦盆里，可是他们要等教父母带着他们家刚受洗的小男孩从教堂回来之后才可以开吃；于是她把粥盆放到地窖里晾一会儿。

在等尤纳斯·彼得和布丽塔·丝塔瓦从教堂赶回家的时候，卡尔·奥斯卡和克里斯蒂娜在牛棚里干活。孩子们独自待在屋里。

等父母们从外面回到木屋的时候，他们发现安娜不见了。他们到处找她，可是哪儿都找不到。爷爷尼尔斯和奶奶麦尔塔不知道她跑哪儿去了。那么她是出去了。她已经4岁了，会独自去邻居的院子玩了，可是她没有得到家里人允许从来不到院子外边去。

卡尔·奥斯卡非常着急。姑娘会发生啥事呢？他像心疼自己眼睛那么心疼她，她就像他的一个工友，常常他走到哪儿她就跟到哪儿。今天下午他还答应让她跟他去制鞋铺，他要给她量一下尺寸给她做双新鞋，因为她的旧鞋实在破得不成样子，并且已经十分过时了。她一定不会忘记的。而她就在他们要出门前消失了，这非常奇怪。

他们在牧场外边徒劳地寻找着孩子。父亲想到相邻的院子里去问问。这时克里斯蒂娜跑过来说，姑娘在地下室地窖里。她经过地下室的时候听到从里面传来一阵啜泣声，于是她打开了地下室的门。

安娜在地下室地窖的地板上直挺挺地躺着。她非常难受，抽抽搭搭地诉说着事情的经过。那只瓦盆就在她身旁，这是克里斯蒂娜两个钟头前放在这儿凉的、满满一盆大麦粥。盆里三分之二的粥已经被她吃掉了。

姑娘被人抬到自己的床上。她哭着请求父母原谅她，原谅她做的事情。她无法忘记那只粥盆，她在厨房里看到并记住了从厨房传出的香味。她难以抵御这种诱惑，她太想吃那盆粥了，她看见她妈妈把那盆粥放到地窖里，她无法自拔，于是偷偷跑到地下室下面。开始的时候她只是想闻闻粥的味道，然后想尝一小点儿，就是别人不会察觉的一小点。于是她找到了一把勺子开始吃起来。而当她开始吃了一口，就没法停下来了。她从来没有尝过这么好吃的东西。于是她一直不停地吃粥，却怎么也吃不饱，因为她每吃一勺，嘴里就觉得更香。于是她继续吃下去，直到那盆粥快吃完为止。这时她害怕了，不敢走进去了，不敢去显示她的不听话。她只好继续待在地下室的地窖里，过了一会儿她肚子开始剧烈地疼痛。

安娜让大麦粥撑着了。经过一冬天的饥荒，那盆粥对于她的胃来说实在是太大的负担，这时的胃已经撑得像一只鼓，又硬又紧绷。当病痛袭来时，她发出恐怖的叫喊声。

他们还去请了伊德莫的贝尔塔大夫。她用热羊毛布缓解小姑娘的胃痛，又用一只热的羊毛袜子捆住孩子的下身。她还想试着用母马奶当药材。莉迪亚姑姑跑去克鲁克斯湖，那儿有一匹小母马刚生了小马，她带回来四分之一升的马奶，安娜于是喝上了马奶。

但是没有啥东西可以缓解孩子的疾病和剧痛。贝尔塔说，粥里的谷粒在她的内脏里肿胀起来变得大了一倍，于是它们撑破了胃袋。她非常害怕她也许撑不过去并修复那个伤口。

姑娘大声呼喊并且发自内心地希望谁能帮帮她,因为她的肚子实在是太疼了。她多次向父母请求他们的原谅,因为她太不乖了;她知道到晚上那几个客人来之前谁也不能吃粥盆里的粥。

那天夜里她晕过去几次。贝尔塔说,要是第二天早晨还不见好的话,那就是上帝要把这个孩子带走了。她尽最大可能去安慰安娜的双亲。

安娜听见了她说的话,于是她说,她不想让上帝把她带走。她想留在家这儿。她是个早熟的孩子,有许多古怪的问题,周围的大人都答不上来。

她特别难受的时候,高声呼唤自己的父亲帮帮她,她想起床跟他去鞋匠铺量鞋的尺寸,这是他答应她的。她几次说起她的新鞋子。她的大声呼喊让牛棚里的母牛都能听到,母牛们用叫声回应她。它们还以为有人要去给它们喂饲料。

姑娘在苦苦煎熬了一夜后一大早就死去了。

在接下来的几天,那些跟卡尔·奥斯卡说话的人得等他的回答。就算说两三遍也不管用。等人们跟他说第四遍的时候也许他会答非所问,显示他啥都没有听进去。

父亲尼尔斯问他要不要出去给安娜做一口棺材。这一次卡尔·奥斯卡听见了,于是他马上回答,给自己死去的孩子的棺材他会自己做。这一点问题也没有。

他走到外边的杂物间,那儿有切割好的柚木板堆得老高。这儿有足够多的用于打棺材的木料。而那口盛安娜瘦小身子的棺材的木料花不了太多的木头。父亲开始在木料堆里寻找，他要找挺直的、没有结节的好木板，纯的、去皮的木材。可是他把手抓到的所有的木料都扔了：这些木板要么是弯曲，要么是上面有斑点，要么是上面有结。他拿起一块又一块的木板，仔细看了看又把它扔了。从这么高的木材堆里挑合适的、可以用来给安娜做棺材的木材板是那么困难。

很快他对于寻找合适的木板感到厌倦了，于是他在一块劈柴砧板上坐下，手里啥也没拿。他坐着倾听着自己孩子，她刚刚跟他说话来着：爸爸，死亡会这么疼。要是死亡会这么疼的话，我可不想让上帝把我带走，我想在家这儿待着。虽然我偷吃了那么多粥，可以吗？我以后再也不偷吃了，只要让我留在家里就行。爸爸是那么强大，一定会救我的，这样上帝就不会来把我带走了。只要爸爸你知道这有多疼！可为什么谁也不来救我啊？我还这么小。你自己喜欢去死吗，爸爸？你愿意上帝来带我走吗？

那死去的孩子求救的呼喊声还在她爸爸的耳畔长久地回响着，所以周围的活人跟他说话他会不回应；他们说的话他一句也没听进去。

晚上尼尔斯问他的儿子，那口棺材做得怎么样了？卡尔·奥斯卡回答，他正在寻找木板呢。

可是第二天也没有听到从杂物间传来锤子和刨子的声音。卡尔·奥斯卡只是说，他在找木板。

等到第三天杂物间外边还是那么安静的时候，尼尔斯拄着拐棍走到刨床旁坐下，他给死去的孩子做好了棺材，而卡尔·奥斯卡只是看着。

等做完后，儿子却说，这不合格！到现在为止，尼尔斯已经做了超过100口棺材而且所有预定的人都很满意，没有哪口棺材被废弃过。这是头一次他做的东西被人丢弃,而且这个丢弃的人是他自己的儿子:他在一块木板上找到一个很大、非常难看的结,那儿有一个地方锯得斜了,这儿从里面冒出一颗钉子头。他女儿安娜要在这些锋利的钉子上面躺着吗?卡尔·奥斯卡在父亲做好的那口棺材上挑出了无数毛病。他找来一把斧头把它给砸碎了。

父亲尼尔斯气得半死,可是他的大儿子曾经一度是一个无法无天的人;谁也拿他没有办法。这时他不得不自己做棺材。他终于找到几块他认为还过得去的笔直并且没有瑕疵的木板。他在刨床边站了整整一夜。到清晨棺材终于做好了。

这是一项父亲的杰作,它是父亲独自在夜里凭着柴火木房里的油灯的灯光在孤独的哀伤中完成的。所有看过这个棺材的人也许并不明白,人们也许无法发现那口被废弃并被砸碎的棺材和这口棺材之间有什么差别。可是这口棺材是出自一位全神贯注着、生怕有所闪失的父亲,是他那双无法停止去攫住那失去挚爱的手给钉好的。

上帝给了一个让父母疼爱和照顾的孩子,可是等到他们已经深深地依恋上那个小可爱的时候,他却把她带回去了。他们犯了什么过错,才得此报应呢?他居然在他活着的时候会赶上做这口不得不做的棺材,这对他来讲是多么痛苦的事情啊?

7

孩子吃了去壳的大麦粥。
他们把那些夏天里生长的瘦弱的麦粒打捞收集起了几

蒲式耳，把其中的几斗去了壳。克里斯蒂娜把最后一些壳熬成了受洗粥。可是在麦田还是绿的时候谁也不会告诉那个孩子，要是你吃了这些东西会死的！

而卡尔·奥斯卡想：那块生长那些麦子并让他的孩子丢了性命的耕地，一定是因为上帝对亚当说的话。那块地一定是被诅咒了的。安娜是因为这块耕地被诅咒过才死的。

他看到那些在四周游荡着在垃圾堆上寻找食物的脸色苍白的孩子，想着：我的女孩找到了好吃的东西，她的五脏六腑被放了糖和黄油的去壳大麦粥撑破了。所以她也成了这场饥荒的证人。

葬礼之后的几个星期里克里斯蒂娜情绪非常低落；她做的事情都疯疯癫癫的，其他啥事情也做不成。她数千次责问自己："为什么我没有藏好那盆受洗粥，让谁也看不到呢？或者为什么我放到外边去前，没有让孩子们先尝一尝那盆粥呢？要是我这么做了，安娜现在应该还活着。"

夫妇双方之间一直不提死去孩子的名字，这样过了很长一段时间。他们从不提及他们失去的孩子。要是人们用言辞来表达的话，他们的哀伤尤为沉重：于是他们试着在生活里保持缄默，这样他们就不再将哀思流露出来。而当言辞无法安慰时，它们就不应该说出口。对于一对正处在哀伤中的人来讲，交谈无非就是自然界的噪声，除了扰乱那份苦涩的也许存在于逃避痛苦的安静里的安慰，其他啥也不是。

安娜葬礼过后一个月，一天晚上克里斯蒂娜和卡尔·奥斯卡说，经过这次变故，她改变主意了。她不再反对移居北美的计划。以前她觉得让自己的孩子到海上去冒险，自己会是一位不负责任的母亲。现在她觉得上帝要是愿意的话，即便在陆地上也可以将她的小孩子送进坟墓，无论她把他们照顾得有多好。她开始相信，要是她把孩子们交给那个万能的上帝由他来做决定的话，即便在波涛汹涌的大海里也一样安全。此外，她在这个庄园里再也感觉不到像此前那样的愉悦。所以，要是他认为为了他们自己还有孩子过得更幸福而需要往外移居的话，那么她愿意迁就配合他。然而他们究竟要就此达成什么妥协，双方也不是十分清楚，她只是表示，会跟他一起去。

夫妇俩现在意见一致了。他们打算来年春天在船上找一个居所，准备去北美。

这个决定就这么做出了，这是决定他们双方生命如何延续的决定，这是决定他们的孩子命运的决定，这个决定将在随后的日子里对他们、他们尚未出生的后代产生影响，它将决定他们早晚要出生的孙子、曾孙的未来。

在神的帮助及国家的照料下

1

2月里的一天,教堂管家佩尔·佩尔松来到布鲁桑德主教家里,告诉他一个严重的事情:谢拉耶尔德的丹尼尔·安德里亚松聚集了家里的人和邻居在夜里紧闭着大门,举行上帝的圣餐礼。

一开始主教不愿意相信自己的教堂管家说的话;这些消息实在太让人惊愕了。可是佩尔·佩尔松说,他有目击证人可以证明这件事。有几个在周围走过的年轻人这几天夜里在谢拉耶尔德庄园的窗户外站着看到了里面几十人围坐在一张桌子旁,丹尼尔·安德里亚松在那儿正在念纸质的东西并与那些聚会的人交谈;所有眼睛看到的人们都丝毫也不会怀疑那里面正在进行着什么事情。通过在这一带可靠的人士提供的消息,丹尼尔用一辆运货车从卡尔斯港那儿运来了几箱子的圣餐用酒水。

教堂管家叙述过后,布鲁桑德主教低垂着头坐了很久。他用柔和且妥协的手段试图让丹尼尔·安德里亚松回心转意,回到教堂这边来。他温和地劝告他悬崖勒马。他用温和的手段企图修正他关于上帝以及精神自由的伪概念。

他想避免将这件事在教区里弄得沸沸扬扬,并试图走缓慢而平静的路子来对付那个可怜人。当安德里亚松最初将其无耻的毒素向几个无辜而心肠软的人传播并将其聚集到自己家里时,他将其拒之于主的祭坛之外。可是凭着自己对那个误入歧途者所有的柔和、耐心以及宽容仅仅换来他邪恶的神灵更大的活动空间:谢拉耶尔德的那些不幸的人现在被魔鬼引领着走得如此之远,他们会自己轮流交流。

那些昂贵的得恩手段,基督的肉体和血液、教堂的无价之宝和专有的财产,这些得恩的手段被一个无知的农庄主滥用、被一个粗野而罪恶的人的手玷污。安德里亚松在神学方面非常自负。然后他开始对《圣经》进行解释进而侵犯布道工作,他还继续他的自以为是,进而在他的房子里布置自己的聚会以及自己的教堂。现在丹尼尔·安德里亚松在谢拉耶尔德既否定了神的秩序,又扰乱了世俗的秩序。要是上帝仍然迟迟不采取措施保护自己神圣的大众的教堂的话,那么世俗当局就应该介入,去修正那误入歧途者并训斥那些诱导者以及不安制造者。

佩尔·佩尔松说,目前在谢拉耶尔德悄悄进行的事将会深深地激怒教区的人并让他们感到不安。

布鲁桑德看上去被自己的教堂管家深深震撼:

"我也一样担心。我们必须毫不迟疑地终止这些恶行。"

这时他向佩尔·佩尔松请教对策,他是他最信得过的教堂管家。布鲁桑德曾有过几个不幸的教堂管家:一个管家溜到教堂库房把里面的圣诞大餐用的酒都喝光了,于是他不得不在一个星期天出示安民告示;另一个管家在教堂里喝醉了,他在晕晕乎乎中把在黑板上的唱诗号顺序上下颠倒了;第三个管家在一个神圣的圣诞日早晨,走到一个室外站台的角落里在几个坐着的女人的注视下撒尿。可是对于佩尔·佩尔松，他始终可以完全信任。因为他自己每天从来不多喝一小口烧酒，对于教区里的其他人来说他是一个非常不错的榜样。而他的坏习惯却形成了坏名声，幸运的是它未经证实。他曾被指控把一个由教区放在他那儿寄养的15岁女孩肚子弄大了，主教对他进行了单独的审讯后把他放了。他说，这个别有用心的谣言是由心怀恶意和嫉妒他的人散布的。这也是真的，教堂管家在土地占有方面的巨大进展导致教区里很多人嫉妒他。

"说一下你的想法，佩尔·佩尔松！现在我们用什么办法来对付这些奥吉安人？"

教堂管家回答，老一些的教区居民还记得奥凯·斯文松活着的时候带来的巨大痛苦。这一次他们必须看好了，不让造反者破坏教区里的安宁。现在有一些鲁莽者要亲手将丹尼尔和他的团伙抓起来：他们想在某天晚上派几个得力的小伙子用合适的武器将魔鬼逐出谢拉耶尔德。这是一种办法。可他认为这不是一个明智的手段：这会在教区里产生有害的影响。

主教也有同样想法：他非常明白义愤的可贵，它要求对奥吉安人强制惩罚。要是派几个好人闯到安德里亚松家里去办这件事，那本身是一个非常迅速的行动，它会显示人们捍卫路德教的纯洁的、可嘉的热忱。然而他并不建议人们这样做：因为这样的手段只适合于针对法律明文规定的邪教主义者。

此外教堂管家也并不想掩盖这样一个事实，即教区里也有许多人说丹尼尔的好话，赞扬他对那些可怜人和无家可归者的慷慨大方。这些人还不是很多，可是会变得更多，如果这时出现两派,一派拥护奥吉安人而另一派反对他们的话,那会对教区的秩序造成危害。

"上帝一定会阻止这样的事故发生的!"主教激动地喊道。

谢拉耶尔德的农庄主显然在夸大一种本身是好的但却有害的热忱,他通过这种方式改变了轻信者的观点和看法。对于人们来说,没有谁会比通过讨好巴结人的诱惑者更为危险,他们做的事情虽然本身是好的,是的,它们甚至是可嘉的,但他仅仅是拿它们用作诱惑的手段。布鲁桑德开始明白,他一开始的时候就应该用更严厉的手段来对付丹尼尔的破坏。

"布道工作必须由国家公务机构的协助才能正常开展。"教堂管家建议道。幻想家的恶作剧无法通过其他方法终止。

主教急切地点着头,这个时刻他想不出什么其他解决办法。他内心开始冒出一个清晰的念头——一个势不可挡的清晰的念头,即上帝对于谢拉耶尔德的邪教主义者的耐心现在应该已经山穷水尽了。

他请教堂管家,让他等下一次奥吉安人在谢拉耶尔德准备在圣诞礼祭坛边非法聚会时告诉他。佩尔·佩尔松走之前答应了:他会派两个男孩在安德里亚松家门外留意里面的一举一动,一有情况他们会及时告诉他的。

教堂管家进来的时候,布鲁桑德主教正在准备星期天的布道备课,而当他又独自一人时,他的思绪又回来了。这是《复活节前的第九个星期天》上描述的,在路德教传说中的马特乌斯的第八章的传说里,讲述了耶稣如何将魔鬼从两个被缠住的人身上驱赶出去并强迫他走进一群猛然掉落到大海的污秽的猪群里,在那儿他掉进水里淹死了。

在刚刚得到报信后他看出了这句话的意味深长：它呼唤着布局和实施。而对于所有知道今夜在谢拉耶尔德庄园里正在悄悄进行的毛骨悚然的事情的听众来说，几乎不需要做任何解释。在来世，在格尔格塞内斯的偏远地区，耶稣与魔鬼会面，而魔鬼长得像两个男人的模样，他们从难以辨别的、杂草丛生且谁也无法走到跟前的墓地里来。在这个教会里，任何人可以用同样的方式在任何一条路上走着，人们也可以在任何时刻里遇到一个穿着平常衣服的农庄主，然而在自己的心里却背负着恶魔的灵魂，用魔鬼的舌头说着人话并且用神的敌人的话去许诺和引诱人。他从未在布道时宣布过如下星期天要宣布的这般急迫的警告。

布鲁桑德主教从自己的窗户往外看去：已经下了一整天的雪，还在不停地下着，而神父庄园外的山路已经开始有动静了。他的眼睛随着雪花的飘动，满含焦虑的表情：这次强降雪会不会把住得比较远的教会居民吓得不敢来教堂做礼拜了？如果那样的话，他们就会损失一次布道，一次对于他们的神圣福祉来说极为重要的布道。

布鲁桑德是一位农庄主的儿子，他父亲在一个有着两扇窗户的木屋里生下并养大了18个孩子。他是第18个孩子；母亲生下他就去世了。也就是说在他的教区已经决定他不再能当农庄主了。他在威克斯湖上学期间他贫穷的父亲几乎无法给他提供饭袋，他从小就在自我克制下把自己培养成神父天职，这是他早在孩提时代就感到自己会决定的事情。这个村的村民的肉感觉就是他自己身上的肉，他们的腿就是自己身上的腿；他感觉这里的人民就如同自己的孩子一般并且他以慈父般的爱和温柔去包容他们。他为人们的缺点、迷茫和无能以及沉溺于酗酒、暴力和通奸而感到难过。可是大部分教会居民是宁静而对他人好的人，是迄今为止顺从及对他们的神父及其他对他们具有天父权力的人恭恭敬敬的。"迄今为止"他在这句话前停住了。因为最近一段时间他发觉有发生变化的可怕的迹象。

在这段时间，所有国家都感到巨大的不安。人们都起来造反并对其合法的当权者动用暴力，各种异端邪教四处散播并被人信奉，被验证过的旧秩序被抛弃，而祖先的习惯遭到鄙视。这些邪恶的东西深植于针对上帝的第四条禁令的不顺从，它使得孩子与父母之间、农庄主与雇农之间、下级与上级之间的关系分离。这些神圣的纽带按照上帝的安排是维系社会统一并为那些遵守法律的人维护秩序和安全的，被一条咬啮及吞噬着的蠕虫袭击。

对当局及农庄主的失礼及蔑视甚至已经开始在尤德尔教区呈现出来。雇工和女佣在一年的雇用合同期间中途离开了农庄主，必须在国家公务人员的协助下遣送回原单位以完成他们的义务。在某种情况下当局非常不小心，那些逃跑的雇工没有被遣送回原来的工作单位，而是让他们跑掉了。这样的事情给基督教教会蒙上了耻辱的污点。这些对于人们来说是有害的。如果针对雇工们的雇用条款不能存续下去的话，那么社会就会陷于无法无天的境地，并且进入最野蛮的混乱。而根据第四条神的戒律建立在对于行之有效的法律及条例的尊重，对于这条戒律的服从取决于安全。上帝的世俗秩序极大地依赖于对十诫的遵守，而作为上帝的世俗秩序组成部分的雇用条款，它的扰乱不可能让其整体不被扰乱。因为它是将农庄主与雇工联系在一起的纽带。

越来越明显的是，对于那些粗人来说，因为他们不会正确使用，因而绝大部分日益增长的识字率是具有破坏性的。随着具有阅读能力的人的扩展，异端邪说、不顺从、违抗以及倔强等也开始蔓延。这种新获得的能力被人恶意利用。愚蠢的人们错误地利用了自己的阅读能力。当局在给予人们一种其本身有用的新知识的同时，要坚持更严厉的监督及事后监督，以保证这种新知识不被滥用。当局在这儿有一项神圣的义务。民众需要感受到给人们指路的天父之手。而一个神学老师最主要的义务就是让粗俗的人保留并强化这样的意识，即现有的社会秩序是依照上帝的旨意建立起来，因而未经上帝同意不能改变。

而对于社会阶层以及普通的社会秩序来说，最基础的是宗教上的和睦。一个上帝、一个教堂、一个教会、全体教徒就如同唯一的灵魂一样——直到人性有朝一日臻于完美，上帝的天国才在地上建立起来并将永久地存续。

奥吉安人干扰了宗教的永恒性并且想破坏上帝的教会。而那些敌人，他们带着花言巧语和许诺来到人们中间——难道就是为了在他们中间制造不安并让他们分裂吗？教区里鲁莽但正直的人们想要用暴力将魔鬼驱逐出谢拉耶尔德。表达方式是愚蠢的、民众的，可是他们的意图是具有基督精神的。上帝是宽容而有耐心并且是迟缓的，可是现在到了捍卫布道公务的神圣以及信仰学说的纯洁时刻了。

于是主教坐着在新的思路里进一步深入下去，准备着他的布道词。下周日他有很多的话要对教区里的民众说，他想从马修斯8:28章节讲起。

可是今天他有一件事要预约，这是一件刻不容缓的事情。他把自己的雇工派出去，告诉他把小台车拉出来，并将神父庄园的快马套上，要他马上去找奥莱贝克的省府官员罗纳格伦。

尽管有这些不利因素，布鲁桑德魄力非凡。他很清楚，他在上帝和国家公务机关的照顾下，会纠正奥吉安人在宗教领域的误导的。

2

在丹尼尔·安德里亚松的大房子的正中央放着一张大折叠桌，它是尹佳·列娜今天晚上安置好的。她把所有的折叠板全部都翘起来了，把一对黄铜烛台擦得锃光瓦亮，在烛台上放上点燃了的蜡烛并且将其放到桌子的两端。她在烛台上放上特意为圣诞节浇铸的最长的蜡烛。在这张折叠桌上，她铺上了一整张菱形格子麻布，这是她第一次使用的麻布：它刚洗好并且熨好，白得就像冬天里木屋墙外的雪人一般。她从自己的亚麻布盒子里拿出最精美、最昂贵的东西，因为今天夜里他们在等待这所房子里的人们所能接待的最大的陌生人。今天夜里他们的老折叠桌就是主的桌子，他们的动物脂肪做成的细蜡烛就是上帝的祭坛用的蜡烛，而尹佳·列娜新的格子麻布桌布就是上帝祭坛上的桌布：他们要迎接耶稣来做客。

在桌子两端的蜡烛中间，她摆放着一个盛有从卡尔斯港运来的甜酒的瓦罐，而在糕点盘上摆放着新烤的燕麦面包。尹佳·列娜把圣餐礼的面包烤成一个十字架的形状。

在谢拉耶尔德庄园的主的圣坛旁的聚会将于午夜前的一小时开始。从邻近两个庄园来的人，两对夫妻已经来了。他们在门廊外边把鞋上的雪跺掉，丹尼尔在那里迎候他们的到来，并把他们引入房间。其他到这儿聚会的属于家里的仆人以及那些在这儿借宿的人。这时他们不再迎候更多的陌生人，于是丹尼尔把门关上并插上了门闩；唯一一次他要在房子里边关门是耶稣亲自来这里做客的那一回。

邻居从大雪纷飞、令人眼花缭乱的雪地里进入丹尼尔的这个安静并被安宁祥和气氛所笼罩的房子。他让客人各自就位，坐到桌子旁边，他自己拿起自己的单弦琴在桌子的上手端坐下。

丹尼尔·安德里亚松长得比普通身高的人要矮小许多，肩膀很窄，身材很苗条。他的脸覆盖着浅棕色、乱蓬蓬的络腮胡子，而他那头浓密、剪成圆形的头发悬在毛线衫的衣领上。这个小农庄主文雅得非常独特，他行动很缓慢，讲起话来深思熟虑且慢条斯理。在他宽大且前凸的额头下的棕色眼睛朝前看去，投射出温和的一瞥。他的上下嘴唇在微笑时往往会分开。

在农庄主右边，在桌子两旁坐着住在房子里的人：服过刑的士兵塞维柳斯·皮尔，一个高个子的男人，他长着一张被天花和烧酒摧残得坑坑洼洼的脸，跛子女佣西莎·思文斯多特，她的右臂是麻痹的，左脚是跛的，还有没结婚的韦斯特尤尔的乌尔丽卡和她的女儿艾琳。乌尔丽卡一共生了4个父不详的子女，这个女儿是唯一一个活下来的。她刚满15岁，今天夜里她第一次参加主的圣餐礼。由于不体面的品行，韦斯特尤尔的乌尔丽卡自己好多年来恩具被教堂排除在外。但是让所有人都觉得不可思议的是，尽管她有着多年的通奸史，外表上却几乎没留下太多损毁的痕迹。乌尔丽卡的脸保持着年轻人的纯粹的天真的模样并且几乎找不到一条皱纹，那个匀称的身子还有那丰满的乳房让她显得更加苗条。艾琳和母亲年轻时很像，是个长着美丽脸蛋的小巧玲珑的姑娘。

在桌子的长的一端，丹尼尔的左边坐着相邻的农庄主，两个男人和两个女人。在桌子的另一端，坐着尹佳·列娜。这个充满爱意的晚餐，现在就要开始了。

丹尼尔告诉妻子去关上厨房的门，等他的话被遵照执行后，他在自己的椅子旁双膝跪下并祈求进行了一个沉默的祷告。所有人都一动不动、悄无声息地坐着。外面的暴风雪愈演愈烈，当风暴的力量向屋角冲击时，几块松动的木板折断了，发出噼噼啪啪的爆裂声。

丹尼尔又站起身来。他说耶稣已经降临了。

"我们用盖茨曼尼的唱诗曲来迎接我们的救世主：'受难时刻：我的感觉在流血。'"

谢拉耶尔德的农庄主紧了紧自己的单弦琴。他调了一下自己的乐器，在他聆听着山坡外边的暴风雪的呼啸声同时，开始哼唱唱诗曲，就好像唱诗曲的调子有意要模仿主的恶劣天气似的。于是他开始在自己的琴弦上拉他的木质弓，他边拉边唱道：

> 醒醒吧，基督徒！过来尝尝
> 那高脚杯里他的血吧！
> 凡尘的欲望催生了节制：
> 耶稣是你极乐之源泉。
> 啊！你能不醒来吗，
> 他喊道，和我待一会儿好吗？

所有人都竭尽所能地唱着歌，在木屋开裂且被烟熏的低矮的屋梁下歌声越发显得震撼。奥吉安人唱着歌，与此同时狂风暴雪拥抱着木屋并钻进墙壁和窗户的缝隙,于是蜡烛的火苗被吹得东倒西歪。火光只是照亮了房间的一部分,折叠桌的周围的一个圆圈,而它周围笼罩着灰暗。

今晚那些来这儿聚会的人是为了守候救世主,而不是为了否认他是彼得罗斯,也没有像犹大那样背叛他。所有围着丹尼尔那张折叠桌坐着,在等待他将要赐予他们面包和酒的人都觉察到通过自己的确信而得到的拯救,这个确信就是耶稣在十字架上已经为了他们的罪过而受难并死去。因为他们包容了这个确信,于是他们感到基督的身体已经移入自己的身体并将他们有罪的身体挤出体外。于是他们重生为纯洁无瑕、正直、洗净所有罪过的新人。主的新使徒,就和他们坐在一起,他对他们说,你们的罪已经和耶稣的手巾系在一起,他已经把它带进了坟墓。而所有人都相信了。

今天夜里耶稣又请他们吃他的肉并喝他的血。这是救世主与那些又一次被确认的被拯救者之间的纽带,对于每一个人来说非常容易理解的是:基督的身体已经在他们体内,而他们的外表就是他的。就像丹尼尔用放在桌子上的《圣经》里的话让他们确信的一样:那吃我的肉并喝我的血的人,他仍然在我身上,而我仍然在他那儿。

他们从教堂那里分隔出来,不在那里的祭坛围栏边接纳他们。可是主却无处不在,只要他们愿意,他们可以随时随地、在天空下的任何场所找到他。既然耶稣会让自己生在一个马厩里,那么他的圣餐礼桌就应该可以摆放在他觉得可以的任何地方,如果是这样的话,那就可以在一个牛棚里或在一个柴火房或谷仓里。他在他们寻找他的每一个角落都与他们在一起,主的圣餐礼桌到处都摆放着,他自己也在那里参与着。

而今天夜里他再次与他们靠近了。他们围坐在他的祭坛边。遮蔽着他们头颅的屋顶是被煤烟熏黑了的木梁,就是主的敞亮的教堂的穹隆。现在这里是一个神圣的地方。

这个时刻就要来临了。忠诚地祈求吧!
心满意足地跟随着你的救世主……

唱诗曲随着嘹亮的声音回荡。丹尼尔·安德里亚松把自己的《圣经》向蜡烛跟前靠了靠,这样它的光芒可以照到书页上,于是他开始以高亢又清晰的语调念圣餐礼的祷告词:

我们的主耶稣·基督,在这天夜里他被告密,他拿起一块面包,表示感谢,然后他把它掰开并分给他的信徒们并说:拿去吃吧!这是我的肉,那是我的血……

在享用恩具时男性具有优先权。丹尼尔缓缓地从盘子里拿出一个燕麦面包,把它掰碎并且拿出一小块递到士兵皮尔的嘴边:

"你所接受的耶稣·基督,他的肉,将保佑你永恒的生命……"

那个老士兵坐着,双手合十,眼睛几乎闭着。他把自己的身体在桌子上朝前倾斜着,与此同时用自己的嘴唇从农庄主的手里接受了那一小块燕麦面包。塞维柳斯·皮尔牙齿已经掉光了,他用腮帮子缓慢地磨碎了面包片。丹尼尔从酒壶里倒了一小杯酒,等那个老人咽下那片面包后,他把那杯酒递到他的嘴边。士兵急切地只用一口就喝下了那杯酒；过后他深吸一口气向救世主表示谢意。

"你所接受的耶稣·基督，他的血……"

其他参加圣餐礼的客人也双手合十，他们纹丝不动地坐着，沉浸在耶稣降临的感觉里。一阵强烈的震动在木屋的犄角处响起并且撼动着那些松动的木板，于是它们爆裂并且发出轰鸣声。一阵狂风从窗户处吹来，蜡烛的火苗跳跃起来，它们的影子越过折叠桌泛白光的桌布。屋外暴风雪铺天盖地，而那些内心喜悦的人处于一个安宁的屋子里，这个地方很神圣，它对于那个把他们所有罪孽都汇集到他的血渍呼啦的毛巾上的拯救他们的救世主来说是神圣的。

丹尼尔·安德里亚松已经把面包和酒分给了那些男宾客。他正要转身到女宾客那一边把面包递给韦斯特尤尔的乌尔丽卡，这时候从外边的暴风雪中传来一个新的声音。好像是一个男子粗鲁的嗓音在嚷嚷着什么。听到这个声音后，小个子农庄主握着基督的肉的手停了下来。他只停了一小会儿，然而丝毫不为之所动，继续他的仪式。他把一块掰下的面包递给乌尔丽卡，当他还准备给她递过去一杯酒的时候，他又被一阵外边传来的噪声所干扰：有人在敲外门。

所有人都把头转向外边大门的方向，倾听着这声音。丹尼尔把高脚酒杯放在桌子上；外面传来间隔均匀的敲击声。而他一言不发并且脸部表情也没有发生变化。

屋里其他人传出忧虑的声音。人们相互之间窃窃私语。

尹佳·列娜请求道：

"亲爱的丹尼尔！不要去开门！"

他的邻居眼含恐惧地看着他。丹尼尔说，谁也不要害怕，而是所有人继续安静地坐在自己的椅子上。上帝耶稣今天夜里就和他们在这个屋子里。所以任何人都不应该感到害怕，什么坏事也不会出现在他们身上。那些还站在外边的要挤进他们中间的人，他应该知道，他是违背全能的上帝意志的，因此任何人都没有权力伤害他们。

谢拉耶尔德的农庄主迈着沉稳的脚步走到外边的门廊。在摸到门闩前他平静地问道：

"谁这么晚还来扰乱人家的安宁？"

"我是省府官员罗纳格伦！请你开门！"

"省府官员先生这么晚到我家来找谁？"

"就找你，丹尼尔·安德里亚松！我以法律的名义命令你：把门打开！"

这时人们还听到其他的男人嗓音，门廊里还站着另外几个人。

"我不听从你刚才所提及的人们的法律。"

"要是你不开门，我就不得不行使我的权力把你的门给炸开！"

"如果这样的话，那我愿意赦免省府官员先生。他可以免于去犯一桩严重的放肆行为并且在上帝面前增加自己的罪孽。"

丹尼尔把门打开了。他看到马匹和雪橇在院子里停着，可是这些马匹没有戴铃铛；主人没有让马戴铃铛而驾车到一个陌生的地方，就是为了不让人预先得到他们到达的消息。

省府官员罗纳格伦和布鲁桑德主教肩并肩走进了屋子。克鲁塞尔助理牧师和奥科比的教堂管家佩尔·佩尔松跟在他们后面，最后一排人是乡村警卫和罗纳格伦的仆人。丹尼尔跟在那几个夜里来的不速之客后面进到屋子里，丹尼尔屋里的一小群人正焦虑不安地在那里等候3个神职人员和3个世俗的官员到来。

布鲁桑德主教与克鲁塞尔助理牧师穿着神父大衣制服并戴着神父衣领。两位神父进屋时都脸色铁青，一脸严肃，就好像在穿着自己黑色的制服做祷告似的。

省府官员罗纳格伦摘下了制服帽子，可是在农庄主低矮的木屋顶下还是无法站直；他的额头顶着一根房梁，他提醒自己在和神父在一起，并差一点把当初答应好的事给忘了。于是他转过身来对着庄园的主人说：

"今天夜里这些人在这儿干吗呢？"

"我们聚在一起吃一顿充满爱意的晚餐。"丹尼尔顺从地答道。

省府官员核查了一下邻近庄园的客人：

"我看这些人并不属于你的家人，丹尼尔·安德里亚松。有人认为这里正在进行一场非法聚会。"

当省府官员询问他们的姓名和住址的时候，两位邻近庄园的妻子开始和自己的丈夫窃窃私语。丹尼尔劝告自己的客人安静地坐好了不要慌张。

韦斯特尤尔的乌尔丽卡没有被吓到，只是有点愤懑。她恼怒地瞪着那些打扰他们安宁的人。

主教迄今还保持沉默，他朝着那些围坐在折叠桌旁的教区居民扫了一眼：皮尔，那个老士兵，也是浪荡汉和赌徒，原来给国家当公差，多次被勒令纠正自己的不良行为，可是从来没有改好，于是最后被开除公职；西莎·思文斯多特，那个可怜的东西，虽然一瘸一拐还是盗窃了两次并因其盗窃罪而受到惩罚；韦斯特尤尔的乌尔丽卡，那个令人作呕的妓女，魔鬼给了她一副迷人的身材让她好迷惑男人和她通奸，她对区里20多起婚外性关系负有主要责任。奥吉安人的新领头人把区里的残渣聚集起来确实是真的。

"你们这些可怜的误入歧途者！你们玷污了那个神圣的圣礼！"

"我们享受着那些昂贵的极乐用具。"丹尼尔谦逊而又不卑不亢地回答道。

"就是主教大人不让我们享用的！"士兵皮尔补充道。

"因为我们没法再在牧师的袍子底下混日子了！"乌尔丽卡添油加醋道。

主教没有理会这些插话，转身向省府官员，指着桌子说道：

"兄弟你亲眼见到了这儿的情形了吧！丹尼尔·安德里亚松竟然给这些人举行神圣的圣餐礼！我们在他的屋子里抓了个现行！我们所有人都可以作为他犯罪行为的见证人！"

省府官员若有所思并以几乎有点不安的神情看着丹尼尔的圣餐礼桌子。今天夜里他非常不情愿地在布鲁桑德的请求下出来办这件差事。他无法像主教那样对于人们在四面墙里面做祷告感受到相同的愤慨。当人们在室内静静地聚在一起，当人们不在公共场合触怒他人，当他们也没有损害其他人利益的时候，那么他不愿意去打扰他们的安宁。而那些坐在这儿的人一点儿也没有损害他邻近的人的利益；他们是贫穷且衰弱、卑劣的人，可是他们在这儿并没有用他们的丑行、身体的缺陷或者厚颜无耻的表情来触发人们的愤怒，那些可怜的人哪！而当其他人可以不受任何干扰地聚在一起喝酒、玩牌的，那么就不应该去找这些可怜的宗教的狂热者的行为的麻烦,只要他们自己不去打扰任何人。他也劝主教试着让那些想入非非者与教堂进行和解。

而今天他们的聚会却被法律禁止,法律是法律,义务是义务,而它却要求省府官员来履行其公务职责。

于是罗纳格伦用较为严厉的口吻对丹尼尔说:

"你是否承认,你正在聚会并在举行圣礼呢?"

"是的,官员先生。"

"今天晚上你已经为这些人员举行过圣礼了吗?"

"还没有来得及为所有人举行过圣礼。我被官员先生打断了。"

"可是你应该清楚,没有被授予神职的任何人都不得给他人施行圣餐礼吗?"

"这我不知道。"

"可是主教在这儿已经跟你说过了。"

"我并不服从主教,而是服从那个神圣的经典。《圣经》里没有任何地方说我们的主耶稣·基督是被授予过神职的。"

"你不要和这个拘泥于细节的人争执,兄弟!"主教劝道,"这些事情对于那些不具有专门知识的愚蠢的人来说太深奥了。"

"牧师说的话你都听到了吧?"罗纳格伦说,"你也要像其他人一样不服从他吗?你个无……无……"

这次省府官员的口头禅才说到嘴边一半,就遇到了那个小农庄主无畏而沉静的眼神,于是他把后边另一半"赖"字给咽了回去。这个男人具有罕见的、不卑不亢的谦恭与不屈不挠的斯文。从某方面来讲,在他所有顺服和平静外表的裹挟下,他变得深藏不露、难以琢磨。好像省府官员的训斥无法触及丹尼尔的内心似的。

罗纳格伦又说道：

"事实已经证明，你违反了圣礼条例，丹尼尔·安德里亚松！"

"对于那些活在基督之下的人来说没有任何法律可言。"

"兄弟你听见了吧！"布鲁桑德插话道，"他顶撞当局并且破坏公众秩序。"

丹尼尔的直率回答只会让自己的事情变得更加糟糕，而罗纳格伦并不想让他的事情变得不可收拾。而这里的聚会可以符合造反的条款，那样的话他得进行一场麻烦的调查。他想尽可能快地结束这场调查。

"我会找你进行警察讯问，丹尼尔。"他说，"然后你会在法庭应诉，这里所有聚会者也一样。"

丹尼尔处变不惊地听着省府官员的话。最后的话让他朦胧地意识到被迫害的日子要临近了。

罗纳格伦命令乡村警卫把所有在房子里聚会的人都记录在案。当邻近庄园的人们听说要把他们的名字登记下来时，他们从桌子旁站起身并且抽身缓慢地朝屋子靠近大门的另一端移动。

主教与他的助理牧师小声地商量了一会儿，然后他走上前来并请大家安静：

"我一度禁止你，丹尼尔·安德里亚松，不要跟这些与布道工作相关的事沾边。你仍然过分地坚持你的所作所为，现在要严格按照法律对你采取行动，还有今晚在这儿的所有人也都违反了圣礼法。

"可是我想再一次请所有人考虑你们永久的福祉。你们中每一个后悔并改正其错误言行的人，我将再次接纳你们，让你们接受教堂的庇护！我不想在我的上帝面前跟比我小的辩护，一直以来，我竭尽所能做的事情就是为了将你们从永久的危险之中拯救出来！"

这时他的眼中噙满泪水。

韦斯特尤尔的乌尔丽卡向教区的神父狠狠瞪了一眼：

"我们的救世主和我们在一起。我们为什么要向一个神父求救？不！"她吐了口唾沫。

"你这个女人竟敢亵渎神父？"助理牧师克鲁塞尔恼怒地大叫道。

"这里是我们的教堂！你们让开，神父们！你们把屋子这儿弄得暗淡了。你们站在这儿像魔鬼，自己也是非法的！"

"这个女人在侮辱布道公务！"克鲁塞尔向主教报告道。

布鲁桑德主教转身朝向韦斯特尤尔的乌尔丽卡，留心着自己所有的尊严：

"我听得出你的心智一点也没有改善。"

他看了看放在她桌前的倒了酒的杯子，从他说话的嗓音里能分辨出十足厌恶的情绪：

"你，你这个有罪的女人，竟敢用你不洁的嘴喝基督的血！"

乌尔丽卡吐了口唾沫反驳道：

"我就敢喝，气死你这个可恶的、大腹便便的神父！"

布鲁桑德被吓了一跳，往后退缩了一步，他呼吸急促起来：他明白这时候必须保持理智。

教堂管家佩尔·佩尔松向前走上一步来帮教区的领头人，于是他朝乌尔丽卡嚷嚷道：

"你要羞辱主教吗？"

"你小心点,我也会羞辱教堂管家的!"

"在你和我们的神职人员说话前你需要先把你的嘴洗干净了!"

"用神父庄园酿造的烧酒或者用牧师的尿,是吗?"

"闭嘴,你这个老妓女!"

"妓女?你叫我妓女?"

乌尔丽卡猛地站起身来,她身下的椅子在背后倒了下来,发出了很大的声响。她整个身体颤抖起来,她的眼睛被怒火点燃了,她朝教堂管家尖叫道:

"妓女?就你,佩尔·佩尔松?你过去是怎么跟我说来着?当你一手揣着银币而另一手捂着你的鸡巴到我家里来的时候是怎么说的?!"

"闭嘴,你这个疯子!"佩尔·佩尔松气势汹汹地嚷嚷道。

"当你要我躺着让你干一会儿的时候,你是怎么跟我说来着?那个时候你是多么和蔼可亲!那个时候你祈求我并且跟我那么亲密!那个时候我把自己给了你!那个时候是我这个妓女让你舒坦了!"

这时教堂管家如鲠在喉,他对乌尔丽卡咄咄逼人的问话无言以对。而她自己回过神来积攒新的力气。

经过这番唇枪舌剑,屋里变得鸦雀无声。士兵皮尔和西莎·思文斯多特用幸灾乐祸的眼神瞧着主教。主教和助理牧师茫然不知所措,站在那儿对视着彼此,而省府官员张着大口一言不发,时而看看奥科比的教堂管家,时而看看那个发飙的女人。丹尼尔纹丝不动地站着,盯着地板,好像只是在等待暴风骤雨过去似的。

这时听到有人在哭泣,是乌尔丽卡的女儿在哭泣。尹佳·列娜把自己的椅子挪到女孩身边,她轻轻地拍打并安慰她。

乌尔丽卡尖利的嗓音又响起来了:

"而那个嫖客佩尔·佩尔松却没有被禁止参加教堂的圣餐礼!因为他是大腹便便的牧师们的好朋友,那是些遮蔽我们光明的可恶魔鬼!你们那些慵懒的大腹便便的身子,就只是一堆肥肉!"

主教和助理牧师被乌尔丽卡的突然袭击搞得晕乎乎的,仍然站在那儿发愣,有点丈二和尚摸不着头脑。佩尔·佩尔松攥紧双拳,好像要飞扑到她身上把她的喉咙掐住似的。

省府官员罗纳格伦没有介入神父们和教堂管家与韦斯特尤尔的乌尔丽卡之间的唇枪舌剑,常年艰苦的职业训练让他明白与淫荡的妓女交锋不会占到一丁点儿便宜。而他也没有对佩尔·佩尔松争宠失利陷入困局有丝毫同情;他认为教堂管家的这个羞辱是咎由自取。而他感到从头到脚酣畅淋漓的轻松,当他站在那儿的时候,沉睡多年的一件事情被唤醒了:他那时还很年轻,有天晚上,他喝得醉醺醺,糊里糊涂并鬼使神差地向乌尔丽卡的木屋莽撞走去,想去干佩尔·佩尔松和其他男人相同的勾当,可是乌尔丽卡恰巧不在家,她跟着某个嫖客走了一会儿了,于是他没做成事情就回去了。上天保佑,是上天在那个时刻把那个女人打发走了,从而让他避免了他的企图的实现。现在他得以感谢那个天意,他可以非常庆幸这个天意,这样今天晚上他可以不用忍受这个妓女的羞辱了。

主教觉得乌尔丽卡说的他教堂管家的事确有其事。他曾听说,她用自己妖艳的身躯把许多清白、正直的男人勾引到自己的爱巢。可是现在并非去追究弄清真相以及佩尔·佩尔松的过失,他的令人遗憾的、年轻人的深深的过失的合适的时间和场所。在这个地方事情的真相并没有被用于合适的目的:它仅仅成了针对一个可信而令人尊敬的人的粗暴而傲慢的轻蔑,而且也没有任何东西可以原谅或宽恕那个罪妇所使用的至少是没有礼貌的言辞。

布鲁桑德向省府官员走去:他们必须结束这个令人尴尬和不雅的出勤。罗纳格伦应该以自己公务的力量解散那些出席这次聚会的人员。

省府官员巴不得了结今天晚上这趟令人作呕的差事。丹尼尔·安德里亚松已经承认了自己的罪行,那些同案犯也已经登记在册,他在这个庄园已经没有更多的事情要做的了。

"我以法律的名义命令所有聚会者散开!每个人都安静地回到自己的房子去。"

乡村警卫报告,相邻庄园的人登记好名字和住处后已经离开了。所有还滞留在这儿的人都住在庄园里。所以从法律意义上这个聚会已经被解散了。

可是布鲁桑德从庄园离开时他还是想跟农庄主说几句话:

"我严厉地禁止你在这张桌子旁继续搞圣餐礼!"

"主教大人无法将主耶稣从我的房子里赶走。"丹尼尔答道。

"是谁告诉你,主耶稣在这儿的?"

"他自己在我心里显灵。"

"你所有的异想天开你都以为是上帝在显灵。可是你的突发奇想都是出自魔鬼。"

教堂管家佩尔·佩尔松介入了,他被气得面红耳赤:

"可是我们要把魔鬼从谢拉耶尔德这儿赶出去!当丹尼

尔在那儿被抓起来后,我们才可以摆脱他!"

丹尼尔劝告乌尔丽卡,让她安静下来。他的话对她很有感染力。可是这时这个急躁的女人再也无法克制自己了:

"从这儿滚开,该死的肉神父!"

"离开这间正义的房子并且向罪恶的屋子走去!"士兵皮尔用沙哑的嗓音附和道。

助理牧师克鲁塞尔比主教更加脾气暴躁:

"现在够了!我们难道要忍受这样的诽谤吗?"

气氛骤变,好像要爆发新的争吵。丹尼尔劝他们尽力平复自己的情绪。为了安全起见,他拿出自己的单弦琴,并吟唱一首赞美诗:

> 我要停止听见非难
> 我要走的路是无懈可击
> 宁愿做不对
> 我自己感觉到忍受着不对
> 并且原谅和忘却
> 上帝当然会公正地判决

于是所有奥吉安人跟着合唱:

> 我要平静地拿着十字架
> 沿着耶稣前行的轨迹
> 一切均可有可无
> 一切均可忍耐……

丹尼尔和他的效忠者继续一篇又一篇地吟唱,就好像没有任何陌生人在房间里待着一样,而布鲁桑德主教无奈地听着这些歌声。他对助理牧师说,他们拿这些顽固的人实在没有办法。而罗纳格伦已经履行了自己的公务,准备和他的人撤离。他想他们宁愿待在自己家里;这让他隐约地感到从某种角度看国家机关的介入是没有办法触及丹尼尔坚定不移的信仰并且也无法让他改变的。

在赞美诗唱完前所有不速之客都离开了院子。

丹尼尔走到门廊外边:主教和省府官员的座驾都已离开了。这天夜里他再次锁上了自己的大门;然后他回到了自己原来的座位。

他痛苦地看着圣餐礼桌旁那四张空空的椅子,邻近庄园的两对夫妻刚刚还在那儿坐过。对于他们来说,他们是无法抵御对世俗当局的恐惧的:他们没有延续他们的信仰。他们背离了自己的主。就譬如比德鲁斯一度在高级神父面前否定耶稣一样,丹尼尔的邻居在省府官员面前否定了他。

可是丹尼尔·安德里亚松对还坐着的人安慰说,对他们的迫害的时刻到了。他们要感谢耶稣因为他们被拣选出来,他为因他之故受难而感到高兴。

于是谢拉耶尔德的农庄主拿起韦斯特尤尔的乌尔丽卡跟前还没喝完的酒的高脚杯,并把它递到她的嘴边:

"耶稣·基督,你的血是如此美妙……"

耶稣还在,他们感到他与他们非常接近,而这里是一间神圣的房间。

3

在1849年孔佳法院的春季法庭上,谢拉耶尔德庄园的主人丹尼尔·安德里亚松因违反圣礼法、非法聚会以及破坏公共秩序而被罚款200银币。所有在他房子里参与过那个神圣圣餐礼的人员，每人被罚款100银币。因为他们大部分都很贫穷并且无法交付罚款，这些罚款被转换成监狱徒刑，于是他们都必须吃28天牢饭。

6个罪犯中，前士兵皮尔、女佣西莎·思文斯多特以及这个村子相邻庄园的4个人，在终止了惩罚的程序后回到了教堂大家庭的怀抱。他们在布鲁桑德主教面前声明他们对自己的错误表示深深的忏悔。然后他们承认那个唯一真正和正确的信仰，并同意与教区里其他人员一起参加圣餐礼。

只有韦斯特尤尔的乌尔丽卡和她的女儿留在谢拉耶尔德并且坚守着那位农庄主和他的学说。

可是随着郡法院的判决生效，丹尼尔的小圈子被炸得支离破碎。再没有任何新的追随者加盟。在上帝的帮助及国家公务机构的协助下奥吉安主义在教区里的扩散危险被消弭了。

❧ **美国箱子** ❧

1

卡尔·奥斯卡和克里斯蒂娜打算移民后过了一年。整个这段时间他们感到好像已经踏上了移民的道路。他们要考虑这么多事情,而这些事情分散了他们的注意力,使他们不再陷入对死去孩子的哀伤中。

卡尔·奥斯卡在教堂宣布他打算出售自己的农庄。然后整个教区都知道了这件事,即科尔帕默恩的农庄主想要带着老婆孩子和自己唯一的弟弟移居到国外,去北美定居。这之后的很长一段时间,人们在家里谈论他设想的非凡企图。他是如何想出这个古怪的念头的?岁数大的、一本正经的农庄主直摇头,于是他们在星期天到教堂坡地找到卡尔·奥斯卡:他们就像父亲对儿子一般跟这个年轻人说话,他们真心诚意地劝他:他能够放弃他白纸黑字写着的证明的地产,父母留下的农庄,而到天边的北美去追求一块他都没有瞅见过的土地?这就犹如去追逐虚幻的海市蜃楼,就犹如在大雾弥漫的深夜里企图抓住鬼火一般。这些东西看起来没有经过深思熟虑。他闯入一个危险的游戏,在那里他会尝到一点小甜头,但是最终会输个精光。他们这些上了年纪的、经验丰富的老农庄主劝他说。也没有人逼着他要离开自己的庄园；省府官员最近几年曾经到许多农庄主那儿去敲诈勒索，可是到现在为止还没有到过科尔帕默恩。许多人在自己的土地上遭到了比他更加严酷的压榨，可是他们还是留在自己的家园。

卡尔·奥斯卡的回答稍微有点刺耳，他说他是凭自己健全的理智并经过深思熟虑后做的决定。他非常明白一个在自己农庄耕耘了50年的人比他这个只耕耘过5年的人要更加经验丰富也更加有智慧。可是一辈子住在相同的地方踩踏同一块田沟就会更有智慧吗？如果人们的理解力强是因为将其所有时间都待在他们出生的那个地方的话，那么目前教区里那些最年长的农庄主应该比扎洛莫国王本人还要智慧。可真实情况是，对于他们之中有的人来说要他们把那些胖嘟嘟的人认全都费劲。

当卡尔·奥斯卡很短时间内回绝了那些老人的好心建议后，他因骄傲自大而受到责难。于是他的迁徙让人感到是对家乡、对教区每个人的谴责和侮辱：这是因为这儿的人们对他不够好了。尼尔斯的鼻子被人拿来说事：卡尔·奥斯卡的鼻子指向那么老远，对他来说，这个教区太狭窄了，已经无法让他转身了。他甚至在瑞典都无法容身了，他不得不去世界上遥远的一个更大的国度安置他的鼻子。于是一个机智的人发现了一件在整个家乡里传说的故事：等卡尔·奥斯卡到了北美后，他的鼻子变得更长了。

他难道以为自己是个大人物，可以鄙视家乡吗？有些人猜测，他的脑袋出了一点问题，他被自大狂侵袭。可是这对于只拥有十六分之一标准土地的农庄主来讲并不合适。

卡尔·奥斯卡知道人们对他嗤之以鼻并且在背后说他

的坏话。可是他懒得去为这个去置气。他要整明白的并不是其他人，而是他自己。那些浪费时间去琢磨其他人看法和做法的想法，他在这儿的世界里找不到任何答案。

他在家外面听到的都是对他自己的企图的反对声音，然而在家里面开始有妻子附和他了，她是他这一边唯一不可或缺的人。父母是反对他的，可是保持沉默。

只有一次，尼尔斯悄悄地对儿子埋怨道：

"你带几个人过去。"

"我带六个人过去。"

"你带的人会更多。你的后代会比你所知道的更多。"

卡尔·奥斯卡没有回应。他听出了父亲对他把后代带到一个陌生国度的苦涩心情。

"你也没有向孩子和孙子征求他们的意见。"父亲接着说道。

"我为我的孩子仔细地考虑过了。"

尼尔斯坐着并且搓着自己拐杖的光滑的抓手。他低沉地说道：

"而我想着我自己的孩子。"

他只有两个儿子。

卡尔·奥斯卡理解父亲的质询：当这块他用自己的双手在科尔帕默恩开垦的土地对自己的儿子来说没有用时，他的付出究竟有啥用呢？在他看来，那块他与石头搏斗了25年才开垦出来的土地，对他的儿子来说竟然没有多少用处，那么他的追求是徒劳而毫无意义的。

母亲认为他在这儿的家里，由于没有足够的获益就表现出罪孽深重的不满。他没有做错任何事情，没有谁用鞭子来赶他出国。她还有父亲尼尔斯都没有浪费时间去劝说他，他们知道卡尔·奥斯卡的脾气，知道劝也没用。可是他们转过身来用祈祷来向全能的上帝求援，希望儿子能够回心转意，这样他就可以打消去美国的念头了。

时间不停地前行，转眼间夏天到来了，紧跟着是秋天，转眼又到了冬天。可是他们的祈祷在卡尔·奥斯卡身上一点效果也看不到。这时候尼尔斯和麦尔塔才想到，上帝一定对儿子和儿媳妇想移居美国有着某种不为人知的隐藏之意。

2

罗伯特在杜威莫拉的克里斯蒂娜父母家打了一年工，在那儿他受到很好的照顾，没有受到任何体罚，他在休假的那个星期又回家了。没有谁认为省府官员还会再通缉他，而且因为卡尔·奥斯卡在这最后一个冬天里需要弟弟在院子里帮忙，于是他现在在父母家里住下了。

罗伯特也要从这个农庄主木屋里移居到美国。他从自己的讲述美国的书本里知道了所有美国的情况。他早就登陆大海的另一端并对岸边了如指掌。在他脑海里绘就的地图上，美国的所有湖泊、河流、平原和山脉都被标注出来了，所有通往陆地和河流的道路都被画出来了。他声称，在这个新世界里不会迷路。卡尔·奥斯卡也开始读弟弟那本介绍北美合众国的书，并且每天他都能从罗伯特嘴里听到某些东西：

在美国牲口们吃着一直长到腿肚子高的草。

在美国野马和野牛成千上万，它们成群结队地在牧场，而人们可以很容易地就在一天里抓到几百头这样的牲口。

在美国大卫不可能会打死歌利亚：无论他如何寻找，他也永远也找不到适合他的投石器的石头。

在美国人们可以对总统本人称呼你，要是人们不愿意的话，甚至可以不必要向他行摘帽礼。

在美国任何一个在动物化粪池边工作的、敏捷且诚实的小伙子都可以登上安放着总统宝座的宫殿。

在美国只有一个阶层，人民阶层，而且只有一个贵族，诚实劳动的贵族。

在美国，每一个人如果他对神父不满意的话都有权拒绝给神父支付工资。

这一切都好像远超其可信赖性。于是几乎在冬天的每个夜晚，罗伯特都会给哥哥和嫂嫂念关于遍布于美国的神奇的铁路的事情。

在美国人们经常依靠蒸汽和蒸汽机车出行，这就需要以专门方式建造起来的被称为铁路或铁轨的道路。这样的道路必须非常光滑并且保持一定的平面。在路上铺上用树木做成的强大的枕木，而在这些枕木上固定住坚硬的铁轨，其作用就像是给火车引路一般。也就是说车厢下的轮子，整个轮子里用轮轴相互咬合着，驱动它们沿着铁路上的轨道前进。

在这样的路上人们可以以很快的速度前进，每小时可以走20到30公里，是的，甚至更快。许多车厢之间是联结在一起的，而它们是由蒸汽车或者是由安置着蒸汽机的车厢牵引着往前行。在每节车厢尾部设置了一座小桥，人们要见某个熟人的话，就可以依靠它在车辆行进时从一节车厢走到另一节车厢。每节车厢都装修得非常舒适，让一切都显得奢华，让人即便在长途旅行时也可享受。

于是通过这样的铁道，人们可以在蒸汽的帮助下享受舒适而令人振奋的旅行，目前这样的铁路在美国已经有8000英里①长了……

克里斯蒂娜说：

"要是坐车不会引起呕吐的话会很有趣的！"

她喜欢乘坐各式各样的交通工具，不过她的最爱还是荡秋千，不管她年纪有多大。也就在这几天，卡尔·奥斯卡还惊讶地发现她在谷仓里将牛缰绳挂在房梁上并且坐在上面荡秋千。她还特喜欢在冬天玩雪橇滑道。她还存留着少女时期爱玩耍的回忆。

这时她突然想起什么来：

"在冬天里，当大雪覆盖了铁轨时，他们怎么去开火车呢？"

"我不知道。"罗伯特说，"也许在冬天人们把火车存放在车棚里。"

当然啦，在星期天人们也不开蒸汽车，书上说。开车的伙计们要去教堂礼拜，而且蒸汽也要休息并积聚新的力量。

"我在琢磨那些铁轨，"卡尔·奥斯卡说，"那些铺设在地上的铁轨，若是没人照看的话，会不会让人偷走啊？"

罗伯特洋洋得意地微微一笑，说道："在美国铁产量过剩，没有人会去琢磨着偷像木屑那样多的铁轨。金子和银

---

① 英里，一种英美制长度单位，1英里约合1.61千米。

子也是一样。当一种东西远超人们所需时，人们何必去偷窃并被人抓起来呢？在美国人们可以很轻松地用诚实的方法养活自己，没有人会被引诱而变得不诚实。而窃贼往往会在他还没有来得及承认自己的罪行前就马上被处以绞刑，所以现在几乎这个国家的所有窃贼都已经被消灭了。这儿上流社会的人们撒谎称北美到处都是强盗、杀人犯和坏人，可是真相是那儿住着世界上最诚实、最正直的人们，他们的待人接物和人品都无可厚非。"

"那边也有个别令人厌恶的家伙！"卡尔·奥斯卡说道。

罗伯特承认那里会存在这种现象，可是他认为那里的坏人会比这里更迅速地被根除。

卡尔·奥斯卡想在那里有着最肥沃土地的地方定居。罗伯特已经找到了，对于一个乡下人来说，最好的区域在那条大河密西西比河及其支流的上端。那一带物产丰饶，并且有益于健康，那里森林很丰富，有漂亮的山脉和山谷，还有好的泉水。那个区域的草是如此壮硕，以至于一个小伙子花两天时间就可以收割一头牛的冬天饲料，花三天时间收割一匹马的冬天饲料。一个在密西西比河岸边耕种的农庄主在五年时间里就可以攒起一蒲式耳金子的国债。

可是克里斯蒂娜不愿意到有鳄鱼出没的地方居住。她刚刚在报纸上读到关于一个北美移民的令人不寒而栗的故事，那个人带着自己一家人碰巧在一个地洞过夜，而一个鳄鱼家族已经把那儿当成自己的栖身之所了。那天一大早那个男人出去打猎，而当他回来的时候他的妻子和三个孩子都已经被那几只鳄鱼吃掉了。那个鳄鱼家族的老鳄鱼这时正在吞噬妻子；只是由于那个可怜的女人的头颅卡住了它的咽喉部，那只畜生因而窒息死在了鲜血染红的地上。

她现在无法忘怀那个不幸的母亲,她目击了鳄鱼先是吃掉她的小孩,然后等着这样的厄运轮到自己身上。可是她最后用自己的头颅卡住了那只野兽的喉咙,为她的孩子报了仇。

罗伯特以前从来没看到过美国食人鳄鱼的报道。报纸的这段文章肯定只是一个谎言,某个公爵或者伯爵把文章塞进去就是为了吓退普通人移民美国。

阿尔维德,罗伯特再次重逢的原工友,也对美国的野兽很害怕。他现在不得不离开纽巴肯的工作:阿隆不愿意留下一个被叫作"纽巴肯的公牛"的雇工。老太婆已经死了,而阿尔维德指出她在他雇工棚里装神弄鬼抹黑他,而她则埋怨他想要谋害她,而这确实是真的。所以他毫无留恋地离开了那儿。可是他不得不跑好多农庄才找到一个新的差事:人尽皆知他是"纽巴肯的公牛"。最后他在谢拉耶尔德的丹尼尔那儿得到了一个清洁工的活,丹尼尔这个冬天哪个雇工都没雇上。所有雇工都害怕那个地方,因为魔鬼目前住在那儿。很多人看到丹尼尔开着自己的小车出行时他悬在车背后,有的时候他甚至哈哈大笑并洋洋得意地坐在前面驾驶位开车的农夫身旁。魔鬼现在是这个庄园真正的主人。

为了积攒去美国的路费,阿尔维德省吃俭用,留下他雇工工资的每一枚银币。整整一个月他都没有拿出一丁点儿来买烧酒喝。在他进行坚信礼之前很久,他就学会了吸鼻烟,尽管孩子在参加圣餐礼之前是不应该吸食这种东西的,而他每周都要花6先令来买鼻烟。要是戒掉鼻烟的话,他可以节省3银币。而3银币对于他来说就可以向美国之路又往前跨了很大一步。他明白他不得不在旧世界里放弃这类东西才能移居新世界：于是他将自己的鼻烟扔进了化粪池。可是对鼻烟的想念于阿尔维德来说是难以遏制的。它成了他的伴侣，人们可以携带着进入野草地并且随时享用，它是一个可靠的朋友，还是人们在工作和独处时的跟班。自从罗伯特移居到另一个教区，鼻烟曾经是他在世界上唯一可靠的朋友。而他却把鼻烟扔进了化粪池深处。他感到最大的煎熬是，当其他人拿出自己的鼻烟吸食而不给他时，他不得不从人们注视的目光及鼻烟那令人心旷神怡的气味里走开。

于是他向罗伯特坦白：经过3个星期的痛苦折磨，他又买了新的鼻烟。而且每个周六他还会再买一大杯烧酒。因为他最后想明白了，人没有权力随心所欲地对待上帝赋予自己的肉体。他完全没有权力去煎熬和折磨让他从中感到乐趣的一切。人类不能像对待狗那样对待自己的身体，甚至还不能享受鼻烟的安慰。

阿尔维德会跟随他踏上去美国的路吗？罗伯特无法相信：到现在这半年时间里他还没有积攒起哪怕一枚银币，终其一生他也积攒不起200银币。

而在科尔帕默恩他们已经在按部就班地准备了。

一天，人们把尼尔斯家族漆成黑色的橡木旧衣箱从阁楼上蜘蛛网环绕的角落里拿出来并在木屋的厨房里打开，他们在那儿抖落上面的灰尘。谁也不知道这只箱子有多大岁数了，那些几百年前制造这只箱子的手现在已经融入教堂的尘土。在家族的许多分支这只箱子从父亲传给了最年长的儿子。不止一代的年轻新娘曾经在婚礼结束后将自己的衣服放进这只箱子，当房子里有人去世后，院子里的女人不止一次地从箱子里取出裹尸布。这个箱子的锁下面曾经藏有贵重的东西，这个箱锁曾经被老太婆颤抖的手打开过，也被年轻强壮的女孩子的手打开过，打开的时候绝大多数是在人生中的重大时刻：孩子受洗、婚礼、葬礼。这只经久耐用的家具跟随这个家族穿越了几百年，最终被搁置在昏暗的阁楼角落，它在寂静和安宁里矗立了很久很久。现在这只箱子又一次被拉出来重见天日：

这是一只他们可以拉出的容量最大且最结实的储物箱，它有5英尺长、3英尺高，用三根指头宽的坚硬铁板固件固定住。

尼尔斯们的衣箱就要在旧日子里漂洋过海闯世界了。

那些接缝经受住了考验，而那些迄今尚未受到损伤的橡木板也经受住了考验。箱子朝里的那一面被磨得非常光滑，而且铰链和固件旧的铁锈都被刮掉了。这个长期不引人注意的、又沉又笨的家伙意想不到地又被人尊崇起来了，从自己原来在阁楼上面的藏身之处受尽屈辱并遭到流放到现在上升到房子里最显眼的地方。那只箱子几乎被人遗忘了，过去这么多年没有任何人去揭开箱盖；现在它甚至成了这个家里最重要的家具，唯一一个要跟随他们踏上征程的物件。

这只箱子的四面橡木箱壁将要在一万英里的长途旅行中裹紧并保护好这个家里要携带的不可或缺的东西，他们把自己所有的财产托付给了这些木板。这再次印证了旧的东西越老越可靠的道理。从现在起，这只旧衣箱就会因参与这一全新的冒险历程而被载入自己的史册，家人甚至会在它高龄时还给它起了一个名字。通过这个新名字让它与其同类和所有其他家具区别开来：它被叫作"美国箱子"，它是这个地区的第一只。

3

一天夜里,卡尔·奥斯卡被屋外什么响动给闹醒了。等他在床上坐起来的时候,他的动作惊醒了克里斯蒂娜。

"啥事啊?"

他悄声说道:

"有人在敲门。"

这时他们俩都听到了,有人在敲外门。

"谁这么晚了来敲门?"

"我出去瞧瞧。"

卡尔·奥斯卡提上裤子拿上火柴盒,点上一根火柴把门廊照亮。罗伯特也被吵醒了从厨房往外边跑,他夜里在那儿睡觉。他发愁地问,是不是那个省府官员又来了?听说纽巴肯的阿隆仍然要求省府派人去抓回他那个溜掉的雇工。

"在我开门前我会告诉你的。"哥哥说道。

可是当卡尔·奥斯卡问谁在敲门时,却不是哪个雇工或者那个威胁要逮人的省府官员答话,而是一个平和且和蔼的声音响起:谢拉耶尔德的丹尼尔·安德里亚松站在门廊。

"上帝给你的房子带来安宁,卡尔·奥斯卡!"他说道。

罗伯特紧张的胸脯松弛了下来。可是他对这个陌生人感到好奇,于是他留在门廊。

卡尔·奥斯卡让他妻子的舅舅进了木屋,他对舅舅这么晚到访感到很惊奇。他用火柴照亮了屋角的莫拉钟,那上面的时针在介于12点与1点之间的位置。一定是发生了某种严重的事情。

克里斯蒂娜既惊讶又担心。她赶忙起床穿上罩裙和上衣。她握住舅舅的手行了个屈膝礼。卡尔·奥斯卡搬了一把椅子过来,然后他坐了下来。他们等着他尽快说出他的事情,那一定是一件十万火急的事情,可是他表现得好像并不是很着急的样子,就像他惯常那样平静而慢条斯理。

克里斯蒂娜记得,尹佳·列娜刚刚生了个小孩,而且在分娩时生了一场大病:

"家里没啥事吧?舅妈还好吧?"

"没事。夫人和孩子都挺好的。"

自从夫妇俩又和好如初后,尹佳·列娜又为他生了一个女儿。

他们越发感到奇怪起来。要不是发生了什么严重的事情的话,丹尼尔为什么这么晚了还来打搅他们呢?

"有什么事情吗?"

"我来给你送个信,卡尔·奥斯卡。"

"谁让你送的信?"

"从上帝那儿。"

"从上帝那儿……?"

卡尔·奥斯卡和克里斯蒂娜飞快地交换了一下眼神。

"主今天夜里把我唤醒并对我说:赶紧去找科尔帕默恩的卡尔·奥斯卡,你亲爱的外甥女的丈夫!"

卡尔·奥斯卡向丹尼尔凑近点看他,可是从他的脸上看不到一丝焦虑或者不安的表情,一点没有傻子的诡异的眼神。

"所以你现在听着,卡尔·奥斯卡:我来你这儿是来传递上帝的一个命令!"

罗伯特走进屋里,在壁炉角落的一张椅子上坐下,聆听谢拉耶尔德的农庄主非同寻常的讲话。

丹尼尔继续说,而这好像是他直接从那本神圣的书上选取的话语。

"主昨天夜里跟我讲,丹尼尔·安德里亚松,就像他一度跟亚伯拉罕说的那样:离开你的祖国、你的亲戚,离开你父亲留给你的房子,到一个我指引你的国家去!

"神让我翻开第一部《旧约》第十二章,并且顺从上边所写的话语。我从床上起身并且点亮蜡烛,念了这段文字。然后我问自己:怎样才可以实现呢?今夜我从神那儿得到了答案:到科尔帕默恩的卡尔·奥斯卡那儿去!他会告诉你并且给你帮助的!"

丹尼尔现在完全疯了吗?卡尔·奥斯卡和克里斯蒂娜心里嘀咕着。可是他柔顺的举止还有温和、安详的眼神不会属于某种失去理智的、暴躁的人。他的讲话是很罕见,但并非语无伦次、胡言乱语,于是他们渐渐清楚了他说的意思,开始猜测他的来意。

主教已经通过教堂宽宥了许多奥吉安人,开始他们没有能让丹尼尔重新回归他们正确的宗教理念。去年的秋季法庭因他宣扬自己的异教学说又把他传唤过去并且处以新的罚款。可是尽管法庭在两次庭审中对他进行了判决,他还是无所畏惧地坚持他的《圣经》解释并且在自己的房子里举行了圣餐礼。今年春天他被法庭第三次传唤,于是人们说,丹尼尔这次会被驱逐出境。主教曾经说过,他们生活在一个启蒙时代,要是在一个容忍度更差的当局统治下,丹尼尔是不会那么好过的。

克里斯蒂娜把手握在一起道：

"舅舅愿意和我们一起去美国吗？"

丹尼尔走到外甥女跟前，就像为她祝福般把他的双手放在她的肩膀上：

"我在自己的祖国生活在被迫害的时代。我被阻止去承认我的上帝。可是主要为我开启一个新的国家！"

"舅舅指的是美国吗？"

"上帝是这样说的：我们要一起去那儿。所以我们谁也不要感到害怕，他跟随着我们，我带着我的上帝。"

克里斯蒂娜已经很快忘记了她刚才还在琢磨这个黉夜赶来的不速之客是不是精神出了问题。现在他除了是她舅舅丹尼尔啥也不是，她对舅舅还是非常了解的。当她还是一个小不点的时候，他每次到她家里来看她，总是带着棒棒糖在草地上递给她。而且他仍然对她好得不得了！他两次借钱帮他们还欠款的利息。要是他没有那么做的话，也许他们现在都没法在这个院子里待下去了。谁也没法让她相信，她舅舅是一个该被驱逐出境的坏人或危险分子。他可以平和地享有自己那些古怪的宗教理念，除了自己他并没有伤害其他任何人。

于是现在听到他的话，这给了她一种安心的感觉，丹尼尔要跟随他们一起去面对那段漫长的美国之旅，这次远航可是她在背地里发愁的事。她感到好像她要与自己亲生父亲结伴同行一样。

现在她要去给舅舅煮咖啡，她还剩下好几磅准备在圣诞夜用的咖啡。她点燃了炉子，将咖啡壶底的咖啡渣涮掉并把它搁到三角圈上。

卡尔·奥斯卡对于让丹尼尔和他的奥吉安人当旅行伴

侣像他妻子那样深受鼓舞：他害怕他们在宗教上的不可理喻会给自身带来不便和麻烦。而当克里斯蒂娜听到他还要带上他们一家外唯一忠实于他的韦斯特尤尔的乌尔丽卡和她女儿一起去的时候，她变得不那么高兴了。她无法想象那个老妓女会变成一个新人，而且正派的人得躲避和乌尔丽卡这个女人及其亲戚做旅行的伴侣。她要劝舅舅不要给那个女人花钱买船票。

现在丹尼尔已经完成了他的使命：卡尔·奥斯卡要按照上帝的指令，帮助他坐船到那个他想为自己的流放使者所开启的国度。

无论上帝是否给他指令，卡尔·奥斯卡都非常愿意给妻子的亲戚情面。此外他还问他借过钱，并且欠他一个很大的人情，他正打算回报呢。

他们的谈话把1岁的哈拉尔德给弄醒了，他开始哭起来。克里斯蒂娜不得不坐下来把小孩子放在她的膝盖上，这样他才会停止哭闹。卡尔·奥斯卡留意着咖啡不让它煮过头，与此同时他向丹尼尔讲述了去北美的事：

春天是一年里最适合出行的时候。一方面是冬季的风暴已经过去了，大海已经不再为严寒所笼罩，另一方面他们可以在夏天尽早抵达自己的居住地，这样他们还来得及在土地上播种些什么东西——到秋天的时候他们需要收获一些东西以备冬天之需。他们将在4月初开启行程。他和罗伯特已经与一家卡尔斯港的商行签了协议，在一艘名叫"夏洛特号"的船上订了一个舱位。运送6个人需要交付100银币的定金，他已经给寄过去了。他们的船是一艘运货的商船，但也运送移民。他们要在4月的第二个星期在卡尔斯港登船。他们将直达北美的纽约市，沿路不在任何港口停留。船最好行直路。"夏洛特号"是一艘很好且很坚固的船，由一个诚实而正直的船长驾驭，他没有欺骗过任何旅客。

罗伯特现在可以写下船运的合同给丹尼尔看，这艘船还有足够的地方装更多乘客。

"你们谢拉耶尔德那儿要去几个人？"

丹尼尔在回答前想了想，然后答道：

"9个人，包含小孩和仆人。"

当他不再像背《圣经》里的东西时，他说话跟其他人一样。

"你的雇工也要跟着去吗？"

"你是说阿尔维德吗？是的，我已经答应他了。"

"在美国你的雇工派得上用场。"

罗伯特心知肚明地坐着，心里窃喜。他事先就预知了丹尼尔来这儿这件事。白天他去见了阿尔维德，在向他做出保密的承诺后，他告诉了农庄主答应他的事：他喜极而泣。

就像东正教创始人亚伯拉罕，当他75岁时把在法兰的整个房子迁徙到迦南一样，现在是农庄主丹尼尔·安德里亚松在他45岁时要让家里所有仆人都从瑞典迁徙到北美。罗伯特知道这段《圣经》故事：创始人亚伯拉罕自己一个孩子都没有，因为他的妻子萨拉就像纽巴肯的老太婆一样不会生孩子，可是他却携带了许多在他房子里出生的人，就像丹尼尔一样。因为他妻子长得很艳丽，于是他非常害怕在那个陌生的国度会被人打死。所以他假称她是他自己的妹妹。亚伯拉罕是一个怯懦的怕死鬼。丹尼尔却永远不会做这样的事情。这时的尹佳·列娜也已经不再是什么美丽的妇人了。无法相信某个美国人会动杀害丹尼尔以图可以和他的遗孀结婚的心思。

可是上帝关于移居国外的指令却是含糊不清的。因为在《圣经》里上帝不可能提到美利坚合众国,因为在亚伯拉罕时期哥伦布还没有发现美洲。丹尼尔一定是搞错了。可是去纠正他没有任何好处,罗伯特想。他听说卡尔·奥斯卡想要移居国外,于是当他得知他最终还是会被驱逐出境后就也想跟着去,然后他以为这个主意就是上帝的指令。可是他对于自己的信仰坚信不疑。

"明天我去修改一下客舱合同。"罗伯特答应道。

当他和丹尼尔继续交谈后,他确实惊呆了:谢拉耶尔德的农庄主只听说美国这个名字本身,他只知道这是世界另一个部分的名字!他对于这个合众国的状态,甚至它处于哪个方位都不知道,他对于这个国家的人口情况、国体、气候或者农耕、自然状况、贸易出口情况等都一无所知。丹尼尔确实需要了解一些情况,于是当他们过后围坐在桌旁喝咖啡时,罗伯特试着告诉他那个他要定居的国家的一点常识。

美利坚合众国位于瑞典的西边。要去那儿人们必须坐船跨越一个海洋,跨度大约为9000公里。如果顺风且驾驭帆船较好的话,那么可以在5周内渡过大海。可很不幸的是在大西洋的风绝大部分都是西风,它直接吹向船只,所以航行往往要花八九周时间。有时候碰到逆风的话,甚至会花更长时间,比如要花3个月之类。

丹尼尔耐心地聆听着17岁少年的叙述,脸上带着微笑。这个男孩像个老师那样坐着给一个成年学生讲课。农庄主摸了一下唇须,上面有几个面包屑卡在里面,然后自信满满地说：

他们没有必要害怕旅行途中的逆风。万能的上帝已经指示他去那儿，肯定会保证不让他们的船因气候而沉入海底。除了顺风其他风都不会吹向他们的船帆。他们的船只需不到一个月的时间就可以抵达北美了。全能的主肯定会竭尽所能为他们缩短航行时间。

卡尔·奥斯卡记得孔佳的春季法庭将于4月底开庭。等驱逐出境的判决生效时，丹尼尔已经出国了。

谢拉耶尔德的农庄主为他的《圣经》解释缴付的罚金数额如此巨大，于是他不禁问道：

"这跟我没啥关系，丹尼尔。可是你为啥不停止你的聚会呢？这些可是非法的呀。"

丹尼尔惊讶地瞪着眼睛道：

"停止？让我……"

"是的。你别无选择。"

"可是你很清楚，我自己已经不再活着了吗？"

"你想说什么？"

"我以为你是知道的。"

"不。现在我一点儿也搞不懂了。"

"我自己已经不活了，而是基督在我心里活着。"

"可这是你自己去解释的《圣经》。"

"不是。"丹尼尔宽容地微笑着，继续以他谦卑的方式说，"不是的。我自己在死亡中没有做任何事情。因为我不再像过去那样存在了。基督进入了我的身体，他为我做了所有事情并为我承担责任。他通过我的嘴进行《圣经》解读。我不再需要害怕任何事情了。我还要管人类的法院和法庭吗？它们不再能够让我痛苦了。因为我自己已经不再活着了。"

卡尔·奥斯卡和克里斯蒂娜面面相觑地坐在那儿,他们无法理解丹尼尔的想法。

克里斯蒂娜往舅舅的杯子里又续了新的咖啡。围坐在桌旁的人们彻底沉默了一小会儿。

然后丹尼尔转身对着卡尔·奥斯卡说道:

"你打算去哪里消磨你的永恒呢?"

这是一个古怪的问题,卡尔·奥斯卡也懒得回答。他认为丹尼尔表达得很明确的是关于世俗的东西,可是当他进入精神领域的时候他就觉得很奇怪,就是与他争论不会有任何好处。

谢拉耶尔德的农庄主继续说,所有今天夜里围坐在这张桌边的人,所有他们的罪孽之躯都已经在基督受难的十字架上死去。他自己背负着这个腐烂的死亡之躯行走了许多年,直到两年前,这时他将它如同一件肮脏的旧衣服那样脱下,而耶稣则进驻他的身躯取而代之。现在他这儿的亲爱的亲戚要理解,即只要他们还保留着自己的罪孽之躯、那些旧的腐烂的残留物,救世主就不愿意移入他们的身躯。他们应该理解,基督要等到他们重获新生、等到他们停止使用自己旧的酸腐之躯后才愿意进驻他们的身躯。有谁愿意住在一间散发出尸臭的房子里呢?

对于丹尼尔的这番话谁也没有回应。于是他马上从桌旁站了起来并说他要走了。

罗伯特还想着再给他讲述一些关于新世界的知识。作为一个准移民,他需要了解关于这个国家的情况。可是丹尼尔在告辞前回答说:

对于他想了解的有关美国的有用的东西,在他启程前主肯定会告诉他的。

等卡尔·奥斯卡再次躺到床上时他想：他的移民事业现在已经不再是孤单的、备受争议的事情了，这是两个农庄主的事情了。而丹尼尔·安德里亚松会留下一块比他在科尔帕默恩的地大3倍且至少好4倍的土地。这感觉就是一种支持。

眼前这一切显然是真实的，他无法忘却：那个他得到的追随者是一个自认为精神已经错乱的男人。

4

于是那些日子里又有一只旧箱子从另一个院落的另一个阁楼被拖了出来，于是它又重见天日并且被人掸掉灰尘弄得干干净净的：这是排行第二的新美国箱子。

离出发只剩下一个月了，一天晚上，海斯特溪的尤纳斯·彼得来到科尔帕默恩来提醒罗伯特：他的邻居碰到了省府官员罗纳格伦，他问他的雇工是否又回到了他父母家。纽巴肯的阿隆再三要求他要回那个逃跑的雇工。阿隆害怕那个男孩会跟着自己的哥哥溜到美国去。

卡尔·奥斯卡对这个消息一点也不吃惊，他知道阿隆对他怀着很深的仇恨。他一度在几分钟里让这个男人体验了人类最深的恐惧。现在阿隆把他的仇恨转移到了他弟弟身上：纽巴肯的农庄主试图阻止弟弟的美国之行。

卡尔·奥斯卡说：在他留在家里的这段时间罗伯特最保险的办法是躲开省府官员。

现在罗伯特坐下来哭了，自打他回家后就没敢在人群中露面。最近他和教区里的其他也是在年前雇用岗位的雇工待在一起时,被主教在布道椅上指认出来:主教宣讲了关于逃离自己主人违反上帝安排的世俗秩序的不忠实的雇工的事情。他曾经说过那些不顺从的雇工是基督教区的污点。罗伯特感到很丢脸,于是再也没有出去见除了阿尔维德的任何人,他也因为另外的事情而感到羞耻。

他说,他宁愿去克旺那河也不愿意回到纽巴肯的农庄主那儿,而这次他不仅仅要把自己的鞋子和毛线衫扔进河里,而这种命运也许到最后为他选好了:他要当那个在克旺那河里淹死的雇工。

尤纳斯安慰他说,罗纳格伦不想为难本身并不坏的人,除了他父母家,他肯定不会在任何别的地方去搜捕他。对于脱岗的雇工,省府官员从来不愿意去给他们添太大麻烦,除非他实在是迫不得已。所以罗伯特现在想跟他去海斯特溪。这段时间他可以在那儿停留并且会很安全。

"要是省府官员来的话,我会把你藏起来的!"那个邻居说。

卡尔·奥斯卡认为弟弟应该感谢并接受这个邀请:

"你把眼泪擦干,跟尤纳斯·彼得走吧!"

罗伯特现在已经是大小伙子了,他为自己还哭感到有点难为情,可是他的心却被这个念头刺疼了:想想要是我最后仍然没有……要是我仍然没有……

他听从了哥哥的话,跟着那个乐于助人的邻居回家了。

尤纳斯·彼得在海斯特溪的厨房里坐下来,他请罗伯特一起吃晚饭。他拿出烧酒瓶,给他俩都倒了一样多的酒。男孩已经是小伙子了吗?尤纳斯问道,于是罗伯特非常情愿地喝了一杯酒,然后是第二杯、第三杯,因为烧酒可以镇住他左耳朵里那个呼啸的声音,那个声音到目前为止还是挥之不去。现在他那只耳朵几乎聋了，然而他还能听到一种其他人都没法听到的声音。他也许永远无法摆脱它：也许只要他还活着，阿隆那记耳光所产生的回音就会一直响着。

布丽塔·丝塔瓦，院里的女主人抬着挤奶桶进来了。她长得瘦骨嶙峋，有着男人一般强硬的轮廓。她嘴唇四周长着深色的、明显的毛发丛，而她的下巴上长着一束胡须。一个女人长着胡须会让人感到某种恐惧。尤纳斯·彼得长着黑色的大胡子，罗伯特并不感到害怕。可是他妻子下巴那一束干草却把他吓着了。就像人们习惯的那样，它们是悬在下巴外边的。所有的孩子都害怕布丽塔·丝塔瓦。

他老婆把挤奶桶放下了，她绷着脸瞅了一眼那个陌生男孩。然而接下来她给自己丈夫的那一瞥就不仅仅是绷着脸那么简单了，而是掺杂了更多的成分，那是嫌恶、怨恨。尤纳斯·彼得从来没有试图掩饰，他和妻子过得很糟糕。

男人们在桌旁喝酒。布丽塔·丝塔瓦简短地说道：

"省府官员的车刚刚驶过。"

"是吗？他驶往科尔帕默恩。你看那男孩！真幸运我们没有碰到他！"

罗伯特什么也吃不下，可是他能喝下烧酒。今天晚上他的耳朵可恶地咆哮着，他几乎被这个声音给吓到了。

"你尽管吃！不要害怕！"尤纳斯·彼得说，"要是省府官员来这儿询问的话，我有一个安全的地方给你躲藏！"

布丽塔·丝塔瓦开始过滤晚饭吃的牛奶。当她听到省府官员的车和罗伯特有关系，她好奇地凑近罗伯特瞧了瞧。他在那一瞥时感到很恶心。他禁不住去瞧她下巴上的络腮胡须。

尤纳斯·彼得又给自己倒了一杯酒。他眼睛开始放光。

"罗纳格伦是一个很和蔼的省府官员。"他说,"他话说得很严厉,可他是人间一个文雅的动物。从他还是个男孩时我就认识他了。他是奥朗奈斯老树桩的儿子。"

"那个农庄主我听说过。"罗伯特说,"顺便问一句,为啥叫他老树桩呢?"

"你是问他怎么得的这个绰号?好的,这我可以告诉你,男孩!"

他瞅了老婆一眼,她站在牛奶桶旁。他被烧酒弄得活力四射:

"这是一件离奇的事。这是一个关于磨刀的女人的故事!"

牛奶过滤器正好在他说最后一句话的时候发出咯噔的声音。尤纳斯老婆做了一个剧烈的动作。她站立的炉子角落很昏暗,可是罗伯特却注意到在听到男人那句话的时候她抖动了一下。

他还注意到,夫妇俩之间还没有讲过一句话。

尤纳斯·彼得知晓百年来在孔佳郡区发生的所有奇闻逸事。他现在想告诉罗伯特省府官员的父亲活着的时候是如何被称呼为老树桩的。

关于一个磨刀的妻子的故事

奥朗奈斯的农庄主被称为伊萨克,尤纳斯·彼得开始说。他因迷恋女人并被她们弄得五迷三道而名声在外。他无法将自己的手从任何一个天造地设的可以为男人所利用的女人那里离开。无论她的脸天生长得如何、她出水痘后长斑点或凹陷还是有某种缺陷,对于伊萨克来说都一样:伊萨克试图接近她。他已经结婚,在他的婚床上有一个艳丽夺目并且丰满的妻子可以让他休憩，可是这并不能减弱他在外边拈花惹草的兴趣。已婚或者未婚的女人都不防着他。他有着从撒旦或其他方面得来的针对女人的神奇魅力。因为他常在别人的婚床上借宿，这让女人的丈夫恼怒万分，于是被惹急了的男人对他大打出手。一次他的一只胳膊被打折了，另一次他的鼻梁骨被打碎了。可是他并没有被打服。而自从他的鼻子被打扁后，他对女人们仍然具有同样的吸引力。

他的妻子脑海里充满对其他女人的嫉恨，她多次想要离开这个男人，可每一次他都答应并发誓要改正并只在自己的原配那儿睡觉。她尝试着将几种药混在一起让他喝，想让他去除那个罪恶的欲望的病根。她还给他喝一种红色果汁，里面放入能让血液冷却的苦味的草药。可是他喝过之后，体内令他冲动的那种东西还是那样旺盛。

然而还有一种对他有用的去根的办法，一种残酷而令人畏惧的治疗方法。他妻子就用了这个办法。

一天她对一个雇工说，她要一把磨好的割刀，她要用它割破布。他当然很相信她。他把磨好的刀给了她，而她自己带了磨刀石。

晚上在床上伊萨克像往常一样来接近自己的妻子。他以她常常要求的那种方式伺候着她，他从来不因跟其他女人鬼混而忽视她。而现在好像一切如常，她也很愿意。于是他完全沉浸在自己的美梦里。那个可怜的男人，他不知道他的老婆已经让人磨好了一把刀并把它藏在床垫下。

等男人刚想进入她的身体，她就拿出那把刀割下了他的工具，也就是性器官。

伊萨克晕了过去，他的血喷了出来。妻子事先已经叫了一位止血者，他在事情发生后正好来到这个房间。他自然不知道叫他来的原因，可是他尽其所能帮助那个被阉割了的人。而他妻子也已经事先煮好了野生迷迭香和洋委陵菜，这对于止血是非常有用的。他们就这样一起在他恢复知觉前帮那个被阉割的男人止住了血。

过后妻子非常仔细并充满爱心地照料被阉割的丈夫，因此过了一段时间他就痊愈了。

也有传闻，说夫妇俩因为这个事件反目成仇了。他们一起生活到过世的时候。

可是奥朗奈斯的伊萨克再也不像事情发生前那样了，现在怎么样了呢？他变得目光呆滞且无精打采，他开始玩忽职守，不管自己的院子。过了几年他把奥朗奈斯半个赋税单位大小的地给卖了，然后靠搁置抚养为生。

从此以后他的双手和性器官都远离了那些女人。他变得像一头阉割过的公牛一样温顺，他在她们那里已经没啥可以惦念的了。从此以后他和自己的妻子过着永远相伴并虔诚侍奉上帝的日子，在他老年时看上去十分依恋自己的妻子。

那条被妻子从丈夫身上割下的阴茎被烤干并藏了起来。她要把它当作一个纪念品。只有在家里来了生人或是某个重大节日亲朋好友聚会时她才会拿出来给人看。当伊萨克自己坐在一边静静听着的时候，她常常会讲述她如何根除他的奸淫欲望的过程。这时她会拿出《圣经》并且支持她的观点，《圣经》上说一个人要割除那个让她恼怒的阴茎，以拯救他的灵魂，使其免遭永恒的折磨。她为她丈夫做了一件该做的事情。因为对于那个她从他身上去除的器官曾经引起众多恼怒一事，任何人都无法说三道四。

然而可以肯定的是，奥朗奈斯的伊萨克迄今还留存一部分东西，就是他终于因此得到了他的绰号——就是因为这个他被称为"老树桩"，尤纳斯·彼得最后结束道。

5

农庄主在厨房里将故事讲完后，在这个寂静时刻罗伯特的耳朵又开始咆哮得更厉害了。尤纳斯的老婆已经过滤好所有的牛奶，于是她从饭桌上撤走饭碗。她的嘴紧紧地抿着。她自始至终只看过她丈夫两眼，可还是没有说话。罗伯特今晚还没有看到他们之间说过话。

尤纳斯·彼得过去有很多次跟他讲过那些由女人引起或做过的坏事。他一直在猜想农庄主为什么要跟他讲这些事情。可这次他自己老婆却是头一回听到这样的话。

这是奥朗奈斯的伊萨克所遭遇的可怕命运。罗伯特想：他一定要在和一个女人上床前先好好观察一番。安全起见，他会先看看床垫下有没有藏啥东西。

"那个当上省府官员的儿子当然是在那次事件发生前的多年以前了。"尤纳斯·彼得补充道，"好像还用说一样。"

然而罗伯特的恐惧感又回来了：省府官员的车在外边驶过。当他在这儿静静坐着的时候，省府官员正在搜捕他。他是不是该跑进森林里躲起来，这样会更明智些？他的耳朵又咆哮起来，今天晚上烧酒也没能让这个声音静下来。

他突然站了起来。外面传来车轮滚过马路的声音。

一定是省府官员又回来了，布丽塔·丝塔瓦听到车子的声音并走到门廊。

尤纳斯·彼得说道：

"坐稳咯，男孩，不要害怕！"

罗伯特静静地坐着，可是他感到害怕。现在他的胸腔充满绝望的恐惧，使它变得拥挤不堪，要不是这个，那还会是什么呢？那个胸腔实在太拥挤不堪了；那个胸腔是那么拥挤，他无法舒缓，即便呼气也于事无补，它还是那么满满的，还是那么紧张地绷着。

而在他的病耳里：你在那儿，我的小雇工，给你一个大耳光！你给我记住了！

要是他还是没有……要是他被留下来了的话，要是他没能跟着卡尔·奥斯卡一起去美国的话，美国的大门将永远不会再为他打开了。

外面传来的马车声越来越响了，这是从滚动很快的轻车轮上发出的声响。开过来的是一辆轻便马车，除了省府官员不会有别人会回来。

可是女主人出去了之后就没有回来。她眼睛恶狠狠的样子，腮帮上还长着毛。她刚才还用古怪的眼神看过他。听到省府官员的车来她为什么出去呢？

罗伯特的舌头伸出了嘴边，用舌尖去舔着干燥的嘴唇：

"尤纳斯·彼得……她出去了……她该不会去说什么吧……"

"你是说布丽塔·丝塔瓦？"

"嗯，是的……"

罗伯特断定这个院子的女主人去告他的密了，只有她会这么做，她想发泄对她丈夫的愤懑。

"她不会喊出来吧……"年轻人悄声说，他的气快喘不上来了。

"她敢……"

尤纳斯·彼得抬高了嗓音。然后他把身体倾向台子那边的男孩，就当是他不让省府官员抓他的一个许诺：

"要是她敢这么干的话……那我今晚就磨刀！"

罗伯特朝他凝视回去，听到农庄主的话后他几乎忘记了自己的恐惧。他什么意思？磨刀？磨啥刀啊？

"磨刀……？"

"嗯。要不然我明天也想磨刀的。"

尤纳斯要干什么？他和妻子很多年生活很不和谐——他打算伤害她吗？打算用刀砍死她吗？要不然为什么要磨刀呢？他开始醉了，他讲话的样子像喝醉了。

那辆轻车的声音渐渐远去了。布丽塔·丝塔瓦这时又进来了。她说道：

刚刚过去的人是奥科比的教堂管家佩尔·佩尔松。他刚刚去了科尔帕默恩去和卡尔·奥斯卡谈拍卖的事，他正想处理他院子里的个人财产。

罗伯特胸腔里的气这时才倒出来，他长长地出了一口气。接着又深深地吸了一口气。

迄今为止他还没有看到海斯特溪的这对夫妇转过身来相互说过一句话。布丽塔·丝塔瓦终于张开自己紧绷的嘴，而她仅仅是为了张嘴吃土豆泥，她自个儿把土豆泥放在盘子里。尤纳斯·彼得坐着，眼里透着喝完烧酒后的光芒并且反复重复着同样一句话：一个男人也可以磨一把刀的。

如果人们这样想的话，这句话没有任何意思：几乎总是男人在打磨工具，不是刀就是别的什么。

罗伯特搞不懂，那个农庄主那句奇怪的话到底是什么意思。

他不知道，第二天在海斯特溪丈夫和妻子之间会发生什么事情。因为那个事件没有任何目击证人。

关于一个磨刀的男人的故事

第二天吃过早饭后,农庄主缓缓地从饭桌上站起身来看着他的妻子,她已经开始在炉灶旁洗碗:他想要磨刀。她要跟着他到外面去取磨刀石。那个时候他手里什么东西也没有拿。

布丽塔·丝塔瓦没有回应。他们之间往往不需要用语言来回应的。然后他们之间大吵了一架,随后一声不吭地过了整整三天三夜。

妻子在围兜上擦干了手并随着男人走出了厨房。

那块磨刀石在大枫树下牛棚山形墙边竖着。炎热的夏天待在树荫下感到很凉爽。现在是冬春之交,而山形墙边这里是一个风眼。布丽塔·丝塔瓦在她身体朝磨刀台倾斜的时候,顺手把鼻尖处挂着的一滴鼻涕擦干了,她在等着男人,他走向井去取磨刀水。

尤纳斯·彼得回来后把水倒进磨刀槽,而妻子则抓着磨刀桶的扶手。他们现在可以开始了。

可是他的斧子呢?她看了看周围:她以为他要磨一把斧子。现在这个季节也不用镰刀,于是她不知道还有啥别的东西需要这时候磨。她想问:你有没有忘了斧头?可是她提醒自己她要守住自己,不让多余的话从自己的嘴里滑出去。她要向他显示,她可以像他一样持久地一言不发,比他还更能坚持。

尤纳斯·彼得今天不想磨什么斧头。他拿出一把刀。

他的妻子拿着磨刀桶的扶手,磨刀石在其中翻飞,从屋顶凹槽里流下来的水掉进磨刀桶里,在磨刀桶里溅起来。

磨刀桶扶手已经很干还有点裂开并且开始抱怨。农庄主从水槽里捧了一把水浇在上面。于是它满意并且不出声了。

妻子抓着扶手。磨刀石在四周翻飞，丈夫开始磨那把刀。

这块石头与钢发生激烈的碰撞，磨刀槽里的水发出撞击声。但是两个人都一言不发。

妻子盯着那人手里的刀。那是一把刺刀，是屠宰牲口用的。尤纳斯·彼得用了很多年，许多猪、羊和小牛在这把刀下结束了性命。这是一把好刀，她自己还借过一次，当时她需要一把锋利的切割工具。尤纳斯·彼得经常说，刚磨过的时候，它就像一把锋利的刮胡刀。

可是现在院子里没有什么要屠宰的。没有要屠宰的牲口。他们要到10月份才又需要使用刺刀，而现在还只是3月。当他要到10月份才要用刺刀时，他不需要在3月份就磨刀。这一点是非常清楚的。

布丽塔·丝塔瓦感到疑惑。她当然会感到疑惑。而当她记起丈夫昨天晚上讲过奥朗奈斯的"老树桩"故事后嘀咕的那几句奇怪的话时，她的疑惑更加深了：他为什么今天要磨那把屠宰刀？

尤纳斯·彼得倾斜着站在磨刀石上面，脸色阴沉，嘴唇紧闭。他眼神犀利地瞪着前方，眼睛专注地看着刀锋。他磨呀磨，好像这一刻世界上除了他干的事情不存在任何别的事情：磨一把刀。

他倒转那把刀，又开始磨另一边，从刀柄一直到刀尖，把它来回地在磨刀石上推磨。可是他的眼睛一直没有离开刀锋。他的面部表情显示出果决，从他纹丝不动的姿态、他弯曲的脊背、他紧闭的嘴唇、他的四肢及所有关节上都透着果敢。他表现出一个已经下定任何人都无法让他动摇的决心的样子。

而抓着手柄的妻子则问自己：他到底要拿那把刀干什么？

她抓住那个手柄，磨刀石并不很重。它刚被拿到这个院子的时候曾经很大很重，可是磨过所有的镰刀、斧头和刀并且让其刀锋变得又锋利之后，它现在变得比一块圣诞奶酪大不了多少。一个孩子都能拉得动。而她现在自己叹了一口气，那并不是由于磨刀石的重量还有工作的磨难，而完全是另外一个东西，丈夫的脾气。

他们结婚的时候，在他犯了某种错误或做了某件疯狂的事情时，她一直想改变他的脾气。当他表现得不对的时候，譬如现在这样纯粹难以理解或故意的时候，她通常会说他；这样的事情是一个妻子永远也不能忘却的。可是现在他不再能忍受她的纠正。她仍然对他所做的或大或小的所有疯狂和不可理喻的事情进行责备。可是他不愿意倾听她的话。他称其为非难，而且他不再愿意听她的非难和啰唆。他还是继续以这样的方式处置事情和表现自己，以至于她不得不给他指出来让他改正。这时他就变得很坏。于是她随之变得很难过，甚至被激怒后回击他，告诉他事实的真相：他是一个对她的想法不管不顾的坏男人。

由于他麻烦的脾气，他们之间的争吵越来越频繁、越来越尖锐、越来越糟糕并且持续的时间越来越长。每次吵架之后，他们之间会不说话，他们会一连几天一言不发。这样的沉默时间越来越长，现在这样的沉默会持续几个星期。

最近一段时间她对他的表现感到忧虑！因为不知道魔

鬼会把一个人唆使并诱惑成怎样。

最近一次,他们发生了一次严重而长时间的争吵,这时他说过:"与其让你把我骂死,让我跟你吵死,还不如让我自己弄死自己:我要把自己杀了!我宁愿自己把自己杀了!"

此后尤纳斯·彼得的眼睛里透出一股不对劲……

自从那次吵架之后,她变得忧愁起来:魔鬼对于一个软弱的人什么也干不出来!自从那天起,她把所有可以用来寻死的工具都藏了起来,不让他看见。可是这还不够,她还是不够放心。他可以拿绳子去最近的树或房梁上吊死。他还可以投井自杀。对于那些想要寻死的人来说,手边随时随地都能找到寻死可以用的工具。

一段时间里,她试着掩藏起那些会惹恼他的话。她只是对一些不值一提的小事对他进行规劝,但他还是变得很生气并且向她发脾气。对于这样坏脾气的男人,她拿他怎么办呢?

他要拿这把刀干啥用?他要把它磨得那么锋利,持续磨那么长时间!他从来都不用将一把宰杀牲口的刺刀磨得那么锋利。她该如何去想这次磨刀?

尤纳斯·彼得左手拿起刀,用自己右手拇指试了试刀锋。布丽塔·丝塔瓦抽回了磨刀桶、磨刀石,静静地在那儿站着。

可是他对于刀锋并不满意,她不得不又开始抓着。磨刀石又开始翻飞起来,磨刀桶里的水又开始飞溅。而他还是紧咬嘴唇一声不吭地磨刀。

汗水从妻子的脖子处往下朝她的脊背处流下去。它不是由于磨刀石的重压,而是由于所有她给自己提的问题:

一把刀5分钟就可以磨得足够锋利了，可是现在他已经磨了一刻钟。那意味着什么？这很不理智。对于他来讲，刀锋永远也不会合适，今天他显然想做一把真正的刮胡刀。他今天磨刀该不会是想切自己的喉咙吧？

农庄主又开始磨刀，间或他又用大拇指仔细、若有所思地试一下刀锋，然后又将这把刀放在石头上。

而妻子抓着把手：这绝对不是理智的行为。他脑子一定出问题了。他昨天晚上说什么来着：一个男人也可以磨一把刀。而且他还好几天翻着白眼在四处晃悠。看上去他正琢磨着干什么疯狂的事情。

她可以问：你为啥要磨这把刺刀呢？我们可并没有要屠宰的牲口啊。可是她不跟他说话才不到三昼夜，因为她要向他显示，她可以不跟他说话的。此外，她也没有什么明确答案。他也许会说：一所房子里始终需要一把锋利的刀。

而且这个房子里也需要安宁，可是他们俩之间除了哑巴一样的沉默，永远也不会有任何其他的安宁。

现在他已经快要磨了半个小时。没有任何理智的人会站着那儿将同一把刀磨上个把小时的。她快忍不下去了，她的额头开始冒汗，身体开始瘫软，她的腿开始发抖，不再愿意支撑她的上半身。

而当丈夫第十次还是第十一次要用大拇指试刀锋时，她说话了：

"你的刀永远也磨不快了吗？你要整天在这里磨刀吗？你要永远磨刀吗？那样的话你让别人来帮你吧！"

于是她松开了把手走开，到山墙旁的一块石头上一屁股坐下来，就像一个被扔掉的、泄了气的空麻袋。

尤纳斯·彼得没有朝她这边看,好像他并没有听见她说啥。他用自己的大拇指缓慢地、不慌不忙地试了下刀锋。然后用大腿把刀擦干了,自言自语地说道:

"现在我看行了!"

他用一只手提着倒干的水桶,另外一只手拿着那把刚磨好的刀向木屋走去。

妻子用戒备的眼神尾随着他的行进方向。当她看见他走进厨房时,她站起身来跟在他身后。她没有奔跑,可是加快了脚步。他想在房子里干什么事情吗?也许他想上阁楼去休息一下?屋子里现在一个人都没有,所有人都在外边干活,从科尔帕默恩来的男孩也跟着他们出去了。而她不敢单独从他手上夺下那把刀,她没有足够的力气。她要不要跑到邻居那儿求救呢?

布丽塔·丝塔瓦跟着丈夫走进了厨房。她没有在里面看见他。那么他应该已经上了阁楼。她觉得她听到了上面传来的脚步声。她朝四周看去,有了一个念头。她踮起脚朝壁炉上边的架子上看去:

那把刚磨好的刀就躺在那儿闪着光。他刚刚在这儿并且把它放回了通常放的地方。

妻子喘了一下作为一个人所能喘的最长而且是最舒畅的一口气,这是一口释然的气。

她拿上那把刺刀,把它藏进自己的围裙然后又走了出去。她走进干草棚找寻一个最阴暗的角落,然后将这把刚磨好的刀塞进房梁与屋顶之间,把它尽可能塞得更深些,这样就没有谁会看到它,整个院子她找不到比这更为保险的隐藏之处了,当她从上面下来时想。

这个时候尤纳斯·彼得从阁楼上下来,他到上面以及回来就是为了休憩。当他回到厨房的时候，他走到壁炉前然后朝上面的架子上瞥了一眼。他点了点头，算是确认了，他的眼睛里闪现出一种满意的神情：

完全如他所期望的那样：那把刀已经不见了。威胁已经起作用了。他成了她的禁忌。这实在走得太远了，他必须站在那儿磨半小时的刀，才能如愿让她听从他的摆布。

现在他满意了：他知道在他在家还剩余的3个星期里，必须获得必需的安宁，然后才能摆脱他妻子，最终永远离开他妻子。在这段准备期间，他需要安宁平和的气氛。为了这个回报，站在那儿半个小时去磨刀还是值得的。

6

罗伯特在海斯特溪停留了3个星期，没有任何省府官员来庄园询问他的下落。

一天晚上尤纳斯·彼得拉过他，跟他四目相对地说：

"我们可以结伴去美国了，你跟我！我乘坐同一艘船跟你们一起去！"

第三只美国箱子在秘密中按部就班地准备好了。

最后一次点头哈腰的农民

1

乡村农民的旧衣箱就这样见到了新宏大时代的曙光。这些箱子历经百余年不引人注目地存放于犄角旮旯之后被人洗得干干净净,准备让人带着它漂洋过海。它们得以伴随史上最大规模的人口移动,最早的那批人,他们将其精挑细选的、不可或缺的宝贝儿托付给这些旧衣箱。

哪些要带走,哪些得留下?哪些可以在那个新的国家里搞到而哪些又无法搞到?没有一个可以询问的人,以前谁也没有去过,因此也不可能告诉他们这些事情。这可不是随随便便的搬运,可以一车又一车一股脑儿把一切都装进一辆马车。他们要选出最不占地方而且最不可或缺的东西。

在科尔帕默恩的美国箱子里,人们会把那些最重的东西放在最底部,那是铁和钢等较沉的东西,所有的伐木工及木工等要用的工具:裁缝剪刀、手剪、凿子、砍刀、削刀、刨子、榔头、鱼竿、钻头、刀柄、折尺以及长尺。还有打猎用的辅助工具:猎枪、弹药夹及铅弹。卡尔·奥斯卡还从前膛枪上取下枪柄,这样可以把它放进箱子里。在美国一定有许多猎物，而猎枪的弹药可能不够用；一支猎枪要花50银币呢。罗伯特想到那些富含鱼类的水域以及那些河流，于是将钓狗鱼的钩子、搓绳、鱼线及钢丝等渔具都带上。父亲尼尔斯弄来了一个旧的放血用的铁针，他的儿子们也许会用得上：他建议那些要去美国的人勤一点放血，因为对付任何疾病的最稳妥的办法就是给自己放放血。

克里斯蒂娜把自己的刷子、织袜针、羊毛剪子以及专门用来屠宰的木棍——这是卡尔·奥斯卡送给未婚妻的礼物，上面画着红色的花朵。但是很多东西必须留下，因为她知道船上的地方非常有限，她只能带上生活必需的东西：她不得不留下织布椅子，还有屠宰专用椅子，既不能带手纺车，也不能带上绕线筒，还有饲养羊马用的外套、亚麻绳。所有这些工具都是她得心应手的，它们都兢兢业业地、忠实地为她的手效劳：她知道她很快就会在那个陌生的国度想念它们的。

麦尔塔帮她织了一块粗呢布，她让村里的裁缝给他们做了身衣服，这样他们在这次海上航行中可以穿得暖暖和和的。她把羊毛和暖和的衣服给大人孩子都备下了，里子外套、平时和节日里穿的衣服都准备好了。据说美国那边缺毛料布，那边迄今还未生产出他们所需要的织布椅。所以羊毛线和亚麻线，还有针和各种各样的线也都要带上，这样他们就可以缝补自己的衣服和袜子，在买到新衣裳前可以尽可能延长些时间：他们必须尽可能多穿旧的衣服。克里斯蒂娜在衣服之间放了些樟脑及薰衣草，用来赶走霉菌以及难闻的味道。谁也不知道这些衣服要在衣箱里放多久。

他们结婚时用的被子，还有所有的床上用品：床罩、床单、床垫以及枕头也要跟随他们漂洋过海，它们被塞进两个大袋子，用粗线把袋子两端缝了起来。所有海上要用的小东西：酒杯、吃饭用具、水杯、木盘子、勺子、刀、叉等放进了旅行箱。就这样，克里斯蒂娜要为6个人准备旅行用品。在航行途中船上会给他们提供食品，但谁也不知道船上的食品能不能让他们吃饱，而登上船之前以及上船后要待很长时间呢。因此他们的食品袋里要装上干的、烤过的以及腌过的食品，这些东西不容易在海上变质，可以存放许久。一个大的装有木头锁的柳条篮子被用来当食品箱子，在里边她放进去了8个燕麦面包，一个木盒放进含许多盐的黄油、一罐蜂蜜、一个奶酪、半打腌过的香肠、一根熏过的羊腿、一块腌过的猪肉还有20多条腌过的鲱鱼。这样篮子被装得满满当当的。可是一碗磅咖啡、一碗磅糖、一袋子苹果片、几袋子盐、胡椒粉、桂皮、葛缕子，还有苦蒿也放了进去。

他们就是这样要让自己在旅行途中穿得精精神神又干干净净的；他们不能没有处理粪便臭味的空气清新剂，还有驱赶跳蚤用的硫黄药膏。为了让孩子们头发保持干净，克里斯蒂娜买了两把好的黄铜梳子。

但是一切物品中对大家最有用的东西就是药品：樟脑丸、小瓶滴液、王子滴液、霍夫曼强心剂以及四种药品的组合件。卡尔·奥斯卡为了对付晕船搞来了一罐苦蒿烧酒。在海上每天早晨都要喝上一口这样的酒，这样身体就会井然有序了。苦蒿酒还对船上发烧，治疗霍乱以及其他的传染病都管用，这些都是船上会生的病。

贝尔塔大夫从伊德莫跑来，她要克里斯蒂娜小心晕船：

不知道为什么，她说结了婚的女人容易患上这个毛病，比男人还有未婚妇女更容易得。也许是因为女人的体液发生了变化，她自己真碰上了这样的状况，于是她后来再也不能忍受坐船出海了。贝尔塔的父亲曾当过船员，他教她出海的人要管好自己的身体，他治愈了自己的小毛病。她把樟脑缝进一个小皮袋，然后给了克里斯蒂娜：嘱咐她在船上时一直绑在肚子上，就会缓解她的晕船病。这不是什么致命的疾病，却是上帝用来惩罚人类的最让人难受的疾病。还有就是她每天都要喝上几勺燕麦粥，此外她还应该把一小碗醋与饮用水混好后晾着，然后再饮用，因为长途旅行的船上喝的水往往很难闻且有毒性。

克里斯蒂娜对伊德莫的贝尔塔大夫很是信任，在她还是小女孩时，她帮她治好了膝盖上的伤，所以她听从了她所有好的建议：她应该用胡椒烧酒来对付下泻，而且以后还要注意下泻和便秘，把它保持得恰到好处，在航海的时候，没有任何事情比管好下身更重要的了。那些老船员都知道这些。而她也听说到北美登岸后会得一种可怕的腹泻。如果不能很快治愈的话，最后连肠子都开始流出来；人几乎被完全掏空了，他们既没有力气走路，也没有力气站立或活动。这时除了喝上一大口掺入一大撮磨碎的胡椒粉的烧酒啥办法都没有。

在美国土地上到处都是扭动躯体前行着的毒蛇和四脚蛇，而这对光脚走路的孩子们来说是不利的。如果被蛇咬伤了，克里斯蒂娜会在伤口上敷上干的樟脑粉。而其他新的伤口，那么热的尿液理所当然是最好的润滑剂，它不仅可以清洗伤口而且会使伤口愈合，几千年来它一直是祖先们处理伤口用的清洗剂。而如果某人的伤口不愈合，而发展为骨溃疡的话,那么她会用一把干净而锋利的弯头刀每天在伤口处刮两次——也许她记得儿时的事情?臂骨骨折以及腿骨骨折要尽可能快地用夹板固定,越是固定得紧,骨折处愈合得越快。

而早在贝尔塔告诉她所有那些创伤、事故、抽搐及各种移民们可能会碰到的疾病的处理建议之前,克里斯蒂娜脑海里又冒出了那些之前的、令人忧愁的问题:我们是不是不得不去那个十分危险及陌生的地方,去冒这么大风险呢?

2

卡尔·奥斯卡把科尔帕默恩农庄卖给了一个在凌纳吕德的农庄主。他们的要价被压下很多,因为要移居国外他们不得不出售,而待价而沽者则并不一定要购进。卡尔·奥斯卡最后不得不满足于比他要价少150银币的价格。然而他在拍卖会上卖掉的牲口则卖了一个好价,因为饥荒被大量宰杀后牲口很缺乏。但是拍卖会主持人,教堂管家佩尔·佩尔松则保留了拍卖成交价的四分之一,因为他要预先支付款。这是很过分的条件,但是卡尔·奥斯卡无法在家待上半年等所有叫卖者都交款之后再走。

拍卖掉那些动产后,卡尔·奥斯卡和克里斯蒂娜几乎家徒四壁。所有预先出售的家具让人拿走后只剩下几张床,他们打算把这些床用到上路的前一天,这样他们就可以不用睡在地板上了。

于是这位就要移居国外的农庄主可以对自己的状况进行计算了:等扣除银行贷款及其他债务后,他手里还剩下庄园和拍卖物品换来的1200银币。他们所有去美国的人，他们全家和弟弟，三个成人和三个孩子共需花掉675银币。那么等他到达新世界时他还剩下500多银币。这些钱他们要用来进入美国，要交坐船费，进入这个新国家内部的旅费，这是一条既不知道长度又不知道路名的道路。他做着几乎白送的土地，但是他已经剩不下多少钱去买家具、工具和牲口了。尼尔斯和麦尔塔得知这趟海上行程的费用后大惊失色：这几乎就是一个庄园一半的价格——他们的儿子花掉的钱值半个庄园，它们都被扔到大海里去了！

卡尔·奥斯卡请克里斯蒂娜为那500银币做个万无一失的装置，安放他们唯一剩下的保障，这样这些钱不会在旅行途中被偷或者掉了。于是她给这些钱缝了一个小的羊皮袋，他将袋子紧紧地捆在身上贴身带着。

眼下任何一个有名有姓的好人都可以出国而无须去向国王请求其恩准。那些想去的人也可以不要神父给文书就可以上路；柯昂坡的弗雷德里克还有其他在教区里底层的人就是这么做的。罗伯特是从他雇主那里逃出来的，因此不敢去神父那里要任何文书。然而卡尔·奥斯卡不愿从这个地区离开，就好像他做了什么坏事一样，他要光明正大地离开自己的教区。因此他去布鲁桑德神父那里要求其为他自己和家人颁发迁居北美的移居证明。

布鲁桑德神父仔细打量着教区里第一个到他这儿来办这件事的人：

"我已经听说了你的计划。可你为什么要移居美国呢，卡尔·奥斯卡？"

"我欠了许多债务并且快还不起了。我在家乡过不下去了。"

"这是上帝让我们过荒年。可是一个真正并且信仰坚定的基督徒是不应该在考验面前抱怨的。我记得你学过基督教问答本。你难道不知道这些是让你改善处境的考验吗？"

卡尔·奥斯卡站在离那个高背皮座椅三步远的地方，他的灵魂导师就坐在那里，而他自己手里握着一顶旧帽子。他没有回答：他在信仰的学说里找不到他学过的用来理解和解释的东西来回应神父的话。

"你是一个出了名的能干又勤奋的农民。你就不能在你家乡附近待着吗？"

"那里和这儿不一样，神父先生。"

"你家里不是还有绝对必不可少的炉子吗？有一个绝对必不可少的炉子的人就应该知足了。"

卡尔·奥斯卡手里转动着他的圆皮帽。他不能提安娜，那个他因饥饿而失去的孩子。因为他知道神父会这样回答他：这是一个考验，让你改善的使者。他无法和自己的灵魂导师在神灵方面的事情进行争执。

"你会成为我教区里其他人的坏榜样，卡尔·奥斯卡·尼尔松。"

于是神父从他的皮座椅上站起来径直走去。

在他眼里，这个科尔帕默恩人一向都是除了好没有别的。他就是和谢拉耶尔德的丹尼尔沾上点亲戚，但是一点也没有沾染上他的异教。卡尔·奥斯卡·尼尔松和他的妻子属于教区里最能干并且经常去教堂的人。不怀好意的人会说，一定是由于教区弄得不好，所以这样勤劳并且有教养的人才无法在家乡这儿待下去，而不得不移居到另外一个世界。

"那个谢拉耶尔德的不理智的农庄主自己弄丢了在国内

居留的权利。"布鲁桑德继续说,"然而他在我们这个启蒙时代依然逍遥自在。可是我非常愿意把像你这样行为举止良好的人留在我的教区。"

神父将他的手搭在卡尔·奥斯卡这个农庄主宽阔的肩膀上:

"你想过那个你带着妻子孩子要去冒的险是否值得吗?你知道那个诱惑你去的国家的真相吗?"

布鲁桑德没有给被问者任何回答的时间,便开始自己阐述新世界里的情况:

最早去北美的人是造反者以及鼓动人们对抗政府的人,他们企图颠覆自己国家的合法秩序。自从这块土地被发现,绝大部分地区居住着那些在家乡不听话并且对抗自己的政府的刺儿头,他们犯了法,要逃避理应受到的惩罚。这个地区刚开始时到处充斥着理想主义者和从宗教中分离出去的异教徒,当他们企图散布邪说时被人撵出自己的家乡。就这样过去了几百年,到了今天,现在所有那些最近几年在欧洲鼓动向神及世俗领袖闹事的人都从自己的家乡逃到了美利坚合众国,很多到美国的人是从砍头桩上逃脱的杀人犯、从监狱里逃脱的盗贼,还有就是逃避受害者的骗子、不诚信的欠债人、逃避被其诱奸而怀孕妇女的犯奸淫罪的男子,所有这些人都或多或少害怕在自己祖国待下去,这些人都是在健康的神的社会里过不下去的人。因为在北美他们可以无所顾忌。在那里所有这些旧世界的闹事者和严重犯罪者实在太安全了。

然而移居到那里的人中间也有一些诚实的人,他们没有在自己的国度犯过法。可是是什么驱动他们去冒险呢?除了追求这个世界好的,追求那些虚荣、短暂及稍纵即逝的东西，无非就是人的欲望。这是感官的强烈欲望在驱使着他们。他们太懒惰以至于无法通过诚实的劳动让自己体面地过活。他们想不劳而获。移民们想在短时间里变富，然后可以过一种纵欲、醉生梦死、不用努力就可轻松享乐的日子。他们中很多人是过分挑剔、傲慢且挥霍无度的人，他们说自己珍贵的祖国的坏话，并且向养育他们的好母亲吐口水。

北美的土地很肥沃确实是真的，那里的人们可以很容易养活自己。但是一个基督徒还必须考虑美国人的精神状态。迄今为止这个国家还有长着红皮肤的野人，他们几乎像动物那样活着，甚至在那些长着白皮肤的人中也有许多人缺乏对真正的上帝的认知以及纯粹的救世主学说。那些真正的基督徒现在不应该自鸣得意、沾沾自喜，而是不为他们难过；所有居住在瑞典的土地上的人都应该感谢上帝，因为他让他们出生在一个真正的基督教到处被传播的国度。确实，瑞典人得比美国人干多一些来养活自己，而有时人们必须靠自己的辛勤劳动赢得面包。他们在瑞典的祖先很长时间吃的是用树皮做的面包并且挨过许多饿，而他们也干成了比许多活着的瑞典人所做的多得多的大事。树皮面包给了人们灵魂的力量。祖先们还从自己的知足常乐及对上帝和当局的顺从中汲取力量。

在美利坚合众国里存在着巨大的隔阂与分裂。所有的理想主义者和异教分子以及伪传道者在那里无拘无束且肆意妄为。在那里有不少于87种不同的伪宗教分支。美国人要建新的巴别塔，要够到天空的高度。但是上帝很快会把它推翻并且摧毁那个叫北美利坚合众国的充满隔阂的国家。因为一个理智并且稳定的政府仅仅可以建立在宗教的单位上，在那个唯一真实及正确的信仰上，在奥格斯堡忏悔的昂贵及神圣的学说。

而上帝是一个强大的报复者。再过50年，这些合众国就不再存在了。在50年里，它们将被从这个地球上清除掉，就像罗马帝国和巴比伦王国一样。

"在50年里！我的话一定会成真！我的话一定会成真！"

神父停顿了一下。他只是想讲几句话，于是就变成在唯一的教区住民听众面前一小段完整的布道。但他想让卡尔·奥斯卡·尼尔松知道：美国是一个为像丹尼尔·安德里亚松那样的伪先知、冒险者以及像弗雷德里克·特隆那样偏离正道的骗子、恶棍，而不是像他那样一个正直而又诚实的农民去定居的地方。

于是他呼吁道：

"卡尔·奥斯卡·尼尔松！留在自己的家乡，就像迄今为止一样让自己过得体体面面的！"

在神父讲话时，卡尔·奥斯卡静静地站在那儿，手里向右转动着自己的帽子。现在他开始将帽子向左转动，他的眼睛搜索着教堂庭院里的大房间里的墙壁，那里悬挂着布鲁桑德的前任的肖像画。一打神父、教区牧师及助理牧师从四面墙上正向下朝他凝视着，其中一些人眼含温和的警示目光，另外几个相对严厉一些，可是所有人都很坚决地规劝他——所有这些人的眼光都与他们的继任者的规劝相吻合：留在自己的家乡，让自己过得体体面面的！

"你没有被误导吧？你没有被错觉和幻觉误导吧？"

卡尔·奥斯卡停止了向左转动帽子，又将帽子向右旋转：这几乎像是一堂审讯。而当他离开家的时候他没有准备要通过什么审讯，然后才能拿到移居证明。他也许已经回答了这些问题。可是出于某些对他的坚信礼导师的尊敬，他按住了自己的话头。他知道神父不能忍受违拗，无论他说什么，神父都会翻转过来直到他正确为止。

布鲁桑德的额头紧皱：一个农庄主抛下自己的庄园移民去北美，这是灵魂被毁的一种新现象，它攻击了这个地区的农民并且腐蚀断了与神的纽带。这种疾病的最大的基础及原因是对第四戒律的不服从。这种不服从的后果还会使得那根最后的纽带——维系人民与珍贵的祖国之间的纽带的断裂。

"你的行为很容易变成你和他们因你而造成的不幸。所以我劝你。而你也应该相信，我是为你好。"

他认为神父先生从根本上来说是对的。

卡尔·奥斯卡一直觉得，他的灵魂看护人以其慈父般的真诚照料着自己教区里的住民的福祉，不管是神灵方面还是世俗方面的，即便时不时他会擅权。

神父继续说，因为被其自私及由人类低级的、肉体需求所驱使，那些人移居美国，于是就与上帝的训诫以及那种纯粹的路德教福音说教相抵触。自打他们离开瑞典时就已经高度体验及觉察到了。许多从北方来的人，从赫尔辛兰及达拉那来的人被引诱着成了魔鬼及谎言的工具，一个叫埃里克·杨松的农民瞎了眼似的移民北美。在路上他们患上了霍乱，这就是上帝的鞭刑：那些可怜的数以百计的人还没抵达他们选定的地区就病死了。上帝是一个强悍的报复者而霍乱则是他对于移民的惩罚。最近这一年，这个残酷的死刑悄悄传递着人们的不安并成了移民时的难题。

因为这些发生在邪教分子身上，人们感觉到了上帝对于出国移民的意见。

"你真诚地回答我,卡尔·奥斯卡。你是不是为了想要过得更好才往外移民的?"

卡尔·奥斯卡仍旧用双手转动着他的帽子。他横渡大海去北美可不是为了让这些在基督教问答课本上讲的纵欲、酗酒、淫荡及其他让人短命的东西来要了自己的命,他也没有想要过得如何阔绰。他可以真诚地说道:

"不不不,不是因为这个。不是神父先生想的那样。不是这样的。"

"我相信你说的话。"神父回答,"可是你受到不满足的灵魂的折磨。要不然你会在你祖先的家乡安宁地待着。此外你有没有为你要放弃的父母考虑过?你父亲可是个瘸子啊!"

"他们老两口有额外的保障。他们能过下去。"

"要是现在所有年轻的、能干活的都走了,留下那两个老的一瘸一拐地在教区里,谁去照料这些无依无靠的人呢?"

卡尔·奥斯卡沉默不语,帽子在他笨拙、僵硬的手上转动着:他没有很快弄明白。无论他说什么,神父都会怼回去,于是他又不对了。而他还被迫让教区牧师懂得他可以让他结束那些劝说的。即便主教也来帮忙劝说,他也不会改变主意,即便国王企图干预他,他也会毫不动摇的。此外,现在没有什么事可以改变他的主意。

他有点窘迫地说道:

"我已经把庄园卖了。我无事可做了。所以我可能必须把我的事情完成……"

布鲁桑德神父又坐回椅子上,朝后靠着高高的椅背;嘴唇紧抿,显现出一副严厉的表情。

这位科尔帕默恩的农庄主表面上看起来很平静且和善。可是这个男人明显具有一股公牛般的脾气。他所有的好心好意和实实在在的规劝并没有触及他：他时不时蹦出一两句话，其余时间一言不发，将自己坚定的主张埋在沉默里，无论是上帝的话还是他的灵魂看护者的规劝都无法触及。没有任何人类的力量可以将移居国外的古怪念头打消。现在他固执己见，又返回到自己来这儿的使命。他也许会打破人们对布道使命的尊敬，这一点儿也不是不可想象的事情。他表面温文尔雅，也许更像一条危险的狗。

可是神父已经完成了作为老师及灵魂护佑者的义务。他确信这个农庄主是个异类，谁也无法打消他去美国的念头。他非常确信，这个在国内到处出现的种田人移居国外的欲望，会像它们被迅速点燃一样迅速熄灭。20年过后这个国家的任何人都不会愿意移居到北美。

"给你，你的移居证明！"

沉默了几分钟。只听见写字台上鹅毛笔迅速在纸上滑动的声音。卡尔·奥斯卡往回退了一步，好像他想离开神父而不再更多打扰他办公的样子。

于是布鲁桑德坐在椅子上，转过身来，将移居证明递给农庄主：

"我曾给你进行了基督洗礼，也曾为你准备主的圣餐礼。你的孩子也是我给做的洗礼。现在我请求上帝保佑你和你的孩子在去往远方国度的路上一路平安！希望你不会对你的冒险决定后悔！"

卡尔·奥斯卡弯腰说道：

"谢谢，神父先生！"

布鲁桑德伸出自己的手：

"愿上帝赦免你！在告别时刻我们祖先是这样祝福的。"

"非常感谢，神父先生！"

于是卡尔·奥斯卡再次弯腰鞠躬，这一次要比以往任何一次向神父的鞠躬都要深：因为这也是他向教区牧师最后一次鞠躬。

然后布鲁桑德神父在教区记事本上写了几句话，这是以往从来没有给他自己教区里的人们写过的话，他记录道：科尔帕默恩的地主卡尔·奥斯卡·尼尔松于1850年3月28日为自己及家人请求颁发移居北美的证明。

而这本教区记事本的空白页处在他离去的日子记录下：

移居到北美

而在卡尔·奥斯卡名字的下方，将是他的一年又一年的追随者的一长串名字。

一个可以自由自在上路的农民

1

在《晴雨表》报纸上，几个教区里的农民一起拿着的报纸上，刊登着这个春天的一则一艘移民船消失了的告示：

由于出现不可抗拒的情况，现在必须向人们公布这个令人悲伤的事件：建于1835年的满载载荷为80莱斯特①的"贝蒂·卡特琳娜号"双桅帆船，在从苏德马尔姆港到纽约途中完全倾覆。该双桅帆船除了在苏德马尔姆装载了铁矿，还载了70名出国移民，他们将离开祖国到新世界去寻找一个不确定的登陆地点。"贝蒂·卡特琳娜号"双桅帆船去年4月15日途经奥勒松德海峡，而这天以后该船船东P.C.商行业大楼再也没有收到该船的任何消息。到今年快一整年后还没有得到一丁点儿关于此船命运的消息，于是就在9位船员各自的家乡宣布其死亡。该船船长叫安德斯·奥托·罗

---

① 莱斯特为古代瑞典计量单位。

宁。那些出国移民属于赫尔辛兰德的不同的市区，其中包括25名妇女和大约20个孩子。

这份报纸被村民传阅了，这些日子人们都在琢磨这件事。这份报纸甚至借给很多家里，给那些没有看到的人去看。伊德莫的贝尔塔拿着这份报纸到了科尔帕默恩，于是克里斯蒂娜可以看到关于那艘船的报道，这艘船大约要航行5个星期，可是过了50个星期还没有到达。"贝蒂·卡特琳娜号"双桅帆船的乘客没有抵达什么新大陆。他们移民到了大洋的底部。

当克里斯蒂娜那天晚上给自己3个小孩披被子的时候她的胸部还在疼："其中包括25名妇女和大约20个孩子……"她所有的旧忧愁又涌上心头并开始碾压她。孩子是上帝托付给她的——她不是一个很放得下的母亲，她会带着自己无助的小孩子坐一艘脆弱的船，然后去闯那个可怕的大海？她不担心自己的生命，但她有权去让自己的孩子去冒险吗？要是他们一起跟着沉入海底的话，那就是她把他们沉入了海底，而上帝会找她并在最后一天里跟她算账：你是怎么照看自己的孩子的？你把他们怎么啦？谁逼着你带着他们去海上的？难道没有人告诉你有危险吗？

在他们就要启程前恰恰传来的那艘消失的船的消息，该不会是上帝发出的最后警告吧？

卡尔·奥斯卡说，大部分人都会死在自己陆地的床上，然而人们还是会每晚躺在床上。也就只有那些傻瓜，才会被沉船事故吓着。而罗伯特也不害怕，他还没来得及变得足够老成，迄今还没有完全懂事。他好像完全是出于娱乐的目的，给他嫂子念了《自然学》中可怕的一章"关于大海的浪涛"：

> 由于海水是一个流动体，很容易活动，会随风而动；然后根据风力大小和海域的面积及深度而形成或大或小的浪头。在巨大风暴以及在巨大的海洋里一个接一个的海浪可以窜到30至40英尺高，然后浪头会以难以置信的力量往下冲击，粉碎一切它们碰到的东西。当这样的大浪打到一艘船时，它会折断粗大的桅杆，是的，会让船充满了水，于是船只瞬间沉没……

巨浪会比这个房子高三倍。"你想想，克里斯蒂娜！"罗伯特兴高采烈地说。

"你是想在我出发前鼓励我，我是这么理解的！"

于是她禁不住嘲笑起男孩来。他才不管会在他身上发生什么事呢。他只关心他可以自由自在地出去闯世界。可是他只对自己一条命负责。

克里斯蒂娜现在愿意一次又一次地跟卡尔·奥斯卡讲她的忧虑了。有一次她说，一切都随他的便，所以她没法收回自己的话了。他一度承担起了他们出国移居的责任，她表示要信任他。他是个有主见的人，并且很固执，也许她就是要一个能够掌控并为她决定一切的丈夫：有哪个女人会为一个软弱又犹豫不决、没有主见的男人效力呢？而所有长着与生俱来的尼尔斯大鼻子的都会像卡尔·奥斯卡一样勇敢无畏，也许还有点难以驾驭的男人，无法说服，不会退缩，也不会动摇。她所认识的所有男子中，卡尔·奥斯卡是最懂得她的需要的，也许这是她喜欢他的缘故。

克里斯蒂娜最近感到身体不太好，感到身体乏力且食欲也不太好。刚开始的时候她以为这种难受是出于对美国之行的不安。可是一天早晨她必须往后仰起身子才能从床上起身，于是她知道自己是怎么回事了：她以前就有这个毛病，一共生过四回。过程很清晰：每月一次出血，已经过了那个固定的时间了，乏力、没有食欲、不安以及情绪低落。于是最后的呕吐则让她最终确认了。一切都对上了，毫无疑问：她又怀孕了。

她曾经很害怕再次怀孕。她仍然在给最小的孩子喂奶，她继续给他喂奶也是出于一种隐含的动机：伊德莫的贝尔塔曾经告诉她，女人只要还在哺乳就不会怀孕。她每一个孩子都喂了三年，而每次停下一个月后就又开始怀上了：从来没有错过。这个地区的个别妇女，她们给自己孩子喂奶直到他们上学：当他们要吃食品袋里的东西的时候，就必须终止喝母乳并开始吃成人的食品。以前曾发生过这样的事情，一位母亲跟着自己的儿子和闺女到学校，就为了在课间给他们喂饭。可是那些孩子到了上学年龄还不愿断奶，他们宁愿显得智力低下；他们拽着自己母亲的裙子，永远是一如既往地饥饿，拿着一把椅子追她，为了让她坐下。

贝尔塔出的主意没有帮上克里斯蒂娜，老太太还跟她说，要是她在哺乳期还是怀上了孩子的话，那就怪卡尔·奥斯卡了：有些男人的种子非常强大，没有什么可以帮女人抵抗的办法。

最后一年有几次克里斯蒂娜曾困扰于一次可怕的诱惑，就是请求上帝让她避免再怀上孩子。当她把在地球上活了四年的安娜装进棺材时，这个念头第一次出现：她不愿意生的孩子会死掉。可是她成功地克制住了。她没有做祷告提那个罪恶的请求。当她知道她又创造了一个生命后,她现在知道了这有多么罪恶。

她得顺应上苍的决定。但迄今她还没有跟卡尔·奥斯卡提起过这件事。

2

在那些出国移民人员即将启程的前一晚,一个念头猛击克里斯蒂娜的脑海:什么事情也不要忘记!最后时刻她想起一件必须要带走的东西,可是以前她没有想过。她忘记了要带蜡烛及火柴棍,它们是要照明不可或缺的东西。孩子们需要一个小玩具可以在船上玩:给约翰带上他的陶制乐器,给她的小麦尔塔带上她用旧布做的娃娃,所有这些东西都不会占太多地方。这些天来第一次试着在地板上玩的最小的哈拉尔德,仍然只用这种方式对待他的玩具,就是拆着玩,于是他不得不没得玩。然而真正让她痛苦的是想起铜制三角咖啡壶,这是她父母给她的结婚礼物——以前她为什么没有想起来呢?现在她找不到任何其他可以储藏的空间放它了。那个用床单做成的袋子,它的另一头还没有缝上。她把手伸进袋子里,抓住了一双童鞋,一双已经磨破的靴子。那是安娜的靴子!这是她得到的第一双,也是最后一双皮靴子。

克里斯蒂娜手里抓着那双小靴子,吃惊地站着那儿。其他孩子都没法穿了,太破旧了,就是缝补匠也几乎缝不起来。而且她记得很清楚,她已经把它们扔了。卡尔·奥斯卡又把它们捡回来装进了将随他们到美国的袋子里……

女孩刚学会走路，就一直要跟着自己的父亲，女孩经常穿着那双靴子领着他，穿着那双靴子她在他身边走了很长的路。而今天它们在袋子里的现身，好像是要告诉克里斯蒂娜她丈夫心里某些新念头。

克里斯蒂娜眼睛好像受到猛烈的一击。她小心地将靴子放回袋子里。

然后她将咖啡壶塞了进去，于是袋子鼓得变了形：它竖在地板那儿，就像驼背一样。

美国箱子锁好了，还用那些粗绳捆起来，这样它们可以从外边抓住并且已经在门厅外放好。在箱子正前方，卡尔·奥斯卡用红粉笔写上箱子主人的名字及居住地——上面用鲜艳的红色字母写着：

农庄主：卡尔·奥斯卡·尼尔松，北美。

现在这只箱子不会和其他任何箱子混淆了。

桌上还放着《圣经》、《赞美诗集》和日历本，这些书都是要带走的，它们将被放进袋里，因为它们要在旅行途中使用。

卡尔·奥斯卡走进屋里，他在村里待了一会儿去取自己的大靴子，这是鞋匠给他定做的，要等到最后一刻才能完工；鬼才知道美国人脚上穿什么样的鞋，可保险起见他愿意在家乡定制一双橡皮鞣革牛皮靴子，它是一种带有纹路的、最坚固的好皮质。靴子的帮齐膝高，可以在任何天气和所有路面上行走。而在美国荒野艰难的路面，要是人们不耽误行程的话，脚上也许需要配一双比较好的鞋子。

他穿着那双新靴子在地板上走了几步，这样克里斯蒂娜可以羡慕和夸赞一下他的新靴子。它们被擦得锃光瓦亮，鞋跟还钉上了粗壮的铁铆钉。穿上这样的靴子登陆美国的话，他一定不用感到害羞了。这样的靴子足够他在美国人面前显摆了，他估计。

可是那个不负责任的鞋匠几乎骗了他。

克里斯蒂娜正在刷他的行路装，这是他明天一早要穿在身上的。她已经让孩子们躺下了，他们刚刚洗完澡并且梳过头，穿上新的干净睡衣睡着了。约翰和小麦尔塔知道他们明天要去坐马车，要走很长的路，可是母亲的心在疼，当她想到他们还不知道的事情：他们一点都不知道父母现在要带他们走的路有多长。要等多久那两个小孩才能在一个有屋顶的家里安宁地睡觉。

今天晚上她应该和奥斯卡好好聊一聊——在他们开始自己的行程前他应该知道，还有一个生命正在走向人间的旅途中：

"我必须告诉你：我现在又有了！"

刚开始他看上去很蒙，然后开始有点将信将疑。在他来得及回答前，她保证她没有被假象所欺骗：他们又有了一个小生命。他可以相信了。

"是吗？"

卡尔·奥斯卡环顾四周，看看这个四壁空空、明天他们将永远离开的家。终于一切都安排妥当了，那些冗长而困难的准备工作终于完成了，今天晚上他还穿上了自己的新靴子，这是他一直担心的事情，等所有这一切都弄妥帖后他感到异常平静。于是他听到了这个新闻，这可是他一点儿也没有准备的。

于是他不紧不慢地说道：

"不会来得更不合时宜了吗?"

"你说什么?"

"我想说。现在这个时候怀上有点不太合适。"

她火一下子蹿起来而且抬高了嗓门儿:

"我不能怀上孩子,这样就对你合适了!"

"可是亲爱的,不要这么说嘛……"

"那你到底是什么意思?这是不是只是我的错?是我又怀上孩子了?"

"我可没这么说过。"

"可是你说我怀的不是时候,你能否认吗?难道你没有错吗?"

"也许不是你比我要的更多?难道不是你让我处于这样的境地吗?你自己不也是不合时宜吗?"

"克里斯蒂娜!你这是怎么了?爸和妈都在里面,他们能听见你的声音!"

妻子的突然发怒让他确信这远非她怀孕那么简单。在她怀孕期间她会尖酸刻薄并且容易激怒,会为一句她以为是侮辱的话而蹿火。

"该不会是我把你惹恼了吧?"

她的眼睛里满是怒火,她的脸颊通红:

"这听起来你好像在指责我!好像是我独自一个人造成的!而我比你要的还少些!你自己就该感觉到的!如果你有哪怕一天、一个小时,感受到像我一样难受的话……"

她把手臂垫着自己的上半身,伏在厨房的台子上大哭起来。

卡尔·奥斯卡手足无措地站在那儿。他不能理解妻子的行为。他的火也上来了。可是他必须保持理智,他没有责怪什么不合时宜。而克里斯蒂娜被所有出行的事务搞得过于操劳了。

他握住她的肩膀笨拙地抚摸她：他显然说了一些考虑不周的话，而她把它往最坏处想了。他很懊悔说那些话。可是他并没有恶意。他并没有想回避她怀孕这件事当中自己的那份责任。她怎么会把他想得那么愚蠢呢？他一点责怪她的意思都没有。他只是想说她在他们就要出发前怀孕是个意外，这会让她承受更多的艰难。而当他们刚到一个陌生的国家，她就又要躺着生孩子了。这也不太好。

"你害怕，我会成为你的累赘。"她抽泣着说道。

"我可从没有这么说过。我只是担心再怀上孩子会让你更辛苦……"

这是在怀孕后头一个月，她感到难受而且脾气容易被激怒。这个艰难的时刻，有时很不容易让她满意，尤其是自己快要坐船的时候。可是他做得非常明智，他没有透露出自己的任何烦恼。

他握住了她有点抵触并且没有任何反响的手。他却把她的手紧紧抓住然后继续说：

现在就是这个样子，他们之中谁也无法弥补这件事。而当他们之间再也没有什么可以责怪的时候，就可以相互抓着自己的手了吗？当他们就要远航并到一个新的地方定居的时候，他们不得不相互忠实地抱在一起，否则他们永远都无法成功。要是他们互相争吵而且意见不一致的话，自己就会毁了。要是他们怨恨对方并且相互较劲的话，只会伤着自己和孩子们。他们会毁了自己的好心情及劳动兴趣，而正是现在这个时候，他们要比往常更需要一种强大而无畏的精神。他们难道不应该就在今晚，这最后一个晚上在家里达成一致并且抱团吗？她还像以往一样做他的好朋友——难道她不愿意吗？

"你应该能够理解，我愿意的，可是……"

她呜咽起来，刚哭过后开始抽噎。

"可是，你要怎样才……"

"卡尔·奥斯卡……你明白……我身体不好……"

"我当然知道……"

"你得跟我好好讲话……"

"我不会跟你说狠话的，克里斯蒂娜。"

"你能跟我发誓吗？"

克里斯蒂娜开始镇静下来：她刚才对他是有点不公平，她自己也是有点过了。可是他说了那些恼人的话：不会来得更不合时宜了吗！这句话出自他口中，而他一定是有所指的。他不会是说，她怀上孩子的事毁了这趟行程吧？好像是她千方百计地想办法，就是为了再次怀上孩子。而正好相反，他总是先到床上准备干那事……可也许是她误解了他。可是她仍然很难忘掉那几个讨厌的词。

可是她也记得，大部分时候他对她都是很好的。就如她第一次怀上孩子那样：她肤色发生了改变，脸上长了很难看的、棕色的斑。她在镜子里看到后非常惊恐，觉得自己看上去像一个老奶奶，尽管她还是一个姑娘，才刚过完19岁生日。她跑出去躲人，尤其是要躲开卡尔·奥斯卡。她没想到结婚后会变得这么难看。她向她母亲抱怨，母亲只是不停地嘲笑她：脸上长了棕色的斑有啥可伤心的？它们很快就会消失的。而谁也没有像卡尔·奥斯卡那样，他安慰她说，在他眼里，她脸上的斑块没有让她变得难看。相反，他还因为有这些斑块而高兴！因为她有了这些斑块后就可以生孩子了，因为她跟他在一起所以可以生孩子了，而她跟他在一起是因为她喜欢他。对于卡尔·奥斯卡来说，她脸上那些丑陋的棕色斑块恰恰是她喜欢他的证明。他除了高兴还会怎样呢……

她永远也不会忘记他跟她说起那事的那次。而现在她又要准备迎接那些即将毁坏她脸部皮肤的棕色斑块了。她知道要不然的话她长着相当姣好的脸，也许还很漂亮，她的脸颊鼓得刚刚好，皮肤白皙。可是它的美丽仅存续了很短时间，就在怀孕间隔的那段时期。克里斯蒂娜紧紧地抓住丈夫的手指：

"卡尔·奥斯卡，我要当你的朋友……永远当你的朋友……"

"那我们又一致啦？"

"是的，你说的是对的：我们必须好好在一起！任何事情都无法把我们分开！"

于是她很快起身忙上了。她怎么可以像今晚那样花大把时间坐在那里哭泣，她还有一大堆事要安排呢，它们都是没办法推到明天早晨去做的，难道会有一件这样的事吗？现在她必须抓紧时间，犹如要下油锅一样：要给约翰的新毛衣钉纽扣，现在还缺着呢，她必须把它缝牢了，刚洗好的小麦尔塔的亚麻布要补好还要熨烫，她自己的亚麻布也没有熨烫，卡尔·奥斯卡明天要穿的衬衫——然后还有这个那个的事情，今晚她像个疯女人一般，静悄悄地这样坐着忙碌着……

卡尔·奥斯卡很快相信了这个念头，过七八个月，他的家又要添丁了。

他说，其实他们非常幸运，因为他们骗了船东，他们的第四个孩子跟着他们上了这艘船而没有交一个子儿!还有什么办法可以阻挡这个移民呢?他真是聪明极了,可以让自己免费乘船抵达美国!

克里斯蒂娜这时爆发出大笑。她刚刚哭过,可是现在她大笑着去做她要去这个国家前的最后一些事,她和卡尔·奥斯卡将在那儿再次搭建起自己的窝。

最早的出国移民

来自尤德尔教区,1850年4月4日离开家乡。
卡尔·奥斯卡·尼尔松,农庄主,27岁。
克里斯蒂娜·约翰斯多特,他的妻子,25岁。
他们的孩子:
约翰,4岁。
麦尔塔,3岁。
哈拉尔德,1岁。
罗伯特·尼尔松,长工。
丹尼尔·安德里亚松,农庄主,46岁。
尹佳·列娜,他的妻子,40岁。
他们的孩子:
斯文,14岁。
奥洛夫,11岁。
菲娜,7岁。
爱娃,5个月。
阿尔维德·彼德松,他们的长工,25岁。
韦斯特尤尔的未婚的乌尔丽卡,无固定职业,37岁。
艾琳,她的女儿,16岁。
尤纳斯·彼得·阿尔布雷克松,农庄主,48岁。

最早一批移民

他们为什么要出国移民

卡尔·奥斯卡·尼尔松：

我寻觅一个国家，那里我可以用劳动帮助我和我的家人。

克里斯蒂娜：

我跟随我的丈夫，但是我犹豫不决并且有一半的后悔。

罗伯特·尼尔松：

我不想还有几个主人在我头上作威作福。

丹尼尔·安德里亚松：

我想在12使徒的上帝所指示我的国度自由自在地

信仰。

尹佳·列娜：

你去哪里，我也愿意去哪里；你在哪里死去，我也在哪里死去；我也愿意在那里埋葬。

阿尔维德·彼德松：

我不想再当"纽巴肯的公牛"。

韦斯特尤尔的未婚的乌尔丽卡：

瑞典，这个魔鬼巢穴！

艾琳：

我的母亲跟我说过……

海斯特溪的尤纳斯·彼得：

我不再能忍受与我老婆布丽塔·丝塔瓦一起过日子了。无论今后发生什么事情，我都认了。

通往美国的大门都敞开着

1

他们在一个星期四（瑞典语托斯日）出发了，这个日子是精挑细选的。托斯——这个拿着锤子的古瑞典神灵曾是一个很强大的神，这是祖先所相信的，而进入基督教时期后很长时间，直到今天，他还通过星期四这天的命名，保留下其对于开启一项新事业的良好及幸运日的名声。此外，这天还是新月，这对于出国的移民来说也是一个好兆头。

将近一千年过去后，这个地方的人们才成群结队地向西跨海出发。而即便上次那些被引诱着离开的男人也在路上带着锋利的工具。这是祖先们置备并带上的。而这一次这些铁器装在了箱子底部，譬如工具，斧子和钻子、锤子和刨子。而这一次人们上路是为了其他事情。

卡尔·奥斯卡从奥克比村的教堂管家那里租了辆双马车外加一个很大的平板车，而这个人的长工在太阳升起前一刻赶着马车来了。两兄弟及赶马车的人帮着装车：美国箱子非常沉重，三个男人费了九牛二虎之力才装上马车。

与留下来的人的告别没有花很长时间。妹妹莉迪亚被准假回家跟自己的兄弟告别。卡尔·奥斯卡与她单独聊了很长时间,他请求她在未来的日子里,等他们的父母年老无法自理的时候照顾好他们;他会感激她的。麦尔塔与自己的孙子孙女挨个儿拥抱,说道:"上帝会保佑你们的,你们这些小可怜!"儿子们抓着父母的手,有点难为情,几近害羞,就像不听话却羞于请求原谅的小男孩一般。他们之中任何人都没有提及任何想回来的事。现在卡尔·奥斯卡试着挤出一点笑容:等他在美国挣够了钱,会回来买下克鲁克斯湖庄园,他还会给妹妹莉迪亚买下科尔帕默恩的庄园。所有人都把这话当玩笑,尽管谁也没有笑出来。尼尔斯和麦尔塔知道,这个让人激动的4月早晨是他们此生最后一次见到自己的儿子们。

克里斯蒂娜几天前就已经回自己的娘家和她父母告别了。然而她在那里并没有哭泣,可是在返回的路上她开始哭,她记起母亲跟她说的道别话:"不要忘了,我亲爱的女儿,我要和你在上帝那儿见面!"

他们拥有的一切都在平板车上。物品堆得又高又满,两个大袋子放在货物最上面。现在它已经高得快到房顶了,可卡尔·奥斯卡觉得他们还可以再装些东西。

尼尔斯和麦尔塔走到门廊。

"出大门时小心点儿!"尼尔斯跟赶车的长工说道。

这是他的儿子们离开时听到的最后一句话。而这个提醒并不是可有可无的:这个门洞对于那个宽宽的车身来说太窄了,马车的横杆撞在其中一个柱子上,装满货物的双马车几乎出不来。

"家里一切都太拥挤了。"罗伯特说道。

卡尔·奥斯卡在前面驾车人旁边坐着,把约翰放在自己的膝盖上。克里斯蒂娜自后面和两个最小的孩子在一起，虽然天还很早，可他们已经完全醒了，眼睛睁得大大的，而罗伯特则在马车后面的草料袋上坐着。

在外面的路上，卡尔·奥斯卡最后一次朝木屋看去：在门廊里他的父亲和母亲还在那儿默默地看着他们远去，父亲佝偻着朝前倾着，高大的母亲挺直腰板，紧挨着他在一边。一边是正向远方离去的年轻人，一边是两个站着留下来的老人。儿子看到父母在门廊里一动不动地站着。这时他们站在门廊里，眼睛追着马车，静静地、一动不动地，像粘在地上的死的东西一般，犹如一对地上的高石头，或是森林里一对深深扎根于土地的树桩。就像他们一直要用这样的姿势停留下去似的。于是卡尔·奥斯卡在这个早晨于半迷雾中所看到的情景始终会出现在他的记忆中：父亲和母亲，相依着静静地在门廊站着，看着马车穿过大门上路，一分钟后消失在拐弯处的灌木丛中。他一直在回忆中设想父母在那个地方的姿势。多少年过去了他依稀记得他们还相依地站在那儿，就像放在那儿的死的、不会动的东西，像一对人形石头。

克里斯蒂娜没有向卡尔·奥斯卡提起，她碰巧听到几句话，是父亲尼尔斯说的：我去门廊看着我儿子们出殡。

2

今年的春天来得晚一些，地面还很干硬。夜里地面冻结过，而4月的早晨还很寒冷。天阴沉沉的，日头还不太长。马车载的货物很沉，但是在冻结的坚硬路面上轮子转得飞快。罗伯特在后面爬到高高的草料袋上坐着，在他下面前方，马脖子上的毛在前后晃动犹如被风吹过的年轻桦树一般。马匹肌肉强劲的脖子以缓慢且稳定的节奏上下起伏，耀眼的、毛乎乎的马腿奔跑起来如同浪花在涌动。而那些锋利的马铁掌与路上的石头撞击出火花。这可不是不慌不忙的磨坊拖车，也不是运木材的货车，更不是礼拜天令人沮丧的教堂拖车。今天他终于坐上了冒险之旅的马车。

他们坐车经过了纽巴肯，而当马车快速离开庄园的最后一段路后，罗伯特开始吹口哨。他再也克制不住了，而他的哥嫂啥也没有说。

当他们经过教堂庄园时罗伯特又开始吹一段曲子。他琢磨这会不会被认为是对上帝不恭。他没有取出他的牧师证明，于是他脑海里响起第二年家庭查访时神父叫他名字的声音：阿克塞尔·罗伯特·尼尔松长工，自1850年起音信全无。于是神父写道：居住地不详。过了10年、20年后还是这么记载：居住地不详。

每次到一扇大门，罗伯特都会跳下来把大门打开。在他们抵达奥克比的岔路口时，他已经打开了5扇大门。他仔细算过，一路上他都要当门童，他要计算去往美国的所有大门。

今年的草场地的大门还没有悬起来，因为牲口还没有被放到草场去吃草。可是他把被平整过的地都算作通往美国路上的门洞。要是他晚一个月出国，那些大门还会关着。

小麦尔塔和哈拉尔德在马车摇晃下都靠在妈妈的膝盖上睡着了。约翰用一根空秸秆和赶马车的农夫玩，还向马匹大喊大叫。卡尔·奥斯卡和克里斯蒂娜严肃地坐着；在经过某个著名的景点时，他们会朝两边投去踌躇的一瞥：这个有洗澡地方的洼地我们是最后一次经过，这块春天长着铃兰的草坡我们再也见不到了。我们要记住这些地方的样子。我们最好牢记它们，因为它们一度属于我们的青春。

这些出国移民的人说好要在奥克比的岔路口会面，而其他马车已经在约会地点等着了。谢拉耶尔德的丹尼尔从克鲁克斯湖那边雇用了一辆双马车。他的负担也很重：妻子、4个孩子和韦斯特尤尔的乌尔丽卡。海斯特溪的尤纳斯·彼得驾着自己的单马马车，他的长工也跟着过来了，他要把马车从卡尔斯港赶回家。谢拉耶尔德来的两个在丹尼尔那儿没有坐的地方的人，坐上了尤纳斯·彼得的车，他们是阿尔维德和艾琳，乌尔丽卡的女儿。

科尔帕默恩的马车也被4个成年人压得够呛，所以尤纳斯·彼得觉得应该减轻一下。罗伯特得以转移到他的马车上，他坐在前座，夹在赶车农夫及艾琳之间。阿尔维德现在坐在他后面，跟尤纳斯·彼得的长工紧挨着，而他用一个大大的咧嘴笑来欢迎罗伯特：他们在一起的时候发生了那些事情，让两个纽巴肯的长工结伴去新世界。他们在那些晚上在阿隆的马厩里躺着一起抓虱子，要不然今天就不会实现他们为自己描绘的事情了：他们没有偷偷钻进木材运输车，而且在路上也不孤单。

这是一个19人的团体，这个早晨，他们在奥克比的岔路口聚集在一起。三个马车夫将在卡尔斯港返回。出国移民总共16人，9个成年人和7个孩子。他们合在一起正好是一个大家庭，尤纳斯·彼得在数人数时说。但现在谁来当这个大家庭的家长呢？

所有人都向卡尔·奥斯卡望去说，要不让他为大家当领头人吧，他是三个农庄主中最年轻的？

"你岁数最大，尤纳斯·彼得！"

"可你是最早发起这趟行程的,卡尔·奥斯卡。我是最后才加入的。"

于是几个赶车农夫启程前往布莱金厄的边境。尤纳斯·彼得在头车,因为他对路最熟悉,而罗伯特继续跳下车去开篱笆门。沙漠之间有一段路他们赶得非常缓慢,他们自己走路,因为要节省马力,他们才有劲走完漫长的80公里路程,抵达卡尔斯港。在陡峭的下坡处,人们跟马车分开,这样马可以有地方躲开。

当克里斯蒂娜看到三辆马车并排走在一起的时候,她想起公公一早对离家的儿子们说过的话:这是真的,他们的行程跟出殡很相似,是一个小规模的。可是当女儿安娜埋葬的时候还没有多过三辆马车呢。

现在她宁愿忘掉公公尼尔斯在苦涩的告别时碰巧说的话,他也没想让任何人听到它。每个人都在等待某个地方的一个坟墓,在地球上的一个斑点,某一天会打开,放入他的躯体。也可以这么说,那些活着的人的每一刻都在走向那个地方——所有人的人生之路都仅仅是一段漫长的出殡之路。

也许某人或几个人会结伴再回到家乡,谁知道呢?克里斯蒂娜估计他们之中绝大多数都不想再回家乡。然而其中不包括卡尔·奥斯卡,他曾悄悄地表示希望可以返回一次。他们自然希望有朝一日成为不愁吃喝的大款,而不是像可怜的暴发户。然而最可信的是,这群人中任何人都不会再次走上这条路。

罗伯特继续打开那些以前从未见过的篱笆门。马车离开了他熟悉的那些路,进入陌生的地区。他们驶过一个又一个庄园,而他询问尤纳斯·彼得:这个庄园叫什么,那个叫什么？他们驶离一个教堂，它有一个比家乡的教堂高得多的尖顶。他们遇见完全陌生的人们，这些人面无表情地跟他们打了招呼然后转身站在那儿长时间地看那三辆马车。那些陌生人大嚷大叫着盯着他们看，感觉他们好像不是好人。这里来了一些好看的东西：三辆装满人和堆得天高的箱子、盒子、篮子、袋子、包裹及一些杂物的运输马车。遇到这些马车的人琢磨着，今天这些人到底要上哪儿去呢。

"他们以为我们是鞑靼侍从。"尤纳斯·彼得说。这些货物像极了鞑靼人的随身货物。

可是他们外表看起来并不像鞑靼人，罗伯特说。男人和女人都长得很高大，头发和肤色也很白，鞑靼人一般都很矮小并且很黑。所有人都穿戴整齐，衣服都洗得干干净净的，鞑靼人则穿着破破烂烂的脏衣服。他们在路上静悄悄的，也不是醉醺醺的，鞑靼人则过得很糟糕，他们往往会大嚷大叫并且醉醺醺的、野蛮而不受约束。现在他们被当作这样的贱民，这惹恼了罗伯特。他想向所有遇到的盯着他们的人喊：你们不要以为我们是什么鞑靼人！我们是精致而神圣的一群人！我们是出国移民，这是出国移民的随身货物！我们要去一个国家，那里没有坏人，那里我们永远不需要碰到任何贱民！不要站在那儿盯着我们！套上马具跟我们一起去大海，上那艘等着我们的船！

但是他转而又想：要是他告诉那些碰到的人这群人所有的事情的话，也许他们不愿跟他们一起走了。他们所有在马车上坐着的人并不是在家乡待得下去的人。在他背后的阿尔维德怎么样？他是如此封闭，除了丹尼尔，教区里没有人愿意雇他做长工。而丹尼尔自己呢？几乎所有人都会因他离开教区而感到高兴并且心怀感激。神父是那个最高兴的人,而省府官员也不会感到沮丧。至于韦斯特尤尔的乌尔丽卡呢?所有正派的妇女都因她离开了这个地方而感谢上帝。而他自己呢?省府官员罗纳格伦肯定对他永远离开这个地方高兴坏了,他给地方当局添了多少麻烦——这些长工无赖,他一直得出去四处寻找!除了父母还有妹妹莉迪亚,家乡那边也许没有任何人会想念他。

也没有任何人会想念与他一起出行的其他人。也许未来会有一次,也许50年后的这一天,人们甚至会举行一个庆典来纪念家乡摆脱了在去往美国的途中被当作鞑靼人的这伙人。

3

罗伯特偷偷斜睨着那个坐在他边上的女孩。他以前没有这么近距离地看过乌尔丽卡的女儿。艾琳个子不高,长得很苗条,她的乳房已经隆起,很快就要成为女人了。她的头发很长,已经披到了肩膀上,像成熟的谷子那样绽放着金色的光彩。一双黑蓝色的大眼睛闪闪发光,就像黑刺李莓果一般,非常精致。非常遗憾,她的母亲是鸢鹰、教区里最大的妓女。

尤纳斯·彼得身背很宽,于是坐在前面的三个人就变得很拥挤。好在艾琳很苗条,罗伯特说,否则的话他就不得不到边上去了。自打男孩这么说后,女孩试图想尽一切办法让出地方。每次由于碰到某个石块车身发生摇晃,她的身体更紧密地靠向他,于是他感觉到了她的臀部靠向他自己,柔软又娇嫩,犹如一只小牛或一只羊那样柔软的大腿。罗伯特从来没这么近距离地接近过女孩。

艾琳什么话也没说，她有点害羞和胆怯。也许她有点害怕尤纳斯·彼得，也许是害怕坐在背后的阿尔维德：她或许已经听说过"纽巴肯的公牛"。她只有16岁，还不太懂事，可是这点理解力她还是有的，她该不会对他本人感到害怕吧？

罗伯特又试着说道：

"谁也不会把你当作鞑靼小姑娘的！"

女孩现在还是没有回答，而尤纳斯·彼得用胳膊肘在罗伯特一边顶了一下，他想示意他沉默。过了一会儿，驾马车的农夫要在路边休息一下，于是当他们一起在路边站着的时候，罗伯特得到了尤纳斯为啥要用胳膊肘顶他的解释：谁也不确定艾琳的父亲是哪个人，也许她母亲自己也不清楚这事。可是有一个肯定的谣传：她父亲正是一个鞑靼人。

罗伯特非常惊讶，于是他在很长一段时间里一言不发。

乌尔丽卡的女儿穿着一件黑色连衣裙，它曾经是尹佳·列娜的，因为太紧才送给了她。她在膝盖上放了一只篮子。她用自己纤细的、露出蓝色静脉的手紧紧抓住篮子的提手，好像生怕有人会把它从她那儿抢走似的。这只篮子对于如此漫长的旅程来说有点小。这是一只小篮子，去郊外采摘野草莓和蓝莓比较合适。去外面闯世界的话带不了太多东西。可是这个可怜的女孩也不需要太大的存储空间，所有她想带的东西都装在了那个小篮子里。

艾琳属于奥吉安主义者，而乌尔丽卡已经允许丹尼尔给她进行坚信礼。母亲由于在谢拉耶尔德参加了非法的圣餐而被拘留吃了几天牢饭，可是由于艾琳尚未成年，所以逃脱了惩罚。

她的父亲是一个鞑靼人吗？不过女孩决定不了他是什么人，她又没有把他引到她母亲的床边，而她也决定不了她母亲是谁。罗伯特很可怜她并且愿意对她好。现在他们要这样结伴走很长时间的路，也许他们会这么结伴几个月时间。可是他们不能一路上就这样一言不发地坐着到美国。他们必须相互交谈，她也必须讲话。他没有和女孩打交道的经验，几乎从没有摸过女孩的手。人们要怎么说才能让人回答呢？

他们的马车经过一个巨大的灰色主建筑，它建在高高的山包上，于是尤纳斯·彼得用鞭子指着：那个上面有一个加尔塔山包。那儿住着洛塔·安德斯多特，她穷尽一生对自己的第一任丈夫做着这样残酷的事情。

现在这个农庄主可能又进入了自己旧思绪的轨道，罗伯特猜对了。

是的，尤纳斯·彼得继续道，听说加尔塔山包的农庄主无法让自己的妻子在婚床上获得真正的满足；他的妻子是那种无论他如何努力去迎合她都无法让她满足的女人，甚至世上所有男子都不能让她彻底满意，这时她要把自己的丈夫彻底换成一个强壮的、床上功夫很强的老兵。而这个老兵被那个诺言引诱，也就是他可以成为加尔塔山包的农庄主。一天夜里，当她丈夫躺下睡得最沉的时候，洛塔·安德斯多特找来一根5英寸的粗钉子和一把锤子，她用锤子将这根钉子直接钉进了沉睡中的丈夫的头顶，他再也没有醒过来，除非他现在在天堂或者在地狱里醒过来。当然从头颅的那个洞里喷出了一些脑浆、血液还有其他东西，可是这个女谋杀者都擦干净了，而那根钉子头正好被那个男人的头发盖住了。

于是妻子说她丈夫死于中风急症，而人们也知道，他最近几年有点乏力。人们为他举行了一个隆重的葬礼，寡妇显得非常悲伤，哭得死去活来，人们见证了她在坟墓旁是如何绝望。没有任何人怀疑发生过什么罪行。

守寡一年后，洛塔和那个老兵结了婚。过了10年的夫妻生活，他也跟着去世了，这次比上一次要更自然些：是由于床上性生活太过了，有人确信地说。加尔塔山包的妻子又成了同样挑剔的女人。在她正准备得到第三个男子的路上，他有点怕她，在还没有太晚的时候后悔了。他听说加尔塔的寡妇是几乎跟男子一样强壮的婆娘，她既有男性的性器官又有女性的性器官。但是谁也无法证实这一点。

经过两次婚姻后，她现在在院子里坐着度过她的余生。

第一任丈夫突然离世30年后的一个风和日丽的日子，盗墓贼挖开了教堂墓地的一座新坟。当他挖掘的时候，铲子起出了一个头颅。这时他并不关注一个死人头颅的大小，更像是秋天时收土豆的人专注于收土豆，因为人头颅和人骨头在教堂墓地里就像土豆在田里一样稠密。可是这个头颅有点古怪。有一根又长又粗的红色锈蚀的钉子插在里面并发出嘎嘎的声响。盗墓贼拿上这个旧货到神父那里，他指出了发现这个头颅的地方，于是神父拿出自己的书并查询谁曾被埋葬在这儿。然后他用一块黑布把头颅包起来，用胳膊夹着它径直骑马到加尔塔山包。他见了在家里的寡妇，给了她手里的包裹，然后说："你第一任丈夫回来了。他想跟你谈谈自己头上的钉子的事情。然后你可以来我这儿谈谈你可怜的灵魂！"

然后神父骑马回家了。第二天寡妇洛塔·安德斯多特来到神父那里并承认了自己的罪孽，同一天晚上她在庄园的牛奶房里上吊自杀了。

"就是上面那个灰房子。"尤纳斯·彼得结束道。

所有人都朝院子望去。尤纳斯·彼得知道百多年来孔佳郡的妻子对自己丈夫所有罪行和残酷的事情，可是罗伯特认为他不应该在一个女孩在场的时候讲这些事情。艾琳始终朝前方直直地望着，好像什么也没听到一般。尤纳斯·彼得也许认为鸢鹰的女儿一定是实心的。

在女孩额头上围着的纱巾下方，她的眼睛可以朝任何方向看去，以至于罗伯特不知道她在看哪儿。她让人觉得不是那么好相处。于是他朝她调转半个身子，并开始和坐在后面的阿尔维德说话：到卡尔斯港他想买一本书，这样他就能够学说美国话了。他一定能在登岸前就学会。

这话是特意让艾琳听的。她的眼睛第一次从纱巾下面露了出来。于是她更近地瞧着靠在身边的年轻人。

他马上看回去：

"你可以从我这儿借这本书，如果你愿意的话。"

"我不需要。"她答道。

"你还不会讲英语吧？"

"还不会。我要到美国之后才会。"

"你以为只要一登岸很快就会讲英语吗？"

"当然啦。"

"不会吧？"

"我不需要学语言。反正等我们到了之后我就会的。"女孩很肯定地说道。

"谁跟你这么说的？"

"当然是丹尼尔叔叔咯。"

而现在她的眼睛看着他,露出明晰而坚定的眼神:丹尼尔曾跟他们讲,在基督那里重生的所有人一踏上美国,马上就会讲英语。

罗伯特坐在那儿惊讶万分:从她的一言一行来看,她对这个许诺深信不疑。

艾琳继续说,丹尼尔已经让他们知道,他们不必对那个陌生的语言感到担心。在登岸时,那个神圣的神会降临到所有忠实于他的人,就像在第一个圣灵降临节在使徒身上发生的那样。然后他们就会无障碍地说并听懂那个国家讲的语言。

"当然了,你自己必须学这种语言。"她补充道,"因为你还没有活在神那里。而我们其他人不需要这么做。"

"可这会是真的吗?"

"你以为丹尼尔叔叔会撒谎吗?"她有点吃惊,"或者你以为我会撒谎?"

"没有!不,显然不会。可是……"

他很不愿意跟艾琳反着来,现在他们才刚刚开始交谈。他宁愿同意她说的一切。可是在丹尼尔的许诺面前,他实在无法完全掩盖自己的怀疑。

"我以前从没听说过那个降临。"他辩解道,"所以我有点吃惊。"

"你从来没有读到过使徒的事迹吗?"她几近怜悯地问道。

"当然,当然,我读到过……"

"要是你不相信丹尼尔的话,可以读一下第二章圣灵降临日。可是他从没跟我们撒过谎。"

"……那你是认为,你不需要任何英语书吗?"

"是的，是这样的。"

"可是我没有听说这个，所以才会疑惑。"

阿尔维德也吃惊地听乌尔丽卡的女儿讲的这番话。他没有迷恋于丹尼尔的信仰，可是这个农庄主认为他对自己的长工充满期望，这对于让他有一个美丽的一天已经足矣。而现在他听到的关于奥吉安人会比其他人在美国语言方面更有优势的话，让他陷入深思。

他们的马车正往一个又长又陡的山坡驶去，而男人们为了让马匹省点劲儿都下了车。阿尔维德问罗伯特："你对那个女孩说的话怎么看？那些奥吉安人只要一到美国就会讲流利的美国话吗？"

"我只有亲自听到后才会相信！"罗伯特坚定地说。

"听起来是绝对肯定的。"

她说的是真的，罗伯特同意道，《圣经》上载有圣灵一度向使徒们兑现承诺，这样他们可以讲新的语言。可是它上面并没有说他们在圣灵降临节那天也讲英语。此外英语在使徒时期还没有发明，这几乎是肯定的。所以到现在还没有谁知道，那个神圣的圣灵会教某人讲英语。

天气变得有点冷，北风开始刮起来。凛冽的风犹如硬刷子一般刷着脸上的皮肤。阿尔维德在寒冷的冬季经营木材运输时得上的那些旧冻疮开始变红并被揭开，渗出了脓水。那些马匹冒出汗沫并且粘在马匹的胸部上面，像厚厚的结痂一样。稀疏的、硬硬的雪珠从天而降，像洒落的米粒。这些移民一个又一个小时、10公里又10公里地静静坐在马车上，而寒冷已开始钻进他们的身体。

他们来得及跨过另外一个区域的边界，这在过去属于丹麦的地界。到这个时候，边界两边的民众仍存在着仇恨，尤纳斯·彼得说。当斯莫兰人带着他们的行李驶过的时候被这些拿着刀的思维敏捷的布莱金厄人骚扰,因为他们属于另一个人种。而那些穿着麻布衣服的女人比遥远的北方女人更加狂热。

这些移民的马车驶过人烟荒芜的区域。他们驶过一片长着高大的柚木的树林,那里的一切都显得那么荒凉、死寂。它被称作蛇林,尤纳斯·彼得说。因为那里的乱石堆里盘着蝮蛇。而在这里南边的省份,蝮蛇毒性更大。当斯莫兰人带着自己的货物来到这条路的时候,布莱金厄人常常在这儿骗人,于是两个不同的人群屡次在这儿起冲突。如果人们仔细看,还能在路边石头上看到一个个打斗之后的血迹。这儿好像是神圣之地。

尤纳斯·彼得来过蛇林一次,并与一群布莱金厄人在此缠斗过。在一个炎热的夏天,他们就像一群大黄蜂一样围追着他,在他身上又砍又刺。当他经历此番行程后返回时,他全身就像被瓦解而变得松弛的筛子一般。有几个月他身体留不住一点液体,因为它们会从布莱金厄人用刀子捅的洞里流出去。直到半年以后他才可以又喝上点烧酒。

罗伯特在那片冒着气泡的树丛繁盛的蛇林里搜索那些躲在石头背后守候着他们的带着刀的男人。但尤纳斯又解释道,最近几年布莱金厄路变得安宁了很多,而这么多人一起驶过这儿的话,人们几乎不用担心那些不怀好意的人。

尤纳斯·彼得讲这么多话,是为了让那80公里的马车路显得不那么漫长。罗伯特仍在不断地打开那些篱笆大门,一路上他已经数到30个了。最后一段路这些篱笆大门稠密了些,他们逐渐接近那些人口稠密的区域了。

树林已经到尽头了,而他们驶进了一个大村庄。他们到了艾林斯博达，离卡尔斯港还有将近一半的距离。这是他们的第一个休息地。马车停在一座大房子前，这里的墙上设有供系马的缰绳链条：这是一个客栈。人们从车上下来，马儿们也被松开了。

大人小孩都冻得够呛，被风刮得满脸通红。孩子们的鼻涕从鼻子里流了出来，它们被称作挂蜡烛。

"我们必须进去让我们的孩子暖和暖和。"克里斯蒂娜多愁善感地说道。

她已经给自己的孩子戴上了厚厚的羊毛手套，这是她为这次旅行特意做的，可是谢拉耶尔德的孩子们手上啥也没戴。尹佳·列娜只有几个月大的女婴开始哭泣。她躺在一个用羊毛巾做的大襁褓里面。母亲透过羊毛襁褓的一个小开口跟孩子说着话，让她安静下来。丹尼尔过来从那个小洞里朝她点点头，并冲这个小不点微笑：这个小姑娘是他真正的、虔敬上帝的婚姻的产物，是夫妇俩开始信神之后的结晶。可是父亲也没有办法让孩子停止哭闹。于是科尔帕默恩的那个最小的男孩受丹尼尔女儿的影响，也开始扯开嗓门儿，在这个氛围的刺激下丹尼尔的女儿哭得更响了。

结伴同行的人们于是进入客栈的免费房间里，两个高声哭叫的孩子也一同跟了进去。

客栈的女佣几乎每天都能看到从斯莫兰来的赶马车运货的农夫，可是今天她们眼睛瞪大了：第一次看见这些农夫带着自己的妻子和孩子。她们眼里满含疑惑：这些人在这么寒冷的春天带着那些孩子走大路到底想干啥？这里面很温暖，免费房间里的大炉子里烧着很多柴火。女佣们开始给孩子们热牛奶，给大人们煮咖啡。

移民们在免费房间里坐下,打开自己的食品袋,将面包切成片,并将烤干的羊腿切成片。尤纳斯·彼得和科尔帕默恩兄弟俩取出半瓶烧酒然后分着喝了。克里斯蒂娜烤了一个土豆饼,然后切碎把它分给丈夫、孩子和小舅子吃。而面包他们就这么干吃着,她迄今还没有打开黄油罐。

炉子里的火烧得旺旺的,因此所有人都对路过到客栈来取暖感到满意。人们的精神和肉体都解冻了。人们能闻到食物和烧酒、鼻烟和咀嚼烟草、条纹皮革还有烘热的粗呢布发出的味道,当母亲喂奶的时候,还散发出母亲乳汁的奶香味。

科尔帕默恩和谢拉耶尔德的人们坐着吃着自己带的食物,尤纳斯·彼得却孤独地坐在一边。他把老婆孩子都留下了。有人说他过于轻率地上了路:头天晚上他还和老婆哭了很久,而第二天一早就开始打包自己的美国箱子。可是谁也无法说出他的这个念头想了多久。他宁愿讲述他知道的其他人的事情,关于他自己的事却从来不说。

克里斯蒂娜坐着想,结伴出行的人中有一些还是互相陌生的。其中有一个旅行者她迄今还未同她说过一句话,甚至没有握一下手:那人就是韦斯特尤尔的乌尔丽卡。她在出行前曾跟她舅舅说过一个真相:她忍受不了那个女人。她必须和她结伴同行吗?丹尼尔拿出《圣经》,给她念了耶稣与妓女见面的事。救世主曾经跟她说过的,他也跟乌尔丽卡说了:以后不要再造孽了!于是乌尔丽卡顺从了他:她不再用她旧的罪恶的肉体干坏事。现在是基督的肉体活在她的身上,而那个说乌尔丽卡坏话的人也诋毁了基督。可是克里斯蒂娜一点儿办法都没有:她还是非常难于接受她。

她也没有发现乌尔丽卡与以前有什么不一样。她对自己的女儿很好，她跟女儿说话的时候会很温柔。她跟别人说话的时候则很粗鲁或厌烦，和她往常一样。而她盯着男人的方式谁也不会误解：她眼里总有点"来吧，我们上床去"的意思。今天她没有这样看卡尔·奥斯卡吗？她在丹尼尔舅舅那儿占了大便宜，他供她和她女儿吃喝了那么久，现在又给她们俩买了去美国的船票。舅舅是个老实人，很容易被骗。也许乌尔丽卡还在经营她的营生，一有机会就重操旧业。至少她表现得像一头发情期的母猪。

她风韵犹存，一个不知羞耻的人。这一点谁也无法否认。现在她坐在炉子前，正在理她女儿的头发，她在女儿的发辫上系了一根红色的带子，而这个妓女看上去是如此庄重，好像她曾是王后，而她的私生女是一位公主，她正在为她打扮、让她去参加与王子的婚礼。人们会琢磨这个女人在自己孩子那里种下了怎样的美德，那个可怜的必须承袭老妇女遗弃的旧衣钵的女孩。

斯文，那个谢拉耶尔德年纪最大的男孩，自己的新毛衣被一根钉子扯破了，于是母亲拿出针线补那个洞。克里斯蒂娜与尹佳·列娜相处得很融洽。可是丹尼尔的妻子有点古怪。她让自己男人管事，自己不表达任何意愿。克里斯蒂娜有点为她害臊，女人之间的那种。

尹佳·列娜已经给孩子喂过奶了，那个小不点儿终于闭了一会儿嘴，不再哭闹。现在那个女孩又开始哭起来。母亲又掀起自己的内衣试图用乳房来安慰她。可是那个小孩推开了，因为她已经吃过了。

当克里斯蒂娜看到新生儿呕吐的时候，她想到了即将开启的海上之旅。

"你们想过要是我们晕船怎么办了吗?"

"晕船本身不是什么小病。"卡尔·奥斯卡说。

"无论如何,人们得呕吐。"

"是的。"乌尔丽卡对克里斯蒂娜投来会意的一瞥,"感觉好像人们怀孕了一样。"

克里斯蒂娜脸颊火红。乌尔丽卡已经发现了她的情况。她们俩刚到这儿就去上了茅房,可是两人不是做一样的事,乌尔丽卡跟在她后面。克里斯蒂娜对自己脸上的发烫感到很恼火:她为什么要脸红呢?她是结了婚的,除了卡尔·奥斯卡没有任何人碰过她的身体;她有必要为那个生了4个野种并且跟几百个男人上过床的女人感到害羞吗?

"孩子们不想喝奶了。"尹佳·列娜再次掀开内衣喂奶时说道。

"可是他们说,晕船是一件很折磨人的事。"

"你害怕吗,尹佳·列娜?"丹尼尔问道。

"不,当然不。"那个忧郁的氛围正在与她搏斗。

可是以前谁也没有坐过船……

丹尼尔走到妻子跟前把手放在她的肩膀上说道:

"你没有记住我说的话吗?你忘了我说的话了吗?"

"没有,当然没有啦,亲爱的丹尼尔!"

"有基督在心里的人们不必害怕那种病。她会忍受这种晕船病,尽管在海上。"

"是的,我相信会的,亲爱的丈夫……"

而丹尼尔细致地向妻子灌输:那些重生的人会在世界任何海洋上渡过而不会生晕船病。那些活在基督信仰里的人无论如何都可以忍受晕船病;无论他在狭窄的河道抑或在宽广的大洋,他都会一样健康,感觉一样良好。

"是的,亲爱的丹尼尔,我相信这一点。我不再害怕了。"

于是尹佳·列娜充满深情地拍了拍自己丈夫的手。

"你以为你和其他人不会晕船,是吗?"卡尔·奥斯卡问道,他因听到这事而感到惊讶。

谢拉耶尔德的农庄主平静地微笑道:

"是的!因为我认为基督已经为了我的罪孽而死在十字架上了。"

"你是个怀疑者,卡尔·奥斯卡!"韦斯特尤尔的乌尔丽卡说道。可是她的嗓音没有一点责备的意思。

"等我们上了船之后,上帝会向他显灵的。"丹尼尔说道。

乌尔丽卡想帮丹尼尔解释:

"你应该知道,卡尔·奥斯卡。《圣经》上说耶稣和他的学生登上了一艘船,碰到了可怕的风暴,可是谁也没有晕船。要是耶稣和他的学生需要呕吐的话,书上肯定会有记载的。可是在福音书上没有一句这样的话。所以你应该明白,卡尔·奥斯卡,当基督进入一个人的身体里,他就永远不会再感到难受。"

卡尔·奥斯卡擤了一下鼻子,可是没有作声。跟这些奥吉安人进行争论有啥用呢?

对于克里斯蒂娜来讲,当她听到乌尔丽卡以这种方式提及救世主的名字,这就像是一种亵渎神灵的行为,人们完全能够想象他躺在一艘船上,晕船并且呕吐。他是上帝的儿子,会有一些微恙,可即便得了牙疼或起脚泡或生其他的疾病,他都会很容易自愈,就像他让许多人痊愈一样。乌尔丽卡利用这样的说话方式讲神圣的事情,没有任何人会相信她的向善以及信仰改变。谁能想象基督会住进那个腐败的老妓女身体里？

克里斯蒂娜转身向丹尼尔说道：

"伊德莫的贝尔塔说过，那些结过婚的婆娘比其他人在海上病得更厉害些。"

"那些活在神那儿的人不会这样。"

"可是绝大部分婆娘活在肉身上。"乌尔丽卡插话道。她们也会在真正的婚床上生下私生子。

她被克里斯蒂娜表现出的藐视所伤，于是现在她一有机会就企图反击。可是克里斯蒂娜不想理睬那个女人抛给她的脏话，考虑到他们还会回到自己的家乡。

罗伯特恼火地坐着，因为没有人问起他如何对付那些他从书本上学来的对付晕船病的事。这时他终于成功插进了一句话：

"船上发烧还有霍乱要比晕船还危险，我跟你们说。"

他刚想要讲述这些疾病，他哥哥就朝他使了一下眼色，这是谁都不会误解的，所以刚一开头他就打住了。

他们要休息几个小时。等大家吃得很饱的时候，丹尼尔·安德里亚松将膝盖跪在地板上，向上帝高声感谢。他的食物祈祷声音是那么响，弄得厨房外都能听到，客栈女佣们从门内看过来，不知道发生了啥事：一个从斯莫兰乘马车来的农庄主跪在那里高喊上帝，这是今天经过这儿的行为古怪的随行者。

克里斯蒂娜把食品箱的盖子盖上了：她没有打开黄油盒，这也许是很明智的。距离到达北美还有10000公里之遥，而迄今为止他们还没有走过30公里——这些黄油必须要足够用到北美。

4

移民们继续着他们的行程直到傍晚。这是一段要到莫勒里德方向的路程,那里将是他们下一个休息的地方,然后他们将从那里出发经过布列德奥克拉,最后抵达卡尔斯港。

天好像有点暖和了。雪已经融化,空气变得稠密起来,下起了小雨。他们很快发现,布莱金厄这里的春天要比斯莫兰家乡那里来得更早一些。马路边上的草已经长得很高了,沟渠里的冬花开始绽放,而树上的苞蕾开始变粗并肿大。在那些区域树木很快就要开始萌动了。

马儿们开始厌倦自己沉重的负载,即便是走下坡路的时候也不愿意奔跑了。到每一段长一点的上坡路,男人们都要下车步行,在尤纳斯·彼得的车上只剩下那个女孩单独坐在那里。

是吗?艾琳认为她可以不用罗伯特的书学英语:她的嘴一下子就可以会说英语,就像那些安息帝国语、埃兰语及印欧语系语言一样曾从使徒们的嘴里说出来,以至于人们还以为他们是喝甜酒后的醉话。此外,人们该如何相信:一个喝得越醉,讲话越糟糕,越含糊不清、越结巴且流着涎水的女孩。可是女孩无论如何都需要知道更多关于她就要移居的这个国家的事情。她知道北美共和国的自然特征吗?她知道联盟、其管理方式、立法、宗教体系以及铁轨吗?他琢磨着。她一定需要更多的了解和知识。

把他所有知道的合众国的事情都告诉艾琳,这永远不会构成损伤,既不会损伤自身,也不会损伤她。

可当他不知道从哪儿开始给她讲述的时候，她几乎很坦诚地说：

"你知道吗？我很害怕美国！"

"害怕？为什么呢？"

"当然是因为一切是那么陌生啦。也许人们会对新来者很坏。"

"啊，不会的！我可以告诉你：你不需要感到害怕。在美国那儿女人很少，他们把她们当金子或宝石一般宝贝！你会像个婴儿那样被照料！你几乎想要什么就有什么！不需要为任何事情忧愁！"

也就是说，艾琳不知道，在美利坚合众国那个地方对女人究竟有多好？现在他开始给她讲述，给她鼓励：

美国人遇见所有的女人，无论老人还是小孩，丑陋的还是漂亮的，都好像她们曾经当过王后和公主一样，并且就像她们是珍珠和钻石一样呵护。她们从来不需要干重活和脏活，不像在瑞典。她们整天都得穿得白白净净的，整天都要洗手。在美国的一个女佣跟她的女主人穿得一样干净漂亮。因为那里允许所有女人穿得漂亮，不像这里。此外那里没有任何庸俗而卑下的女人，也没有什么上流社会名媛，有的只是平等的女人。

在美国，男人为女人效劳，而不像这里是反着的。如果一个男子遭到攻击或被一个女人殴打，他是没有权力保护自己的。因为法律跟这里不一样。要不是女子自己允许或纯粹命令他这么做的话，任何男子都不准在室外靠近某位女士三步的距离。而在室内两性之间的距离是两步，这是法律规定的。要是一个男子要靠近某位女士超过两步的距离，必须要先跟她结婚。法律和这儿是不一样的。

所以她不需要在美国感到害怕。如果一个男子想跟一个妇女讲话，她有权去向警察寻求保护。如果他只是礼貌地向她问路，那么如果她急需钱，她可以马上抓住他或让他出一笔钱，因为他违反了婚姻承诺。这是她现在认为最好的事情，也是她现在最想要的：在美国，妇女们始终具有自己的自由意愿。所以她不需要在那儿四处忧愁。

要是一个男子背叛或欺骗了一个女人，他先会被砍头，然后被悬挂示众，所以他几乎绝对无法重复犯罪。所以现在那里任何不可靠、谎话连篇以及招摇撞骗的男人几乎都待不下去了，他们已经都被根除了。她不需要在美国感到害怕。

正当马车行驶着，与美国距离又近了四分之一百里，其中一个未来的美国公民得知了妇女在这个国家的命运。因此艾琳感到安宁并且很受鼓舞而对她的美国之行充满欣慰。她相信他说的话。她说，她已经感到她会在新的国家过得很好。

罗伯特和艾琳在马车座位上紧紧依偎着，他们之间已经靠得无法更紧密了。马车摇摇晃晃，女孩冷得瑟瑟发抖，并哈欠连连，蜷缩进自己的衣服里。而罗伯特正好在讲述美国联邦铁轨设施的时候，她的脑袋突然倒在他的肩膀上。他几乎吓了一跳，停止了叙述。女孩的头往下滑了一点并停留在他的胸部。这是啥意思？她要干什么？现在她要他怎么对她？他像个牵线木偶一般僵坐在那儿，可是她的脑袋还停留在那儿，而他看到她已经睡着了。她将自己年幼小巧的身体靠在他身上休息。

在讲述美国的特征时，她就如他所愿地睡着了，也满足了自己的需求。他对女孩有点失望。可是他现在让她在自己怀抱中这么舒服地睡着，这是第一次——一个女孩的脑袋躺在自己的胸膛上。而这样的事情就发生在冒险之旅的马车上——仅仅行驶了50公里的路程。这个冒险之旅还剩多少公里——还有很长、很长的路！

渐渐地，他自己也在马车的颠簸中进入了梦乡。而尤纳斯·彼得在接近下一个篱笆大门时没有唤醒他，而是让他的长工下车打开了那扇门。罗伯特终于睡过了美国之路的篱笆大门，他没有再去计数。

5

第二天一早，三辆马车驶进卡尔斯港的大街，并且停在了港口。从城市教堂的一个塔里发出的7次缓慢又高亢的铃声欢迎着他们的到来。这天这座港口城市的生活开始启动。当夜捕获的鲱鱼刚刚从大海运来，而正当渔民将自己的船只在港口拴紧时，城里的女佣就已经提着篮子在码头边等候着新鲜的小鲱鱼了。在一个挂着"苏内松船务"招牌的房子前，一个男佣正用一个长扫帚打扫楼梯。早晨的空气中混杂着鱼、柏油、鲱鱼、大麻、咸味及大海的味道。

经过漫长的静坐，那些无法入睡且身体冻得僵硬无法弯曲的移民们从马车上下来。男人们从车上下来一些，可以伸直胳膊让自己暖和起来。女人们照管着孩子们，他们已经在完全睡熟前被唤醒了，现在正在吵吵闹闹。所有人过完夜之后都或多或少不怎么舒服，谁也没有早晨的愉悦感。

而一股尖利、刺骨的冷风刮过港口上空，这样来欢迎移民们到海上去。

他们第一次看到一望无际的大海。

他们抵达了他们要出发的大海，大海用自己的风张开双臂迎接他们的到来——这个凌厉而寒冷的风想要向他们恐吓及挑战：到外边来呀！你们可以出来感受一下！男人们竖起脖子周围的毛衣领子，妇女们则将自己和孩子们围的羊毛巾裹得更紧些：这个时候刮来一阵海滨城市特有的冷风。它像刀一样割向皮肤、刺向骨头，感觉它要一直钻进骨髓一样。家乡坡地那里从来没刮过如此凛冽的风，无论是春秋还是冬夏。呼呼！呼呼！即便身上穿着厚厚的农民粗呢布，也拿它一点儿办法都没有。

种地的人遇见大海，他们被海风刮得流出眼泪，几乎来不及注视大海。

渔船里的小伙子好奇地瞧着这群陌生人，他们带着自己高高的货物还有大声叫嚷的孩子停留在港口。两个穿着像先生的男人缓慢地走过并且瞧了一眼那拨带着些许兴奋的人：几个穿着灰色真粗呢布服装的农庄主，带着自己正派的、戴着丝巾的妻子还有看上去外表娇弱的、拖着鼻涕的孩子，一对穿着新衣的农夫的男孩，新衣服是村里某个裁缝马马虎虎缝制的，毛线衣和裤子的前后大口袋都挤在一起，鼓了出来。而整个旧箱子、花纹的夜袋、编制篮子及可锁的小盒子及包袱——这些人从乡下来这儿是要到海上长途旅行啊。他们的灵魂是得了什么样的不安的痒痒病，这些可怜虫？

卡尔·奥斯卡，这个为他们所有人安排这趟行程的人，也被公认为这次行程的领头人。结伴同行的人中谁要是干什么要事都会去问他。

他走到一家卖鲱鱼的店并打听进港的船只：他已经订

好了去美国的船只。这艘船会停在哪儿呢？

渔民仔细瞧了瞧农庄主并对他那双崭新的靴子投过艳羡的一瞥：是的，昨天夜里这里来了一艘去美国的船，一艘叫"夏洛特号"的双桅帆船，它是属于这个城市的。它在外码头那边抛的锚——也许它是一艘旧的老爷船。

名字是对得上的。于是卡尔·奥斯卡朝着渔民食指指的方向望去。

"是那艘'夏洛特号'船吗？我们要坐的船吗？"

"正是，就是那艘船！"

大家都急切地朝那个渔民指给他们的方向望去。他们在那儿静静地站着眺望。在出国移民者中间弥漫着一阵始料未及的忧愁及失望：那确实是他们要坐的船吗？

克里斯蒂娜的一句话道出了所有人的想法：

"我们坐的船难道这么小吗？"

除了磨坊画，他们谁也没有见过一艘真正的帆船。他们原先以为要坐的船比它大。而那艘他们想象中要带他们横渡大洋的船要大很多。现在他们面前的大洋是如此宽阔，而他们的船只小得几乎让人找不到，在他们就要渡过的这个水域面前，它小得可怜，几乎可以忽略不计。

"那艘船要比你们以为的大得多。从这个距离看显得小许多。"罗伯特说道。

他试图压制自己对"夏洛特号"船的失望情绪并且想鼓励他的同伴们。

他指向那艘船：

"你们看那两个桅杆！有谁看过如此高的桅杆哪？"

谁也没有见过其他船的桅杆，也就无法跟这艘船的桅杆做比较。在岛礁边停泊的那艘处于入港航道中间的小船，两根桅杆在那儿来回晃动，它们直矗高高的云天，比其他森林中最高的树木还要高许多。桅杆看上去跟船只的长度一样长。罗伯特想：也许他曾经自己就砍伐过这样目前看着光溜溜的树干——也许是他砍伐的柚木，它们被他从树林里不动的地方移到了大海，就好像重新种植了一般。那些在其余生里做桅杆的树木，要在海上摇曳并由水而非土地来承载。

卡尔·奥斯卡在琢磨他们何时能够登船。卖鲱鱼的渔民告诉他"夏洛特号"要在这儿停靠，还要在这儿装货，因为这艘小货船刚刚到港，目前还没有装货。估计要停留好几天，然后才会让乘客登船去美国。

现在他们不能再带着烦躁不安的、冻得够呛的孩子们站在风口待着了。他们不得不在等候登船期间找个地方暂住。那个很愿意效劳的渔民给他们指到了玛雅斯客栈，就在紧挨着港口边的胡同里：那家客栈背后有一家名叫希望的餐馆，他们一定可以在客房住下的。

移民们的马车继续往那个区域行驶。只有罗伯特留在港口边站着。

他孤独地站着遥望大海。

其他人多次叫他，可是他没有回应。

下卷　在大海上漂泊的农民

船只：

"夏洛特号"双桅船，船长洛伦兹，1850年4月14日自卡尔斯港出发，目的地为美国纽约。160莱斯特的容量，其长度为124英尺，宽度为20英尺。船员为15人：2个掌舵的，1个大副，1个计时员，1个修理员，1个厨师，4个水手，2个副水手，还有3个甲板水手。所载货物为生铁和杂货。

乘客总共78人，所有人都是去北美的移民。船上总共94人。

这是"夏洛特号"双桅帆船第七次作为移民用船。

乘客：

地球上的人们根据其特征分为两种生活：陆地生活和海上生活，地球四分之一的面积属于陆地，而另外四分之三属于大海，一种生活是在陆地上的静止的生活，还有一种是在海上的活动的生活。

移民是地球上的人类，他们整个一生都在陆地上生活。从登上"夏洛特号"双桅帆船起，他们初次与大海会面。此后，他们要在这艘船上停留一段不确定的时间。他们要将自己习惯的生活方式与一种新的、陌生的生活方式进行调换。

除了踩踏坚实的土地，他们的脚从来没有踩踏过其他地方，现在他们第一次踩上船的甲板。他们小心翼翼地行动、踩着笨拙而不确定的步伐走上了通往甲板的木板条。他们跨过一个由木板条钉在一起的地板,这可不是农村木屋四平八稳的地板——这些木板条一会儿往上翘,一会儿又下沉;一头往下沉;另一头则往上翘。他们下面的水在运动,一个浪头往下沉,一个浪头则又升起来。他们自己左右不了自己的运动,而必须随着海洋的运动进行调整。

这些移民身上留存着泥土的重量,他们的脚沾着耕地的土壤。而他们脚上沉重的包装:粗糙的皮革鞋子和结实的大靴子,这些对于船甲板的湿滑地面几乎没什么用处。他们在坚实的地面上稳稳地站着,像主子一样主宰着自己的步伐。可是在船上脚底的地面对于他们的脚来说是不稳定甚至是叛逆的。而他们习惯于在地面自由地移动,那里始终具有足够的空间供其移动。现在他们在一艘狭窄的小船上,像关在船舱里的囚犯:在未来数月这些陆地上的人要在海上的住宅里居住。

移民来自石头和灌木之国,而他们的肌肉和经络由于搬运石头及拧长柳枝变得异常坚硬。可是他们强壮的手臂及结实的后背在这海上一点儿劲也使不上。他们所有人都一样无助,那些最能干的农庄主和农妇一样笨拙。对于他们来说,土地是他们熟悉、亲切而且可靠的,他们不相信大海:它是未知且危险的,而这种不信任是与生俱来并且是代代相传的。

"夏洛特号"双桅船上的乘客,就在这个4月的一天,摇摇晃晃、迷惑不解且一点安全感都没有地在卡尔斯港登上了这艘船的甲板:他们感觉好像成了被移交的什么东西,因而他们难以挽回地被一双威力无比的手所掌握,而他们在它面前无能为力,它是上帝,他们拿它一点办法都没有,而大海，这个无比可怕的骑兽，已经把他们放到世界上最令人紧张的脊背上，为了把他们运送到另一个国度。

"夏洛特号"离开港口的那天，风平浪静，稍有点迷雾。起始的一些小雨从波罗的海飘来。帆船很微弱缓慢地行进。

一小群出国移民在船尾聚集。几个农民穿着灰色呢大衣、沉重的靴子站在缓慢颠簸着的船甲板上。他们站着朝船尾望着什么，它们在4月天厚厚的浓雾里渐渐消失：卡斯特霍尔姆的岛礁、卡尔斯港入口航道边的小岛，这时还能见到。

这是他们所见到的这个他们所背离的国家的最后景象。

那些要离开的人低声交谈着，与此同时，他们向祖国投去告别的一瞥。其中一些人好像在跟自己说话，另外一些人则像哑巴一样站着，他们的眼睛朝船尾看去。开口说话或者闭嘴的移民们站在那儿，他们说的话都是冠冕堂皇的，而其思想都隐藏着——这就是对瑞典投去的最后一瞥。

"我有一个庄园，是去年秋天有人将它抵押的。那是一个绚丽的地方。我很想念它。"

"可是那个农庄主在那个庄园里摔倒了，他再也没能站起来。"

"我永远也洗不清罪过了。一千年都做不到。所以省府官员拿走正好一了百了。"

"而且政府的税也太重。等税交完了，我们正好也出来了，我们这些穿着木鞋和打补丁的，我们这些农民小贼。"

"可是某个时候也许会想念那个绚丽的地方。有人会想念那边的邻居，有人会想念朋友和亲戚，可是不会去想念那边那个国家。"

"不会的,不会去想念那个国家的……"

"我在那儿也没啥可惦念的。有啥可想的呢?一个在庄园里做苦力的人,都干到吐血了,还有啥可惦念的呢?我已经厌倦于干苦力了。我已经受不了了。"

"绅士们得为自己效劳。这对于他们来说并不为过。一个好天里他们也许得这么干了。他们蔑视诚实的劳动。他们蔑视我们,因为我们是粗人。他们得干那些肮脏的苦力活。这对于他们来说并不为过。"

"谁也无法无休无止地忍受:干着最糟糕和最肮脏的苦力活而被人侮辱和瞧不起。"

"要是大海不那么大那么宽的话,所有粗人都应该移民到美国去。是他们弄成这样的,这些恶魔。这样对待那些绅士应该是对的!他们该在那儿待着自己干苦力活……"

"我无法忍受那个神父了。我们成了仇敌。我在教区待不下去了。要是一个人无论如何都要上路的话,还不如漂洋过海搬到世界的另一头呢。现在家乡的神父只能眼瞅着那些跟着牧羊人跑掉的羊群。他无法给它们剪羊毛。现在他收到的神父税要少许多。对,这是对他的报应!"

"在家乡,谁都会去欺负可怜人。这样的人在这个国家太多了,他们就想去统治别人、给人发号施令。喜欢监视和监督我们和其他人的绅士太多了。我们其他人要养活的绅士太多了。太多一点儿用都没有的绅士。谁也无法无休无止地忍受及承受,而且有人还想当家作主呢。"

"家乡那里有一个人被绅士们长久地训斥够了。他们把这个人恶心够了,他们每天向一个人投掷小石块,最终把这个人惹急了。现在这一切终于结束了。他一脚把这个国家给蹬了。"

"可他还是会感到某些刺痛，可是永远不会去想念那个神父。我永远也无法忍受那个神父……"

"我永远也不会感到后悔：我无法摆脱自己的窘境。无论人们如何当苦力都于事无补。一个人就得承担自己的责任。"

一个人永远不可能用手臂的力量去任何地方。所以他一定是被逼无奈才离开那儿的。可是现在站在这儿往那边看去，于是它对他来说意味太多了：也许……也许他……也许他会无休无止地想念……人们谁也不知道会不会这样……无论如何他是在那边出生的。他的父亲和母亲留在那里。他无法去照料他们了。他会想念那些老人。而那边他们也会想念他。并不是所有的时候都是悲伤的，也有喜悦。而在这个国家他一度年轻过。他一度和女孩们在夏日里在明媚的户外一起玩过。他曾经在一个岔路口拐进了游戏房。不，并非每次都是悲伤的！他也许永远都会记得。而那些老人，那些留在家乡苦苦支撑的老人。他永远也不会忘记。当他站在这儿往那边瞧去，这对于以前没有思考过事情的他来说，有太多事情涌上心头。他不会后悔，但也许，也许从长远来看，他会想念……会感到有点忧伤，当他这样站在船上……他在那儿一度年轻过。

在这个小岛礁前的甲板上那些摄人心魄的告别眼神，消失并融入了那个4月天浓密的雾中。

船长自己：

洛伦兹船长在船尾舵手旁站着并监视着驾驶情况，他的船只正从港口驶出。风向为西南，风力不大，船只前行速度不大，还不到一节。

"就这样……就这样!"

船长发出指令的嗓音很洪亮且具有穿透力,这是一个常年在海上执勤、指挥经验丰富的船长。"夏洛特号"的船长60岁了,个子并不很高。他的脸长得很难看,鼻子很厚但鼻梁有点塌,眼睛有点鼓,脸上长着红斑。他凹陷的、宽宽的嘴配上鼓出的下巴,犹如一条大的狗鱼的下巴。他看上去好像可以咬人,就像食肉鱼类一样。在狗鱼的下巴上插着一个烟管。洛伦兹船长在海上生活了快50年,他在这艘旧双桅帆船上行驶了10年,他把这艘船当成自己在地球上的家。

他的船终于起锚了。他的船再次挣脱了海底的束缚,自由自在地出行了。在港口的停留总是给洛伦兹带来不舒服的感觉并且让他很不情愿:对于一个完全成熟的男人来说,大海是唯一神圣而可以忍受停留的地方。对于"夏洛特号"的船长来说,抛锚停泊在港口几乎是一种羞辱,登上陆地犹如一种耻辱。在这个世界上,对于洛伦兹船长而言,驾船是唯一值得人去做的营生。然而这项营生还要承担相应的义务,一种折磨人的责任,这是他无法回避的任务:在某些或长或短的间歇他不得不把自己的船开进港口。

而现在这次受冒犯的时间终于过去了。他在卡尔斯港躺了8天,在一个多星期内处理了很多艰难且多方面的任务,这考验了"夏洛特号"船长的耐心:要装载更多货物,要补充生活用品储藏室,要安置新的船员。但最大的麻烦是那些讨厌的农民:"夏洛特号"因为船龄大,所以从原来的商用货船变成了一艘运载移民的客船,她最重要的货物现在成了这些要移居北美的人:农民,这些来自布莱金厄、斯莫兰和奥兰德的农民。每次他都把这些多得这艘帆船要溢出来的乘客运过大西洋，可是这次纯粹得好像耗子被赶出洞一般，然后大家才找到自己的地方。而且这次他们运来了更大的储物箱、更沉的夜袋、更占地方的袋子、更多箱子、盒子以及篮子，更多奇怪的农民艺术品家具——上帝自己都不知道这些东西叫什么。这次行程来了更多妇女和孩子："夏洛特号"以前从来没运载过这么多小孩。完完整整的家庭，既有白胡子老人，也有躺在摇篮里的婴儿。是的，所有不同种类的摇篮都上了这艘船：真他娘的没办法——这艘帆船在这次旅行中有点像一个儿童房间！

而所有这些人都要由他用这艘旧帆船运送到另一个半球。"夏洛特号"开始有点不高兴了，她已经上了年纪并且船体有点破旧了。可是她还完全可以出海。他一直享受着看她在海上如何美美地躺着的样子，看着她如何战胜恶劣天气，看着她如何像王室里的小姐一样优雅地向王后弯腰鞠躬。然而现在的问题是帆船"出汗"。自打她下水后就一直没有真正地干燥过，而这样的船终其一生都会很湿，寿命也会很短暂。

洛伦兹船长怀念起那些年"夏洛特号"还是纯粹商用货船的时光。而在一艘移民船当船长则背上了新的、沉重的义务以及倍增的责任。他对要运这么多人出国也不是很高兴。每次开启新的航程时他都要问自己：为什么这些农民要拖家带口地去大海的另一边？他们在北美那儿会发现什么呢？对于洛伦兹船长来说，所有国家都一样美好也一样丑恶。整个世界的陆地都一样，在美国和在瑞典都一样。海洋是地球的一个组成部分，那里是聪明人度过其一生的地方。他永远也无法理解那些农民，去进行一场漫长又耗资巨大的海上之旅到达另一个半球，就为了得到一块可以耕种的土地！他们也可以像美国一样在瑞典改良土壤，在地里刨根和挖土到处都是悲惨的强制劳动。这些农民跑那么远，只是从一小块耕地换作另一块耕地，从一个村落到另一个村落——而这又有什么好处呢？

一个海员应该在海上生活，而一个乡下人就应该留在陆地上。而非常奇怪的是，正是这些乡下人、农民，那些最根深蒂固的瑞典人，跑到了大海上，就是为了更换自己的祖国。这如何让人想得通？当然他们在活动木床上是睡得拥挤些，围着土豆锅的人也确实多些。但这也是他们自己造的孽：他们生了太多孩子。如果这些农民在耕地里与在自己老婆床上一样勤奋，那么他们永远不需要出国移民。可是他们整年每天夜里使唤自己的妻子，只有圣诞夜除外：那天他们回避了她们，出于对来年夏天自己耕地里会长蓟属或野草的恐惧。对于那些农民无赖来说，他们跟一千年前一样迷信。

当然，他们中有些人属于瑞典人中最敏捷的，于是他们也许会在北美取得好的成就，在那里会有一席之地。他自己从来没有出过纽约这座港口城市。而没有任何人会看得上那个肮脏的地方。当他10多年前第一次登上那个港口时，野猪在大街上乱跑并且在街道上臭气熏天的垃圾里刨食。有些街区纯粹是猪圈。那次正闹霍乱，每天死几百人，于是大部分人转移到没被传染的地区。纽约城像一座死绝了的城市，到处都能闻到臭烘烘的尸臭味。现在那儿又有生气、热闹起来了，穿着白色连衣裙的女人们又坐着自己的豪华轿车四处招摇了。但那个城市不是一个让海员感到愉悦的城市，甚至待上几天都不行。百老汇那儿有几家好的酒店，可是他们也拿不出几样让游客满意的东西来，就像他在欧洲港口习惯得到的那样。纽约就是所有人都认为的一个乡巴佬儿城市。

"夏洛特号"帆船终于从港口那里挪了出来，进入了空旷的大海。船长站在那儿朝天上看看天气状况：这看上去直到当天晚上还会风平浪静。所有帆都拉起来了，可是它们都缓慢地悬挂着并且都很空；这些帆都无精打采地耷拉着，它们都在等着风的到来。

船上的芬兰人，大副走到船长跟前。他一直注视着中间船舱和里面的乘客，他告诉船长，船舱底下另一边说瑞典语的所有人都已经安排好自己的床位并成功地把东西都安置好了。像往常一样，自然少不了吵闹和推搡，因为底下较为拥挤而且不舒服。刚开始时总是这样：他们在中间那层甲板上推推搡搡、相互拥挤着，最后他们会认识到在这次行程中他们没法用手和胳膊让船变得更大从而获得更多的空间。其中只有一个农民显得有点莽撞；那个小伙子还长着最大的鼻子，是人们所见到的上帝所创造的人类脸上最大的鼻子。他和另外一个结婚的小伙子在一个隔墙里无法安置自己的睡觉的地方，他们两家都在那个地方。人们也许应该在隔墙边给他们重新安置别的睡觉的地方，可是他还给那些未婚的人看了小木屋，于是那个长着大鼻子的男子不高兴且不理智了，因为他要求和妻子、孩子们待在一起。他还得到一个如要留在船上并用自己的大象脚重重地踩踏的话，要让他收回自己鼻子的训斥：这些农民穿的是什么靴子啊，这个乡下人竟然想不湿鞋地穿着自己的豪华皮靴子横跨大西洋！

洛伦兹船长在自己的狗鱼嘴里嘬着烟管，与此同时他听着大副的话：乘坐这艘帆船农民多得就像北美谷地里的蝗虫，实在是太多了；也许他把太多旅客放进了船舱。所以希望这些出国移民就如大副设想的那么好脾气，都有比较安宁的脾气。在抵达北美的漫长航程的头一个昼夜，因为人们还处于大海边，水域也相当平静，船舱中间的人对周围还感觉新鲜，所以都能很好地保持平静。可是等人们到了海洋深处并且体会到大海的厉害，他们中即便是最和蔼的人也会变得像间歇性精神病或癫痫一样。一个在陆地上最温和的人，在海上艰难的气候下都会变成一头根本无法驾驭的野兽。

"夏洛特号"的船长抱怨着这些可怜的陆地上的老鼠，他们钻出了自己安稳的洞穴，现在要在海上待上好几个月。也许他们从来就没在橡木做的船底坐过，也从来没有见过比洗澡盆大的水域——于是他们突然要到大洋来过海上生活！那些可怜的撒旦几乎永远无法忍受海洋，他们中很多人会像老小姐一样怕得要命。可是这跟他有啥关系呢？他又不欠他们的：他没有劝其中任何一个乡下人离开教区那个安宁的地方，他也没有劝其中任何一位把他们农家木屋里稳固的木床置换成帆船上摇晃的船舱。要怪只能怪他们自己。

毛毛雨稠密起来，东南风微微吹来。每年这个时节波罗的海上的天气变化非常快，一个老船长从来不会对气候进行预言，但他会表现出这艘帆船将迎来一个充满宁静的夜晚。他会走下船舱在晚间执勤前去吃一顿晚餐。

在去船长休息室的路上，洛伦兹船长差点儿踩到一个男乘客，他跌倒在船舷边。他抓住那个男子的肩膀并帮他站了起来。这是一个比中等个头偏低的人，他仰起他那张长着棕色胡子的农民脸，他的胡子将其脸颊和下巴都连在一起了。一头很长的、剪得圆圆的头发耷拉在毛衣领子上。

"把眼睛往上瞧!""夏洛特号"船长警告道,"不要在这儿待着,当心滑倒!"

那个小农民将双手放在自己的胸前,好像要保护下面的什么东西似的:

"我没有滑倒。我跪着在呼唤上帝呢。"

"你为什么要在甲板上面祈祷呢?"

"船下面太吵了。我要安安静静地感谢上帝。"

"是这样啊,我的好人。"洛伦兹船长看着他补充道,"你得等些时候再感谢上帝给你一次幸福的行程。"

这个农民向上朝船长望去,与他一对温和而直率的眼睛对视:他现在就要感谢上帝——因为他让他登上了一艘好船,让一位诚实而又值得信赖的船长驾驶着这艘船,而且船上有灵敏而又细心的船员。现在他完全可以把一切托付给上帝那个决定了:他知道那个全能的上帝会尽其所能帮助他们渡过这个危险的大海。

"啊,当然了,是的。"船长含糊地敷衍道,"只要注意点就好,这样你就不会在这儿滑到了!甲板上刚冲洗干净并且很滑!"

洛伦兹船长继续往前走的时候他又回想起自己的发现:也就是说他在这艘船上接待过宗教狂热的人。他知道那些人来自哪个地区,可是他对此并不高兴。因为几年前他用"夏洛特号"船载过50个这样的家伙到北美。他从耶夫勒接了这些异教徒;他们其中的宗教狂热者实在难以理喻。他们从自己家乡徒步到登船的城市,就为了登上他这艘帆船。他们用这种方式出国,昼夜不停地走了几十公里。当他们抵达港口时,脚都出血了,而他们将这样流出的血比作基督的伤口流出的血。

他很快发现,这些人深深地陷入疯狂。异教徒也是他所运载的乘客中最难对付的。他们不把他看作这艘帆船的最高指挥,而是认为这位最高指挥是上帝派来的。而刚出一点海他们就指出,上帝命令他们站在船舵那儿:海员当中有魔鬼,他们会把船朝毁灭方向行驶。可是许多赫尔辛格还有达拉那农民以前都从来没有见过大海,而谁也没有靠近过船舵。要是上帝真想让一些乘客站在船舵旁,他应该会选一些习惯海上生活的人。只要有一个人就足以让我们相信我们的上帝了。而当那些宗教狂热者要干预船的方向时,他最后不得不给他们念海洋法。他还补充道,为保险起见,这艘船上有一把手枪。而这些人又闹出了许多新花样。因为这些人,那趟行程增添了许多麻烦。

而那次他为自己的祖国做了一件大好事,他帮着把50个疯狂的瑞典人弄出国门并让他们在北美登陆。那边以前就有许多疯子,这次登陆带去的那些人很快就消失在茫茫人海中了。

那个在甲板上祈祷的棕色大胡子,好像是一个平静随和的宗教狂热者。他感谢上帝给他安排了合适的船长,而只要他的不理智不以别的方式表现出来的话,他就有理由被认为没有危险。在他的船尾甲板下的小船长办公室里,洛伦兹船长拿出一壶巴伐利亚啤酒,它用一个木头的夹子中间夹着放在桌子底下。他把那个冒着气泡的新鲜饮料倒进一个大陶壶,它可以装大半壶(2.617升/2)酒。这个陶壶的抓手被做成一个女人的模样,一个裸体女孩。女孩俯伏地悬在陶壶的边上,啤酒从她的手臂和手里流出,而她仰着头好像在喝那滴下的酒一般。而朝向外边的女孩苗条纤细的腰肢，正好是陶壶的把手。

这个陶壶是"夏洛特号"船长的一个好友、巴塞罗那的船舶中间商给他的礼物。那个朋友给洛伦兹船长多次搞来女孩以及其他比陶瓷更柔软的配套东西——但这已经过去许久了，那时还是这个小伙子年轻而又活泼的日子。现在只有在女人怀里午睡和休憩的份儿了——要是现在把那些需求也称作休憩的话，他已经渐渐不再想得起来了。他开始过一种没有女人的、更加缓慢而平静的生活。而在他船长室里的把手上有裸体女孩的陶壶，他还是每天早晚都会照用不误的。他用这个壶里的啤酒浇灭了许多美好的渴望，他用自己粗壮而又毛乎乎的海员的老手握着这个造物主缔造的年轻尤物的脊梁，他日复一日、间隔匀称地捏着她的腰。她现在成了他唯一的女孩，而她成了"夏洛特号"船长在"夏洛特号"帆船扬帆于大西洋上时跟他一样忠诚的爱人。

船长抓住裸体女孩，将一口啤酒灌进嘴里。当他喝好后，他将船长室办公桌下的脚伸出来，然后发出满意的叹气声：好酒加好渴，两件好事，他一下同时都解决了！

"夏洛特号"船长今晚感到特别高兴：他的船又出海了，他又待在纯粹的海面上了。这样他又可以在纯粹的海面上不停地航行很多天了，从现在算起，这趟行程整个春天够了。他不愿意去想当他把自己这艘船开进纽约港那个肮脏的哈德逊河入口处那几个无法避免的日子来让自己感到沮丧。

他把啤酒壶放在桌子的一张小纸片上，纸片被啤酒沫弄湿了。他拿起纸张把他放到眼前：那个上面用清晰的手写体写着几行字。卡尔斯港的药剂师在他们昨天晚上在

"希望"酒吧里喝告别酒的时候给他开了一个有趣的药方:

霍乱处方

致我的朋友"夏洛特号"船长洛伦兹。
平静、清心寡欲地生活。
无须恐惧、不要惊慌。
精神欢快,更复何求:
无须任何药物。
千万不要让勇气跌落。
永远不要让情绪汹涌澎湃。
少吃饭,勤喝水。
不要去看任何姑娘。
每晚睡到天亮
既勤快又愉悦。这就是法则。

那个药剂师有意用这首打油诗来跟他开玩笑,他在某张废纸上写了这几行字。可是洛伦兹船长今天晚上一点都高兴不起来,恰好相反。因为他常年在大洋上航行,曾经两次用这种打油诗所推荐的药方治病,很多在船上的人对这种病都很陌生。而当他坐在办公室喝着晚上的啤酒时,这几行字提醒了他所有烦恼又棘手的事情,这是他作为这艘帆船的指挥在前几次运送去北美的移民时所遇到的。

桌子上放着这艘船的医疗手册,它是用丹麦语写的;目前还没有一本像样的给船长用的医疗手册,因为船上没有大夫。《海上航行手册》是非常有用的一本书。在书的最前面几页上,他用红色笔画了几句话:"你的这些船上可以被视为载荷的乘客,他们中的有些人相当不卫生或不健康,那么这个时候作为乘客的领袖的船长需要高度重视……"

乘客的领袖，是的，这唯一一个词就包含了所有责任，这些责任都需要驾驭着这艘"夏洛特号"帆船的船长来承担！

洛伦兹船长又倒吸一口冷气，这次可不是那个从舌头上冒出来的啤酒的好滋味儿：一个乘客领袖有什么用呢？他很清楚他要把自己这艘帆船驶往北美的登陆地点：他一定能够像以前许多次一样将这艘船毫发无损地驶进港口。可是他并不非常肯定，所有现在已经上船的乘客都能等到他将船靠近纽约港码头的那一天。旅行结束前他会给他们中的某个或几个人念葬礼祈祷，他们中的某个或几个人会被沉到海底。

压力是如此真实地存在着：他是驾驶着一艘载着最不卫生的货物——人的船的船长。

他有很好的理由去怀念"夏洛特号"还是仅作为货运船只并只运那些死的货物的时候。他是多么不情愿去拉那些难以预料的、活的出国移民这样的货物：在杂货中永远不会发生任何死亡事件。

在他的船长义务中，他最抵触和反感的就是神父的义务：他被迫给一部分在中间船舱里去世的人进行安葬。一位商船的船长被迫安排这样的礼仪，人们经常听说，在那些不幸的行程中，这样的仪式成了移民船船长们的日常事务。当因他在船上染上了霍乱的那次，有多少次他无法不上甲板去当神父？在那次行程中有多少次他无法向装尸体的帆布包裹倒进三铲子泥土？而且那次航行期间他船上也没有任何泥土，非常不幸，船舱里一点儿泥土存货都没有。他不知道所有葬礼时他都该拿什么去用。最后他从船上的厨房里拿了些灰,这些灰被用来当作葬礼用的泥土。泥土和灰之间的差别应不是太大。

于是那次他留了个心眼:下次航行的时候他要带一些家乡的泥土——一蒲式耳的瑞典泥土以备在举行葬礼时使用。这可是一件很简单的事情。

"夏洛特号"的船长已经想过了:"我必须给那些准备出国的农民带上一些泥土。他们非常吝啬,和自己的草坪无法分开,爱草皮和泥土胜过世界上的一切。所以当他们死后,如果要真正得到安宁的话,他们最最想要的是将嘴里要塞满泥土也就理所当然了,于是无论如何必须得到这个。为什么这些可怜的乡下人不得不在远离家乡的海上下葬的时候,不能给他们身上盖至少三铲子泥土——三铲子自己家乡的泥土呢?"

而自打那次行程起,洛伦兹船长不再从船的厨房里拿灰来用于船上的葬礼了。他准备了一蒲式耳从瑞典带来的泥土,在船上准备好了。这是任何乘客都不知道的、在必要时为那些在海上去世的农民准备好的货物。

而他很清楚,这一蒲式耳泥土对于"夏洛特号"帆船的第七次北美之行也将是不可或缺的。

40 步长与 8 步宽

1

人们用帆布将中间船舱分为三个房间：一个房间是给夫妇和孩子用的，一个房间是给未婚男子用的，还有一间是给未婚女子用的。一家人的睡觉地方在船舱后部，它有一个分隔的柱子，人们用粗木板钉在柱子上，形成一个独立空间。它有点像牲口房或是马厩。人们用床垫或活动的麦秸铺成床位。那些未婚的人在船舱里纵向的柱子间床铺上躺着，上下铺都有单人和双人床位。

当这些移民在"夏洛特号"船铺好自己的床单并整理自己的床铺时，那些床垫、被子和皮毯子弄得到处是烟尘，总共有 78 个人在这里睡觉。在床铺的底端，那些乘客可以把自己的私人物品放在那儿。船舱下面的屋顶很低，空气很稠密，几乎将嗓子堵住了。这三间用帆布隔起来的屋子已经很小了，而现在又塞进了那些床单、夜袋、食品袋和包裹，这些东西聚在一起，地方就变得更小了。里面还有许多简易的饭桌和饭铺，方便人们坐着吃饭，而这上面也摆满了篮子和人们必须占地的一些杂物。最后，还要留出巴掌大一点的地方来搁自己的脚。

中间的船舱只有通过那个大的窗口放进一些白天的阳光。到了夜晚人们会点上几盏煤油灯，悬挂在船舷外边。

因为在家庭船舱里没有地方了，卡尔·奥斯卡不得不跑到未婚男子住的房间和自己的弟弟罗伯特住在一起。兄弟俩上面躺着尤纳斯·彼得，而阿尔维德的床位则在房间里边。周围那些男子紧挨着，在像浮着的箱子一样的船舱里。每个人有不到一英尺宽的床位供其伸展自己的身体。

"也许这样子躺着就是为了让我们进行预言。"卡尔·奥斯卡这样说道。

尤纳斯·彼得捂着鼻子：

"这儿尿骚味太冲了！"

罗伯特也觉得船舱尿壶里的尿味太大了。

"这儿快让人窒息了。"他对阿尔维德说，"我们俩上去吧！"

这儿下边昏暗得像伸手不见五指的地下室，他感觉自己就像钻进一个系紧了的袋子一般。

两个年轻人用胳膊肘试探着成功穿越了与他们一起坐船的乘客和他们的床垫、袋子和包袱，找到了通往帆船船舷的狭窄通道，并通过大舱口走了出来。罗伯特挨近仔细地看了这个舱口，它上面钻有打量的小洞口，就像牛奶筛子：通过这些可怜的小洞，空气才得以钻下去。这样船舱下面的人之所以感到呼吸沉重并且很闷就一点也不奇怪了。

"他们为什么不在船上做大一点的风洞呢？"阿尔维德琢磨道。

在上面的甲板上，他们尽情呼吸着干净、清新、有点寒冷的波罗的海春天的空气。海面上仍然风平浪静，而帆船在如此缓慢的颠簸中行进着，他们的脚下几乎感觉不到这样的颠簸。静静的水面就像是缓慢流动的泉水一样，轻轻拍击着船身。

罗伯特想四处走走，观察一下这艘正带着他奔向地球另一边的家的帆船。昨天登船的时候他由于匆忙，要管这顾那，以至于来不及仔细地看一眼。他要安排睡觉的地方，所有的木箱、盒子、篮子都要存放在货仓里。虽然在船上已经走了一回，也好像觉得是为别人走的。今天他才多少有点到家的感觉。

他只是有点怕与船长走得太近。在卡尔斯港的名为SUNESONS的船店里，一个店员给他看了一份《卡尔斯港商报》：那上面登载着他们要乘坐的船的信息在"即将到港的船长"名下。开始他还以为报纸印错了。可是那上面清清楚楚地印着船长，而不是船。也就是说，是船长要进港，而不是船本身。那个他昨天在船尾见到的小个子，那时正站在船员边上，他比整个这艘船还要更有分量。碰上他有点不值当。

两个年轻人小心翼翼地注视着周围。阿尔维德看到那个粗得如同男人武器般的绳子，就像巨大的蛇一样正在甲板上四处躺着。他在卡尔斯港船店里看到过同样的绳子。他问这样的绳子是不是用来牵引巨大的发怒的公牛时，店员发出嘲笑的声音，然后告诉他，这种绳子是用来控制某种比世界上所有公牛都要更强悍、更倔强且更加难以驾驭的东西的。罗伯特在一旁用胳膊肘顶了一下并告诉他：这种绳子是船上用来绑什么东西的。

他试图偷偷了解一切他所能了解到的关于船和海上生活的事情，于是他已经开始告诉他的旅行伙伴：他们乘坐的船叫双桅横帆船。人们可以很容易在其他船只中区分出一艘双桅横帆船,因为它在船尾桅杆上有一个斜桁纵帆。

"斜桁纵帆是个什么东西?"阿尔维德问道。

罗伯特现在还回答不了,可他估计这是一种帆,就是人们在一个像甘草铲子那样的东西的帮助下可以竖起来的东西。至于船尾桅杆无论如何应是那根在船尾部最长的桅杆。

"今天有人讲起横帆船。"阿尔维德说,"那是个什么东西?"

然而这个事情罗伯特非常肯定:一艘横帆船有一种新出的、新鲜的、完全粗劣的桅桁,以前没有船只用过。①

两个年轻人站在那儿,朝上向桅杆顶部望去:他们数了一下在他们头上张开的帆的数量,共有11个,3个安在前面突出的柱子上,4个安在前桅上,还有3个安在尾部桅杆或大桅上,还有一个小的、几乎是四方形的帆安在船尾。桅杆柱身可能有三四十抱那么高,它们看上去要比任何教堂的尖顶还要高一些。最前面的桅杆要比其他的短几英尺,它被叫作大桅杆,因为它体积最大。

罗伯特想,桅杆是柚木做成的;也许是他砍伐倒下的那些树木之中的一根。

"这是用一整根木头做的吗?"阿尔维德问,"它们是到顶部都一样粗吗?"

罗伯特回答,他这么理解,桅杆是由几根柚木树干钉在一起做成的。他非常清楚,只有一根柚木绝不可能长这么高。

两个从陆地来的长工站着探寻大海的秘密,他们仰起

---

① 原文 råsegel 应为横帆船,但 rått segel 与其同音,罗伯特在不懂装懂。

脖子看着桅杆顶，直到脖子开始发酸。这些来自林海深处的柚木经过漫长的征程来到大海。而那些树木的紧密邻居目前还留在自己家乡丛林里——它们生长的地方。它们可以留在自己的根上而永远也不用出海：森林里的树木之中也会有碰到不同的运气。

古怪的网子、粗绳打成的结悬挂在桅杆上。两个附近的海员爬了上去，相互在喊些什么。两个来自乡下的小伙子看到他们悬在那里惊呆了，他们看不到上面那两个海员有什么可以抓住的东西。他们害怕两个小伙子会随时失足，他们的身体会直直地掉到甲板上，被摔成四分五裂血浆四溅的、令人恶心的肉泥。

罗伯特和阿尔维德继续在观看"夏洛特号"双桅帆船并且变得对他们能够活动的地方如此之小感到更加吃惊。他们用脚步丈量了长度和宽度，他们伸出腿，大概两步相当于一抱的距离：他们由此丈量出这艘船的长度为40步，而宽度仅为8步。他们农家木屋里最大的房间的地板与这艘船的甲板一样大。他们乘坐的船不止40步长、8步宽那么小，这里还是将近100人居住、睡觉、吃饭并且解决一切个人需求的地方。而他们要是一同走上甲板就会变得非常拥挤，以至于他们会相互挤倒并掉进大海。

今天罗伯特有如厕需求的时候，他问了一个船员厕所在哪儿，他得到这样的答复：以前是一个圆形的房子，就在船尾左舷侧边。罗伯特不知道船尾左舷侧边在什么地方，可他还是找到了这间屋子，而它并非圆形而是四方形的。所以谁也不能理解为什么它会被称作圆形房子。人们所使用的洞自然是圆的，可是所有这样的洞都是一样的。谁也无法猜透海上生活的谜团。

两个正乘船去美国的年轻人看着帆船前甲板那儿的起锚机,还摸了摸那个粗大的铁锚链:这就是装备!可是当人们要将船在海底固定的时候,显然需要有粗壮的缆绳与船相连。

"瞧那个最前面的老头!"

阿尔维德指向船艏那个东西:"老头"是一个木头神像。他们凑近后看到它应该是将脑袋和脖子装在一只大鸟的身上:一只大鹰正抬起头朝船舷左侧中间望去。鹰长长的鸟喙张着,像一根略微弯曲的箭头伸向大海,就好像它用鸟喙来为船员们在海上指路一般。前面的鹰看上去很贪婪且很危险,它用黑色的、不动的木头眼睛朝波罗的海水域望去。

那边坐着一个上了岁数、背有点驼、下巴上长着长长的灰色胡子的老头,他倚靠着那根大桅杆正在弄他粗绳子尾端或者什么别的东西。罗伯特问他在干什么,他挑逗地回答:

"男孩你没看见吗?我在结绳子呢。"

罗伯特突然学到了一个新的词汇:结绳子。那个长着灰色胡子的老人是船上修风帆的,他以前当过船员。罗伯特问他驾驶舱里那个木头神像是什么东西,于是他得知,那是一个艏像。它除了装饰"夏洛特号"双桅帆船,没有任何别的用处。

两个年轻人在船舷边,往海里望去,他们站在那儿猜测两英尺的海面下深度。罗伯特估计从水面到海底有5公里长的距离。阿尔维德摇了摇头:他估计顶多只有几百抱的距离。

下面的大海离他们这么近。他变得忧愁起来并说道:

"要是大海只升高半腕尺①，我们就都得淹死。"

罗伯特在一瞬间闪过这种可能性，然后他回答，没有任何危险。要是大海升高的话，那么必定也会把船只抬得更高。阿尔维德摇了摇头，他无法跟上他伙伴不同寻常的思维方式。

来了一个同行的乘客，他站在两个小伙子旁边，这个人戴了一顶宽檐帽子，身穿浅棕色、装饰着灰色皮的条纹布外套，裤子也是同样的条纹布，它紧贴着他的腿，好像它贴在皮面上。他裤子背后的裤兜里悬着一条白色的手绢，手绢低垂的尾端飘动着，他脚上则穿着锃光瓦亮的男式皮鞋。罗伯特先前在船上注意过他，因为他的服饰。他在所有农民中与众不同，看上去更像一位绅士。

那个陌生人俯身看向"夏洛特号"帆船磨损厉害的船体，那里木头的表面已经开始软化，并且被磨成粗粉，成为小木棍。他对帆船的船体射出鄙视的一瞥，并朝它吐了口唾沫：

"太他妈差劲了！这个旧船舷！"

为保险起见，他对他们乘坐的船又吐了口唾沫：

"这是一艘不卫生并且让人窒息的船！你们明白吗，农民小子？"

罗伯特嗓子里略带愤怒地回答，他刚一登上这艘帆船时就明白，这是一艘不卫生且令人窒息的船。

"船底下的水难闻死了。"那个穿着格子大衣的人说，"我乘坐过很多帆船，我告诉你们：这艘船的船身不卫生。"

"先生，你是海员吗？"罗伯特问道，带有一丝敬意。

---

① 腕尺，英国旧时丈量布匹的单位，一腕尺约合45英寸。

"曾经当过，当了10年。"

阿尔维德从船舷那儿探出身子，他立马有了一个发现。他朝下指着说：

"你们瞧啊，那儿有个洞！你们看见那个洞了吗？我们的船不密封！"

他指着船一边的一个开口，那里海水不断地从小喷嘴处流进流出。

穿条格大衣的人大笑道：

"下面那个是甲板的排污孔，是这样的——帆船确实是不密封的！"

罗伯特马上明白了这个词：排污孔。阿尔维德应该能够理解，船身上会凿一些孔，以便那些晕船的人呕吐用。他现在还看到，那个开口用铁皮包装好的，这样呕吐物的味道不会渗透并固定在木头上。那些包装还明显地表示，船边上的洞是不让船被腐蚀掉，而是特意这么做的。

"是的，"那个上了年纪的男人继续道，"要是这个腐朽的洗池还能撑着漂到大海另一边的话，我又要再次去北美利坚共和国了！"

"先生以前去过美国吗？"罗伯特大声问道。

"去过几次，我的朋友。在美国住了很多年。"

罗伯特瞪大眼睛，进一步审视那个同行的乘客。他生来第一次看到一个到过新世界的人。他看到一个长着红色斑点、脸颊有点肿的脸，扁平的耳朵和一双眼睑很厚实的红色眯缝眼。在这张脸上，要想发现什么美丽的东西是很困难的。可是这张脸的主人到过北美，而这个见多识广的男人说起这个，好像在说他刚刚从那儿回来，而丝毫没有夸张的成分。

"先生在美国做什么?"

"什么都做。"

陌生人往外向大海的波涛望去,好像他对美国的记忆围绕在外面的波涛周围,而他现在不想把它们召集回来似的:

"最近一年我帮着一个摩门教的神父做一些小事情。"

穿着大格子大衣以及像蛇一样窄的裤子的人又吐了口痰,这次是直接吐到大海里。罗伯特不需要帮他提出什么新问题,他就继续说下去了:

摩门教在合众国最早时是正义的,而他在他们最大且最正义的先知那里得到一个差事。摩门教神父沿着铁路线从一个城市走到另一个城市,而他要跟随他,帮他做一些小事情。这不是什么难活或重活。摩门教在某个城市每开一次会议,他就坐在大厅里混在人群里并装作陌生人。当神父布道结束时,他的任务就是走上前去请神父讲几句话。他要说,他今天晚上一直坐在下面这个屋子里听他讲话,他被启蒙之神攫住了。这个时刻他被允许让他亲眼看到主的回归的先知。在他内心深处,也突然明白了,他自己属于以色列迷失的家族。他那过去岁月的记忆突然一下子回到了他的脑海,以至于他记起了直到亚伯拉罕父亲在世的那些日子。而他现在出来就是为了成为锡安神圣的儿子,这样他可以被摩门教的教堂接纳。

他马上就被接纳了——一点儿困难都没有。摩门教的神父向他张开双臂与他拥抱,在整个教区的见证下诚心接纳了他,并称呼他为失而复得的兄弟。而底下大厅里还有几个半信半疑的人,听了他的话之后也说了同样的话:他们也属于以色列迷失的家族,而今天晚上他们亲眼见到了自己的先知。所有这些人都被神父接纳了。

每天晚上他都通过这种方式又一次成为锡安之子以及主的回归的先知的兄弟，而为答谢他，他每天都会得到1美元的现金、两顿饭、免费的火车票以及上司借给他的精致的衣服。

几乎每个晚上都有某个女人，会被这样的耶稣基督的启示攫住，所以她重获了自己的记忆并且记得她是锡安迷失了的女儿。于是摩门教神父会给那个被找回的姐妹最温柔的关怀并且马上和她结婚，如同主向他发出命令一般。因为这是唯一拯救一个女人灵魂的方式：某位男子牵手让她成为自己的新娘。没有任何一条道路可以让某个女人挤进天国这美好之处：她们必须由履行其对新娘义务的丈夫来帮自己渡进。

可是现在出现了一次有多个失而复得且恢复记忆的锡安的女儿，她们都被神父接纳了。这时候后台无法安排让她们所有人都结婚。他的时间和精力都无法让他这么做，此外他有时身体有点不太好。尤其到了星期六晚上他要休息一下：这时他结婚很少会超过一次，最多会结两次婚。因为他偶尔要小憩一下，尤其是当他身体不太好的时候。这个时候上司就命令他、这个领钱的合作者在休息期间代替一下神父：经神父允许，他也可以与一个迷失的以色列家族里被找回的女人结婚。一方面他不愿意阻挡某个好的且和蔼的锡安姐妹通往美好天国之路，另一方面他受雇要帮忙做一些小事。

上司自己总是在最年轻的姐妹中选自己的新娘。那些幼嫩无助的女人比其他经验丰富、可以用温柔而习惯的手的上帝的人要有更大的需求，且更习惯于安抚及与她们结合。他的任务是与稍微老一点而又更为成熟、绝大多数情况下并不认识任何男人的女人举行婚礼。而年纪越大的新娘，就越是害羞并且要穿得更像新娘，她们会穿得更多，在婚礼的时候会穿更多衬裙。新娘的第一个事情有时就像是静静地、充满耐心地翻看一本家族传下来的、那些真正旧的、页面很大的《圣经》。所以新婚之夜无论如何都要做一些宗教上的事情，尽管他自己并没有把摩门教放在心上，而是像以前一样，他更相信路德教。

可是这样的差事没有持续超过半年时间。上司那年秋天一个阴暗的晚上碰到一次严重的车祸。他们一起乘坐一辆蒸汽火车到北美西部一个上帝和他的十诫尚未抵达的偏远的小城市。那个地方的人属于异教，并且很野蛮，他们会对没有说过一句话、更不用说来得及对他们中任何人射出一颗子弹的陌生人进行攻击。摩门教神父和他的助手刚从蒸汽火车上下来，他们在没有得到任何警告的情况下就遭到一伙被上帝遗忘了的仇视摩门教的没有教养的男子的袭击，因为那么多人当了锡安的女儿，新建的地区剩不下几个妻子和煮饭的女人了。

这跟他没有多大关系，他只是一个雇员，就做一些神父命令他做的事情。而他非常幸运：在人群围住摩门教神父的时候，他乘机和神父分开了。他在同一天领取了一个星期的工资，他和上司之间再也没有更多可说的了。于是他快步从现场逃离并且很快到了另一座城市，那儿的人们更加文明、懂规矩些。

在那个时候，那些暴跳如雷的人群正在对付那个摩门教神父，于是第二天他很悲伤地看到一份报纸，他看到那个可怜的男人已经死了，他的尸体被用绳子悬挂在一棵树上。那个可怜的人实在是运气不好，正好碰上那些野蛮人。这样对他是不对的，因为他一生都在极力推动摩门教，他在那些荒野的新建区域到处旅行，在很短时间里做了很多事情，尽管他身体并不很强壮。他还当过一个好的、公正的上司：他应该有更多朋友，在危难的时候应该有人来帮他。

报纸上还说，这座城市的许多人想见他的随从。可是他自己对这场宗教运动并没有任何责任：他是路德教的并且仅仅是神父普通的雇员——他受雇仅仅是帮着做点小事情。

讲述者沉默了。他再次朝船舷吐了口唾沫，他从自己后裤兜里拿出那块大手绢，擦了擦自己的眼睛。罗伯特和阿尔维德一动不动地站在那儿，就是盯着他看，开始还以为他是为了那个被吊着示众的摩门教神父的命运而哭泣，其实他只是将溅到他脸上的浪花擦干。然后他朝两个小伙子点了一下头，从那里走开，开始在甲板周围散步，他那块巨大的手绢悬在背后，犹如一条狗低垂的小尾巴。

阿尔维德琢磨着那个陌生人在北美的古怪营生：

"他是神父助理，你说是不是？"

"有点像。"罗伯特猜测道。

"可是在美国，他们可以将神父挂在树上吗？"

"也许吧。如果实在必要的话，要不然几乎不允许。"

于是两个要去美国移居的长工继续在船上左看右看，四处巡视，从船头到船尾，在40步长、8步宽的空间来回走动。他们宁愿一直在船甲板上面待着，白天连着黑夜：他们不愿意返回下面拥挤的人堆里，返回甲板下那个昏暗的房间，返回甲板下那层令人窒息的洞里，返回那个空气潮湿又污浊、充满毯子和秸秆烟味儿的船舱，返回那个充满尿骚味和呕吐秽物恶臭的房间里面。

在乡下时，罗伯特曾一直设想在海上乘坐一艘帆船是件光彩的事情。他曾设想载他航行的帆船白得就像天使的翅膀。可是卡尔斯港的"夏洛特号"的帆是黑灰色的，已经被天气和风弄得脏兮兮的，就像秋天里泥泞的耕地里装土豆的袋子那样的土灰色。"夏洛特号"双桅帆船没长任何天使的翅膀。她不是一条装有白色风帆的快艇，可以轻松地飞跃大海，而是一条船底下载有生铁、吃水很深并且在海里吃力地匍匐前行的货船。这不是罗伯特理想中的船，这不是那艘他曾经日夜盼望的船。可他还是开始喜欢上了她，当他在甲板上四处走并且看着高高的桅杆时：那上面海鸥们正围着她飞翔，在灰色帆布的映衬下，它们的翅膀显得格外洁白，好像刚刚洗干净一般。

他正在进行一场大的冒险。只要他不必返回船舱下面就可以了。

2

乘客们都被唤到了甲板上，并被召集到那个打开的舱门口，船上的大副正站在那里，用他那像唱歌般的芬兰语高声叫嚷：

"这是第一个星期的食品！"

两个船上的小伙子从食品储藏间转出圆桶和木桶。储藏罐的盖子打开了，甲板上饭味儿开始飘散。移民们的鼻子马上嗅着了：海风唤醒了人们的饥饿感。

在乘船期间，船上要免费为他们提供食物和饮料。人们对船上食品的新鲜感很大，所有乘客，不论男女老少，在分食物的时候都凑近来看。可是大副说了，不要每个人都跑到甲板入口处：每家只有一个人可以来取食品，由每家户主申请代领就行了。

他喊道：每个人都会分发到一个星期的、固定份额没有煮熟的食品，然后他们可以自己省着点吃，这样也就够了。他们不得过了几天就又跑回来说饿了要取更多食品。他想让大家一下子就留下深刻印象，这是一个星期的食物。他们可以有序地到甲板上面的厨房去准备，如果他们没有自己带锅子的话，可以用厨房里的煮饭锅去煮和烤食品。他们可以商量好在厨房做饭的次序，这样每个乘客都能做上饭。所有剩饭、吃剩的骨头、脏水和垃圾都要扔到水下，可是所有东西都要在避风处而不是迎风处扔。严格禁止将剩饭剩菜和垃圾在迎风处抛扔。

他们可以每天从船上的淡水库里取一次淡水，每个人可以取一壶淡水，用于饮用和洗漱。他们必须注意节约那壶水。他们也可以每天早晨自己冲洗中间甲板，这样那些晕船人的呕吐物还有其他脏东西可以被冲走。他们每天必须将中间甲板上的污秽物冲洗干净后才可以分得当天的淡水供应——这可以帮助他们记住，免得他们忘了做这件事。生病的人可以从船上的药箱里取出药剂、片剂、洗液及其他药品，只要他们说就行。而如果他们旅行途中需要购买别的什么东西的话，他可以从船长管的杂货箱里买到：那里有肥皂、火柴、梳子、刷子、《圣经》、唱诗本、鼻烟、口嚼烟、双陆棋、刀子、扑克牌和其他必需品，价格非常合理。

乘客们还需十分小心用火。在甲板上禁止吸烟，不得在附近点燃或携带明火。其余每一个在船上的人都有责任始终遵守船上的告示和指令。所有人应该非常明白，为了他们自己的安全，在漫长的航行期间必须遵守秩序及规则，船长可以对那些不遵守现行规定者进行惩罚。

移民们围在大舱口，静静地、虔诚地听大副讲话。有人问要是触犯了海洋法会受到什么样的惩罚——海上的法律与陆地的法律是否完全不一样？

尹佳·列娜和丹尼尔·安德里亚松紧挨大副站着。他们的手握在一起，她在甲板上四处搜寻：

"丹尼尔，他刚才讲的迎风口在哪儿啊？"

"我不知道，亲爱的老婆。"

"不在那儿人们就什么东西也不能扔吗？人们必须弄明白它在什么地方，是吧？这样人们才不会做什么违禁的事情。"

于是那个站在农人旁边的、上了年纪的船帆修补工解释道：

"大副是指什么东西都不能顶着风扔到海里。那样的话会被吹回甲板上的！"

"哎呀！"尹佳·列娜大叫起来，"人们自己就该明白的，不需要下命令！我还以为迎风口是这艘船上的某个地方呢！"

大副拿起自己的木秤开始分发船上的食物，他拿起来掂量一下然后盛给在他身旁等候的人。

丹尼尔·安德里亚松拍了拍手说道：

"上帝第一次给我们在船上供应食物！"

上帝通过大副给大伙分发的食物有许多种类：有船上的面包和面包干，有腌肉、黄油、米粒、面粉、黄豆、腌鲱鱼、食糖、糖浆、芥末酱、食盐和胡椒粉。移民们挤在舱门口,他们带着瓶瓶罐罐和其他所有种类的容器来接收食品。由于罐子太少,有些人就将腌鲱鱼、黄豆和腌肉用手绢和围裙卷起,其他人直接用手拿。

大副反复强调:"记住啊,要节约点啊,大家伙儿!"

这是一个既需要耐心又需要技巧的事情。那些小份额的东西是最难分发的。只有肉块和面包稍微好分点,它是每人一整份。然后他得站在那儿计算分量:50奥特[①]的黄油、50奥特的食糖、75奥特的面粉、25奥特的食盐、25奥特的咖啡、3奥特的芥末酱以及1奥特的胡椒粉。而醋最后要用体积来计量,每个乘客可以要3立方英寸。这对于一个开船的人来说真是很要命的事情,他要站在那儿做这些琐碎的计算,还要分发给乘客。于是大副在"夏洛特号"船舷,在船舱口测量、计算及衡量的时候,他在想:这个活对于商店店员比较合适,可是对于一个海员及在深水海域驾船的人来说却真是赶鸭子上架。

这样称了几个小时,食物分发才结束了,大副终于可以把木秤和计量罐子扔下,他解脱了,然后长长出了一口气:现在往后的一个星期都不用操心了!所有人都拿到了自己该得的那份东西。可是像往常一样他们永远没有足够的罐子去取东西,这些农民:两个女人不得不用自己的头巾去装面粉,而用自己的衬裙去取米粒和黄豆。那些要移民北美的人永远不会很脆弱。

很快人们开始闻到从厨房里传出来的烤肉和煮好的豆子的香味儿,整个甲板上都能闻到这股香味儿。可是要等

[①] 奥特是古瑞典的一种重量单位。1奥特等于4.25克。

很长时间他们所有人才能用完船上的厨房。在等待做饭的时候只能凑合着先吃点冷食。

阿尔维德和罗伯特站在船尾，啃着船上硬得就像石头鱼一样的干面包。就在啃第一个干面包的时候，阿尔维德就啃掉了一颗门牙。然后他害怕把另一颗门牙也啃掉了，于是用手把干面包掰碎了再放进嘴里：在纽巴肯他吃过许多次放了一个多月的硬面包，可是从来没有因为这个而掉牙齿。要是这样继续下去，到美国的半路上他的牙就会掉光。

海上开始飘起迷雾。四周的水开始变黑，云层开始下沉，将桅杆和风帆隐藏起来，迷雾开始爬上甲板。围绕着他们的世界一下子消失了，看不见任何别的船只，而这艘小帆船在渐渐变暗的海上是孤独的弃物，在人们的视野里看不到沿岸。

罗伯特战栗了：船底下是那么深的海，而他站在高高的腐朽而生锈的旧木船上，就像站在一个很旧的木桶上，而它要载着他渡过这片深海域。他感到无边无际的无助。来自乡下的年轻人被恐惧缠绕，像有无数蚂蚁在咬啮他一样：坐船的日子很难熬，它实在太不稳定了，它不是别样的日子。

也许今晚还是爬到船底下，在黑暗的船身躲起来更好些。

3

克里斯蒂娜站在自己和孩子们睡觉的地方，他们的床位是用粗的、没有刨过的树桩板钉在一起的。在地板上她把地毯摊开,铺上准备在海上用的被子——她的新娘被子。而床上还放着一个大的篮子,这是他们用来装食品的,没有任何别的地方可以放这个东西。孩子们已经在床上翻滚了,也没有别的地方给他们用。所有事情都只能在床上做,除此之外没有别的空间。

在床上的第一天夜里,她是在家庭舱里睡觉的。床位对于她和孩子们来说已经很拥挤了,而给卡尔·奥斯卡的地方就更小了。夜里每一次她刚刚睡着,肚子上就会挨上一膝盖或是脸上会挨三个孩子中某人的一脚,于是她就又被弄醒了。她像一只翅膀下没有地方搁置自己幼仔的母鸡一般。此外她还被周围人的闹声以及所有船上可以听到的声音干扰。于是她就这样整夜地刚睡着就又被闹醒,起床的时候要比刚去休息时还要疲劳。

这里现在住着30个人,男人、女人和孩子,他们都挤在一个不比他们在科尔帕默恩的木屋里的大房间稍宽敞一些的屋子里。只要离开自己睡觉的地方一步,他们之间就会碰撞到。而克里斯蒂娜对于那些跟她靠得这么紧的陌生人还很害羞:她所有要做的事情就是看别人的眼色。她该如何偷偷地给小哈拉尔德喂奶呢?她不愿意在陌生人中间,在其他妻子的男人们中间解开扣子然后敞开胸脯给孩子喂奶。她在卡尔·奥斯卡——自己的男人面前就已经很害羞了。她不得不每天晚上和早晨在陌生人面前穿脱衣服就已经够窘了。

小麦尔塔被海边城市的大风吹感冒了,还发着烧,她现在躺在床上感到很热,脸颊令人不安地通红。要是能给她喂半壶热牛奶该多好啊!可是这儿没有一点儿牛奶。她试着给女孩喂一些热蜂蜜水。还有她该拿约翰怎么办呢?

他还是非常敏捷，可是几乎每天夜里都会尿床。那根水管应该用自己的床垫。而所有床单等床上用品都已经被孩子们在旅行时弄脏了——她该如何在船上把这些东西都清洗干净呢？

现在她和三个小孩一起关在这个狭窄的地方，而其中一个还病了，还夹杂着这么多陌生人。她整个一生都没有感到自己是如此笨拙和不知所措。

在下面这个地方，孩子们没有任何可以自由活动和玩耍的空间，而当他们无事可做的时候，就会缠上自己的母亲了。

约翰站在那儿扯着她：

"我要上去，妈妈。"

"我们不在这儿上去，儿子。"

"可是我要出去回家。"

"我们现在在海上呢。"

"我不要在海上待着。我要回家。我要喝牛奶，还要吃饼干。"

"可是我们没法出去，我已经告诉你了！"

"可是妈妈——我不愿意在这儿待着……"

"不要闹，安静点，孩子！"

幸好她带了一些糖在身边。她打开床脚边的夜袋，从袋子里找到了一个糖块给了男孩。然后他安静了下来，这是让他闭嘴的唯一方法。小麦尔塔觉得不公平，也要一块，可是她还在发烧。她警觉地用手在女孩的额头上试了一下，感到还是很烫。

卡尔·奥斯卡手里提着一个罐子从甲板上走到下面，罐子里装着刚刚分发的最后一些船上的食品。他纳闷为啥他们没有分到一点儿土豆,他想吃土豆,他习惯每天都吃些土豆。可是他们分得了酸菜,这很好吃。克里斯蒂娜猜想船上不好储存土豆,因为它们会发芽变质。卡尔·奥斯卡只能安慰自己,等他们到北美安顿下来分到好的土地后可以吃到很多土豆。

很快就要轮到他们使用船上的厨房了,他说。可上面还是那么拥挤,就像圣诞日早晨的弥撒一样:老太太们相互站着或坐着。而克里斯蒂娜却并不高兴这样:她做饭的时候要她站着和那些陌生的妇女一起拥挤吗?

每次卡尔·奥斯卡从甲板上呼吸完健康的空气而进到船舱呼吸时,他都会做鬼脸:

这里需要一个夹鼻子的夹子!因为这儿的空气太糟糕了。

当克里斯蒂娜第一次下来时,她差点儿仰头倒地。这些常常会让她窒息的恶心空气向她扑面而来,一切都让人作呕:腐臭的猪肉、陈旧的腌鲱鱼味、酸臭的毛袜子味、脚的汗臭味、已经发干的呕吐物散发的味道。她在角落里看到几个木桶,而她马上猜到了那些是干什么用的。她感觉自己好像到了一个陈腐发霉的鲱鱼桶底部。她像丢了魂一样,想马上转身,奔回甲板上面——从船上跑出去。

渐渐地,她的鼻子有点适应那股难闻的味道了。可是她继续往前走并试图召回自己的灵魂并且尽可能呼吸得急促点,这样可以与它们保持一点距离。

卡尔·奥斯卡解释道:空气如此糟糕,是由于从外面吸入的空气太少了。只要空气是静止的,现在下面每个人都会吸到各自从嘴里呼出的口气。好在他们白天可以走到甲板上让肺呼吸到新鲜的空气。

他还对运载他们的船表示不满，几乎感到在运载合同里被欺骗了。而他昨天在登船的时候他的床位还不能和妻子及孩子们分在一起，而是分到了那些未婚的男人堆里，他跟大副讲的真话：他不要求在旅程中像一个国王那样用丝绸被子和鸭绒，睡在镀金的床上，可是他也没有想到要住得那么拥挤，像可怜的羊一样被圈在一个羊圈里！这里至少被塞进了20人。对于船东来说自然是要搜刮钱财。他为每个成年人支付了150银币的运输费。现在因为船东要吞噬大量的钱财，而让他们聚在一个昏暗而又令人窒息的洞里备受折磨。他跟大副说过这事，而那些勇敢的男人也同意他的意见。大副威胁他要告诉船长，克里斯蒂娜害怕起来，于是请求他赶紧闭嘴。可是卡尔·奥斯卡现在很难一下子停下来，因为他感受到了不公平的对待。

此外他们不得不在卡尔斯港的小区里住了整整一个星期等候登船，花了许多冤枉钱。他们应该事先就了解好船只启航的正确的日子。

一个船员，一个看上去不像其他人那样不近情理和高傲的小伙子，承认这艘船超载了。可是他补充道："当我们出海后中间船舱里的人往往会递减。"

如果这个说法真的是一个安慰的话，那么这个真相是非常残酷的安慰，而如果这是玩笑的话，那么卡尔·奥斯卡则认为这更加残酷。

他现在明白了，他们在这艘船上的生活既不会很舒服，也不会很健康。

他们中已经出现了生病的乘客。船的另一头躺着一个上船时就很虚弱的小姑娘，她在卡尔斯港等船时就嗓子疼。小姑娘的父母在船上面的厨房里煮了粥放在一个方头巾里，用作姑娘的患病的嗓子的敷布。可还是没有起什么作用：姑娘躺在那儿面目狰狞地呼哧呼哧喘气。卡尔·奥斯卡小时候也有一次被这样的病折磨过，当时跟他父亲说：除了用针刺进嗓子眼的肿块，没有别的办法。用粥热敷一点儿用也没有，只有用刀才管用。

在离克里斯蒂娜最近的隔开的房间里住着一位从奥兰岛来的老农。那个人叫蒙斯·雅各布，而妻子叫菲娜·凯伊萨。他们讲他们要搬到儿子那儿去住，儿子已经在北美定居很多年了。卡尔·奥斯卡刚上船的时候就已经注意到了这个奥兰岛的老农：他拖着一块很大的磨刀石，他要把它作为货物带上船。大副不同意，问他是否必须带上那块石头：能不能直接把它扔海里算了？没有这块磨刀石，难道他就没法过了吗？可是蒙斯·雅各布非常在意那块石头，他表示，要是他不能带着这块石头上船的话，就要船东退还他的船钱。他非常固执，于是大副就屈服了，现在这块磨刀石就放在船底下的货物舱里。蒙斯·雅各布听他儿子说，好的磨刀石在美国非常贵，而在奥兰岛家乡却非常便宜，所以他要带着给儿子。

卡尔·奥斯卡几乎是在拍卖会上送掉了一块全新的、很平整的磨刀石，因为他要坐船跑那么长的路程太沉了。到了美国他要是需要磨镰刀来收割美国又长又饱满的草时候，要再弄一块一样好的石头，也许很难了：一把锋利的镰刀抵得上一个割草小伙半天的工。

是不是还有其他一些东西应该带上？

"你有没有看到他们还带上了手纺车和纺线团那些东西？"他问道。

"是的。"克里斯蒂娜回答，"我没有带上我的手纺车真是太蠢了。"

当她看到同行的乘客带着的东西时，她真后悔把那些不可或缺的工具留在了那里的家。

但是也没有什么办法，到美国后他们总会有一些他们应该带的东西。她更痛心于他们有一个不应该跟着的同行人。

克里斯蒂娜指着她床位脚跟外的帆布帘：那里面住着那个不应该跟着他们旅行的人！

她悄声说：

"她就住在里边！那个妓女！"

那个令人恼火、难以忍受的女人就离她那么近，韦斯特尤尔的乌尔丽卡的床位就在背后，只有一块薄薄的布将她们的床分开。她可以听到那只野鸡做的每一个动作、说的每一句话——那些话，让她宁愿把耳朵堵上。

克里斯蒂娜往那儿一指，而卡尔·奥斯卡往帆布帘那边望去：帘子中间有个小开口，而透过它他看到了韦斯特尤尔的乌尔丽卡的一瞥。她正在脱衣服——某道白光穿了过来：她裸露的、起伏的奶子。他马上转过身去，很不舒适且很恼火，而更让他蹿火的是他看到克里斯蒂娜有点挑逗的表情：她是想让他过去看不穿衣服的妇女们吗？是她自己将乌尔丽卡指给他看的。而此外女人们在从身上脱衣服时也要很好地遮掩……可是在这艘船上所有人都拥挤在一起，人们显然必须适应这个以前从没经历的场景。

"为什么他们叫她鸢鹰？"克里斯蒂娜问道。

"因为她永远不会难过，我估计。"

"而要是有哪个女人需要难过的话，那就是她。要是哪个女人需要哭泣的话，那就是那个女人！"

"不要管别人!"卡尔·奥斯卡说道。

"是的。别人有其他事情要做呢!"

克里斯蒂娜问他是否可以搞来一桶水,她必须把脏衣服给洗了:她打算在船上把自己和孩子们上上下下、里里外外都洗得干干净净,就像在陆地上一样。

可是卡尔·奥斯卡认为他们今天不能再弄到更多的水了,直到明天早晨,他们才可以在自己的更衣室里洗干净。

"你不会去求大副多要一份水吗?他对你不好吗?"

卡尔·奥斯卡沉默了。他在船上感到不知所措。在陆地上无论处于什么样的境地,他都知道该怎么处置。要是需要什么的话,他往往会搞到的。可是在海面上他不知道上哪儿去找什么东西,在这儿他不能想要怎么动弹就怎么动弹。而要是他抱怨什么的话,就会被船上的长官威胁或训斥。他发觉这里的海员很鄙视农民并且把他们当作一种低等动物:他们几乎被当作一种牛。而他在这儿走动就像一头拴在树桩上的牲口,他只能围着树桩转,只要拴绳还够就还可以走,但是一英寸也多走不了。这是大海把他拴住了。船舷外的大海把他拒之门外。对于那个要地方的人来说,大海啥也不是。

他对于船上这么拥挤感到很难过,而他们的住地是那么昏暗、污秽和不卫生,主要是由于克里斯蒂娜。是他劝她要移居的,他要对所有在这儿的人负责。而他看够了她脸上的表情和她的想法,自从他们上船后他很不愿意去看她的脸。可是她并不是每次有理由时都会责备他的,而这也是他娶她做老婆的缘故。

他想试着安慰并鼓励一下她:

"我们海上的天气不错啊。我们要为此感到高兴!"

他话音还未落,经过一次方向操控后,他们的船就倾斜了。这个动作是那么猝不及防,以至于克里斯蒂娜没有站稳就倒向了一边——那个铺好的床接住了她。

"我们的船翘起来了!"

而卡尔·奥斯卡看到妻子这个样子后咧嘴笑开了:

"你该在船上好好享受了——你不是一直喜欢荡秋千吗?"

船又倾斜了,将科尔帕默恩的克里斯蒂娜掀翻过来。可是她笑不出来。年轻的妻子看着"夏洛特号"双桅帆船里昏暗、空气浑浊而又恶心难闻的船舱里密密麻麻的人群:这就是他们去往北美漫长旅程中所要住的地方,她要在这里和孩子们住上几个月时间,她要在这儿吃饭、喝水、睡觉,他们要在这儿生活、呼吸、醒着。他们要在这儿像在漫长的冬季里马厩里圈着的牲口那样起居。

而当她看到自己在海上的住所时,那个念头又一次回来了,那个念头是她刚踏上船的时候就涌现出的:

我一定要从这里活着离开!因为这里活像一个坟墓!

❧　一艘满载梦想的船　❧

移民们夜里不时醒来,在自己的床位上翻来覆去,听着各自的动静及船上的所有声音。

卡尔·奥斯卡:

我们在路上,而几乎没有任何事情符合我的想象。可是无论好坏,我们也无可奈何——我无法后悔。最愚蠢的人是对无法改变的事情表示后悔。也许是我让我们处于不幸的境地。我们得忍受麻烦及承受不公的痛苦。而我有责任为我们的幸福而努力。是我推动的移民,要是让大家都不好的话我只能怪自己。

我们现在只是希望能健健康康地漂洋过海。

我已经押上了我所有的个人财富。如果运气不好,一切都可能付诸东流。他们认为我鬼迷心窍。这惹恼了我,可是我没有把它们放在心上。为什么要强迫他人喜欢自己要做的事情呢?只有在周围奔跑的懦弱的狗,才会为了让人挠脖子而殷勤地舔人。我需要的时候还是自己来吧。而我们无论将来会变坏或变好,我都无法带着妻子和孩子成为教区里的负担。我可不愿意让别人看我的笑话。家里那边谁也无法让我们痛苦。

教区里的许多人希望我受到挫折,这样他们就可以羞辱我了。家乡里的人们都是相互喜欢艳羡和嫉妒别人的好运气。他们自己希望对方碰到逆境。如果我失败了,他们只会感到舒服。

当人们一切从头开始、我们刚开始到美国也许用不着羞耻。可是我一个好身体,而只要我身体好,那么我肯定可以干活,这样我们就可以养活自己。而困难无法让我屈服。遇到困难我只会更加勇敢,更加倍地努力工作。一旦有了土地,我就可以发奋努力了。而我不会让任何人来骗我。我将不会相信任何对我油嘴滑舌的陌生人。

我现在肚子上绑着我的皮带躺着,我可以用手摸到它,随时都可以用手摸到它,这让人感到很安全。这里面有我所有的剩余财产,都已经换成了银币。这是我们建立新家的基础。这根皮带我白天黑夜都带在身上,谁也别想从我这儿偷去,除非把我杀了。这儿船舱里的人们自然都是普通粗鄙的农民,也许他们所有人都像我一样正直而诚实。可是不认识的人我永远也不会信赖的。周围其他的农民也许也是夜里将自己的钱财贴身带着。而谁能肯定,没有任何窃贼溜进了这艘船呢?他可不会四处嚷嚷说:"我是窃贼!"而在拥挤中,这儿的人们可以完全紧贴别人的身体,这样人们相互之间都可以盯着对方衬衣底下。就像我们这么拥挤地躺着,人们甚至无法对另外某人隐藏一根缝衣针。

我除了自己,从来没有信任过任何别人,自然也包括她。上帝真好,让我拥有一个一流的女人,勤劳、持家并且照顾孩子。一个农民,要是娶了一个大手大脚、懒惰而又粗枝大叶的女人,永远也不会有进步了。而她跟着我,迎合我的意愿。但是我开始害怕她后悔了,尽管她什么也没有说。也许她现在一切还没有准备好呢?我有时害怕这个。要是她开始吵着要回家，我该怎么办？

可是她曾经一度赞同，她是一个说话算话的女人，她会承认她说过的话的。

可不幸的是，她偏偏这个时候又怀上了孩子。这真是没有想到的事情：就在我们要出发的时候。现在她是那么脆弱。我很愁大海会对她考验得太狠了。可是我会全心全意地照顾她，并帮着她照顾孩子们。幸运的话，她也能很健康。

对于我们来说，在这艘船上的时光不会是令人愉快的时光，一点儿也不会。她和我也许会等很久，才会再好起来。就像我们现在那样晚上分开着睡的话，我们永远也不会相互拥有对方。现在我和这些未婚的男人都被赶到一起，就像一头被阉割的年轻公牛。一个人像在被阉割公牛隔栏里躺着。他得不到释放，也不敢有任何念想。长此以往是难以为继的，然而更受折磨的是当人们看见许多女人的时候。里面也有些年轻和长得很漂亮的。尽管如此，只要我还拥有她，我是不会在意任何别人的。可是韦斯特尤尔的乌尔丽卡老在男人周围走动并四处观望，想顺便显示她拥有的东西。那个女人不会以为我会看上她吧？啊，不会的，绝对不会。即便我是一个年轻小伙，也不会看上她的。现在更不可能了。太多的男人利用过她了。可是她也许有点勾引的味道，这不可否认。她长得确实很标致，而我这里有的男人对她是会动心的。而她自己也不会不为所动。尽管她被称为已经发生了转变，并且丹尼尔也相信她永远不会再作孽了。

我们在海上将度过漫长而艰难的日子。我必须鼓励她，我的妻子。我要告诉她我们到那儿之后该如何安排我们的新生活，几年以后我们将过怎样的生活。到那时我们在美国的土地给我们结出硕果；到那时我将为我们家盖起一所大房子；到那时我们的孩子开始长大并且会帮我们干活了；到那时约翰可以跟我一起到外边干活了；小麦尔塔也长大了可以在屋里帮她了；到那时，我们就会有一个院子，也不需要还贷款；到那时我也就不再需要在入睡前或醒来后整天琢磨贷款利息，我们可以完完全全地在自己的房子里安宁地过日子。那时候，我们会建立起我们的新家；到那时我们就会在一个非常干净、漂亮的房子里居住，而不会像在这个洞穴里闻到令人诅咒的霉味。是的，我会告诉她所有我设想的事情。

要是我们可以在一起的话，我们就又可以有好的开端了。至少要有一次这样的机会。很快就会出现这样的转变。

一个人躺着想了这么多事情。谁也不知道将来会如何实现。那些老人以为所有事情都是在人们出生前就注定了的。无论人们怎么做，其结果都是一样的。那么人们努力还有什么用呢？可是我并不相信那些老人的话。我认为一个人必须尽其所能并且利用其认知，其所做之事都要经过深思熟虑，尽可能让人能够理解。迄今为止我在那边的家已经这么做了，我在那边还会继续这么做，我不会后悔的。

可是这次迁移将会决定我们的生命和福祉。前提是我们所有人都能够完好无损、健健康康地渡过大洋，抵达北美。

克里斯蒂娜：
不，他不会如愿以偿的。我不应该赞同他的意见。我应该阻止他的。因为我感到不怎么行。

可要是有一座连接陆地的桥梁而我可以带着我的孩子们并且时间倒流的话,我也不会这么做。即便我肯定知道他的决定会让我们很难受,我还是不会反对。我跟他说过:"你上哪儿我跟你去哪儿。"而这是不会改变的。

他是我的丈夫,也是孩子们的父亲。除了跟着他我别无他途。

我在琢磨他是否在反思,而且自从我们到了海上后已经开始后悔了。他变得更加严肃了。就在我们在港口小区里等候上船的时候,他看上去就有点若有所思的样子,他在想啥呢?他想如何安置我们所有人呢?他被迫将一个灵机一动的念头付诸实施,他是如此令人难以忍受的固执。可是事先他到底想过多少呢?

我们最终是会团聚在一起的。我曾经答应过,只要我还活着,就会和他在一起。

我们那么相爱,却不能在船上睡在一起,这是多么糟心的事情。而今我始终担惊受怕,我无法原谅自己随心所欲地与他作对的念头。因为我不愿意每隔一年就要怀上孩子,要是我能够避免的话。至少我在一两年里不想要孩子。而现在应该没有怀孕的危险:我现在已经有孩子的时候是不可能再怀上的。所以现在这种局面是很让人糟心和恼火。

我清楚地注意到他想靠近我的意思。他有一个强大的本性,而没有任何人可以驾驭自己的本性。我有时候怪他,可能就是想逃避责备:一个人要承认自己软弱并不容易。他想要接近我的话,我几乎无法抵抗,而是我就让他了。在我内心里,我也想像他一样,尽管我从来没有真正承认过。我对于示弱感到羞耻,我的母亲教导我,一个女人绝对不应示弱。她应该做自己欲望的主宰。她不应该像男人一样。所以我从来不说出真相。他要相信我仅是和他的缘故而愿意的,因为他要感到满足。也许我不是那么真诚,可是我也没有办法。

也许我会在某次,在我不知不觉中表露出来了,向他显示出我感觉如何舒服及美好。也许我会在高潮时发出声音。可是我几乎总是会犯愁并且想:也许这个时刻会发生什么。这个时候也许我又怀上孩子了。然后就再没有一样美好了。

他有时候会过来拍拍我。他最近一段时间里,自从我们从家乡出发以来更经常来拍我。就是最后几个晚上最闹心了;我感到很后悔,我为我的想法感到羞愧。可是自从那次吵架后再也没有出现令人恼火的时刻,他也没有说过什么不好的话。

我希望他现在来我身边,这样我们就可以好好地在一起享受。现在我们不需要害怕任何事情。

那个时候我就没有勇气让他离开我了,而那时候一切都会好起来的。这真有点羞耻,而我感到害羞,也许我现在怀上孩子倒比往常欲望更强烈。一个怀孕的女人不应该有这样的感觉。也许只有罪孽深重的人类才会这样,而牲口不是这样。我相信,这一定是遗传给我的罪孽。

可是作为一个结了婚的女人,那么也就是得到上帝允许的,而且我的丈夫还离我那么近……

它当然是不行的。这里周围的人这么紧挨着躺着听着。而且或许非常难在船上亲热。虽然在黑暗中谁也看不见,可是所有耳朵都在听着,而且其中有些人估计整夜整夜地醒着。而要是有人敢这么做,那么他/她就得忘记所有的羞耻。有这样做的人。就像昨天夜里在角落里的那对小年轻。

人们都听见了，我要说，他们就没想要闭嘴。我想捂住耳朵，可是没有用。

当人们在这儿躺着并听着船上一切声音。人们躺着被自己的想法弄得欲火中烧。于是我开始做很多梦。昨天夜里我很晚才睡着，我就在梦里与他不亦乐乎地云雨一番。我想重温旧梦。在这儿人变得如此没羞没臊。

这个行程是如此漫长。我们都不知道船在往哪儿开。我害怕我们都会沉没在这儿的大海里。而且我也担心到了那个新国家，到底会变成什么样。还有那三个匍匐在我身边的孩子。他们这么小什么也不知道。每次我害怕的时候都要把三个人都抱在我怀里。那个时候我就只想着另外一个，就是他……

卡尔·奥斯卡，我们无法在一起，这是多么让人恼火的事，我多想……真不该让你如愿以偿，我应该破坏这个移民计划。

罗伯特：
我在想船长的药箱里是否有治疗耳朵发炎的滴液。

昨天夜里那只受伤的耳朵又炸开了。有时候那只左耳几乎全聋了。那里面好像有引力一般。于是我有时听力非常差。我几乎成了半个聋子。就因为我不听从我的主人的话就变成这样了。可是等我到了北美，这个恶魔就会消失的。那里的空气会不一样的，一定会对那只受伤的耳朵更加健康的。旧世界里听力很差的耳朵到了新世界里就会得到恢复的。

到了这儿的海上，我的病耳中的呼啸声更严重了。也许是刮风引起的。感觉在我的头脑里面也有一个大海似的，它在轰鸣、沸腾、爆裂。而有时候它要爆炸，要出去。这个时候我就会感到疼痛，非常疼痛。我有的时候会被疼醒，这个时候耳垂处湿漉漉的，并且形成黏稠的水塘：这就像大海里往外流出的几滴水一般。

我害怕我身外的大海，尽管我并不想向人展示这一点。可是当晚上睡在这儿的床位上的时候，我会有点害怕。我的健康的耳朵可以听到大海发出的声音。那里离我并不远。这艘船的船体只有五六英寸厚，也许会多些，也许会少些。我与永恒之间的距离并不远，只有五六英寸的距离。这艘船可以在今天沉没，大海只需走五六英寸的距离：它可以倾覆这艘船之后够到我，将海水灌进我的耳朵、嘴和鼻子里，挤进我的咽喉，充满我的肚子。它可以把我灌满然后把我拉到海底。我几乎来不及喊出声来。我将会像一块花岗岩一般沉入海底。我不会游泳，这里也没有人会游泳。这时候我在夜里有点害怕大海。

有一次，我在一个山谷里想把一只虚弱的老猫淹死。我把它放进一个袋子后扎紧了，但我没想到要在扔进水里之前要放一块石头。因此那个袋子没有下沉，那只猫还在袋子里活着并在袋子里面游泳，这个袋子看上去就像活着一样：它就像一只可怕的、长毛的水中动物。这个小包裹在那儿蹬踏移动着，就是不往下沉。我朝那只袋子扔了很多大石头让那个袋子沉下水去，我估计扔了10块石头它才沉下去。这太吓人了，我感到怕极了，并且哭了。当时我10岁，还不怎么懂事。我对自己做的这件事多次后悔。以后再也没有沉过任何猫。

为什么我现在每天晚上都会想起那只猫呢？我简直被这样的事吓着了。

我的哥哥不害怕也不忧愁。我从来没有见过他为啥事害怕过，无论是在陆地还是在海上。

我在琢磨艾琳在她夜里躺着听着大海的声音的时候是否会害怕。在那个小区的时候我们俩常常四目相对。可是在船上，我很少跟她走近和她说话。昨天当我们在甲板的洞口一起坐着的时候，她的母亲朝她喊："快点过来，姑娘！"她看上去有点恼火。她该不会是冲着我吧？

我只是有一次跟艾琳说："我可怜你的母亲。"这时她非常生气，我也不知道是为什么。"你可怜你自己吧。"她说，"像你这样活在肉身的人。"谁能理解这句话？我对她母亲没有说一句坏话，我只是可怜她。可是艾琳对我就不好了，因此我也很失望。我说了些愚蠢的话，可是我不理解到底蠢在什么地方。

我不知道艾琳是否和自己母亲在隔帘前面一起躺着？要是她一个人躺着的话，我可以爬到她那儿。不，我绝对不敢这样做。我只是这么想想罢了，我永远不敢这样做。可愿望是不可以禁止的，谁也不能阻止一个人急切地追求什么。我可以希望爬到一个公主跟前，任何神父及省府官员可以拿它怎么办。在基督教义问答中当然也是禁止请一个还没有结婚的女人这样的希望：这是成心想与她通奸。

人们必须先盼望得到一个女人，然后才能得到她。

我现在不想像教义问答中禁止的那样去碰她。我想爬到她身边而不是去与她通奸。我就是想和她躺着，用双臂搂着她，就像我与她在尤纳斯·彼得的车上一起坐着一样。那是一次美好的乘车经历。当她感到害怕的时候，当我们碰到风暴且我们的船正在沉到海底的时候，我会去安慰她。

今天她说她害怕美国那边那些野蛮的印第安人。可是我以前跟她说过，印第安人一度有点背信弃义且有点凶恶、不可靠，曾经发生过他们攻击白人的事情，那是白人想取他们的性命。要不然，他们是很温和且友善的。

今天夜里那只坏耳朵在轰鸣、沸腾、爆裂。自从我在纽巴肯挨了阿隆的耳光之后，已经有两年时间了，可我还是感到疼痛。我那只耳朵几乎聋了。要是我再也听不清别人说啥的话，这不太好。可是我知道等我们到了美国后我的耳朵又会好起来的。

外面我所听到的每一次撞击船体的波浪声都意味着我离美利坚合众国更近了一些。我正在进行一次冒险：我得看看大海是如何的巨大。这里没有许多可以坐船渡海、见到如此之大的大海的从家乡来的男孩。而我到了并且上岸后，那就一直自由了。在美国的岸边没有那么多老农站在那儿等待着叫我"小长工"。我再也不需要被叫作"我的小长工"。我再也不会给谁当长工。我就当我自己的农庄主。

今天夜里那只耳朵里面感觉很糟糕。要是这艘船能开快点、我们能够快一点抵达那个国家，在那儿我的耳朵炎症就会消失了。

阿尔维德：

我赶上了一个魔鬼之旅。我该感谢那个敬畏上帝的农庄主。是的，我认为是这样的：从来就没有像丹尼尔和他的老婆那样好的人。

我现在是乘客了。我仔细咀嚼着这个词语。我曾经骗罗伯特说我会看书，而乘客这个词是他要教我如何拼写的。这是一个含有 sche（谢）的音，就如偷窃（音斜拉）中就含有这个音，他说过的。我到现在都不知道 sche（谢）音是什么东西。我在小时候上过很短时间的学,可是却从来没有听说过有什么sche(谢)音,也没有听说过这方面的其他音节。当然我可从来没有在罗伯特面前装作我会这个,他估计我会看懂和拼写。他告诉我,sche(谢)音都一样发音,譬如stjäla(偷窃)、stjälk(茎)、stjälpa(推翻)、stjärna(星星)、stjärt(尾部),他说,可我是不是变得更聪明了。

我们的船非常密封。没有任何一滴水通过地板或墙壁渗透进来。那个我看到的船体上的洞,是人们有意这么做的,水可以通过那个洞流动。可是船只确实会不时地晃动,所以让人觉得船好像要翻了一样。有时候它会翘起来,也就是一边升起来,而另一边则落下去。可是还好,它往往会很快地自己摆正。可要是它翻了,那么人就会掉水里,那么他/她肯定永远也不会再上来了。

当一个人在这儿躺着并且想着可能会沉船,心里自然会有点堵。我母亲送给我一本赞美诗本,尽管她知道我看不懂里边的内容。"尽管这样,你还是要带着上帝的话去美国。"她说,"你可以把你小时候我教你的话背下来。"是呀,我也许真会背一部分祷告,在赞美诗里每天早晨和晚上都有一段祷告词,每个星期都是这样。我会试着尽可能多背一些字,无论如何我是去浩瀚的大海,而船只是那么摇摆不定,有时会倾斜,而我又不会游泳。我既不会狗爬式,也不会像猫那样游泳,那么上帝的话也许管点用:"让我在这个晚上愉快地入眠吧……今夜里帮帮我,让我的灵魂不要在睡梦里掉进罪孽里并且让我的身体不受任何的损伤……无论我是待在海上还是陆地……最后在那个唯一安全的港口接纳我,我亲爱的天父……"

有时我非常害怕我会把晚祷告词给混了。可是上帝现在是否会注意到我星期一晚上念的词是星期二或是星期三的呢？他该不会对我那么矫情，至少不会对我要求这么严厉吧，毕竟我是背出来的。可是等我背出祷告词并且把自己交付给上帝之后，我的心里觉得更加安全且轻松了。在这狂野、不信基督的大海里，我可以把我托付给主那是多大幸运啊。

我们要在这艘船上乘很久。今天我问了一个海员，下一次这艘船启航还要多久。他回答，几乎要等船从这里到北美航行一样遥远的距离。我站在那儿思考了一会儿说，就像从北美到这里一样：我觉得路它们之间只有500公里。因为这个距离就很长了，于是他朝我做鬼脸嘲笑我，而其他站在周围的人也都嘲笑我，这时我变得非常恼火，所以我想掌他的嘴，让他把所有酸奶从肚子里吐出来。我说，无论它多远我觉得都一样。要是以前跑过这段路的海员可以给出这个答案，他就不应在这儿趾高气扬地取笑正派的好人。"你不要以为，我们从乡下来的人就比你们在海上转悠的人要愚蠢，你个傻瓜。"我说，"我们非常清楚谁要跟我们开玩笑。"

无论路程有多长，我们也将到达目的地，因为这艘船每天都在航行，周末都不例外，而丹尼尔说过，上帝的气息在吹着船帆。而当我到达美国后，我会让家乡所有小气的农庄主吻我的屁股！谁有像我一样好运的美国之行？谁见过同样的事情？4月份每周都歇着——5月份每周都歇着——整个漫长的春天都歇着！而且每天三顿饭，上帝创造世界的每一天都有饭吃！

我碰上了多好的狗屎运。

丹尼尔·安德里亚松：

迄今为止，全能的上帝给我们在海上的日子都是好天气，而且他正尽其所能帮我们这么多事情。

我们的船只是由上帝为我们挑选出来的可靠的人航行的。这是一艘很小并且脆弱的船，出自弱者之手，可这是上帝之船。一天夜里我看见两个上帝的天使站在驾驶台边上。她们帮着海员们掌舵，让船朝向正确的方向行驶。

我对这个漫长的行动有点犹豫不决而且有点害怕：在我已经不再年轻的时候，离开自己的国家、离开自己的亲戚并且和妻子、孩子一起漂洋过海。可是我从心里驱赶掉害怕并且追随着我的上帝的召唤：你的话是我脚下的明灯，照亮我所有道路的光明。

可是我注意到，犹豫和恐惧正悄悄溜进那个跟随我的小群体：尹佳·列娜、我珍贵的妻子，我们的四个可爱的孩子，韦斯特尤尔的乌尔丽卡和她柔弱的女儿。魔鬼在人们耳朵里说着诱导人的悄悄话来考验人们的信仰。我珍贵的妻子跟我说害怕到美国。她害怕她会像哑巴一样在大街上走着，在那个陌生的国家里，在所有人面前像一个又聋又哑的人。可是我告诉尹佳·列娜，我已经说过多次：只要我们一进入这个国家，圣灵就会信托我们，这样我们马上就会讲那种陌生的语言，就像我们是在美国那个地方出生的孩子一样。我们有上帝的承诺以及《圣经》上耶稣复活第一天所发生的奇事的叙述。我给尹佳·列娜把这一段念了很多次："于是他们看见了像火一般的碎成小块的舌头，然后它们自己就拼起来并且充满了圣灵，开始用另外的语言讲话，因为圣灵让他们这么说话。"

你知道我跟你说过这个事情，我珍贵的妻子：加利利人也是这样没有学过语言的单纯的男人和女人，可是他们马上就会讲希腊语、阿拉伯语、米底国语、埃兰语和埃及语以及"利比西语"。他们站着用这些不同的语言讲话并且赞颂了上帝的伟大功绩。而同样神奇的是经过上帝的承诺后所有人都在基督那儿获得了重生。只要我们一踏上北美的海岸，圣灵的语言就会照耀我们，我们的舌头就会跑动起来，好像我们喝醉一般，于是美国话从我们嘴里跑出来，就像我们在这个国家里被教过一样自然。有罪孽者以及没有皈依者碰到这种新的方言会遇到很大的麻烦。而我们则可以马上用新的语言并且赞美我们新的祖国。无论我们从世界上多远的地方来这儿，到达另外的人群，黑人或红人抑或彩色的人群，圣灵都会掌管我们的舌头，让我们可以讲当地人的语言。

是的，我带的人里面不应该怀疑：上帝会让我们这些忠心的人、所有将自己的肉身托付于圣灵的人的预言圆满实现的："而你们的儿子和女儿都学占卜；你们年轻人要学会有主见，而你们年纪大的要学会梦想……"而诽谤者和嘲笑者会说我们是喝醉了酒。

上帝帮我们摆脱了家乡的恶魔的魔力。教堂，那个大教堂向我们张开大口，想要用它湿漉漉的、发出阵阵恶臭的嘴来吞噬我们。而现在我们正坐在上帝的船上，于是神父和那些穿着黑大衣的人，他们的魔爪够不到我们海上这儿。恶魔到跟前来了，而我的心是平静的，并且内心也是充满喜悦的。

北美的一切都在向我招手，并且张开怀抱拥抱我和我的子孙后代。我们要在那儿拥有一个新的社区，拥有第一批基督徒。我们将一起掰面包、一起喝水,就像使徒们常常做的那样。而我们要一起分享所有的东西,就像文中所写:"他们将其所有私人物品与大家一起分享,犹如大家都需要一样。"而没有哪个省府官员会管我们做了些什么,我们会活得心安理得。

在美国的土地上我要为你——上帝建造一个感谢的祭台!我要歌唱和演奏,用我的舌头和琴弦来赞美你,就像大卫国王曾经做过的那样。我是一个朴素的人,没有任何镀金的竖琴,可是我知道当我弹奏我的乐曲、我的旧赞美诗曲子时你在聆听我的声音。

你给了我们安宁的天气,主啊,而我们、所有你的忠实的信徒,感谢你让我们免遭晕船病的折磨,那是给那些不忠者和误入歧途者的点心。

昨天夜里我看见你的一个天使站在大桅杆旁,两个天使站在船的驾驶台旁。站在大桅杆旁的天使在他离开前向我招手。于是我不再感到任何忧愁:那个夜晚你背负我们从那漆黑的深渊里拯救了出来!上帝就是我们的船员,而我们一个也不会少!

上帝的风在刮着,它鼓起上帝的船帆!"而你们上了年纪的学会梦想……"

尹佳·列娜:

明天我必须去修补他的袜子了。他磨坏了那么多袜子,自打结婚以来,他一直那样。现在又到时候了。他走路并不重,可也许是因为他脚汗比较重。是的,非常严重,而他还并不太愿意洗脚。我得经常提醒他。现在他除了脚上穿着的那双袜子,还有三双新补好的袜子,这是我们从家里出发以来的所有袜子。所有袜子都破了，而我还没有来得及补它们。今天我看到他穿在靴子里的那双袜子有了洞。孩子在他们还小的时候要惩戒而袜子要缝补：袜子上的洞永远不要让它们变得和小指头那么大才去缝补。

我必须确保他穿着袜子踏上北美的土地。在北美羊毛货非常紧缺。

他们说救世主在地上到处走动布道的时候总是光着脚。可是我知道在那个神圣的地方地上也许够热。那里可以生长无花果，还能产葡萄酒和其他稀奇的水果。我能够理解救世主和他的使者不需要穿什么羊毛袜。我珍贵的丈夫脚上一冷就总是脖子疼，而且他总是不在乎他的胃，这是他应该的，他说，不需要每天都开胃。人要经常清理自己的肠子，让你的脚保持温暖。这话真有道理。

今天我拿着针和羊毛线圈坐在船甲板上面将我松开的黑毛衣补牢了。这时他来到我跟前说，跟我到下面去！我们要一起祈祷！我就只要补牢那个松开的毛衣，我说。只要再缝几针就好了。这时他对我注视良久，一句话也没说，他眼里那么伤心，让我觉得自己做了什么错事：我就为了缝缝补补这些世俗事情而忽略了对主的服侍。我感觉到了他的伤心，而我不想让他再说我；所以我马上站起来跟他下去了。

我是一个信仰方面的可怜虫，只能理解很小一部分。只要我对神的事情想多了或沉思一会儿后，我就必须停下来，因为这样会让我晕头转向。我常常会犯不必要的错，将神与世俗的事情混为一谈。

可是我害怕要是我们持续这样的话，我们就会穷得叮当响的。他把我们的家当都送人了，因为他要让人吃饱穿暖,还要照顾那么多人。我害怕他最后会把我们所有的财产都送人了,那样的话我们带着我们四个可怜的孩子在那儿,既没有饭吃也没有衣穿。每当想到这里我就产生了怀疑,尽管我知道,怀疑是最血腥的罪孽。

有一次我让他感到非常高兴:自法庭判决将他驱逐出境后,有一次他谈起他要去一个上帝指引他的新的国家。他没有说起任何妻子和孩子,可是当他看着我的时候,他的眼神就像教堂壁画上的耶稣那样,非常温柔。他用眼睛在问我,而我回答了他的问题。我就像《圣经》里的路得一样回答了他的问题:"你去哪儿,我也去哪儿,你死在哪儿,我也死哪儿,我死了也要跟你葬在一起。"这时他整张脸都在发光,于是他说:"我珍贵的妻子,那这一天来临的时候我们要一起出现在耶稣面前!"那时我哭了,孩子们也开始哭泣,因为他们以为他们的父亲对我不好,所以我难过了。可是恰恰相反,于是我告诉孩子们说爸爸答应要在重生那天带着你们的母亲站在天父的右边。而且我告诉他们永远也不要把父亲往坏里想。

于是我就试着相信,他迄今的表现和抱负,是为履行上帝的使命。

尽管如此,我有时还是会感到难过并且止不住地会想起世俗的担忧,我一点儿办法都没有。我计算后发现,等我们抵达北美的时候,我们的财产几乎都没有了。要是我确定可以相信全能的上帝会帮助我们的话,那我就不用悲伤了。可是我有时还是会禁不住地琢磨这事。我有这么多自己必须伤心的事,就我,没有任何别人。要是我自己不做,那我知道任何别人也不会做。

今天我问他,我们该如何在美国安家落户呢?他回答,我在墙上钉钉子前，我会做一个木制的耶稣的祭台。我在地上铺一块地板前，上帝有他的祭台。于是他看着我，好像他在责备我太世俗，于是我就走开了一小会儿，因为我不想让他在这样的情绪下跟我谈话。

是的，我这个可怜的、健忘的人……我就是有时候会忘记，我知道：我忘记了我珍贵的丈夫是上帝在人间的新使徒。

可是现在他脚上穿的袜子也破了：晚上他脱下靴子的时候我看到了。明天早上他起床前，我会顺手把那双袜子补好。袜子上的洞不能让它们变得太大了。他磨坏了那么多袜子。

以前，当上帝的使者可以光着脚走路的时候也没有这么多这样的事情和烦恼。

韦斯特尤尔的乌尔丽卡：
我立即就注意到这是一艘该死的船。我鼻子里闻到了敌人的恶臭：魔鬼溜进了这儿的船上。我这里床的四周到处都是些没有灵魂的女人。我四周都匍匐着撒旦令人讨厌的小子。而在那些男人中间发出的公山羊味。我认出了那种恶臭。可是谁也不会来咬我的屁股，因为我是受到上帝保护的。罪孽深重的人的唾沫无法玷污基督的身体。可是我要请求上帝从我鼻子里消除那些公山羊的味道，因为我受不了。

基督在我的身体里，我则在他那里，我吃了他的肉且喝了他的血。所以我吃了牢饭。一个神父过来要在监狱里给我布道。可是我朝他的黑大衣上吐了唾沫。我马上认出了黑乎乎的法衣。我吃了牢饭，然后我要求自由。那个神父再也没有回来。最后一天狱卒给我端来一碗黑麦粥，可是我在他站着的时候在碗里撒了泡尿，于是他不得不把它端回去。我被判吃牢饭，我说道。我不接受俗世孩子的怜悯，我不接受撒旦如蛇般的小子的黑麦粥。我们的使徒告诉我们，他们不会给予任何怜悯。

可是我现在逃离了瑞典，那个魔鬼的巢穴，在那里吃了基督的肉、喝了基督的血的人们被关起来吃牢饭。

我的罪孽的身子驱使我做了好多过错的通奸。可是我是在我还是孩子的时候，被我的养父奥拉隆姆的农庄主教坏的。我永远都不会忘记这事。我几乎记得我4岁时被卖了。当时我失去了父母，他们把我卖给了愿意给饭吃、给衣穿的人家。奥拉隆姆的农庄主最后用8银币的价格买下了我。这个农庄主后来后悔出这个价格：因为我每年吃得太多而且穿坏了很多衣服。于是我的养父因为出的那8银币后悔而报复我。等我满了14岁，农庄主就逼着让我开始自己还债。用我自己长得还不错的身子来偿还他，这是我所能做的，他这么说。而一个被卖了的14岁的小姑娘，居然有什么可以还的：我要为他分开腿并且一动不动地躺着。我不愿意，我哭着求他放过我，可我是一个小姑娘，而他是一个高大强壮的男子：他自己就可以让我给他还债。这就是第一次啊，这个记忆我永远印在脑海里。一天早晨我在牛棚里挤牛奶。农庄主老婆在儿童床上躺着，而农庄主在小牛栏里躺了很久，他变得异常兴奋，于是在自己周围射得到处都是。就这样他又让我还了债。因为我穿他的衣服，吃了他的饭，所以应该还债，必须为他静静地躺着。就像有人拿着一把木柄刀，而我则哭着请求他放开我。可是根本不管用。过后，奥拉隆姆的农庄主站在牛棚的地板上穿好裤子，好像他只是放了水并且默默地说："是的，就是这样，就是这样的！这么做是受之无愧的！"于是他开始将猪食装罐。

他就这个样子多次索取补偿，而我也开始习以为常了。可是我很快就从养父家逃往国家公路，碰到了一些男人并且在结伴了。我有了吃的还有其他我所需要的东西，而等我要交钱的时候，我就把我唯一拥有的身体给了他们，我想不出更好的。我让奥拉隆姆的农庄主教成这样的。自从他这么多次从我这儿索取欠账后，我也已经没有任何东西了。于是我就变成了韦斯特尤尔的乌尔丽卡，他们称我是妓女。我被主的祭坛拒之门外而那些自己教会我的人，他们审判了我并且认为我受教堂的惩戒是罪有应得。

那个奥拉隆姆的富裕的农庄主，他跟神父是好朋友并且和他一起胡吃海喝。而等那个恶魔最后把我的养父召回到阴曹地府的时候，那个神父还在他的棺椁旁讲了好多溢美之词，表彰他活着的时候所做的善事。我不知道神父所说的善事是否也指那个奥拉隆姆农庄主强奸他从拍卖会上买到的无父无母的14岁少女，我很难相信。也许农庄主为了能够进入天国而做这一切善事都是为了掩盖这件事。但是我知道他的老底！当他的棺椁落葬，掩埋的人们离开教堂院子后，我就走到那儿，在他的坟墓上吐了唾沫：感觉太爽了，真他娘的爽快。

是的，我就这样继续我淫荡的日子，随着时间的推移，我和人生了四个私生子。其中三个在他们很小的时候就离开家了，因为上帝对他们很好。而我的艾琳不再是私生子，她被接纳，获得重生并且被上帝的使者行过坚信礼。

谁也没有像我在家乡的农民教区里那样，被人当作身上长疮流脓般被人厌恶嫉恨。那些妇女用最肮脏的沾了狗屎的鞋子往我身上扔，她们永远无法忍受我，因为我比教区里任何其他的女人都知道更多男子的隐私。去找韦斯特尤尔的乌尔丽卡去，她们这么说。你在她那儿会被她碾成粉末的！而这是真的：在我的磨坊里每一个农庄主都被碾成了粉末。这是真的，很多妇女不得不与我分享自己的丈夫。可是我为什么要把来找我的人赶出去呢？他们需要来找我，我相信，我让他们非常舒服。我让许多人舒服了，是因为我怜悯他们。等他们那些老婆上了年纪的时候，那些结了婚的男人已经把他们的耕地榨干耗尽了：有些变得肥肥胖胖、大腹便便，就像塞进了薄袋子一般，以至于没有哪个男子会留在她们身边，其他一些妇女变得瘦骨嶙峋，像打麻棍一样锋利，男子们在她们身上会让自己切碎，而所有这些妇人的洞都被纵欲后变得像谷仓门那么巨大。所以人们可以理解她们的男人并不总是满足于他们婚床上的苟且之事。

啊，我还听到男人们谈论自己老婆的缺陷！所以他们的老婆把我恨得牙根痒痒。可是我只是可怜她们的男人，于是就把他们放进了门——就像人们打开大门放进饥肠辘辘的家畜扑向三叶草一样。上帝给了我一个精致的胴体，而且没有一个男子抱怨过我。许多在家里咀嚼过旧干草的男人，在我这儿吃上了多汁的嫩草。而我自己也多次满足于这样的事情。对不起，耶稣，我现在不这样了，可是我确实曾经有过这段经历！我好心的小救世主，对不起，我活在肉身时曾经拥有这样的愉悦！因为对于人们来说，严重的罪孽产生于她从罪孽中感受到最大的愉悦时。

可要是韦斯特尤尔的乌尔丽卡以前的罪孽是血红的话，那么现在已经变得雪白了。我现在活在基督的体内而他活在我身体里，而我的这个身子现在比圣诞夜里的雪还要洁白和美好。我不害怕显示给那些要来盯着我看的人：这是上帝值得赞美的作品。

今天夜里在船上这个床位上我闻到了比以前更糟糕的公羊味。那个老人又靠近我了，我觉得她又要爬回我身边，这里有这么多男人紧挨着我，我无法忍受有男人靠得那么近，我愿意让那个老女人挤过来。这里来回的男人是那么性兴奋，以至于他们的裤子都要被顶穿了。他们无法在船上将他们的"谷物"碾碎了，而只能从这儿出去捏着自己折磨自己了。我差不多认出来这种感觉，我非常清楚他们兴奋起来的时候会是一副什么德行。除了韦斯特尤尔的乌尔丽卡，谁会知道呢？

我无法忍受科尔帕默恩的克里斯蒂娜，那个趾高气扬的女人。她过来盯着我看，好像我是一个还活在肉身的老妓女似的。她没有耶稣身体的天佑，那个魔鬼的尸体。她以为她是干净的，因为她进行了一场由神父主持的婚礼并且只有丈夫一个男人。可是上帝的使者说在那些未皈依的婚姻里面通奸到处都是。她的丈夫是一个年轻、阳具非常强壮的男子，估计用他的器具可以让她得到满足。可是现在他无法为所欲为，因为他现在跟那些未婚男子躺在一起。我迄今还是可以让任何一个男子心满意足。要是我还是像原来一样活着的话，我也许会顺便帮帮他。

可是我无法忍受他的弟弟，那个爱捣蛋的小伙子，只要我一转身就会溜到我小姑娘身边缠着她。他是不是想逮一只刚长羽毛的小鸡？他也不撒泡尿照照自己！那个还拖着鼻涕的傻小子都有什么？他所有的财产估计都放在他的长工包裹里。而他那个裤裆中的小玩意儿估计也很需要找地方活动活动。可是现在他又往这儿来，他盼着钓到我的艾琳。他自然想啪啪，啪啪，然后离开，这是男人的一贯伎俩。啊，不要，你这个拖鼻涕的傻小子！你就像一只狼来这儿守候着上帝纯洁的羔羊！可是你不会得手的！这个关你永远也别想过去，你个可怜的长工！我闺女要留着给阔气的大佬。

  我闺女是我在这个世界上唯一值得欣喜的指望。艾琳得留在我这儿直到她出嫁为止，这样直到她用保存完好的处女之身换得地球上美好彩票一般的姻缘。在北美到处都是富有的、强壮的男子，他们具有很大的娶妻需求。机敏、靓丽的女孩在还没有到达北美沿岸就收到了征婚的启示。我的女儿要跟一个高贵而善良的人正大光明地结婚。她得用银盘吃鸡蛋并在夜里穿丝绸睡衣睡觉。那时她该不会忘记自己曾经靠在教区里操持皮肉生意养活她的老母亲。

  是的，我今天夜里鼻子感到很强烈：这里能够闻到公山羊的味道。这里到处都是年轻和年老的长毛公羊在晃悠。那个老人对上帝的信徒是亲近的。可是亲爱的耶稣，你给了我足够的力量去抵抗吗？因为你看，有时我不知道我该怎么办了！可是你自己也可能感受到了，你就住在我的身体里。你知道你不可以引诱我太狠了。我有时真是一个可怜虫而已，你肯定已经注意到了。重生并不总是很让人愉悦的事情。是的，你知道的，你这个好心的小耶稣，你是那样乐于助人并且还对我那么好。

  可是这艘船是一艘魔鬼船，我一眼就看出来了。

艾琳：

  当一个人睡不着的时候，一个人总得想些什么。

他不应该跟我母亲说那句话。我迄今还无法原谅他。他不知道那句话让我感到多么难过。他可以怜悯他自己。他对这个世界啥也不知道。可是他可以去尝试。他不需要说什么，我知道我以前是韦斯特尤尔的乌尔丽卡的私生女。打小时候起，我每天都清楚这一点。我自小就知道了一切。

　　来我们家木屋的都是来问候母亲的男人。从来没有几个妇人。而等他们来的时候母亲就会把我送到小木屋背后的山坡并锁上木屋门。要是冬天的话我可以在外面的柴火车上坐着并等着母亲再放我回家。每次她都总会用一个羊毛毯子把我裹起来以免我在外边挨冻，她一直是一个好母亲，我们大部分时间吃的东西很少，有时啥吃的也没有。可是等我们啥吃的都没有的时候，有一个男人来问候，我就会很高兴，因为我知道过不了多久我就又可以有饭吃了。于是我喜欢许多叔叔来我们家。他们从来都不会对我不好。当然其中有个别的会对我母亲不好。有一次有一个人用一个牛鞭子抽我母亲。这时我用一个熨斗扔到他的头上，我帮着母亲把那个人赶了出去，而他则在门廊外边晕倒了并躺了很久。

　　可是我有时会琢磨为什么从来就没有妇人来木屋找我们。只有一个老奶奶来过一次。等我大一些后我让我母亲告诉我为什么只有男人来我们家。我知道男人在我母亲那儿有事情，觉得我母亲做得有什么不对的地方。

　　有一次我夜里醒来，有人来找母亲。那时我养着一只小猫咪，这是一个叔叔给我的，而我以为那只猫在发出啜泣声。可是不是这样的。我估计这是唯一一次觉得母亲不好。过后我跟母亲说起这件事，她原谅了我。这时她哭了，这是唯一一次我看见她哭。"我想告诉你。"她说，"人们是怎样反对我的。"于是她讲了所有的一切。自那次以后我再也没有觉得我母亲不好。

可是那个可怜的小孩子气的男孩，他还以为我啥也不懂或不知道呢。他跟我讲话就好像我是一个还需要喂饭和换尿布的小孩子似的。

母亲估计我的父亲是个流浪者，他曾经在我们的木屋里住了一夜之后再也没有回来。"他自己很高兴，"她说，"他还会拉小提琴。"于是我宁愿要他当我的父亲，要是必须有人当我父亲的话。可是我母亲还说我的父亲可能是奥克比的教堂管家佩尔·佩尔松。她自然不愿意是他，我自己也不愿意。因为他是一个坏男人，他叫我母亲妓女，尽管她和我已经在基督那里重生并且用他的血洗得干干净净的。

昨天夜里我梦见母亲在木屋墙外我们的花地用手指在上面打了一个洞，然后在洞里放进一棵植物，她在树四周堆了许多泥土，这样它可以站得直直的。然后她用手拍打那棵树四周的泥土，就像她经常拍我那样。与此同时那棵植物开始往上生长，而等我知道的时候它已经长得比我都高了。我站在那儿只是发呆，瞧着它长得越来越高并且开出花来。它最后长得和天一样高。它抵达了天边而它的花冠打开了。花瓣是白色的，我现在才发现那是纯白水仙花。正当那上面的花朵开出花蕾的时候，天上打开了一扇巨大的窗户，于是上帝在那儿向外凝视：他是个长着大脑袋、白色胡子、神情严肃并且额头长着皱纹的老人。他看起来非常有智慧的样子。上帝从花朵上折下了花冠并且把它拿到自己手上。然后他又关上了窗户。

可是那个时候花的茎开始萎缩，变成完全的黑色，就像秋天冻了几夜后的土豆的根茎一般。它变得黑得很难看并且很黏手,就像某人去摘土豆时的样子。根茎萎缩着,突然我看到它在那个我母亲刚种下植物的地方倒下毁了。当我站在那儿向下对那个洞看去的时候,那根黑色的花茎就躺在那儿并且卷成一个腐烂的圈,就像一个让人恶心而又黏稠的面具一般。我感到非常害怕,因为花地的那个洞变得越来越深且越来越可怕,就像教堂墓地里的一座坟墓。于是我开始拼命喊叫,因为我发现我站在墓地里。我突然认出来,我正站在我弟弟安葬的教堂墓地那里。于是一个声音开始跟她讲:坟墓底下躺着她的身子。

我的喊叫声把我母亲给弄醒了,因为我是那么害怕,所以马上把这个梦境告诉了她。她马上向我解释:她种下的植物就是我;可是变黑而且腐烂并被蚯蚓吃掉的花茎,这只是我有罪孽的肉身。那个肉身埋葬的坟墓是我们在瑞典的家乡,那个魔鬼的老巢,母亲说。而上帝折断后摘下的花冠,就是我的灵魂。

母亲这样安慰我,于是我就不再害怕了。

现在她跟我一起奔向上帝许诺的国度,我们要一直住在那儿。而由于母亲现在这样给我解梦,所以我要长大、开花并且在那个国家绽放。

是的,我母亲曾经告诉我……

尤纳斯·彼得:
有时候有人并不真正明白为什么要在这艘船上躺着。我想,将要坐船去某个地方;我相信我远航一定是为了追求某个目标。

无论如何,我让自己远离了她。她永远也不会相信我会这么做的。可是现在我们之间已经有了几十公里的距离。它会有更多的几十公里,多得我将无法再坐船回去。

一个早晨起床后,我打定了主意。头天晚上我们吵架了。我要把阁楼上的箱子里的燕麦挑上来喂母马,可是找不到那把铲子。我就问她是否看见那把铲子。"我需要管你的铲子吗?"她回答,"我该不是你的女佣吧?""我可没有这么说。"我回答道。可是我需要那把铲子,因为我要挑燕麦喂母马。"给那匹特能吃的牲口吗?"她问道,"就是你肚子滚圆像一只大桶且把我们的燕麦都吃光了的母马吗?""我的母马?"我说。"是的。"她答道,"它对你用处最大,因为你骑着它在周围转悠做你自己的事情。"这时我开始发火了,我说:"我就要一把铲子!你拿去用过吗?你有没有给母牛铲过燕麦粉?""从来没有过。"她答道,"我的那些可怜的母牛一直没有吃上什么燕麦。""你的母牛?"我问道。"我的母牛和你的母牛不是一样多吗?你忘记了我搬到这里的庄园的时候不是带了两头母牛作嫁妆吗?"她问道。"没有,我真没有忘记。我怎么会忘记你在20年时间里每天都提醒的事情呢?"

从铲子开头,吵架持续到半夜,于是我在第二天早晨打定了主意。

我们结婚已经有20年了,在这些年里,我们几乎每个星期吵两次小架,每个月吵两次大架。总共大概吵了有几千次架,占据了一年的时间。但是这次从铲子开始的吵架成了最后一次。我不再沉默。我打定了移民的主意。而为了能够在剩余时间里安宁一些,我磨了一把刀并且让她帮我拿着磨刀石。这是唯一的办法。

第二天我找到了那把谷物铲子,它只是碰巧在燕麦箱子里埋得深些,人们看不见罢了。而我要感谢那把铲子,因为它躲藏了起来,帮我走上了通往美国的道路。我拥抱了一下铲子柄,手握着谷物铲子说道:"感谢你的帮助!"

我的一生中有一年时间是吵架吵掉的。我现在已经这么老了,我剩下没有更多的时间去跟另一个人吵架。我要珍惜我还剩余的时间。我要跟所有人都和平相处。而所有我认识的人都很和谐,除了她。我为什么一定要跟唯一一个就只知道责备和埋怨我、和我谈不拢的人生活在一起呢?我为什么必须待在一间我永远也无法得到些许安宁的房子里呢?

我们真的不应该结婚。可是我们的父母觉得我们在一起很合适,因为两家财产相当。而且上帝在其第四戒律中要我们顺从、赞美和尊敬我们的父母,这样我们才会在世上活得长久。我就是这样听从了我父母的话,而她则听从了父母的话,于是我们就结婚了。她外表长得并不难看,而且那时她还很年轻,身体也很好,其他我当时对她一点也不了解,对她内心世界以及她的性格一点儿也不知情。可是我后来渐渐地知道了。

最初几年里我在和她的性生活还是有某种愉悦的。可是这样的日子越来越少,我无法理解这是为什么。我变得对性事无精打采并且对她失去了兴趣,我禁不住这样。我开始发现我一直就没有真正地喜欢上她,而且也永远不会喜欢上她,但是这时已经太晚了。她也不管我的任何事情,也不管我在想什么。也许她更多是与农庄而不是我结婚,她更关心农庄而不是我自己。可是对床上那些事兴趣减少后,她便开始变得对我感到恼火,而且琢磨我是否开始变得不行了,我还是那么年轻的一个小伙子。我这时候当然不得不向她显示我的能耐。我宁愿回避与她在一起,因为这就像例行公事一般,可有可无,没有任何乐趣。自然了,我一直不好意思跟她说。这是我永远不会跟她说的话。我很胆怯,我知道这一点。可是我估计她猜到了我的想法:我同意跟她苟且仅仅是由于我不好意思回绝。是的,她肯定知道我已经对她失去了兴趣,而这很可能是她很快开始恨我的原因。而她这样对我,让我也渐渐开始恨她。可是我最恨的是它无法改变:我是和她在教堂里举行过婚礼并且与她是捆绑在一起的。

也许没有任何一对亲夫妻会像我们一样。

我们的吵架越来越频繁,并且持续时间越来越长,在家里永无宁日。而等孩子们长大后还站在她一边。他们也起来反对我。因为她跟他们说:"他就是这样,你们的父亲!他就是这样对我,你们的母亲!"于是她让孩子们知道我在情绪激动时所说的话和所做的事情;这时候这个人做的事情往往事后会后悔,可是她不应该仅仅根据在这个时刻的所作所为来判断。于是她就把我们的孩子撺掇起来反对我,这样我就不得不跟他们也吵起来。她就这样让他们失去了对我的尊敬,他们只顺从、信任自己的母亲,可是从来就不听从、信任自己的父亲。

最后几年我们很少在一张床上睡觉。当我知道自己无法摆脱她的时候我时不时地满足她的欲望。我不敢否认,我太胆怯了,我的一生中曾当过无数次胆小鬼。我因为要求得家里的安宁不得不屈就她,这样她会在这之后的几天时间里嘴上对我温和点,这样家里气氛会变得更易容忍些。有时我想让她离开:不,你再也得不到这个了。可是我害怕她,害怕要是我拒绝她的话,她会以某种方式来报复我。

我知道她会变本加厉地折磨我。有时我不得不在与她做那事前先喝两口烧酒。是的，烧酒帮了我很多次忙，没有烧酒我始终不行。可是事后我自己感到很恶心：我觉得我是这个世界上最没有用的东西，我甚至觉得自己还不如动物：它们不需要喝烧酒才能干这事，它们只在有兴致的时候干这事。我躺在那儿的时候是我仇恨她并且与恨我的人在一起干那事。牲口们可不这么做。

我们是一对合法夫妻，是按照基督教及神圣联盟规定举行的婚礼，缔结的婚姻，我们是与上帝亲自缔结的联盟结合在一起的。可是夫妻之间确实不应该这样。

有一次大吵之后，我说，我要自杀。她答道："那会有另外一个男子来替代你。"她嘲笑我，她不相信我敢这么干。可是我是认真的，我去找那把砍刀，我要结果了自己。我站在那儿，用大拇指在刀锋上感觉一下，看这把刀是否足够锋利。然后我将那把刀抵着我的喉咙。可等我感觉到冷飕飕的刀背碰到肌肤时，我就不敢再做下去了。那把刀是那么冰冷，它让我全身都冻得够呛，于是我的手一点儿力气都没有了，我没有力气去切开自己的喉咙。我曾经杀过几百只牲口，我看见血从它们的脖子里流出来，因此我很清楚插进自己脖子的位置，我认出了血管的走向。可是我无法对自己下手，我无法让那把刀割开自己的皮肉，让自己的血喷涌出来。

我有这样做的意愿，可是我的手不听使唤，我还是太胆怯了。

而我发现了某些迹象：她撒谎了，无论如何她相信了我的话，她相信我想结果了自己。我发现，她开始把所有锋利的工具都藏了起来。她还是害怕的。于是在以后很长的一段时间里她对我稍微好了一些,态度也和蔼了些,而且我们没有再吵架。

我发现了赢得家里安宁的一种办法,于是我用了两次这个办法:我磨我的刀,让她来拿磨刀石。

可是由上帝缔结的婚姻联盟之间难道必须要用这种方法来让家里安宁吗?

也许她最后看穿了那个把戏。因为那天我去跟她说我想离开她去美国时,她不相信我说的话。"你太胆怯了。"她说,"你甚至不敢出海,你不敢的,你这个可怜的胆小鬼。你从来就没有敢做过什么事。你不敢漂洋过海的。"

可是这次她失算了。

她最后以为我这次也会像她估计的那么胆怯,而等她最后看见我的美国箱子打包装箱并且装上马车时,她哭了。她经常因为愤怒而哭泣,可这次是另一种哭相,她哭得很缓慢,但时间很长,就像有些牲口被折磨得非常痛苦后发出的声音。我估计,她不会改变自己。是的,也许有人会可怜她。可是我知道她曾经有过折磨我的乐趣,而我迄今还没原谅她。

现在我在海上,彻底摆脱了她。我躺着琢磨自己一生的得失。想起这个,我心里很是苦涩:有许多男人会对自己的妻子好,也有妻子会对自己的丈夫好。要是能够拥有一个女人,她对我好,可以理解我,即便她让人伤心也是好意,譬如她可以责备和埋怨,但是出于让所有事情往好的方向发展的意愿,而不是让事情朝她所想的坏的方向发展。如何才能这样呢?当我想起这件事的时候、想起我失去了世界上的另一个人时,我在这儿痛苦地琢磨着。

我对自己感到羞耻,尽管我已经很老了,但还是在我心中留下某些东西，某种像希望那样的东西，一点、一丁点希望。某个声音在告诉我：也许你有某个好事在等着你，在世界上某个地方等着你。也许你还没必要在得到这一点点东西前死去，这可是你苦苦思念的东西。你像一只丧家之犬，一只不属于任何家的可怜虫，你，尤纳斯·彼得，你一直住在自己的庄园。你在自己家四周饥渴地盘旋、寻觅、乞讨。是的，这是真的：娶了如此对待自己男人的女人，还能有谁比你更加饥渴呢？

是的，我有点羞愧，可是，难道一个可怜人不必须留下一丁点可怜的、贫瘠的希望，以便能够继续在那里四周寻觅吗？

我在船上很少能够真正睡得很香；我躺着想着太多的事情。我正在朝向另一个大洲远航。我必须去某个地方。我不是很清楚我在朝哪个方向航行。可是我唯一知道的是：我正在寻求安宁的旅途中。

❦ 船上发生的故事 ❦

1

"夏洛特号"夜以继日地在4月厚重的雨中穿行。

在两个完全装配索具的桅杆上的风帆松松垮垮地,泛起了皱纹一般地悬着,风还是很弱。帆船沉重的船身深深陷入海里。海洋中的拉货船,水中沙漠的骆驼,正缓缓地向前掘进着,迎击着柔软、蓝绿色的浪球。船头的鸟儿睁着锐利的眼睛不停地在海上巡视着。浪花拍打着鹰的脖子并冲刷着它张开的鸟喙,然后从那儿落下,鸟喙持续品尝着苦涩的海水,海水从鹰眼流下来,然后又持续被海水冲洗干净。艏像鹰的脖子骄傲地挺起:这只鹰就像它正搜索着它以前曾经航行过的痕迹似的朝海水边际往外看去。

出国移民最后一次看到自己的土地,是最外边的丹麦的尖端,它从遥远的地方向他们招手。可在这个时刻他们看见了其他船舰,有比他们的大的,也有比他们的小的,都是很较温和而缓慢的开船人。"夏洛特号"很快与她那两艘同行船伙伴分开了。

连续几天天都是阴沉的,洛伦兹船长因此无法根据太阳的高度进行测距。于是他用"航位推测法"测量距离并确定其航向：前行很艰难。双桅帆船极为缓慢地经过卡特加特海峡。

小个子农民和留着大络腮胡的大个子农民走到船长跟前露出平和的微笑：上帝让他们在一个如此美好且安静的天气里航行。洛伦兹对两个宗教幻想家说：要是上帝真想让他们好，就应当给他们刮风。那个愚昧的小个子农民要是知道，这样的天气贯穿全程，他得在船上待多久的话，那他肯定会马上跪下双腿并且向我们的上帝呼唤要风。

这些愚昧的农民对海上的事情一无所知：他们表现得好像眼睛和耳朵都完全被塞满泥土一般。他们只乘坐过牲口粪车，以前从来没有被海浪背负过。可是有理由对这种安宁的天气感到满意：迄今为止他们避免了晕船病的折磨。这些地上的老鼠也并不那么着急地移居到北美：它们只是想从一个乡下移居到另外一个乡下，从这块耕地搬到另外一块耕地。时间足够让他们开始到另一边去搜索草皮。

船上的大副连续几天在"夏洛特号"帆船的航海日记上记载相同的几个词：微弱的东南风，阴天，云层时不时地较厚并有雨。

2

移民们白天就待在甲板上。上面很冷，于是他们用所有带着的衣服，大衣、围脖以及皮被子将自己裹起来。因为他们不太能忍受大海并且害怕夜里待在中间的船舱里，因此最上面的甲板是最宜人的地方：在上面他们能呼吸到新鲜的空气，而在下面空气难闻得令人窒息。夜里难受感会悄悄地钻入他们的床位，就好像它们在下面某个地方躲着然后夜里会钻出来。这时候会出现木桶不够的问题。这时会发生人们在黑暗中有足够时间握住木桶的事情：夜里10点以后不允许点蜡烛，而等白天的阳光开始渗进来的时候，夜里发生的一切就会昭然若揭。

出国移民们从打扫自己的房间开始新的一天，男人们拖动那些大水桶，把它们倒掉并且对其进行冲洗，女人们则洗洗涮涮，把衣服拿到甲板去晾干。在他们干完这些活之前，他们只能渴着，喝不上水，那些身上脏的人没法洗涮；现在他们开始想明白为什么白天那份新鲜水要等到他们洗干净之后才分发了。

乘客们中间有人抱怨每人每天一壶淡水太少了，这一壶水既要用来做饭，还要用来喝水和洗涮。而他们习惯于从井里打满水的。二副试着向他们解释说，这个标准是为所有人量身定制的，因为船上的淡水库存不允许更多的每日消耗：他们在外边长途航行，如果运气不好，碰到糟糕的天气，这一航程会延伸至三个整月。如果那样的话，他们就不得不满足于每天少于一壶水的情况。他们得学会节约每滴水。

女人们尝试在海水里洗自己的毛衣，但是肥皂在那里不起沫。一天早晨下起了猛烈的大雨，这时船员们在甲板上张开了一张大帆，拿它来收集淡水。船员们痛痛快快地洗了个雨水澡，然后用雨水洗了自己的衣服，乘客们站在那儿观看，有几个人开始跟他们学样。丹尼尔·安德里亚松说，上帝惦念着他们呢，特意从天上给他们送来好水给他们用！

听说有人要向船长去抱怨分发的水太少，希望要分配更多的水量。可是让谁去呢？没有任何人愿意自告奋勇，谁也不愿意。人们都很尊敬船长，当人们提出应该有人去找他时，就听说：船长正躺着睡觉呢。船长在午休，不要去弄醒他。好像这艘船的最高指挥官在他下面的舱位整天整夜地睡着似的。否则他们所有人都知道，他只在每个下午睡午觉。

卡尔·奥斯卡·尼尔松第一天就跟二副讲过船上拥挤的真相，自从那次起，同行的乘客就认为他是一个不惧的男子汉；于是这时几个人怂恿他去跟船长谈水的事。卡尔·奥斯卡想：其他人都太胆小，不敢去抱怨的事，他们想躲在他背后。可是他不愿意被其他人当枪使：于是他拒绝了。

卡尔·奥斯卡和克里斯蒂娜都不怎么会跟人结交。在他们的房间里，他们接触最多的是蒙斯·雅各布和菲娜·凯伊萨，从奥兰岛来的老农民。他们是十分和蔼可亲且乐于助人的人。克里斯蒂娜就是认为他们脏兮兮的，因为她自己是非常爱干净的人。她从来没有看到蒙斯·雅各布洗过澡，给他分配的水总是有剩余的，于是她就问他要来自己用。可是他自己其实比别人更需要。他自己身上到处留着吸鼻烟而淌下的口水的痕迹，他嘴角边留下了两道令人恶心的小溪。而菲娜·凯伊萨耳朵里带着大大的耳屎，还有脖子上的黑道道到处晃悠；因为她从来没有把它们洗掉过，也不愿意失去它们了。蒙斯·雅各布和他的妻子各自携带着要比"夏洛特号"的其他人都要多的瑞典的脏东西去美国。

而他们在自己家庭制作的夜袋，那是将染成灰色的帆布两端用刨平的一英寸的木板固定的，袋子的两端都用很窄的木条钉住。里装着的东西都弄得黑乎乎、脏兮兮的。

斯莫兰人用针将夜袋缝起来,奥兰岛人用木条钉好夜袋,可是所有人都带着它们长途旅行并且它们都是十分经久耐用的。

可是蒙斯·雅各布最害怕的是他的磨刀石,那是自己儿子要的:他害怕它在货仓下面会被弄坏,他害怕在长途旅行中它会被弄碎。还有就是抵达港口的时候他怎么把它运走?也许在美国,人们会要许多钱来运这块石头?这块磨刀石沉重地压在那个老奥兰岛人的心上,他在自己的床位上被大海弄得烦躁不安。就好像他并不担心自己能否安全抵达美国,只要他的磨刀石能够全须全尾地漂洋过海就成的样子:因为美国那边的磨刀石既贵又糟糕,他的儿子给他写信说他用美国的磨刀石无法将他的镰刀磨得足够锋利。

自从他们上船后卡尔·奥斯卡开始琢磨这个问题:等他们到了纽约城之后他们要往哪儿走?他们和同伴里谁也不知道,甚至从尤德尔教区来的人之中也没有任何人知道。于是他事先必须为自己和其他那些人早一些考虑好,得比这艘船的运行速度更快些。现在他听那个奥兰岛带着磨刀石的农民说起他儿子,他在一个叫明尼苏达的地方落脚了。

他问蒙斯·雅各布道:

"那边的耕地好吗?"

"都是一等一的耕地,我儿子写信告诉我的。土壤要比家乡的厚许多。我儿子拿了100英亩。"

"我们的男孩非常能干!"菲娜·凯伊萨用试探的眼光看着卡尔·奥斯卡,"他也会耕地吗?"

而当他那两道细溜的、黑色的鼻烟溪流静静地从老农民的下颚流淌着涎水的时候,他继续说:

他的儿子写道，在他待着的地区有着广袤的土地，非常适合耕种，那些土地够斯莫兰和奥兰岛所有的农民耕种，要是他们现在所有人都搬迁到那儿的话。夏天天气有点闷，可是其他时候既不太热也不太冷，几乎和家乡一样。这对于普通人来说非常舒适。其他定居美国的新来者则像苍蝇一样死去，因为他们忍受不了那样的气候：那里有些地方的气候非常恶劣，他儿子写道。他自己现在很害怕这个，因为他年纪大了身体很虚弱。他心里老是很难受，所以他嚼许多鼻烟：这对他的心脏病有好处。他的心脏常常想停下来，但等他嘴里含了大量的鼻烟后，它就又跳动起来了。等他手里一点儿鼻烟都没有的时候，它可能会停顿很长时间。这很麻烦。是的，因为上了年纪，所以他在这次遥远的移居前非常犹豫。在整个一生中他都没有移居过，他一直待在家乡他出生时的院子里。他儿子给他掏了路费，而他也非常想去看看儿子在北美置办的广袤的耕地。

那个地方也许正是他们定居的好地方？他问罗伯特明尼苏达泥土的特征，可是他弟弟在那本书里没有找到那个地方。在合众国里没有哪个州叫这个名字，他非常肯定。可是那块广袤的旷野一定在密西西比河的上端附近，那是整个地球上最大、水源最丰富和最有用的河流。围绕着这条大河四周的土地十分肥沃，并且到处都是森林和山谷，这里富产各种鱼类，还有野兽和印第安人，而且所有人们需要的东西应有尽有。在那个密西西比河的美丽的岸边听说有新来的建设者在这里用5年时间挣了满满一桶金子。

"我不是想知道挣多少金子！"卡尔·奥斯卡说，"我问的是土壤的种类！"

这个消息非常管用。于是卡尔·奥斯卡将明尼苏达这个地名记在脑子里了。这个名字比其他的好记，因为明尼苏达这个词的前半身刚巧就是瑞典语"记忆"Minne这个词的一半。

3

克里斯蒂娜刚刚在船上的厨房里给孩子们做好了晚饭。厨房门外边那些妇女排成长长一行，等着使用里边的炉子；其中一只锅子还没有离开炉火，第二只锅子就放了上去。克里斯蒂娜已经在盼望着有一天，她可以拿着自己的锅子爱站多久就站多久。谁也无法在船上这个小小的、摇晃着的厨房里安安静静、不慌不忙地做饭，因为有那么多人在那儿等着用炉子。因为她的豌豆没有能够很快煮烂，在那儿总有一个在她边上的女人不耐烦地问她，她能不能快点拿走她的那只锅。好像她会让船上的老豌豆在锅里越煮越老似的，而锅里的水经常溢出来并且打灭炉火。她真不知道那个时候她在厨房里炊具安静地放在炉子上做饭是多么爽快。

吃完晚饭后，克里斯蒂娜拿上她的织袜手工来到船舱上面，在甲板上坐着，就像她在这样平静的天气下常常这么做的那样。小哈拉尔德在下面的床上躺着睡觉，而约翰和小麦尔塔在上面和其他孩子一起玩耍：卡尔·奥斯卡看着不让他们在船舷挤着。小麦尔塔托上帝的福，感冒后身体康复了，而其他两个孩子都还很健康。

她带上自己的织袜针和几个毛线团，真是冥冥之中上帝给她的指引，这样她就可以在船上消磨时光了；她的手闲在那儿就不舒服。

克里斯蒂娜好好地坐在那儿织着袜子,但是她发现袜子上有一个小小的斑点,在白色的毛线上有点灰黄色的引火线似的东西,她把那个灰黄色的东西用拇指和食指捏住,然后放到自己的手心去看,她坐着眼睛瞪了半天。她没有看错,那个斑点在动,它在她手心里蜷缩起来。

毫无疑问:她手心里捏着的是一只很大、很肥的衣服虱子。

当她的眼睛跟随着那只在她手上蜷缩起来的、如此健康的小动物时,她身上热汗冒了出来:那是虱子!巨大、肥硕的衣服虱子!于是她马上回想起来一件事:最近几天她感到身上奇怪地痒痒。

她用另一只手的大拇指迅速掐死了那只昆虫。她从大洞口迅速钻进中间甲板自己的床位,在那儿她把自己的衣服都脱了下来。

她所有衣服上满是虱子。在睡衣和衬裙里,在所有的内衣里,她都发现了那种昆虫,所有毛料布的夹层和能够躲藏的地方,都待着这些小小的、活着的、灰黄色的爬虫,它们在那柔软、温和宽松的毛料里蠕动着。在衣服的皱褶里面满是虱子卵。睡衣的腋窝处可真是个虱子窝。而她裸身站在微弱的日光下,看到自己身上、肩膀上、肚子上和乳房上到处都是小红斑:虱子叮咬后的斑点。她感到有什么东西在刺她并且发痒,可是因为下面光线非常暗淡,当她早晚穿脱衣服时,没有发现那些可怕的痕迹。

克里斯蒂娜瘫坐在自己的毯子上放声大哭。

卡尔·奥斯卡不明白妻子为啥突然从甲板上跑到下面并看到她脱光衣服站着那儿:她不会是病了吧?

她转过脸去,抽泣道:

"我身上到处都是虱子！到处都是虱子！哎呀，我的上帝啊！"

他笨拙地站在那儿凝视着她。

"不要看我！难看死了！"她用被子将自己裹起来，"太羞耻了！"

"亲爱的克里斯蒂娜！我们从来没有这种脏东西啊。"

"没有。我一直保持着我们的卫生。孩子们还有我们所有人——都一直非常干净，这你是很清楚的。而这次我们到了海上就沾上了虱子。"

"但亲爱的，不要哭嘛！"

自从出发前一晚之后他再也没有看见她哭过。自从到了海上后她心情一直都不错。

她抽抽搭搭地说，她身上以前从来都没有长过虱子！她小时候上学的时候曾经从别的孩子那里染上了虱子，可是她母亲用一把好梳子很快帮她弄干净了。而她自己的孩子，她一直让他们保持干净，她觉得这是一种荣幸。尽管孩子们的头虱现在并不算是真正的害虫。

"这样没有止境的羞耻！"

在她父母家里，她心里已经深深打下了不洁之人不配受人尊敬的烙印。只有坏人、流浪者、无家可归者以及妓女，才用自己的身体养着这些虱子。而那种害虫还证明那个人的灵魂和气质：虱子们就在那些懒惰、肮脏和不诚实的人身上做窝。他们在其他人身上过不好，害虫们在勤劳、正派和高贵的人身上过不好，这是这些人正派的标记。克里斯蒂娜感到自己很耻辱并且受到伤害。

卡尔·奥斯卡安慰她，不要太自责了，也不是她自己的身体养了虱子，她是被船上某个人给传染了。这种害虫不是她的耻辱，是某个同行者的耻辱，一定是这个舱位几个家庭里的人把虱子带了进来。而那些可恶的爬虫繁殖得非常迅速。一个生长了一夜的虱子就已经当上了祖母。

卡尔·奥斯卡瞧了瞧旁边那个奥兰岛的老农民的床位。蒙斯·雅各布和菲娜·凯伊萨看上去就不是很干净：也许离克里斯蒂娜最近的邻居是罪魁祸首？而他还肯定听说过奥兰岛人比住在内陆的人会长更多虱子。

正当他想向克里斯蒂娜倾诉自己的怀疑时，韦斯特尤尔的尹佳·列娜和乌尔丽卡带着用篮子和碗盛的晚饭从船舱厨房里下来了。尹佳·列娜发现克里斯蒂娜眼圈红了，因此她关心地走上前来问道："发生了什么事了吗？"

可是克里斯蒂娜看到了乌尔丽卡：在帘子另一边，就在她自己的床铺的脚端，就是那个女人和她女儿的床位。乌尔丽卡和她自己的床垫之间还没有一脚的距离，而帆布与墙之间的开口有一英尺多宽，这对于那些小爬虫来说是这个世界上最容易的路径，它们可以从那儿穿越过来，爬上各自的肩背。

克里斯蒂娜失去理智地向乌尔丽卡喊道：

"是你！除了你没有别人，你这个老妓女！是你把虱子传给我们的！"

"克里斯蒂娜！"卡尔·奥斯卡高声警告道。

可是已经太晚了，他年轻的妻子继续道：

"你，是你的虱子，你在韦斯特尤尔一直有你的虱子窝！所有你的男人都将你的害虫从教区里传播出来！你把这艘船上所有人都染上了虱子。你是不是还要坐船去把所有美国人都染上虱子……"

克里斯蒂娜的眼睛在冒火。可是她说出口的责备仅仅只是她想向乌尔丽卡说的话的很小一部分。她已经忍受这个女人带刺的话很久了,她被隐忍的仇恨,一个正直的女人对荡妇的仇恨气得发抖。

乌尔丽卡目光闪烁着眯起了眼睛,她的眼睛变得又小又白,闪烁出微光。那些认识她的人都知道:现在的她不好对付了。

可是她并没有马上回应,她转身对卡尔·奥斯卡说道:

"是吗,你妻子把虱子从家里带了出来?!当然啦,你是不愿和这样出色的女人分开的!"

"你冷静点,乌尔丽卡!"他厉声说道。

"还是管好你自己的妻子吧,你!"

而乌尔丽卡的眼睛眯得更小了,在她往外喷出愤怒的时候,她的嘴像往常一样咧得更歪了。

"她得收回往我身上泼的脏水!我上去找丹尼尔。"

她跑上甲板。

"现在你惹上事了。"卡尔·奥斯卡忧心忡忡地说道。

克里斯蒂娜停止了哭泣。她突然变得坚定而无惧:

"我叫她妓女和卖淫者,对她来讲那是名副其实的。她别想让我收回我说过的话。"

"可是我们不能在这儿把这些从家乡来的人的老底都揭了。我们一起去美国的途中要抱团。"

"我可没有请这个女人一起到美国去。"

乌尔丽卡带着丹尼尔·安德里亚松回来了。

而回来后她提高嗓音,嚷嚷道:

"克里斯蒂娜怪我把这艘船上的所有人都染上了虱子!她怪我把虱子传给了她!她嘲笑基督的身体和他无辜的纯洁的羔羊!"

周围那些同行者开始过来聆听到底发生了什么事；而躺在这里的大部分人都跑到上面甲板去了。卡尔·奥斯卡看到丹尼尔·安德里亚松，于是就招呼他来帮忙。

"大家都平和一些，女士们！"丹尼尔用恳求的口吻说道。

"她自己满身虱子却怪我！"乌尔丽卡喊道，"她必须跪下来请求我的原谅！"

"在你面前下跪？"克里斯蒂娜极为轻蔑地大声问道。

"你必须请求基督的身体原谅你！"

"那我宁愿向恶魔下跪！"

"你听听，丹尼尔，她就是这样侮辱人的吗？"

"你们都停下来，亲爱的！你们俩都静下来！"丹尼尔小心翼翼地请求道，"我们所有人要一起去美国，而《圣经》上告诉我们说：不要在路上闹纠纷！"

谢拉耶尔德的农庄主用他温柔的目光注视着两个愤怒的女人，他向自己外甥女看去，又向他的基督姐妹望去，他眼神里请求的味道远胜于他的言语。

"她得收回她说过的话！"乌尔丽卡愤怒地喊叫道。

而她还在继续，她转身向丹尼尔：因为她是无辜的。她向天上的上帝发誓从她记事起，她身上没看到过一只虱子。过去，当她还活在自己罪孽之躯时，偶尔会发现一两只小爬虫，迷路钻到她的内衣里，因为虱子喜欢待在毛料内衣里。可是自从信了基督重获新生后，她一直保持着身体洁净并且再无虱子。而他，丹尼尔比她更清楚，任何害虫都不会爬到基督的身上。他非常清楚，耶稣和他的学生在地上行走时身上都没有虱子。当然，也许那个背叛者犹大会有，她不会去给这个人证明的，因为这也许是个无赖和坏蛋。可是害虫只会在年老的、有罪孽的、腐朽的人那儿活得很欢快,而在上帝无辜的、纯洁的羔羊那儿则不行。"

于是乌尔丽卡开始解开胸部上面连衣裙的扣子:

"我要把衣服脱光了!在我身上谁也找不到任何虱子。"

"你一点儿也不知道羞耻吗?"克里斯蒂娜脸红了,"你把所有女人的脸都丢尽了!"

"是你责怪我的!谁要是想就可以来看我!"

她赤裸的、饱满的胸脯在连衣裙的开口处露出白光。卡尔·奥斯卡不得不把目光移开——他被女人白晃晃的乳房弄得心神恍惚,因此有点气恼。

要不是丹尼尔用手臂把她拉住制止了她的话,乌尔丽卡想要把自己上身的衣服都脱得干干净净的:他告诉她一个基督徒在俗世上孩子们面前的正确的表现。他警告她不要为了自负进行危险的引诱,这会吸引她显露自己的身体——上帝值得赞美的创造物,她不得用它来唤起男人心中罪恶的邪念。

"可是我想证明自己的清白。"乌尔丽卡坚持道,"尹佳·列娜可以来查看我的衣服!她可以当我公正的证人。来看吧,尹佳·列娜!"

乌尔丽卡和尹佳·列娜走到未婚女人住的床位的帘子背后。乌尔丽卡在帆布做的墙里脱光衣服。

过了一小会儿两个女人都回来了。从乌尔丽卡放光的神情来看,人们马上就猜到了检查的结果:

"说吧,尹佳·列娜!你在我身上找到任何虱子吗?"

"没有……"

"你发现哪怕一只虱子卵了吗?"

"没有……"

"你们大家都听到了！我是无辜的啊！克里斯蒂娜要跪在我面前！她现在要请我原谅她！"

"你和你的男人可以相互脱光了！你们可以相互捡拾虱子。可是你听好了，我没有长虱子而你要向我请求原谅！你侮辱了上帝无辜的纯洁羔羊。"

"要我向你这个老没良心的、罪孽深重的女人，乞求恩赐吗？"

"跪在我的面前！"乌尔丽卡怒火中烧，"要不然我把你的眼珠给抠出来！"

她想冲到克里斯蒂娜跟前，这时丹尼尔和卡尔·奥斯卡抓住她的手臂把她拉了回来。

克里斯蒂娜没有请求她的原谅。可是那里站着的另一个女人，看上去好像准备请求原谅了。尹佳·列娜羞愧且非常害羞地站在那儿，几乎快要哭出来了。所有人都惊讶地看着她。她站着，大拇指和食指捏着什么东西。她把那个东西放到丈夫眼前：这是一个灰黄色的、在蠕动的东西——一个又大又肥的衣服虱子。

"丹尼尔，亲爱的，你看，我也……我也有！"

乌尔丽卡解脱了，可是尹佳·列娜也在自己的内衣里发现了虱子。这时她站在那儿犹豫地探寻丈夫的手，就好像她要求他原谅似的。

丹尼尔·安德里亚松瞧着妻子放到眼前的虱子。他沉静地说："这种动物也是上帝创造的东西，所以我们不应该仇恨和谴责这些爬虫而是要顺从地接纳它。害虫会提醒我们要保持洁净并且在船上也一样。这是给我们的考验，要让我们所有人都改善。"

现在卡尔·奥斯卡后脊梁上开始有什么东西在爬动。

他离开那儿走到男人船舱那边自己的床位开始脱衣服。他马上找到了他想要找的东西。

渐渐地表明,所有在中间船舱里的乘客都染上了虱子,只有一人例外,唯一没有染上虱子的就是韦斯特尤尔的乌尔丽卡,那个老妓女。

4

克里斯蒂娜马上开始消灭爬虫的工作。她看见其他女人坐着从衣服上把虱子摘出来并且用指甲在一个木头盘子上一个一个地掐死。可是这太劳时费力了,而且也无法确保彻底消灭那些虱子。她带在身边的肥皂现在起了很大的作用:她在船上厨房里把他们所有衣服放进一个煮沸了的含有大量肥皂的水盆里,那里任何虱子都无法活下去,她还用上好的细梳子把孩子们的头发都彻彻底底地梳理了,甚至头皮都被铜制的梳子条给弄出血来了。

她现在被韦斯特尤尔的乌尔丽卡深深地伤害了,她现在可以幸灾乐祸地,比船上任何人都更潇洒地在周围晃悠。可是她并不是因为基督活在她体内而免受害虫的侵扰。基督肯定更多活在丹尼尔舅舅身上并且丹尼尔舅舅比她对上帝更加虔诚,而当虱子也爬到了他的身上时,它们也照样会爬到她的身上。

她错怪了乌尔丽卡,她很后悔自己的冒失,可是她永远做不到去请求那个女人的原谅——那样的话就等于承认她自己比这个大妓女还要糟糕。而乌尔丽卡,她反而应该向所有她在家乡教区里与她共享丈夫的已婚妇女请求原谅,因为她在她们的丈夫面前纵容自己。

而克里斯蒂娜自己也部分承认，是什么驱使她去责怪乌尔丽卡：她冷眼旁观到乌尔丽卡如何在卡尔·奥斯卡面前搔首弄姿的样子。很容易就能猜想到，要是她与他单独待在一个房间里时她将会如何表现。现在她估计他绝对不会让自己被她勾引了。可是她对男人具有一种神奇的魅力，卡尔·奥斯卡具备一种强大的品性，而他在船上很长时间夜里孤独地躺着。所以谁也无法确定，不是完全地肯定……而乌尔丽卡用她那眼睛瞪着男人，不仅仅是卡尔·奥斯卡，还有其他人：那是透出欲望的隐秘而被玷污的、令人恶心的眼睛——从那儿流露出通奸的神情。

而克里斯蒂娜寻到了一种安慰：等他们一旦登上美国的土地，他们就可以摆脱韦斯特尤尔的乌尔丽卡了。

"夏洛特号"帆船上携带了一大批免费的小乘客，它们大部分是在船上生下的，而当它们要被消灭时，船长的医药箱里的水银药膏就有了很大的消耗。过了几天，二副告诉洛伦兹，他们给出了如此多盒子的膏药，以至于船上的库存快告罄了。

可是谁也无法搞清楚到底是谁将那种爬虫带到了船上的居住区域。于是洛伦兹船长对他的大副说："现在瑞典这个老家这是怎么啦？甚至连虱子也开始移民到北美了？"

5

罗伯特在船上四处晃悠，他还是一个灵敏的探寻者。他顺从地接受了船上指挥员的指令并且看到那些海员是如何将这些指令付诸实施的，他看到他们如何将一个缆绳拉回家以及如何将风帆升起来的。他还学会了区分升帆装置、锁定以及稳定之间的差别。他还知道了滑轮是干什么用的，还能给阿尔维德指出小木栓、横杠、锚链孔、系船柱、横桅索、桅楼（桅杆瞭望台）、斜桁尖端、纾桅连接用滑环、索箍。他还知道抢风行驶意味着几乎迎着风口但稍微偏离的方向前进而避风行驶则意味着船与风口保持远一些的距离（与风口正面呈45°）。他已经跟风帆匠——那个老船员混熟了，对于他所能提出的一切问题都给了确切答案。他得知这艘双桅帆船的那些土灰色的帆布一直没有洗过，而是等天父自己在雨里冲刷并清洗然后在阳光和风的作用下弄干。他还得知全世界最强大的帆船布是在瑞典家乡永斯雷德那儿制造的，叫作永斯雷德帆船布。他还得知"夏洛特号"帆船底载有生铁仅仅是为了她在海里足够沉。他还建议他多吃船上装载的豌豆和酸菜，因为那样他就可以不得败血病，这是出国移民们最危险的疾病：很多人在去美国的大洋途中死于这个疾病。可是他当心不要吃太多的肉，这种肉会比腌过的咸肉更为有害。

　　罗伯特还跟那个穿大格子大衣及窄裤子、在船上被称为美国通的那个人套近乎。这个正在赴美途中的年轻人想要知道关于北美共和国（时称）的特点。有些问题他回答了，而其他则不然：美国总统曾禁止他谈论他所知道的美国的一切。他曾在那边这样的位置上过班，他也许会接触到关于国家治理的重要的、秘密的内容，他说。而要是他把这些告诉了局外人，那他就永远也无法登上美国的土地。罗伯特接受了这个说法。

　　迄今为止，除了他叫弗雷德里克·马兹松，他对美国几乎没有太多了解。而现在他正好想起了同样名字的小伙子：柯昂坡的弗雷德里克，他曾经到哥德堡，想从那里去美国。之后他从那个地区逃匿了。这时候罗伯特想：那个陌生人该不会就是那个弗雷德里克·特隆吧？他会不会当过海员？他于是求助尤纳斯·彼得，他是在柯昂坡看着那个男孩长大的：是不是就是他，现在跟他们一起乘坐这艘船？尤纳斯·彼得偷偷仔细瞧了一下这个美国人，然后他说：可能是弗雷德里克·特隆，那个逃匿的长工。他个头几乎相同，而脸也长得没有什么不同。可是他没有见过那个恶棍已经有近20年了，而从一个少年到成年，一个人会发生很大的变化，所以他不敢十分肯定。现在这个美国人说，他的家乡在布莱金厄，而这显示他家的教区在斯莫兰，因为弗雷德里克一直谎话连篇，但偶尔自己也会说漏嘴，把真话说出来。可是过后他会一直脸红，为这个感到害臊，尤纳斯·彼得说道。

罗伯特记得他在某个地方读到过关于北美总统——乔治·华盛顿，他在一生中一度讲过一件真事，他曾经砍翻了一棵樱桃树。现在这一天成了美利坚合众国的一个纪念日。

他打定主意把弗雷德里克·马兹松、那个美国通的整个真相都弄清楚。

经过在大海上一个星期的逗留，罗伯特确定他与生俱来是个适合在陆地生活的人。海员们要做的每一种事情都是有生命危险的。在乡下山坡上的长工生活虽然艰难而艰苦，可是还不至于会出人命。船上的领导是如何让船员们及海员学徒们能够在桅杆顶端周围攀爬和大步跳跃的？这艘船的船员们在他们的掌控下间或还有些自由，可是他们一直没有任何安宁，不管白天还是黑夜他们都无法得到彻彻底底的休息。作为在一艘船上干活并不比长工在农庄主干活那样有更多自由：长工要没日没夜地照看马儿们，无论是周末还是工作日，而海员们则要照看船帆，无论周末还是工作日。它们之间没有什么差别。而海员要躺在船最前端的最底层的铺位，那边是那么拥挤，像罐头里的鲱鱼一般。那时他和阿尔维德在纽巴肯的马厩里还要过得好一些，即便房间里有大量壁虱。

一个长工得一直吃腌鲱鱼，那么一个海员就得每顿饭都吃让人反胃的猪排。而海员要整年整年地在这儿生活，像囚犯似的被关在船舷里边：他们一步都不能跨越船舷，只能待在40英尺长、8英尺宽那么大的地方。

一个打长工的农民要比海上的海员自由多了。

可是当来自科尔帕默恩的长工罗伯特在思索的时候，他还想到地球上被水面覆盖的四分之三的地方的危险而不自由的生活：他在那儿伫立良久并朝桅杆顶部出神地注视着。在那上面，是森林中活动范围最广的树木——那些数不清的、多分支的针叶树的亲戚、被削掉枝杈的柚木的主干，在那儿矗得高高的并来回晃动。那些柚木失去了自己的树枝和树冠，用船帆做成的外衣的装点来取而代之，并且穿着自己的船帆服饰在这儿的大海里到处游走，它们任何时候都比在家乡森林的树木要更高高在上并且更加优雅。它们被从那个封闭的牧场放到了世界的海洋，它们可以在余下的日子里自由自在地四处晃悠。

可是对于每一根被砍伐下来做桅杆的柚木而言，就有100根柚木留在树根上面，它们被遣送逐出家乡地区，终生过着单调乏味的日常生活。它们在那儿站立五六十年，然后被人伐倒并且被切割成顶橡木或小方木造进房子里：一个牛棚或一个粮仓。在它们百年或更长时间深深的屈辱中，它们身上长满苔藓并且满身披上绿色的霉菌、棕色的牛粪斑点、被壁虱挖掘并建成的中空的壁虱窝。它们在牛棚墙壁里静静地站着,慢慢地、慢慢地腐烂掉。而等这座老房子最终磨损得差不多了并且被拆掉时,它们会和垃圾一起被扔到柴火堆里被焚烧并且化为灰烬;最后它们被扔进农民们用来煮猪食的锅子底下当柴火。

这就是那些留在家乡的柚木的命运。

而这些被选为桅杆的木头得为帆船承载起风帆并且帮它们漂洋过海。在人们需要寻找新家时,它们得帮助他们从一个洲搬到另一个洲。它们柔软的顶端背负起了风帆的翅膀,它们在船上是风的腿。它们会在年轻的时候折断并且在其年老发生事故时沉没,可是它们不会在乡下一个煮猪食的锅子底下被烧成烟和灰烬。而当它们的船沉没时桅杆主干会跟着一起通往海底之路,然后骄傲地躺在世界上最大且最深的坟墓里长眠。

这就是航海的柚木们的命运。

而它们得在自己的树根上停留百年,然后才能获得自由并且来到占据地球表面四分之三的水面。

而对于每一个漂洋过海到新世界当长工的农民,在他们老家那儿仍有100多个长工要留在那儿。在百无聊赖的星期天下午,他们留在自己的地区、留在自己的差事里,在旧世界昏暗的马厩房间里并且通过那些斑斑点点的沾满苍蝇屎的小窗户往外探寻着什么东西,直到他们有一天在某个角落、某个佃农农舍或者被好心人收留的出租房里慢慢地老死。

这就是那些留在老家的长工的命运。

"海浪如此这般地拍打着船只"

在北海,出国移民们遭遇到了第一个恶劣天气。

晚上刮起了大风;半夜里船长估计风力达到蒲福氏风级的九级。"夏洛特号"帆船用最低档的横帆航行。而在船长的航海日志上大副这么记载:风暴。

1

罗伯特:

他醒来,发现有什么重的东西滚过他身上,是他哥哥的身体。

他像往常一样躺在卡尔·奥斯卡身边。他刚刚做了个梦。这个梦一直围绕着一个词:死海。

他在黄昏时刻站在前甲板上,而某个船员说:我们开始进入死海。这听着让人很不舒服——就好比他们开始将船开进一个海洋,所有人都会在那儿死去一般。他从那个风帆匠那里得知它是什么意思:就是那些还没有平静下来的旧风暴的残留。那是大海里的幽灵和恶魔,它们来自刚刚沉没的船在那片海域涌来作祟的海浪,那些淹死者传来消息,叙述自己沉没的经过。

有某人说过,死海预警风暴,从西北那儿过来。

在帆船的四周升起又陡又高、顶端白色的球，像在烤炉里的面包球那样膨胀起来。突然他站在那儿，一个浪头打得高高的，冲刷着一半宽甲板。他身上的裤子被打湿到大腿那儿。他被吓着了，想从那里跑开，可是看见了一个跟他年龄相仿的年轻人，站着那儿嘲笑他潮湿的裤子。这时他就装着啥事也没有发生，站住了。

迄今为止，大海大部分时间给人的感觉就是夜里静悄悄的水滴拍打着船体声。可是那个平和的大海开始变了，变成一头野兽会让数千个高高的水泡撞击在帆船四周。他听到大副的命令：把大船舱口盖上！

他正要把他紧贴着腿的湿裤子拧干的时候，甲板突然陡立起来，"夏洛特号"帆船朝一边倾斜。他用双手抓住了船舷才避免摔倒。"夏洛特号"侧向一边，形成一个很陡的下坡。而他则用手紧紧抓住船舷。他在惊恐不安中等待了半天直到船只又站起来，可是它只是为了朝另一头倾斜：下坡变成了上坡。

他要留在甲板上，他害怕显示自己的怯懦。可是他不单感到眩晕，他的胃里也开始翻江倒海。这是什么情况？他怎么啦？他难道没有在自然学说里读到过："船只在海上的摇摆运动，让在海上旅行的人们感到不习惯……"于是现在他注意到，只有两三个乘客还留在甲板上。他并非那个最怯懦的人。于是他走下甲板躺在自己的床铺上。

他听到从帆布墙的另一边、就是女人们休息的地方传来很大的争吵声；其中一个女人在上边的厨房里把自己严重地烫伤了，她当时正在做自己的晚饭，这个时候帆船发生摇晃，一锅滚烫的开水倒在了她的一只脚上，女人在里边哭喊："我要去向船长投诉……向船长投诉……"可是帆布墙的另一边传来一个沙哑的男子的嗓音:"你个愚蠢的女人!难道船长要站在那儿端着你们的锅才能让它们不翻倒吗?你还是去海里跟魔鬼投诉吧!"

一个得了很重的扁桃腺炎的女孩常常在呻吟,可是今天晚上没有听到她的声音。

于是他就这么睡着了,可是那个词一直在他脑海里,它就像一个钻头一样在那里面打钻:死海,死海,死海。

这是一个伸手不见五指的深夜。他躺在床铺的里侧,哥哥沉重的身体翻过来把他挤到墙边。卡尔·奥斯卡在睡觉。在黑暗中人们能听到男人们在床上翻身、打鼾、大喘气、呕吐、放屁、说梦话、祈祷、骂人和诅咒。

卡尔·奥斯卡滚回自己的铺位。他也跟着过去,他们的床垫下沉了。他抓住哥哥的肩膀:他们的床铺下沉了。没有任何反应。他在自己的弟弟身上躺着而他们一起,在朝着大海的底部下沉。

他紧紧抱住哥哥的肩膀,然后用力发出一个窒息般的声音:

"卡尔·奥斯卡!"

这时他们的床铺不再下沉。它又上升了。他哥哥的身体又一次翻到他的身上。然后又轮到他压在哥哥的身上。下面没有任何东西接住他,他一直在下沉、下沉。现在他们一定是在水下深处:他们的船沉没了!

他听到自己在喊叫:

"我们正在下沉!"

卡尔·奥斯卡被吵醒了。他在半醒半梦中咕哝道:

"只是起风暴了!不要吵吵。"

起风暴了。从船体墙外边的海上传来一阵连续不断的炸雷声,像人们奋力投掷出标枪般的闪电后的隆隆雷声。迄今为止,一直平静并且耐心地用它的脊梁背负着他们的帆船的海水,现在好像变成了一头野兽,用它所有的力量,想把自己的负担扔掉。它曾经咬啮过他。他湿透的裤子还挂在床铺上方:大海用它潮湿的舌头舔舐了他。

而现在他躺着并且在下沉:现在它已经把他吞噬了。白天它舔了他的腿,晚上它要吞了他。

他要呕吐了。他要吸气的时候,空气开始要耗尽了。

"卡尔·奥斯卡!我们是在下沉吗?我们已经沉没了吗?"

水还没有流进来。可是等船体破裂、木板折断、这儿的墙上穿了洞之后——这时海水会马上向他们冲进来并把他们淹没。

"卡尔·奥斯卡……你没有觉得我们在下沉吗?"

"就是有点晕船。"

两个兄弟就这么互相滚着压着对方躺着。他们的床铺一会儿上一会儿下。大哥向弟弟解释道:两头都下沉。在风暴里这艘船就像个秋千一样。

"可是今天夜里这儿味儿死了。"卡尔·奥斯卡费力地说道然后翻身倒向另一边。

可以听出就连他也很难受。可他到现在还一次都没有晕过船。他每天早晨都会空腹喝一口苦艾烧酒。他说,这样就会让他的身体保持良好的秩序。

为了防止冲上甲板的海水灌进舱里,他们把上面的大舱口盖上了。可是他们还把所有给下面送风的洞都封上了,所以今天夜里下面感到特别闷。他每次呼进胸腔的都是已经用过的空气。他的同行者都已经用过了:男人和女人、老头和老太太都已经通过其嗓子、经过其酸酸的嘴用过了。现在已经不能呼进新鲜空气了,因为已经没有可以呼吸的空气了。他又吸了一口气:这是最后一口。这儿的空气已经不够更多人呼吸了,它快耗尽了,已经没有可供呼吸的空气了。也许是我生命的最后一次呼气了。也许还可以再呼进一口气,也许我还可以呼进一小口短暂的……可这会是最后一次吸气。下一次我再也不能……

空气从他的气管里被盗走而他则被恐惧吓晕了:他快死了。

"卡尔·奥斯卡……我快憋死了……"

"你的空气和我的一样多。安静!"

一盏灯火照在他们上方。尤纳斯·彼得点燃了一盏蜡烛。

"不要点明火,你个魔鬼!"一个粗哑的声音从黑暗中传来。

"我在黑暗里看不到往哪里吐。"尤纳斯·彼得喘着粗气说道。

于是他一直举着他的蜡烛直到他这次吐完。

罗伯特呼吸着,每一次呼气时都感觉空气快用完了,可总是够一次新的呼吸。他周围的人呼哧呼哧地喘着粗气、呕吐着、祈祷着上帝、吼叫着并且哭泣着。

"夏洛特号"帆船这天夜里带着所有人穿越一个发出嘶嘶吼声、湿湿的、伸向船只各个方向的舌头。夜是那么黑,看不到任何星星,厚厚的云层压得很低。在甲板上亮着两盏灯,其中一盏是在驾驶台上的绿灯,另一盏是在左翼的红灯,可是在黑暗和暴风雨的裹挟下,这两盏石脑油灯发出了微弱的光芒。两盏微弱的船用小灯处于一个漆黑的、发怒的大海里，两束微小的光在一个小世界里游弋于巨大而恼怒的大海深处。

可是在这个小世界里活着100多个人挤着待在一起。

罗伯特听着从摧枯拉朽般的大海发出的声音：有隆隆的雷声、有海水在甲板上冲刷及流动而发出的噼啪声。巨量的海水奔涌而来，与甲板发生激烈的撞击然后被弹回。等海浪在甲板上四分五裂后，又一声隆隆巨响升起了，它冲击着耳膜，就像被人打了一记大耳光一样。它开始在甲板上发出噼啪声和潺潺流水声——海水流过甲板的木条，被分割成小细流，像一条发大水的溪流一样并且又返回了它们的家。海浪来了，在船上将自己打得粉碎，然后又回到下面的海里。下一个浪头又来了，随之而来的是震耳欲聋的声响，海水将自己扔到甲板上，发出嘶嘶的冲刷声及流走的声音。他就是这样听着一浪又一浪的海水，听到船只如何每次从大海伸出的舌头下挣脱并且躲开了这头野兽的大口。"夏洛特号"帆船迄今还停留在海面上。

一个新生儿的哭声不停地从帆布帘的另一边传来。一个像一只受尽折磨的猫发出的声音。他听到的哭声不是哪个孩子，是一只猫。就是那只他在柯昂坡曾经淹死的老猫，那只在袋子里装着的不愿沉下去的猫。它在那个袋子里躺着被慢慢地闷死了。它可怜兮兮地哀号着。直到他扔了很多石头后，那个袋子才沉了下去。而那只猫淹死后，它一直在哀号，哀号了许多年。而现在它在帘子的里边那儿哀号。他自己则躺在这儿，像装在一个正在沉没的袋子里，快闷死了。

它的惩罚正在等着他：他要以那只猫那样的方式死去。

他全身被冷汗黏住，就像一块冷毛巾贴在皮肤上一般。

于是他双手合在一起,今天晚上他睡觉前还没有做晚祈祷。现在他做完后,又抓住哥哥的肩膀。

"卡尔·奥斯卡……亲爱的,我害怕……"

"你只要安静点就行了!风暴快过去了。"

"可是我害怕我会死了……"

"谁也没有什么办法,你应该理解的。"

是的,谁也没有任何办法。躺在船上这儿的100多人不得不静静地躺着等待,他们一点儿办法都没有。船只可能带着他们所有人沉没而不会在海里留下任何痕迹,世界上谁也不会知道他们是如何死去的,谁也不会知道他们的坟墓。在短短几分钟里所有人就会从这个世界上消失,而他们则会永远地离开人间,而且很快就会像他们从来就没有活过一样。而他们啥事也做不了。他们在这儿下面就像是在袋子的深处,海水进来的时候,就会灌进他们的嘴里、眼睛里、耳朵里和气管里,然后让他们窒息,就像那只在柯昂坡在袋子里闷死的猫一样。

除了上帝,没有任何人可以去祈求。

"卡尔·奥斯卡?"

"你要怎样?"

"我曾经淹死了一只猫。它死前就很受折磨,你觉得我可以得到宽恕吗?"

"为什么说这个?"

"我听到猫在里面哀号……"

"你糊涂了!"

可是罗伯特还是恳请上帝宽恕他对柯昂坡的猫所做的事情。过后他感到他的惊骇感减轻了一些。

他躺着并且短促地呼吸着。可是突然,他的耳朵和嘴都被堵住了：他感到有一股黏糊糊的、流动的液体在脸上。他的床位上面没有滴下任何东西。在黑暗中他看不见它是什么东西，而且他不需要看见，那股味道已经告诉他了。

有人把恶臭的呕吐物吐在他身上。他站起身来，翻过哥哥的身体然后从床铺那儿出来。出去……出去！要是他不能从这儿出去的话，他马上就要死了。他在黑暗里，在紧挨着的同行乘客中间跌跌撞撞地往前走着。地板在沉降的时候，他的脚就像滑进了一个洞里，而地板升起来的时候，他的脚跟前变成了一个陡峭的山坡。他从这个沿着船身的狭窄的过道出去。他在地板上的呕吐物上滑了一跤，那些脏东西糊在他脸上，他啐了口痰，用手把脸擦了擦，他呜咽起来。出去，出去到外边有风的地方！他要在这儿死了。那令人恶心的恶臭的气味让他无法抵抗，它越来越深地塞入他下面的气管里把他的肺填得满满的。上去……上到甲板上面去。

他够到了通往大舱口的台阶，试图手脚并用地爬上去。可是大舱口的门紧锁着，他使劲拉扯，可是无法拉开，他过不去了。袋子被缝上了，他出不去了，他会在这儿闷死的。他听到甲板上船员们在大喊大叫：

"船只正在经过死海，死海，死海。"

罗伯特在台阶上躺着，吐了：他让自己解脱了。他躺在那儿直到他感觉一双强有力的手臂抱住他的身体，那一双手臂把他拖回床铺。

"这就是晕船病。"卡尔·奥斯卡说道。

可是在这个可怕的风暴之夜，罗伯特有生以来第一次想到了死。

2

克里斯蒂娜：

谷仓里的秋千绳已经准备好：牵牛绳的两端都在房梁上固定好了。秋千荡得那么高，以至于她朝上看的时候有点眩晕。她们往往是两个姑娘并排坐在秋千上，互相握住对方的手。这样坐着更安全些。可是当秋千大幅晃动的时候，她们还是会发出尖叫。而那个害怕的人会从上面跳下来。现在她就要独自荡秋千，而这是很危险的。

她爬了上去然后坐到秋千上，把两边的绳子都抓紧了。然后她用脚蹬了谷仓的地板开始启动。

"你总是这么喜欢荡秋千。"卡尔·奥斯卡说道。

可是有一次她从秋千上掉了下来把膝盖弄伤了得了骨溃疡，因此她被送到了伊德莫的贝尔塔那儿。卡尔·奥斯卡就是在那儿进入了那个厨房，他是个高个子男子，长着一个大鼻子。他在里面的时候她一直静静地在椅子上坐着。因为她走路跛脚，所以她不愿意让他看到她跛脚。可是他说我们现在就结婚，于是她坐在那儿缝自己的蓝色的新娘被子。

要是她没有从秋千上掉下来的话，她就不会来到伊德莫的贝尔塔那儿见到卡尔·奥斯卡，而那样的话她也就不会跟着他乘船去北美。她整个一生都由那天她在谷仓里荡秋千所决定。

可是不要在这儿让啥东西弄到被子上。我必须把我的新娘被子弄得干干净净的。等我们又安好家后，还要在美国用它呢。

她在那儿荡悠着，终于她又可以想荡多久就多久了，谁也不会来说三道四了。可是她得用两手握紧了，因为她荡得越来越高，她往后朝着屋顶荡去，又荡回前面。她又下沉到地面，她下面是如此之深，以至于当她往下看去时都晕眩了。她把绳子抓得更紧了，以至于绳子嵌入手里并且生疼。

荡得那么快很危险，她耳边的风呼啸着，她想让它慢下来。可是她做不到。她该怎么办？她的脚无法够到任何东西。她是那么容易掉下来。她们就应该两个人一起荡秋千，这样她们可以互相照应。这样会让人感到更安全些。卡尔·奥斯卡为什么没来？她下意识地想要抓紧卡尔·奥斯卡。

她在这儿坐着，一会儿升到高高的天空，一会儿下到谷仓下面的地板。

她尖叫起来：她必须让秋千停下来。

她被自己的尖叫声弄醒了。小麦尔塔躺在她的怀抱里并且在睡梦里弱弱地埋怨她母亲，就像一只小狗崽一样。她的手和脸颊是那么好玩和温暖。小孩子一直让人感到温暖，他们温暖着母亲的手。年轻人是茁壮的，上帝保佑他们。而所有人都在去往美国的途中，他们要在那儿重新开始建立自己的家园。

她必须非常小心，这样也就没有什么东西把被子弄脏了。可是她没有更多可以放弃的东西了。上一次是一个绿兮兮的东西，是奶牛嚼过的草料，纯粹的胆汁。现在完了，但总有最后一次。可是只要有什么要避免的，她就难以解脱。现在她没有更多可以解脱的东西了。

小孩子们哭叫起来，这不是她的孩子。应该是爱娃，尹佳·列娜的小孩子。可怜的尹佳·列娜,那个小孩子病了。她只有不到半岁——这么小的孩子在外面海上是很危险的!可怜的尹佳·列娜,她要管那么多事情,而丹尼尔却不会帮她任何忙。因为他,她苦死了。

现在她又荡起了秋千。她高高地飞到天空,又下沉了,她被抛向空中,然后又一前一后地荡了起来。她痉挛般地紧攥着双手。她想从秋千上跳下来,她想再次回到地板上。

下面有多深?她往下瞧:地板不见了。

恐惧攫住了她,在船只滚动和她一次又一次下沉间,她的手绝望地抓住床边的粗木板。而那里并不存在什么可以接纳她双脚的地板。她一次又一次地下沉,而没有任何东西可以接纳她。

因为根本就没有任何底部。

啊,她多想要从秋千上下来呀,她要休息,要在某个柔软、舒服、可以接纳她的地方,在一个抱着她的怀抱里躺下休息。她要下到底部。

啊,她渴得很!嗓子里在冒烟,她嘴里在咀嚼火和灰,可是她无力伸出手去够那个水杯,尽管它就在床头。她的手无法活动,她的脚也移动不了,她的头也动不了。她再也不能动了。

晕船病袭击了绝大多数女人……一个怀着孩子、不习惯坐船和航海的人……结果也是一样的。现在所有该发生的事情都发生了。再也不会在她身上发生更多的事情了。而还要发生什么的话,她也不会伸出手或抬起头来。她只有一个愿望,就是可以这样安静地、安静地、安静地躺在这儿。一点也不要再动弹了。此一生中都不要再多动一点了。这样静静地躺着,直到生命结束。

可是对于怀着孩子的妻子们，因为有孩子在身上，她们承受了双倍折磨。"他要免费旅行，那只杜鹃。"卡尔·奥斯卡说，"我们因为他而欺骗了船长。"可是她以自己受到的折磨为代价交付了船票。三个孩子在她身旁，还有一个现在已知的，还未出生的在她肚子里。

可这还是一样。现在她只想下到底部。她想把秋千停下来。她要静静地待着。她要安静地在某个柔软的东西上休憩。可是她却没有任何可以下来的地板。

在海上，除了海底没有任何底部。

海底非常深，海水是柔软的，海底也是软的。啊，她愿意在那儿宁静地躺着！

当秋千荡得太高的时候，那些感到害怕的人会从秋千上跳下来。其他女孩都跳下来了。可是她喜欢荡得高高的。她通常不会害怕。

科尔帕默恩的克里斯蒂娜在荡秋千。她被抛得高高的，一会儿穿越无边无际的天空，一会儿又沉入没有底部的深处。

而这个秋千她却无法跳下。

3

尹佳·列娜：
风暴发生时她正在船上的厨房煎猪排。

她刚刚把一块猪排切成小块，把它们放到煎锅里；这时魔鬼来到她身边并悄悄跟她说："你不要相信它。你不要相信这是真的。你不要相信除你之外的任何人……"于是她突然头晕且四肢瘫软无力。她马上跑到一个桶边呕吐起来。

也许是因为在煎锅里煎猪排发出的味道：猪油已经发黄并且在火上煎烤的时候被那个难闻的味道所笼罩。

她不得不走下船舱，把脑袋靠在自己的床铺上。那些得了这种无情的病的人，男人和女人都在她周围躺着，在像猫那样呕吐着。她是得了同样无可救药的病了吗？她曾向上帝祷告请求他帮助她身体的弱点，于是她多放了一点对付晕船病的樟脑粉，放在绑在肚子上的袋子里，她从四种药里取出一小勺。

等他们要吃晚饭时，她几乎一口饭也吃不下。那笼罩着的煎猪排味道在她嘴里有增无减。船上的猪排从来就没有好吃过，可是今天根本就没法吃。但她不应该把她的想法告诉丈夫，他不能察觉她身体垮了的任何迹象，她不想让他知道自己生病了。

丹尼尔问她为什么把饭放在一旁。她回答，下午在给孩子们做饭的时候她吃了点东西。

她想，这病会好起来的。我必须很快好起来，因为丈夫和孩子们。还有我们的小东西还病着，谁也不知道她会怎么样。

可是当她拿着饭桶想站起来回到船上的厨房时，她的腿不听使唤了，它们拒绝背负她的身体。她又折回床铺躺下了。

韦斯特尤尔的乌尔丽卡来到她的跟前，她用关切的眼神看着她：

"你看上去脸色蜡黄。你很虚弱，是吧，尹佳·列娜？"

谢拉耶尔德的妻子沉默了。她怎么能把真相告诉她呢？

韦斯特尤尔的乌尔丽卡身体很健康，她在海上和在陆地一样舒服。现在她几乎是这个船舱里唯一完全健康地可以走上去的女人。譬如她在那儿看着科尔帕默恩的克里斯蒂娜被折磨得非常难受，她在自己的床铺上像母猪般哼哼唧唧地躺着。活在俗世肉身里的人都病了，这些人都有上帝一点没有赦免的罪孽。可是她，乌尔丽卡，却很自在。因为对于活在真正的信仰中的人，可以在海上四处游走。基督进入自己身体里的那个人，她不会感到难受。

可是现在尹佳·列娜怎么样了？她可也是上帝的忠实信徒。

"你是不是患上了晕船病？"

"我怕是得了。"尹佳·列娜呜咽道。

"这可能是真的吗？"

"是的……可我要是站不起来的话，丹尼尔会怎么说呢？我该怎么办呢？"

乌尔丽卡非常健康并且满心欢喜。她会安慰一个痛苦中的人，于是她想对尹佳·列娜说，她要勇敢起来。她体内迄今还残留着一些旧人留下的东西，这是她不得不排出的。也许她在自己的罪孽之躯还留有某些残余，这是她必须移交的。所以呕吐对她来说只有好处。是的，她身上一定有什么必须释放出来的东西，以后她会感到自己更干净、更轻松、更愉悦和更精神。如果她衰老的身体里一丁点儿小块都不存在、不剩余的话，耶稣就会更愉快地在她身上驻留。

可是正当乌尔丽卡继续说下去的时候，尹佳·列娜躺在自己的床铺上，看着晕船病在他们这艘船上对俗世的孩子们蹂躏——她因为悲哀自己无法照料丈夫而哭泣。

他很快就亲眼看到她身上发生了什么：正当他来到她

床铺时,她正好是病得最凶的时候,于是他拿着碗迅速跑过来。

"我亲爱的老婆……"他惊恐地喊道。

"啊,亲爱的丹尼尔……"

"所以你才把饭放在一边的吧?"

"是的,是真的,亲爱的丹尼尔!"

"你病倒了!是你的信仰过于无力吗?"

"我亲爱的、甜美的丈夫,请你原谅我!"

"你听了敌人的话吗?你怀疑过吗?"

可是丹尼尔·安德里亚松责备的语调迄今为止仅仅是一种温和、安静的责备。

尹佳·列娜躺在自己的床上,无助地哭泣并且哽咽着搜寻她丈夫的手:这是真的,她曾经怀疑过。

过了一小会儿,丹尼尔沉下了头:每一个没有防备的时刻,魔鬼都会接近人并企图欺骗和诱惑可怜的人,这样她就会怀疑上帝在她悲惨的时候挽救她。

他的妻子现在承认了整个真相:在她心里她曾经一度疑惑,他们那些承认奥凯·安德松学说的人会在去美国途中不会晕船。她认为这听上去有点古怪,因此她不相信仅这样疑惑就会是一种罪孽。而今天当她在船上面的厨房里站着的时候,她看见了那些可怕的海浪并且听到风暴开始生成并发出咆哮的声音,以至于他们的船只就像一个酒瓶子在水里那样,于是她变得恐惧起来:她身上开始感到难受了。她刚巧站在那儿煎猪排并在锅里翻猪排。正当她怀疑的念头最严重的时候,她再次对那个可以避免晕船是真的表示怀疑。她不再清楚她该相信什么。她不应该再相信自己会没事。因为她感到自己身体马上就会病了。这是她开始怀疑的原因。

现在她开始明白,这是魔鬼来到了她身边,就在她在上面站着煎猪排的时候。可是她一开始没有认出他来。

"他一直让人认不出来。"丹尼尔说,"可是你不相信我们的上帝吗,尹佳·列娜?你不相信他,要是他愿意的话,他有能力把你从晕船病中拯救出来吗?"

是的,她显然相信这一点。它就只是在她平静的灵魂的一个小疑惑,它是那么微不足道。她没有想到,她只是琢磨了那么一丁点儿,它就会起到什么作用……

"可是你知道人们不可以疑问或疑惑的!你为什么没有对敌人把耳朵堵上呢?"

丹尼尔嗓音变得有点严厉,可是心里最深处是他的焦虑,于是他对妻子充满爱地鼓励道:她永远、永远也不可以放弃对上帝的信仰,她必须始终抓住它。只需要一个小的松懈,人就会堕落并走向失败,而她在上面的厨房里站着做晚饭的时候曾经松懈过。

尹佳·列娜又要吐了。丈夫把桶拿到她跟前。

当她吐完后,她表示抱歉:

"你看,这个毛病也可能是因为我便秘太严重了。我已经有好几天没有排便了。"

"这不会是邪恶的防卫吧,尹佳·列娜?"

"不,我不知道,亲爱的丹尼尔。要是我可以清理一下肠胃的话,我会更加健康的。"

"若这是上帝的意志的话,那你已经有出路了。"丈夫说道。

"是的,我认为是这样的……"

"可是你并不相信你自己的上帝!"

她显然是愿意这么做的。可是她现在从心里希望在这艘船上有一罐牛奶可以喝。在陆地上牛奶一直可以帮到她，当她便秘时，她每天都会喝一小杯牛奶，这样她就可以始终让自己的肠胃保持良好的秩序。

"现在不要去想这些世俗的问题，亲爱的妻子。"丹尼尔劝告道，并温柔地拍着自己生了晕船病的妻子的手，"现在你又要接纳耶稣了，像乌尔丽卡那样！她现在很健康并且很精神！她相信上帝会在海上帮助其信徒！她不会放弃自己的信仰！"

于是尹佳·列娜感到了由衷的后悔并请求丈夫原谅她，因为她去琢磨，想知道并怀疑了：她没有更好的判断力。可要是她摆脱了晕船病并再次变得敏捷的时候，她再也不会怀疑了。她就知道耶稣不仅让水中的风暴平息了而且当他还在陆地上生活时，将水转化成了美酒。她还很清楚只要他愿意，他会将她从任何小恙中拯救出来。

丹尼尔·安德里亚松弯下膝盖跪倒在晕船的妻子的床前并向上帝请求——他请求上帝给予她更多力量，这样她就可以更加坚定对这个世界的救世主的信仰。

在这段时间里，尹佳·列娜躺着，心里满怀各种惆怅：她必须马上好起来，她必须很快站起来。否则谁去给她的丈夫弄吃的东西呢？他既不会做饭，也不会安排家务。谁去保证他穿戴整齐，里里外外都干干净净的呢？他是那么容易将自己弄脏的主儿，他最后会穿得破破烂烂的。要是她在这儿躺着的话，谁会去给家里那些孩子弄饭呢？而且最小的那个孩子还生着病，她有点胸闷，谁会去照顾她呢？她乳房里的奶水到了海上就已经枯竭了，她不得不让她幼小的爱娃断奶，而现在必须让人把东西嚼好了再喂她。

要是她就这样躺着——谁会为她嚼东西喂她呢？她可还没有长好牙齿呢。而谁会照管其他那些孩子？在早晨正儿八经地洗漱和穿着，晚上好好地脱衣服呢？她的丈夫不会管孩子，他对这一切是那么笨拙。而谁会照看那些在甲板上玩耍的孩子，这样他们不会跑得离船边太近之后，掉到深深的大海里？没有任何人会照管那些可怜的孩子。她的亲人需要她的健康和力量——要是她一天天地躺着的话，她可怜的丈夫和他们可怜的孩子会变得太无助而被遗忘在这艘船上。

而正当丹尼尔为妻子祈祷使她具有更强的信仰时，他的妻子也正在祈祷上帝让她获得力量使自己站起来，这样她才能管好自己的事情，给家人以帮助——她祈祷有力量第二天早晨再站起来。

4

丹尼尔·安德里亚松：

他的脚试图与这只脆弱的小船粘在一起，几张脆弱的木板。在风暴中可怕的浪头下他的脚被甩得在四周转悠，犹如刨木片。可是他踩着的每一块木板都在背叛他的脚并且往下沉。在巨大的海面上，黑暗笼罩着，而黑暗在深处窥视着。而他听到同行乘客在发出抱怨及哀号，疼痛以其魔爪在他们的肚子和内脏里撕扯，所有他们吃进去的世俗的食物统统都倒了出去。而他们都非常害怕在这无边无际的大海上，这艘船会让他们都淹死的。他的耳朵里渗进有罪孽的人对于死亡的恐惧，以及那些无法被拯救以及世界末日的沮丧，因为国王要坐在自己高贵的椅子上将他们分开，将其中一个与其他人分开，犹如牧人将绵羊从山羊里分开一样，并且告诉他并不认识他：从我这儿离开吧，从撒旦那儿进入永恒的火里，就像魔鬼回归魔鬼，而他的保护神已经准备好了。所以他在船上桅杆旁搜寻着上帝的天使，可是他没有看见他们，黑暗中没有任何白色的羽毛翅膀在闪烁，而正前方也看不到任何帮着船上的掌舵者来掌舵的天使。

而他感觉到恐怖在向他接近，他刚刚攫住自己妻子的弱点也在向他自己靠近。他知道即便他自己也存在诱使他怀疑的危险。"你在哪儿呢，我的上帝？你不在这儿吗？你离我不是很近吗？"而恐惧离他更近了：他为什么要问这个？为什么要疑惑？他不需要问这个问题的，对于像他那样有信仰的人来说，他应该知道的。他就不是允许问这个问题并且产生疑惑的人。他不应该让自己被击垮，犹豫和疑惑应被制止：上帝一定在这艘船上。他可以找到他，当他要投入他的怀抱的时候可以向他走去。

于是丹尼尔在最后一刻奔向了自己的上帝——他打开了自己随身携带的《圣经》，全能的上帝引导他的手翻开大卫第93段唱诗：

主啊……水流会收回它的浪头。
大海里的巨浪滔天并发出可怕的咆哮。
可是上帝在更高的上空。

而从这一页《圣经》的字里行间，他的勇气又回到了心里："……可是上帝在更高的上空……"
你那里高高的、可怕的海浪，你想让我难过吗？上帝比你要大得多！而你这个今夜围绕我们喧闹咆哮的风——我不怕你：上帝要比你更加强大！而你这个在我们船四周寻衅的、宽广黑暗的大海，你能把人折磨成什么样——上帝比你更加厉害！

上帝通过唱诗歌里的话语让丹尼尔·安德里亚松知道：在这个可怕的风暴之夜，他没有被孤独地遗弃在"夏洛特号"帆船上。在大海中间上帝与他在谢拉耶尔德的家乡一样亲近。他在这只不大且不怎么稳的船上会像石头山上埋入土里的石头上建造的稳固的木头房子一样安全。

而当喜悦将其胸膛充满后，他赶快转告给跟他们邻近的床位正在忍受折磨且惊恐万分的人们，告诉他们上帝就在船上与他们在一起——上帝与他们同在。他要坐船和他们一起到北美。而他放出的风暴就是一个考验的风暴：他要考验他们的信仰并且看他们是否相信他。

为了安慰他那些同行者，让他们轻松一下，他为他们念马太福音：

> 于是上了船，而他的学生跟随着他。然后，一个巨大的浪头从海里长了起来，然后那个浪头打向那艘船；而他则在睡觉。这时学生们向他走去并唤醒他，说道："主，请你救我们；我们快完了。"这时他跟他们说："你们这些怀疑者，你们害怕什么？"而他站起来并且训斥天和大海；于是天就变得平静下来。可是人们很惊讶并说道："这是个什么人呀，怎么天和大海都对他服服帖帖的。"

《圣经》诵读者抬高了自己的语调让它高过大海撞击

船体发出的隆隆声。可是马太福音的话无法打动那些晕船病人：他们实在是太深陷于自己的痛苦中了。他们很久以前就听人讲过海上的一个风暴，那个在耶稣时代被刮起然后又在几千年前就消失了的风暴。这个事件跟他们有什么关系呢？他们是在另一个大海，在另一艘船上，而且是另一个风暴已经形成了，可是耶稣并没有走进他们的船舱让风暴平息下来，他让他们难受地躺在那里。"你们这些怀疑者，你们害怕什么？"他责备他们。可是他已经不在这个地球上生活了，他不会来帮他们的——他怎么能够把他们称为怀疑者呢？而他们的疾病在阻挡着他们恐惧：那些病得很重的人既不相信也不怀疑，既不害怕也不勇敢，他们这些躺在那里呕吐的人已经没有力气去怀疑或相信了。他们的心已经离开了躯壳——蜷缩进自己的麻木之中，他们除了不在乎没有别的任何东西。

可是丹尼尔·安德里亚松，因为自己的信仰在家乡被判了驱逐出境，现在可以到处用《圣经》来解释他的意愿，既可以在室内，也可以在室外，既可以在陆地上，也可以在海上：没有任何省府官员会来打断他的话，没有哪个神父会来怪他魔鬼附体。因此他对这些同行者这么评论和解释这个故事：

你给我闭嘴并安静下来！耶稣对大海说。话音刚落，风浪就落下并变得非常平静，就像农庄主向一只顺从的狗发出命令后狗马上在地板上趴下的样子。所有那些大海的可怕的浪头，所有发出嘶嘶声的海水以及所有声音尖利的风声，所有这一切都像上帝温驯的牲口和狗一般，它们会咆哮和嚷嚷并且争吵、喧闹，可是主人向它们斥责后，转瞬间就安静下来并闭上了自己的嘴。那么一个相信救世主的人会被一个风暴吓到？即便这艘小小的、不起眼的、上下颠簸的船，它也安心并且愉快地在创造它的手里休憩。整个世界都在这只手里休憩，犹如鸟儿在自己的鸟巢里一般。

紧挨着丹尼尔的床榻边，蒙斯·雅各布和他的妻子菲娜·凯伊萨躺在边上，而这两个从奥兰岛来的老农民被晕船病折磨得痛苦不堪。他们躺在一个破破烂烂的干草垫子上，那里秸秆像剑一样从垫子的破洞里向外伸出。男人病得更重些，他好像冷得在发抖，对问话不理不睬，而只是不停地哼唧。他在迷迷糊糊中说起他的磨刀石，这是他给他儿子带到美国去的。他在迷糊中说起那块石头折断了、碎了并且变得不能使用了。那块磨刀石压迫着他，让他在晕晕乎乎中出现了幻觉；老人脸上闪烁着微光的汗水，在吮吸鼻烟而在脸上形成的褶皱中流下去，妻子过一会儿就用手绢把它擦干了。菲娜·凯伊萨现在脑子还很清醒并照料着她的丈夫，尽管她自己也很虚弱且陷于晕船病中。

她听从丹尼尔关于耶稣在风暴中的船上的解释，过后跟他说，老头、她的丈夫和她自己，都这么大岁数了，身体这么糟糕，他们就不应该乘船出海。当人们在陆地上稳稳地走到60岁以后，就应该在有生之年留在原地。她自己在犹豫是否要待在庄园的家里，可是老头突发奇想，说要远航，而北美的儿子非常固执。现在谁也不知道他们能不能活着到达目的地。蒙斯·雅各布很脏，而她也一样，是一个糟老太太了。她感觉自己也快要躺在那儿像快死的动物那样喘气了。是的，她一个老太婆到外面的大海上来，难道就是为了躺在这儿受折磨吗？这不会是上帝的意思。

可是要是她在下一个时刻可以直面上帝的话，那么她就不会感到害怕了，她相信她可以亲眼看到上帝。因为她已经从他那里知晓了自己的罪孽。

这时妻子听到丈夫不均匀的喘气声还有他说出的几个字：

"照看好磨刀石……要是那块石头运到……的话……"

甚至在老太太没有洗过的脸上，在所有的皱纹里也长着像种子一样的脏东西，从她的眼睛里流出一种黄色的液体。她从床铺上抬起头来转向丹尼尔，他正将《圣经》放在自己的膝盖上坐在床边：

她想知道，那个他刚刚念过的在巴勒斯坦的大海，那个救世主曾经渡过的海——加利利海一定不会比这个大海大吧？加利利海应该不会掀起那么大的风浪吧？所以耶稣可能更容易在那个海创造奇迹，对他来说要在如此小的海里平息风浪应该是小菜一碟。现在她就是想知道丹尼尔是怎么想的：也许在北海这儿的风浪对他来说太大、太猛烈了，所以他拿它们没有办法了？或者为什么他没有平息这个风暴，一定是由于许多人求他做同样的事，他顾不过来了，她是这么想的。它已经汹涌了多少小时了……

"乐于助人的上帝啊！"丹尼尔惶恐不安地大叫起来，"她是准备去死吗？她难道不相信上帝是全能的吗？"

"可是我就是琢磨当我们在这里躺着受折磨的时候，为什么没有得到任何帮助？"

"他是由于那些不忠实的人才释放出了坏天气的。是对那些怀疑……"

在妻子旁边的蒙斯·雅各布又开始被病痛折磨得哼哼起来：

"菲娜·凯伊萨……"

"我在呢,我的小老头,你有啥事啊……"

"给我弄点水来……"

菲娜·凯伊萨拿来一杯水放到丈夫嘴边。然后她把丈夫长着乱蓬蓬头发的脑袋下的枕头正了正,拿自己的手绢给他的脸擦了擦汗和从嘴里流出的吸鼻烟流出的水。除此之外她手里啥也没有。鼻烟水与汗水混成黏糊糊的污泥,手绢被弄得脏兮兮、黑乎乎的。可是她也用这块手绢擦自己的脸,然后又向《圣经》解释者转过身去。

"那些怀疑……"

丹尼尔·安德里亚松紧挨着两个老人的床铺旁坐着,他将《圣经》放在膝盖上:他想告诫那个上了年纪的生病的妇人,她因自己的不相信正躺在那儿受着病痛的折磨。

可是在他嘴里正要说出一句话前,《圣经》从他膝盖上滑落到中间船舱的地板上——他扔下那本神圣的书籍,然后用双手抓住床铺上的木板:他整个身体划过一种充满紧张的眩晕感,从头顶到脚底。丹尼尔突然被抬向空中,仿佛整个船舱都成了他的空间似的。

我现在到底发生了什么事,我的上帝呀?这艘帆船这时放开了对水的依赖并且带着它所有的风帆的翅膀朝天空中升起来:你,我亲爱的上帝,我的那个最后时刻是不是快到了?我的最后时刻是不是已经来了?我会不会坐在这个床榻上升起来,像埃利亚斯活着去你那里那样去向那个我觉得快死去的老妇人解释?亲爱的上帝,这艘船是不是你让我乘坐去天国的车?是的,你把我抬到高处。我感觉到了——我是有福的。但是我把你的《圣经》、你的话掉下了,亲爱的主,请你原谅我。我向你飞奔而来了,我来了……

可是船只马上又降下来了，于是丹尼尔的身体和灵魂也跟着下来了。上天之路返回到了地上，他没有能追随埃利亚斯之路。而随着下沉那个可怕的疼痛感一下子又袭来了：它先是感到内脏被掐住了，然后肚子里所有的东西都倒了出来。他感觉他身体里的内脏不再是储藏空间：所有东西都在寻找出路，在拼命往外翻，不容置疑地准备要求去新的地方。

他一下子被击垮了：他一边直挺挺地往前倒在地板上，一边翻江倒海般往外吐东西。

帆船又回到海面，他从上天之路又折返回了人间。

而第二天早晨，丹尼尔·安德里亚松发现自己躺在床铺上，投入晕船病魔残暴的怀抱中。当某一时刻病魔松开对他的折磨，他清晰的思绪又回来时，他的怀疑和沮丧也跟着回来了。他又结巴上了，还是同一个祷告，他用颤抖的嘴说，他祈求上帝原谅那天大的冒犯，那个最深重的罪孽。在他胡须上还残留着当天夜里吐的多色的玫瑰和红花那样的痕迹的情况下他开始祈祷并请求赦免：啊，主啊，谁会像你这样一如既往啊……于是你把我又放了下来……从你的天国那儿回来了……啊，主啊，谁会在你面前一成不变呢？

一个害了晕船病的人祈祷着，而那个祷告是上帝的一个很小的惊讶。

5

这是1850年春天，"夏洛特号"帆船通过了上帝在北海为赴美移民之路上释放出的那个极为恶劣的天气以及残酷的风暴。在帆船的中间舱，在这个拥挤的肚子里，躺着那些活着的货物——那些拥挤在一起的人，由于船只在海上的晃动被折磨得死去活来，发出了那些可以作为折磨的证明的声音。这艘船只有一个肚子，可是在这个肚子里住着许多肚子，有健康的，也有病着的，有老的，也有年轻的，有有孩子的，也有有老人的，属于已经转变（为基督徒）的，还有属于没有转变（为基督徒）的，好的还有坏的。痛苦用它多肢的爪，深深地插入所有那些可怜的人身体里，将其安稳的藏污纳垢的储藏间撕开。

"夏洛特号"帆船用自己的肚子承载着苦难，如同那些乘客以及中间船舱的货物一起穿越了那个风暴。

一钵从瑞典带来的泥土

1

卡尔·奥斯卡·尼尔松是在中间舱里过夜的人中最耐受海上生活的人之一。他在海上和在陆地上感到一样好。迄今为止他还没有在船上把饭放在一边过。每天早晨他都会空腹喝一口苦蒿酒,所以他估计那口酒维持了身体的秩序,成了他针对晕船病的盾牌。船上提供食品,而他可以获取自己的权利;那些晕船的农民躺着,对他们一口饭也吃不下去感到懊恼,尽管他们为此付了钱,但是他们拿不回任何钱来。

在恶劣天气下,大多数移民不管白天黑夜都留在自己的床位上,除了喝上一罐他们分得的淡水,几乎不吃任何东西。从尤德尔地区一起去的人中,卡尔·奥斯卡和韦斯特尤尔的乌尔丽卡是仅有的到上面甲板的人。在克里斯蒂娜躺在床上时,父亲单独照料着孩子们;他们恢复了健康,并且变得活力四射,大海已经伤不到他们了。卡尔·奥斯卡在船上的厨房里给自己和他们准备饭,在船上弯曲处,一个像晃动着的摇篮的炉子上尽可能把饭做得好吃些。为了保险起见,他站在那儿拿着壶和平底锅的手柄,有一次他没有看护好,锅子掉到了地板上,他不得不俯下身来擦干净掉到地板上的饭。

他停止劝说妻子吃饭已经很久了;她请他不要再劝她吃饭,因为她会病得更重。黄油和猪排是她完全禁止他提及的:两者都一样非常难闻,要是听到其中之一她马上就会作呕。

风暴已经刮了整整三天三夜。卡尔·奥斯卡早晨站在克里斯蒂娜床边向她提出那个通常的问题。

她试着尽可能转动自己的脑袋,这样就可以看着他。"你怎么样啦?"他鼓起勇气问,而她则懒得回答。

他拿了一个铜杯子递到她嘴边:这是他省下自己的那份份额留给她的。船上的淡水在杯子里已经变得很旧了,看上去棕兮兮的,好像它是从沼泽地或泥塘里打来的,水很黏稠且很浑浊,里面好像满是疙瘩般的蛆。此外还很难闻,喝起来就像从旧的发酵用的粗腰木桶里舀出似的,也像船上的饭一样让人觉得很旧,因为存放的柜子、盒子和盆。可是由于人们在喝之前会滴几滴醋,水还变得新鲜点。

克里斯蒂娜喝下了,水从她的嘴流向下巴和嗓子。卡尔·奥斯卡用自己的方手帕给她擦了擦:

"风暴很快就要停息了!"

可是克里斯蒂娜一点儿也不在乎风暴,它要怎样随它的便,不管是要停下来还是要离开。她只有一个愿望,就是可以像这样安静地躺在这儿。

当她这种无动于衷和漠然有一刻放下的时候,首先想到的就是孩子们。哈拉尔德就在她床边到处爬并且还不能到外面去,她无须为他感到担忧。可是只要没看到约翰和小麦尔塔,她就会琢磨他们在哪儿。有时候他们会站在她床边祈求她，拉扯她的手臂，倔强而又固执地说："母亲，起来呀！你为什么不起来呀，母亲？你不能老是在床上躺着！"

而现在她问丈夫，就像她每天问20遍的那样：

"你可以给孩子们喂点吃的吗？"

"他们自己会吃的。"

"他们身体健康真是太棒了。你身体健康也很好。"

她说话开始变得吞吞吐吐：

"卡尔·奥斯卡……亲爱的……"

她刚才喝进去的水又流了回来，带出点绿兮兮的唾液。

"你要喝一勺王子滴液吗？"

"不要。我什么都不要，什么都不要……"

霍夫曼、王子滴液或者那四种药对她都不起作用。她尝遍了药箱里所有的药。而为什么当她刚刚呕吐过那些药并且受到折磨后还要再喝它们呢？

卡尔·奥斯卡忧郁地将身体倾向克里斯蒂娜：她的脸色又绿又白并且白天在这儿微弱的光线下看上去一点血色都没有，显得非常憔悴。不管是干的还是稀的，她都留不住，而每天这些呕吐把她耗尽了。而怀孕当然也让她的病情加重了。他开始担心起自己的妻子：长此以往是难以为继的。

赴北美的行程对身体健康的伤害要比他设想的严重得多。但是谁也不可能未卜先知，因为谁也没有尝试过。然而他非常确信：因为人们在海上经常会生病，等她离开海上，她就可以在陆地上活下去。因为上帝创造了海洋和陆地，所以她有时不得不到海上。可是只要她的脚再次踏上稳固的地面就会感觉好起来。

"你不需要任何帮助吗,克里斯蒂娜?"

"是的,卡尔·奥斯卡……也许我要……我希望……"

她欲言又止。他一直不知道这次她希望他做些什么。只有那次,她在谷仓里荡秋千,秋千荡到谷仓顶部,她才犹豫不决地请卡尔·奥斯卡帮她从秋千上下来。

2

二副突然下到中间层的家庭舱。那些躺在床上的人都朝他看去,有几个晕船很厉害的人被二副的到访从睡梦中惊醒,于是他们问,二副到下面来有什么事吗?一定是出了什么乱子。

二副下来的时候手里拿着一块帆布。这块帆布是派什么用场的呢?那些出国移民琢磨起来,可是他们的琢磨相当无精打采。在他们的船舱里一定出了什么乱子,这一点他们很明白,可是他们没力气去猜测。一定发生了什么情况,而很快他们就会知道到底是什么情况,这是藏不住的:

船上出现了第一宗死亡案例。

帆布是用来裹尸体的。那个脖子上长疮的女孩死了。她父母为她熬的所有用来敷在疮口上的热粥都没起任何作用,所有从船上的药箱里取出给她用的药膏也都没什么药效。船长曾经到下面看过那个病人长在脖子上的疮并说,应该在那个疮上面打一个洞。可是他和其他人都不敢动刀。最后疮口破了,于是过了一会儿,女孩咽下了最后一口气。

听说那个死去的女孩17岁了,可是她长得很矮小,比一个12岁的女孩大不了多少。从二副为她准备的帆布显得太大这一点就可以看出来。那块帆布将她的尸体裹了两遍,才把她从大舱口那儿抬出去。

现在这儿曾经有一个死人和活人们在一起躺过了。她现在走了，于是中间的船舱里一切又恢复如初。

那天那个西北方向的风暴终于耗尽了自己的力量并开始偃旗息鼓。海浪降了下来，海面又恢复了平静。到了夜里，天几乎是静下来了。小帆船经过猛烈的转向后出现的稳定状态刚开始让乘客们感到有种奇怪的感觉。

卡尔·奥斯卡迄今还没有向克里斯蒂娜提及她住的那个房间里发生的那起死人事件。她没有注意到。于是他这么说道：

"等天气稳定下来后，你很快就会康复的！"

"我正琢磨呢……"

可是她突然抬起头，眼睛睁得大大的。她听到甲板上面有什么动静。大舱口被打开了，有歌声从上面传到下面的中间船舱。

"卡尔·奥斯卡，我现在是犯晕呢……还是……"

克里斯蒂娜是问：她是在做梦还是醒着呢？他们现在是不是已经不在船上待着了？他们是不是已经上岸了？她是不是在教堂里或者在墓地？有几个人在唱歌！真的她现在还活着，她不会是听他们正在唱赞美诗吧？

"是的。他们正在上面唱赞美诗呢。"

克里斯蒂娜听出是一曲葬礼赞美诗：在船尾的背风处人们正在进行一场葬礼。

卡尔·奥斯卡补充道：那个脖子上长疮的女孩今天死了。可是她并不是因为晕船病，她从卡尔斯港出发时就长了那个疮。自从到了海上后她一直躺在床上。

克里斯蒂娜安静地躺着，思绪跟随着从甲板上传来的赞美诗，声音传到下面这儿已经很微弱了。然后她说道：

"我想知道……"

"想知道什么？"

"那些死了的人……会把那些死了的人沉入大海吗？"

"是呀。他们不会让尸体在船上躺着的。"

"想想也是。"

"他们把死人沉入大海。他们也是万不得已。"

"可以理解的。那些尸体会沉到海底。"

克里斯蒂娜躺着，盯着船舱上面的木板。可是她啥也看不见。

"一个人在海底静静地休憩……卡尔·奥斯卡，你不信吗……"

"不要管这些！你就管很快好起来！"

卡尔·奥斯卡把一块破布弄湿了并把她在床上的被子上弄脏了的几个让人恶心的斑点给擦掉了。克里斯蒂娜一直都很细心、很爱干净，而现在她对他们的婚被被弄脏都不在乎，这与她的为人相去甚远。可是最近几天她几乎啥都没问。

那些生病的乘客在周围的床上静静地躺着，聆听着通过打开的船舱口传到中间舱的歌声。赞美诗缓慢又低沉，但听上去很高亢，歌词也能分辨：

> 再见了，你这个悲惨的世界！
> 我的灵魂向天国飞去！
> 那里是她愿意抵达的港湾……

其中一句话使卡尔·奥斯卡深深地触动，而他的妻子好像也钻了进去无法自拔。她把脸转向他说：

"我必须告诉你一件事：我永远也不会上岸了……"

"克里斯蒂娜！"

"是的，卡尔·奥斯卡，我永远也不会登上美国的土地了……"

"你这是在胡思乱想！晕船病不是致命的！"

"可是我一直这么觉得的。"

"这是错觉！"

"自打我登上这艘船我就觉得：我不会活着从这儿离开了。"

"这只是你自己的暗示！"

"不是。我的预感一直很准的。"

"不要去信它！就是一切都不要去相信！好克里斯蒂娜……！"

他抓住她的手并且拍着。她的手在他的手里一动不动，一点反应的劲都没有。

她非常清楚：那些得晕船病的人会变得忧愁，他们会害怕快完了，可是等他们又接近陆地的时候，马上就会好起来的。

"可你记得吗，卡尔·奥斯卡。我在之前就害怕过……"

他肯定记得，记得这样的事情实在让他很难受。她曾经非常害怕并且犹豫不决，他曾经劝说过她。他是该负责任的那个。

不再能听到从甲板那里传来的歌声，葬礼赞美诗已经唱完了。上面的葬礼结束了。"夏洛特号"船的船长已经履行完神父的义务。船上少了一个人——"夏洛特号"船从自己祖国带来的一盆泥土中，人们用掉了三铲子。

"不，克里斯蒂娜，"卡尔·奥斯卡打破了沉默，"不要，我们一定可以登上陆地的，你和我，我们一定可以抵达美国的港口！"

她没有回答。她依然躺在那儿并用定定的眼神朝上面看去，在她那定定的眼神中一切都变了样。

而他在想：他当时劝说她时也许太急切了。也许他不应该以那样的方式试图去说服她——也许他自己揽了实在太大的责任。

3

两天后的早晨，在家庭舱里出现了第二宗死亡案例：蒙斯·雅各布，那个奥兰岛来的农民，被发现死在自己的床铺上。

他的妻子发现了情况，尽管她不愿意相信。当她早晨醒来的时候，像往常一样去推丈夫的肩膀想唤醒他。可是他还是不醒，于是她用更大的劲去推他。可是那个老人不愿意睁开眼睛。这时菲娜·凯伊萨就去叫丹尼尔·安德里亚松，他过来帮她的忙。他告诉她，她丈夫已经死了，可是菲娜·凯伊萨还是不相信。她说以前早上他也经常这样躺着，而她要推他很久后他才会醒来：由于他的心脏经常停止跳动而不像它应该的那样起搏。此外蒙斯·雅各布整个一生都比其他人睡得更死，这对于跟他结婚超过40年的她来说非常清楚。要是他们把他的身体推动或摇晃足够多的话，他现在肯定会醒来的。

可是所有看过蒙斯·雅各布的人都跟丹尼尔说的一样：谁也无法再摇醒这个人了。也许蒙斯·雅各布死之前就已经无法被唤醒了。

谁也不知道他死于什么毛病，可是同行乘客猜测，是他不能正常跳动的心脏的缘故，它停跳太久了，以至于不能再启动了。卡尔·奥斯卡估计他是被自己的呕吐物搞窒息了，因为他被发现脸朝下躺着，而在这样的姿势下，他很难吐干净。而且那天夜里他没有得到所需的照料，尽管妻子就躺在他身边。谁也没有听到他呼救，可就是那个需要喊救命的人，没有力气叫出声。

于是二副再次来到了下面。当那个芬兰人被人看到很长时间后，人们就知道究竟是怎么回事了：又出了什么乱子。这次他带下来的用于包裹尸体的帆布并不大，因为这次是包裹一个成年人的身体。

二副要把那个死者从床上拖下来，可是死者妻子却阻挡他：

"等等！我家老头子还会醒过来的！"

芬兰人盯着蒙斯·雅各布仔细看了一会儿：

"她的老头跟其他死人没有什么两样！我知道死人看上去是怎样的。"

"可是能再等一会儿吗？你是个好人！就再等一个小时！"

"是不是要等他开始发臭了才可以？"

"可就等一小会儿！那样的话，二副就是个大好人！"

可是他并不听那个老太太的祈求，而开始将尸体从床上往下拉。这时她开始高声喊叫，与此同时她抓住死去丈夫的一只脚并试图将他的身体留在床上。二副有点小麻烦：他不得不去撕扯她的手，以便让她松开那只脚。

丹尼尔和尹佳·列娜过来照顾蒙斯·雅各布的遗孀，

而卡尔·奥斯卡帮着芬兰人来处理尸体。这个老农躺在那儿，死后脸上变得比他活着的时候更黑更脏了，顺着脸颊和下巴流下的褶皱里的鼻烟痕迹看上去比任何时候都要宽。这些在一个活人身上看上去就不好看，而在一个死者身上看上去更加恶心。一个活人还会自个儿把自个儿洗干净，可是一个死人就不会了。卡尔·奥斯卡觉得不能让他就这么着，而是要洗一洗后再裹进帆布里。

"他肯定会在海里洗干净的。"芬兰人说道。

"可是他在葬礼前不会干净的。"卡尔·奥斯卡说。

他听老人们说过，人们不该给一个没有洗过的尸体举行葬礼。而丹尼尔也提及死者在往生的早晨，人们有这样的义务，所以他赞同卡尔·奥斯卡的说法，那些信基督的人有义务给那个死者提供最后的服务：这个肮脏的身体曾经是来自上帝的人的灵魂的躯壳。而现在没有任何女人愿意搭把手的情况下，两个男人帮着用海水把碎布沾湿然后清洗了蒙斯·雅各布的脸。这并不是正儿八经的清洗，而只是把那些黑道道抹去，然后再将尸体包裹起来。

二副就这样将这个准备沉海的尸体用帆布包裹好，就像他驾轻就熟的那样。卡尔·奥斯卡觉得，还应该让蒙斯·雅各布带上放在下面货仓里的他的磨刀石。那块他一直不断念叨的、质量上乘的磨刀石，那是他如此担心的、急切地想要运到美国的——现在该拿它怎么办？在美国谁会去管这块无主的磨刀石？也许蒙斯·雅各布冥冥之中是想带着它去海底：那里他不需要再为那块石头而担惊受怕了，在那里他可以躺在这块石头边并且可以肯定地保存到世界末日。

中间船舱里发生的新死亡事件让几个乘客的住宿条件

产生了变化：菲娜·凯伊萨，那个一早醒来就变成寡妇的，不得不搬到帆布墙另一边，那里住着那些未婚女人。两个迄今一直跟年轻小伙子一起住的已婚男人，卡尔·奥斯卡和另外一个农民占了老农民的床位，与家人待在一起。从瑞典带来的一盆泥土中，人们又用掉了三铲子。其中一人的逝去成就了他人的床位。之后，卡尔·奥斯卡夜里就在蒙斯·雅各布空出的床位上躺着，他自己则在被洗脸后躺到海底去休憩了，也许他的身体会比他活着的许多年里都要干净。而那个年轻的农民则被勾起了回忆，就在他刚刚登上"夏洛特号"船时，他就曾经听说：

当我们出海后中间船舱里的人往往会递减。

在家与在外

1

> 他对风暴说:静下来!
> 他对海浪说:停下来!
> 于是海浪停了下来,
> 于是风暴不再咆哮。
> 在海面宁静的镜子上
> 映照着美好的阳光;
> 我们升起了我们的桅杆,
> 并且赞美它,
> 聆听了我们的祈祷。[①]

天气改善了,风又变得柔软而温馨。接下来几天,天又变得非常美好,太阳长久地驻留在甲板上。在几天几夜的时间里,卡尔斯港的"夏洛特号"帆船一直受到来自船尾的风,这让船能够很快地前进。

[①] "夏洛特号"船甲板上的早晨赞美诗,源自尤德尔地区的农庄主丹尼尔·安德里亚松,他于那次艰难的风暴停息后歌唱。

当大海平静下来后，不安也消失了，乘客们的内脏也停止了暴乱，等天气静稳下来后，人们的五脏六腑也归于平静。那些晕船的人渐渐又焕发了生机，一个个回到了甲板上。而在风暴期间几乎空无一人的船上厨房，女人们又带着自己的炊具挤了进去，于是煮豌豆和不新鲜的猪肉味重新在甲板上充斥并随风飘到大海上。

移民者的船现在航行的方向是正西南。"夏洛特号"船驶进了英国航道。

陆地上的人们对这一水域有些疑问，因为它不像人们想象的那样。英国航道——一个对于他们来说很宽的人工挖掘的水槽，是为了把湿地、苔藓和沼泽弄干而挖掘的。他们原先以为，他们现在要经过一个很小的水域，在那里他们离两边陆地都非常近，这样他们会比在外面的大海上要感到更加安全。后来他们发现英国航道并不是什么水槽，这里的海浪跟其他地方的一样高：他们所处的这个航道也是一个海洋。

很快他们就明白了，这里的海域是一个重要的十字路口，许多船只通过这里：他们每天看到许多船只，他们与这些船只交会，与这些船只结伴而行。他们超过其他船只，也被其他船只超过。他们既看到比自己船大的船只，也看到比自己船小的船只，看到陌生国度的人在船上，船上挂着各种颜色的装饰。

于是在一个美好的早晨，他们在驾驶台边看到了陆地。这是一个闪烁着白光的海滩，它为他们升了上来。那边的陆地像一堵高大、陡峭的堤岸。这是英格兰的海岸，船员小伙子说。那些是白垩石山，在阳光的照耀下显得那么洁白。在海岸背后，往陆地更深处，那里矗立着高塔尖顶，在那背后则是教堂、堡垒和宫殿。移民们于是站着向这个陌生国度的城墙望去，他们眼光伸向英格兰，这个他们航行经过但永远没有踏足的国家。这是他们如此近距离看到的第一个陌生的国家，而这个情景对他们来说非常神奇且非同一般。可是最罕见的是那个白色的堤岸，这个别具英格兰风格的、像乳房般高耸的海岸，就像为他们在矗立着似的。它像极了一个巨大的、刚用粉笔画出的炉子，一个大海里排山倒海的浪头没有能够推翻的巨大无比的炉墙。他们估计，有这样堡垒的国家，一定是一个很强大的国家。

这堵白色的墙成为他们对于英格兰的记忆。

在航道里，船只挨得很紧，这里汇聚了各个国家的桅杆木材，这儿成了那些在海上航行的柚木无声的聚会。这里矗立着许多比这两个安装在"夏洛特号"船上的、来自瑞典的桅杆更高更粗的桅杆尖顶，可是那些陌生的桅杆也许属于其他针叶林的亲属。

经过一天航行，英格兰的白色沿岸也从移民们的视野里消失并且缓慢地没入船尾起伏不定的海面。那些向远方离去的人就以这样的方式做了告别：这段海岸是他们所见到的旧世界的最后情景。接下来他们要航行很多天才能见到下一块陆地。现在展现在他们面前的是更大的海域，现在剩下的只有大西洋了。

而当他们下一次看到一个海岸在他们眼前出现，那应该就是新世界了。

2

移民们的船只又遇到了新的风暴和恶劣天气，可是这些乘客已经开始变得习以为常了，就像是属于他们新生活中不可或缺的东西。

刚登上船的时候，他们非常愿意谈论关于瑞典的事情。迄今为止，当他们相互比较自己在家乡的命运时，绝大多数吐出的都是苦涩和满怀愤恨的话。可是等开船过后日子越久，他们说自己来自的国家的坏话的时间间隔越长。他们一度离开了那个国家，而这好像就足够了。祖国就在他们身后，而且已经离他们很远了：祖国已经是一个遥远的地方。而去谈论离他们如此遥远的地方的某人或某事让他们感到不舒服，而且他们也听不到这样的话。他们不愿意在背后议论自己的祖国。他们的亲戚在那儿，而且整个国家对于他们来说就像是一个亲属。他们离开了这个亲属，这就够了：他们也许永远也不会再见到他们所离开的地方。他们已经和曾经生养他们的国家一笔勾销了，他们和它两不相欠了。

可是有一天他们碰见了一艘悬挂着他们认识的旗帜的船只，这是他们在自己家乡曾经见过的：他们自己国家的旗帜悬挂在船尾。移民们站在那儿惊讶地看着。到现在为止，他们航行的时间仅仅只能以星期计算，可是他们在这么多个日日夜夜里已经承受过风暴和晕船病以及航行的所有麻烦，以至于他们脑海里觉得已经航行了几个月的时间。他们认为他们在外面待得不可思议地漫长。他们已经赶上了在大得无法想象的水面上航行的危险。在他们身后的陆地上的家园离他们是如此遥远，它已经属于一个远方的国度。而突然那个国家离他们这么近：它来到他们这些在海洋上的人面前；那边，离他们只有几百怀抱的地方一定有从同一个村落里来的和他们自己一样的人，那里的人们跟他们说一样的话。在那艘船上也许还有某个他们认识的从家乡来的人，谁会知道呢？

"夏洛特号"的乘客们站着凝视着那艘挂着他们所熟悉的旗帜的迎面而来的船只，他们在如此近距离处向那艘船挥手致意。他们行驶的方向与自己的正好相反：他们的船正驶向回家的路。那边的人们要回家了；他们自己的船要离开，而别人的船却正在回家路上。

家——他们惊讶地发现他们仍然挂念着瑞典，把它作为自己的家。可是在他们背离的国家里谁都已经不再剩下什么家了。为了寻找新的居所，他们所有人都已经放弃了自己的旧居所。尽管如此，瑞典仍然是家。这很神奇，所以他们反复琢磨着。

"夏洛特号"帆船满载着寻找新家的人们。它的乘客们已经离开了自己的旧家，可是迄今还没有找到任何新家。这些移民是一群无家可归的人，一群在海上漂着的人。那艘40步长、8步宽的帆船，是他们在地球上的避难之所。

他们是海上的流浪者，海洋前方是他们的探险之旅，而这艘小帆船是他们夜里的留宿之所。到了夜里，他们钻进自己的床铺，会向围绕他们旅舍的广阔的海面望去：海洋的天空在夜里渐渐变得昏暗，而在朦胧中那些咆哮着的、吓人的大浪又起来了，时而上升，时而下沉，成为围着他们船只的深深的山谷和高高的山头。这时他们觉得海洋那巨大的在下边深处张开了大嘴，向他们传来一个令人不安的颤抖：只有这艘就像在水上漂着的羽毛一般的、小小的、不稳的船只，是他们的居所和保护地。现在他们要到船下面安眠，在这个令人不安、四处漂移的居所里合上自己的眼睛。他们怎么敢？他们怎么敢在那下面睡着并将自己的生命和一切都托付给那些为他们搭建成这个房间的脆弱的木板？

移民们不再觉得陆地离他们很近，他们被从坚实的地基上折腾得松开了，在世界上变得迷失了方向。

对于这个地球上的人们来说，一个家是陆地上一个安宁、持久的场所，一间静稳不动的房间，一间有着坚实的墙壁和关闭的门、安全的锁和盖子的安宁的木屋，在那里他们晚上可以在安稳宁静中休憩。

他们现在已经离开了这样的家，而现在他们遇到了一艘朝向他们家方向行驶的船。他们伫立良久，目送这艘回家的船。这艘船在他们眼里变得越来越小，而且很快它就变成水上的一个灰点。一艘往家乡驶回的瑞典船朝着那个方向消失了，而他们自己就是从那个方向来的。

移民们遇到了一艘回家的船。过后他们懂了，并且比以前有了更多的感触：他们自己去了远方。

在船尾发生的故事

1

在船尾背风处,罗伯特和艾琳在那里背靠着用缆绳筑垒起的墙壁相互紧挨着坐着。他们坐着,在念一本英语书,这本书是罗伯特在卡尔斯港买到的。

这是一个宁静的、无须太多看管的下午,"夏洛特号"在微弱的斜风的吹拂下慵懒地航行着。移民们结成小团队在甲板上坐着消遣,5月的太阳映照着大西洋,与此同时,持续且具有穿透力的煎炸不新鲜猪排的味道从船上的厨房里传到外边,就像往常这个时候一样。而两个年轻人则坐着在念《说英语时的舌位和唇形》一书。

罗伯特的课本,一本简易包装的、小小的、比小《路德教问答手册》几乎大不了多少的、给普通农民使用的书:"这是一本给想要获取必要的英语认知的移民的、人们可以随身携带的书。"这正好是罗伯特想要的书。他并不指望当教语言的人,至少刚开始的时候不是这样。而卡尔斯港的书商曾经告诉他,这本书是给普通人写的,主要用于自学,所以优先考虑通俗易懂。可是对于罗伯特来讲,导言很难理解:经过几星期的航行,所有那些简单而容易理解的部分还没有来得及念到超过3页。

今天他开始念第4页。今天是艾琳第一次和他一起读。非常走运的就是艾琳不需要预先学英语，因为只要一到美国的土地，神圣的主会给她和所有奥吉安人传递过去，这样他们就会马上没有任何障碍地讲那个国家的语言。而她听到罗伯特用那陌生的语言里的词汇时感到很新鲜，她现在就想比他更好些，所以她想跟他一起学。他也觉得很对，因为假如她现在就知道一点那难学的英语的口型的话，这对她来说也不会有什么损失。等她登岸时，她就已经为神圣的主先学了一点，这应该不会是某种罪孽。

因为英语对于没有学过的人来说是一种难学而且古怪的语种。最麻烦的是，它的词汇是以一种完全不同的方式来拼写的：它们先是用一种通常的方式表示，然后会在一个括弧里用完全不同的样子拼写：譬如，是的，我是这里的一个外国人。——Yes, I am a stranger here.（Yäs, aj äm ä strehn' djör hihr.）您在找什么？——What are you looking for?（Hoåt ahr joh loking får?）您希望要什么？——What do you wish to get?（Hoåt doh joh oisch' to get?）他无法理解这些古怪的东西有什么用：同样的话用两种完全不一样的表达方式究竟有什么用。它只会造成不必要的麻烦和浪费时间。非常奇怪的是，那些应该很聪明的美国人却不能统一用一种方式来拼写自己的语言。当然不会是由于人种之间有任何差异，因为在美国所有人都一样好，谁也不比别人优越。

小伙子和姑娘刚刚开始进行发音训练。他们的脑袋紧挨在一起，他们是完全被迫这么做的，因为要看同一本书。而他们正高声念英语中舌头和嘴唇的位置和形态的正确运用:"当英国人和美国人讲话的时候,原则上讲他们的舌头是要比我们瑞典人讲本国语言时往回收缩些。嘴唇也要比讲瑞典语时变动小些。它既不变圆也不用鼓出太多,一般情况下不需要掰开太多。嘴唇不鼓出这点非常重要,尤其是要发那个难发的'sje-'音时。"

"你都理解了吗?"他问道。

"理解了。每一个词都理解。"她撒谎道。

"要不然的话,我非常愿意给你演示。"

他把嘴噘得高高的:在讲英语时,她不能这样做。

"我就是讲瑞典语的时候也不会把嘴噘得那么难看。"她答道。

"说'sje-'这个音!"罗伯特继续说道,"说晕船病(sjösjuk)!"

"晕船病(sjösjuk)。"女孩缓慢但是很认真地跟读。

可是他还是觉得她嘴唇噘得有点过。

"嘴不要往外噘!把它再说一遍!"

她重复说了"晕船病"好几遍,与此同时他的脸和她的脸也靠得越来越近,这样他才能够仔细观察到她嘴唇的变化:无论如何她都乐意将嘴唇鼓出多一些。她不得不把那个词说了20遍。她终于练成了:她发出的音就正好是这个词该发出的那样。她又练习了另外一个含有"sje-"音的词,他在手的帮衬下继续他的教学,而且他觉得用这个方法教英语非常棒。

在教学的时候,他突然注意到艾琳长着一张小而精致的嘴,嘴唇上面长着许多就像刚好被下面的海水水珠弄得有点湿的小小的绒毛。

接下来他还要教女孩将舌头收缩进嘴里,就像他在讲英语时必须做的那样。因为人们就是不能很肯定那个神圣的主会把一切都想好的。尤其是她在发d、e、l和n时,她必须尽可能将舌头往回缩;这些是非常重要的字母,也许在美国每天都会用得上。

现在为了教学,他需要看看她的舌头究竟长什么样。他让她把舌头伸出来。

女孩顺从地把舌头伸出来,而小伙子则仔细观察了她伸出的颜色鲜红得像新成熟的树莓般的舌头,它就像一只猫的舌头那样又窄又尖。他估计要是她能多训练的话应该可以将英语说得非常流利。她因为坐着将舌头伸出时间太久了有点厌倦,于是就又把它收回了:快看够了吧?这时他不得不告诉她,学那种难学的英语需要有很大的耐心。她不要因为要将舌头伸出嘴一小会儿就对教学不耐烦。也许她得承受更大的麻烦才能学会这种新的语言。

艾琳还差点儿没将她的小舌头缩回嘴里,韦斯特尤尔的乌尔丽卡就叫唤上了她的女儿:她得帮着自己的母亲在厨房里做晚饭。女孩很听话,她马上就从那儿跑了。而罗伯特还坐在原地,愤愤不平地想:每次我和艾琳刚刚在一起,她的母亲总是会让她干什么重要的事情。乌尔丽卡应该自己会做晚饭,而在这个时候可以让自己女儿提高一下英语,目前她正好有个好老师。

弗雷德里克·马兹松,就是那个穿着一眼就能认出的大格子风衣的美国通经过这儿。罗伯特顺便将自己的英语书给他看并且请他高声念一段英语。可是美国通一口回绝了:"今天不行!改天吧!"他在美国念了好几年的英语,所以他对英语已经很厌倦了。他到处走走就是为了休息。改天他会通读一下这本书。

罗伯特曾经有好几次问起他北美共和国的特点、土壤以及管理方式。可是美国通就只是告诉他：他不能透露任何情况。因为他答应过合众国的总统要保密。在他那边居住的时候，总统成了他在那个国家里最好的朋友，很多晚上他们通宵坐着一起喝酒、玩扑克牌，谁也没有他们俩那么好。而总统也很信赖他，凭着保守秘密的承诺，把绝大多数共和国的重要秘密都告诉了他，所以他什么事情也不能告诉他。至少在美国解除这个保密诺言之前不能告诉他，因为他是一个诚实并且一诺千金的人。

就是美国通这样的话让罗伯特感到很惊讶。

弗雷德里克走了并跟几个在背风面甲板上晒太阳的年轻小伙子坐在一起，而罗伯特跟在他后面并且加入了那个团伙。美国通常常讲述他在合众国居留期间所做的不同的事情，对于要去那儿的人来说，听听这些东西一定可以学到很多知识。

这个见多识广的男人两腿叉着坐着，将一支新的烟卷塞进他的烟斗，然后朝左边眺望驾驶室——好像他要在这样的角度唤醒在美国的回忆似的——他是这样起头的：

他在合众国逗留的第二个年头，在一艘船上找到了一个活儿，这艘船是载着妓女在巨大的密西西比河上四处航行的。这河跟整个瑞典一样宽，载着妓女的船沿着河岸航行，而他的任务就是照管那些货物——船上的那些妓女。船上有超过100个妓女，所以需要有一个具有洞察力的监护人。不管白天还是黑夜，他都要身上绑着皮带去看护她们，而在皮带上要携带两支很大的、装上子弹的手枪。他要制止和消除船上产生的所有纠纷，既要管妓女自己之间的，也要管妓女和那些她们的男人之间的纠纷。要是他无法平息那些暴力冲突的话，就得朝他们腿上开枪。一开始他会朝膝盖以下的部位开枪，如果还不管用，就得一点一点朝越来越高的部位开枪。可是对妓女则不允许高于两腿分叉处，因为他们不得以任何方式破坏或伤及她们的营生。然而对于男人来讲，如果他们不能安静下来的话，他可以一直打到他们的脑袋。他在那艘船上管的事情是一件负有很大责任的活儿。

妓女船从一座城市航行到另一座城市，而每到一个地方它会在那儿停留几个昼夜，这期间男人上船后生意就开张了。这个时候对于他来讲是最安宁的时刻，因为这是妓女操持自己营生的时候，她们会相当安宁。

船上的工作收入相当高，工资里包括吃穿，如果人们想要的话，还有每昼夜可以跟两个妓女待在一起。船上有几个年轻英俊的雇员，可是绝大多数人做这个营生已经很多年了，所以身体已经没有什么欲念了，他在密西西比河上妓女船上的这个工作中从来没有感到过什么真正的愉悦。因为对于一个要将超过100个妓女都管控好的人，永远都不会有任何真正休息或深思熟虑的时间。每天每夜都担惊受怕并且还很喧闹，那段时期他身体也不是很强壮，因为炎热的气候他常犯疟疾。而他始终是一个谨慎的人，时不时有一丁点儿不被打扰和安宁的需求。他在整个一周时间里可以有一个休息的时间，就是星期天上午10点至12点，这是船上的神父为他们那些雇员做礼拜和布道的时间；如果不是万不得已，这个时候不准有任何的吵闹或在船上开枪，那时就是小高潮和祈祷时间。

否则，人们就会几乎不断地听到枪响。当妓女们被咬了、被挠或被踢了的时候，几乎没有什么别的事情可以做的。否则，有人就得被咬、被挠得体无完肤或者被踢死。所以这个差事有其肮脏的一面。

所以等他在密西西比河上上上下下几个来回后，他就辞了这份差事上了陆地。他从船长那儿获得了非常好的供职证明，要是没有在满世界的海上旅行中丢失，现在他还在自己的海员箱里保留着那份证明。船长在证明中写他具有一个非常可靠的维持秩序的意识，并有对付妓女的好手段，无论是对于她们的营生还是她们的自由。要是他继续沿着这条道路往下走的话，他会从那艘船上得到最佳的溢美之词。可是从长远来看，像他这样的人，这样的工作是不会让他满足的。

弗雷德里克·马兹松沉默了。那些在甲板上围坐在他身边的年轻小伙子相互斜睨着。他们之中任何人自离开家乡后就没有跟某个女人接近过。在中间船舱这个拥挤的房间里，那些结婚的男子几乎都无法抚慰自己强烈的欲望；他们也许会抽个机会在某个夜晚去找自己的媳妇悄悄地干那事，让人听不到任何声音。可是船上那些没有媳妇的，也就没有可以偷偷溜去的地方，不得不饱受对异性的渴求的折磨。而关于一艘满载着情愿伺候人的、随时都可以到手的女人的船，现在勾起了他们的本能，并且点燃了他们隐秘的、被压抑的欲火。

多个男乘客已经围拢在美国通身边；在那个穿着大格子风衣的人周围，众多听众围成一圈，所有人都默不作声且虔诚地坐着。这种寂静只可以解释为那些围坐在一起的人希望讲述者继续讲下去。他看出周围这些人有一种好像他要问听众对他在美国的经历有什么看法的意思。于是他又继续道：

美国人有许多非同寻常的场所。在合众国人们也为想要与男人们纵情娱乐的女人建造了舒服的场所。在那座巨大的城市芝加哥就有一间这样的建筑，人们也可以称其为男人屋，在那儿是由男人去伺候女人：在这样的地方男人是男妓——在那儿完全是上下颠倒的。这跟密西西比河上的船上的交易是一样的，只不过正相反罢了。

有一次是在春天的4月里，他和一个伙伴去芝加哥找工作。这时他们恰好在一间酒吧碰到那个给女人享乐的男人屋的头儿，他正在物色愿意出租自己的小伙子。他自己和伙伴刚好快饿肚子了，经过一番思前想后，他们决定干这个麻烦的工作。这份工作每天报酬很高，这当然对他们很有诱惑力。另外就是他们对这样的服务也有点好奇，因为他们以前从来没听说过这样的场所，在那里男人干那种事情还可以挣钱，以前男人从来就没有向女人要过1奥尔，有的话也只是人们有时会禁不住开一下玩笑。他们在外面的森林里待了整个冬天，所以需要换换运气。在圆木简易房里他们很长时间就只和男人们一起生活，而他们中有一些开始变得失去理智，因为他们不能接近女人：要是它想伤害自己的话，这样的情绪就会对大脑造成伤害。当种子永远无法播撒出去的话，它就会向上渗透，直到脑壳，这样脑袋上就会长肿瘤和恶性的东西。要是人们保持理智的话，必须让大夫往瘤子里戳洞。因此经过那个冬天后，他们对于女人并不挑剔。

现在他们无法得知伺候的都是什么样的女人，因为所有到男人屋的女人都戴着面具：她们自然不愿意被人认出来。女人们都是非常有诱惑力的，可是她们不会用通常的方式勾起某个男人的欲望。这些都是漂亮而高贵的夫人，自己的丈夫在外长途旅行且长年在自家缺乏床笫之欢，另外一些人的丈夫有某种残疾，所以她们被男人隔离着并且从来就没有出轨的机会。可是绝大多数来这儿的女人是寡妇，而且年轻时仍然热血沸腾，并养成了与男子交欢的习惯，当落单后难以忍受寂寞。在这间屋子里有男子为她们时刻待命，而女人们到这里得到了她们想要的东西：谁也不能说别的啥。

刚开始时，人们感到和始终遮着脸的女人睡觉有点好奇，就好像一直在跟同一个女人在一起。让人感到好像自己是一个结了婚的男人，就是跟自己的妻子在亲热。这时，往往除了脸，其他部位有着很大的差异，不过人们很快就不去想这些了。人们不再盯着这些差异，而是有其他要做的事情。刚开始时人们就像刚刚放进苜蓿地的牲口那样兴奋，可是这种兴奋持续不了太久。很快人们就像一个雇员那样在那儿干活，然后就变得麻木了：人们对于女人长什么样已经不在乎了。偶尔，会有个别无畏的女人清清楚楚地将自己的脸给人看，那当然一定是漂亮女人才会这么做。她们也许觉得长着一张漂亮的脸蛋会让伺候她的人更加心甘情愿为其卖命，也就是说，是为了支持男人屋的经营。或许她们还真就是这么想的。

当一个人伺候过200多人后，他就会深刻理解：所有来这儿的女人并非都是美丽的公主，所以谁也不能太挑剔了，所有人都要一样伺候。男人屋的经理曾经就此给他们下过严格的命令，谁也别想偷懒。可是这时出现了几个一直不满意的顾客，她们事后很愤怒，而且骂骂咧咧地表示她们花了钱但没有得到所期待的，她们花的钱不值当，做的时间不够长。是的，在这个世界上始终存在爱挑剔并且很麻烦的女人：要想让所有人都满意绝非易事。

而很快对男人屋的苦力活感到满足，是他的同伴和他自己。经理给他们吃很辣并且营养丰富的东西，他们每顿饭都可以吃上煮鸡蛋、大的烤羊腿、肥火腿和汤，因为一个承担着这样任务的人，身体需要这些东西。可是时间一长，这些食品也无济于事。他们脸色变得苍白，身体也瘦下去了，垮了。经过两个月的雇用，他们在镜子里都快认不出自己了。身上的力气被抽空了，虚弱在膝弯处体现出来了。他们感觉自己虚弱得像秸秆，当他们行走的时候，腿直摇晃。他们实在太憔悴了。那些在男人屋为女人工作并且长期伺候那些娘们的同伴看上去像是一具骷髅。他们晃晃悠悠地在房间里四处游走，骨头之间咯吱作响。没有任何男人可以在这儿待上3个月：那些在这儿停留时间长一些的再也无法恢复如初，而是永远地失去了自己的青春活力。那些男子整个一生都被毁了。

可是他的同伴和他及时地结束了这个差事，干了6个星期之后他们就返回了树林。因为无论如何他们还是觉得待在圆木屋和男人们在一起要比在男人屋里与女人们在一起更舒服一些。虽然人们对于这项与女人打交道的营生问心无愧：人们就像对待自己家里的姐妹那样让她舒服，从某种形式来讲，人们无私地奉献了自己。可是他自己还有他的伙伴都不愿意将自己的健康和年轻的活力浪费了，即便这是一件好事，也就是说，即便是在慈善的祭坛上牺牲，他们也不愿意了。

因为一个人对其自身也要负责任，弗雷德里克最后总结道。

而当讲述者讲完时，围坐在一起的男人们陷入一段时间的沉默：坐在那儿的听众只是坐着并用眼睛盯着他。听完在芝加哥的男人屋里的故事后，那些听众都不知道该说些什么。

可是突然间一个年轻的小伙子发出一声高声的嘲笑。其他人都看着他。那个嘲笑者马上静了下来，在大庭广众之下因局促不安而脸变得通红。美国通用严厉的眼神审视着他。他的眼神里是深深的责备："你想干什么？你个魔鬼！你难道没有人的良知吗？"高声嘲笑者被受侮辱者瞪了一眼，他虽然没说一句话，但是看上去被深深地羞辱了。于是讲故事者要让他感到耻辱。

弗雷德里克马上站起身，微微点一下头就从那儿离开了。

2

那天罗伯特发现了美国通的秘密。他去告诉船帆匠。老头跟他谈起了弗雷德里克·马兹松，他出生在布莱金厄同一个教区——阿萨鲁姆。他从弗雷德里克还躺在襁褓里就认识他了。他一直是个花言巧语、谎话连篇的主儿，还是一个色胆包天的色狼。这个时候他在自己家乡混不下去了：他一度让三个女人都怀上了孩子，几乎在教区所有人那儿都欠了债，于是他被一个又一个债主追着殴打，逼着他还债。所以他趁机溜走，登上了"夏洛特号"，踏上了去美国之路。可是在登上这艘船之前他从来没有出过海，只在陆地当过海员。而这与在美国待过差了十万八千里，在他一生中，他一直待在阿萨鲁姆——自己的家乡，从没离开那儿一步。

很快罗伯特就意识到，这艘船上他几乎是还不知道关于弗雷德里克·马兹松真相的唯一一个：乘客们之所以把他唤作美国通，就是因为他从来没去过美国。

这个年轻人在船上走了几天，他感到被那个穿大格子大衣的人小小地愚弄了，他并非犹豫着要不要向他打开心扉，把他所知道的北美共和国的事全告诉他。这之后，他对弗雷德里克说的所有事情都无法相信了：谁也无法摆脱这个永远不说真话的人留下的印象。

可是罗伯特自己也知道：当他要讲述自己看过的东西或者经历过的事情时，不是所有时候真相都够用，有时他自己也不得不顺势添油加醋，否则就难以自圆其说、下不来台了。说了半天他才又讲回真话。而奇怪的是，他需要的谎话好像总在脑子里面备着一般，所以使用起来毫不费力。当他讲到跟前的时候整个谎言就已经准备好了，于是，一个谎言与另一个谎言之间衔接得如此巧妙，以至于他感觉不出任何差异——这个时候所有的话都成了真话。

所以当美国通讲述所有这些年他在美国居住时干的差事时，也许也是这个样子。当他讲述的一切被人关注时，他从来没到过这个国家这件事本身便显得并不怎么重要。他一定以为他曾经在那儿居住过，因此他确实几乎没有撒谎。

要是上帝认为人们永远不需要利用任何真相以外的东西，那么他也就不会让谎言在世界上流传。他创造了谎言，是因为他知道人们离不开它。

这就叫作船病

1

经过几个星期的航行,绝大多数移民都适应了海上生活。

克里斯蒂娜从晕船病中恢复了;她可以在甲板上逗留,而且身体有条理多了,她想吃的时候可以吃下些东西了。但是她并没有感到像在陆地上那样敏捷、健壮。她的四肢仍旧感到疲乏,整个身体好像在往下沉,所以她行动很迟缓,不愿动弹。有什么东西在胸部压迫着她,所以她的呼吸变得很短促。其他在中间船舱里的乘客,不管是男人还是女人都抱怨同样的罪孽——这是某种轻症,就是由于待在这艘船上而得的病。

而且她还开始为自己的孩子发起愁来:他们的脸颊开始变得苍白,眼睛也变得无神。他们在玩的时候不再那么活泼,而且对食物失去了兴趣;他们不愿意吃船上的食物,因为太咸了:他们嚷嚷着要喝在老家每天都可以喝到的甜牛奶。而那种他们在老家每天常喝的甜牛奶,也是克里斯蒂娜自己非常想喝的东西。可是她也很清楚他们无法牵着奶牛跟着他们一起到外面的大海上来。要是她每天哪怕只拿半壶牛奶给小孩子们喝那该多好！而现在他们已经有整整一个月没喝到一滴牛奶了。装食糖的袋子已经瘪了好久了，所有的环形点心都被吃光了，罐里的蜂蜜空空如也，苹果干也吃完了。当孩子们摔倒了或者打架哭着跑到她面前，当他们晚上不愿意睡觉，当他们嚷嚷着要下船的时候——这时候就是要上天保佑有一个糖块或者一个环形点心塞进他们嘴里。现在他们过来乞求的时候，她一点可以安慰他们的东西都拿不出来了。

小哈拉尔德已经断奶了，因为到海上之后不久，她的奶水就枯竭了。在没有任何其他奶的情况下，她希望乳房里还能流下一点奶水给男孩。要不然，16个月大的他会很机灵了。他已经完全结束了爬行，开始用自己的腿在拥挤的船舱里的床铺缝隙中四处跑了。可是一艘在浪头上颠簸的、几乎永远不会静止的船不是一个小孩子学走路的地方。小哈拉尔德不得不比他的哥哥姐姐多蹲好些个屁蹲，他们已经在家乡木屋里稳固的地板上学会了走路。

约翰和小麦尔塔继续嚷嚷着要下船回家。他们没有忘记陆地上那些吃的和喝的：他们要回家吃饼干、喝牛奶。

克里斯蒂娜答应他们，只要他们到了美国，就会喝上甜牛奶且吃上面粉做的饼干，只要他们吃得下，要吃多少就有多少。可是她很快就为她的许诺后悔了，因为之后她被这些固执的孩子折磨得更糟了：他们啥时候可以到美国？今天晚上吗？还是明天早晨？他们很快就会到了——很快到底有多快？——不远。只要他们安静下来并且闭嘴，母亲说道。要是他们现在坐着并且一整天都闭嘴的话，那么明天就可以到了吗？

小麦尔塔有时候会安静下来不再说话，可是约翰从来停不下来：

"我们要一直在船上住着吗，母亲？"

"以后我们不会在船上住着。等到了以后，我们就不住了。"

"我们永远也不会在房子里面住了吗？"

"在美国我们会住在房子里。"

"这是真的吗，母亲？"

"是真的。"

"我要很快就住在一间房子里。"

"你会的。只要你现在闭上嘴。"

"我们会在同老家那儿一样的房子里住吗？"

"在一个相似的房子里住。"

"那个房子在哪儿呢，母亲？"

"等到了之后，我们就会看到的。"

"你肯定我们会在那儿住吗？"

"肯定的。你父亲会盖起来的。但现在你得安静下来，男孩！要不然你得永远待在这艘船上！"

可是克里斯蒂娜有时候想，她用谎言打发孩子是不对的。现在她知道多少关于他们在美国的新家？就跟孩子们自己一样多！她所确切知道的是，他们不是那边任何一小块土地的地主，在那里没有任何一个角落是属于他们的，甚至连最糟糕的烂泥做的简易棚屋都不能称为他们自己的；没有最悲惨的木屋在等着他们的到来，也没有最简陋的屋顶可以为他们遮风避雨。上一次卡尔·奥斯卡和她安家的时候，他们可以搬进一间现成的房子，那儿家具和生活用品一应俱全地等着他们。现在他们第二次安家的时候，那是要在一个陌生的国度安家，他们在那儿要完完全全从打地基开始。她不敢去想他们目前就要面临的定居的那些事情：他们墙上没有钉子，没有一块木地板，屋顶还没有一块木瓦。等他们进入北美的时候，没有给他们准备的任何现成的东西：没有可以摆放饭菜的桌子，没有铺好的床，甚至连一张可以坐的长凳都没有，脑袋也没有任何椅子可以依靠。这是她唯一确切知道的东西。而迄今为止，她理解的是他们要到荒郊野地去寻找他们的新家。刚开始的时候他们要在树林里的某块石头上坐着，而在另一块石头上吃饭，要是他们这时有什么饭可以吃的话，然后盖着用松树枝做的被子，枕着苔藓做的枕头睡觉。

她不愿意和卡尔·奥斯卡谈论他们的第二次安家：他只会受到折磨。现在他也没有向她做过任何许诺。他有什么可以许诺的呢？可是她自己可以去想，她当然可以设想将来他们会怎样过。

他们得从头起步，就像他们家乡1000多年前的人做过的那样，他们得像第一个拓荒者和他的女人那样靠土地谋生。

刚开始的时候，"夏洛特号"帆船上有19个孩子。可是现在已经有两个小帆布包裹从甲板沉到了大洋底部：一个1岁的男孩死于百日咳，还有一个5岁的女孩死于船上的发烧病。剩下的17个孩子现在都还健康。

丹尼尔和尹佳·列娜刚生下不久的孩子，那个小爱娃，她病得那么重，以至于谁都相信她快不行了。可是上帝要让孩子的父母留下这个孩子：她渐渐好起来了并且完全康复了。丹尼尔认为他们的女儿生的病比那两个死去的孩子还要重，能活下来简直是个奇迹。

女孩还没有好利索，母亲自己就病倒了。尹佳·列娜刚刚扛过晕船病，就开始患上了严重的晕眩和头疼病。那么好的她站在那儿煮饭或煎炒或走到甲板上，正当她努力想做些什么事情的时候，她觉得自己快要失去知觉了。她必须走走就将脑袋倚靠一会儿。到海上的最初一段时期，她一直承受着便秘之苦，可是现在掉了个个儿，无论白天还是黑夜，她都得跑到甲板上的圆形茅房。每个小时她都得时不时地上上下下地跑动。最后她开始出血了，而这时她真的害怕了。

尹佳·列娜不是那种喜欢发牢骚的人，可是这时她向克里斯蒂娜倾诉，她也许真的不会好了。她专门向上帝乞求对付那个让她恐惧的出血症状，可是到现在为止她的祈祷仍没得到回音。她是不是真的得了所谓的船病，她想知道克里斯蒂娜是怎么想的？

在他们整个的行程中，克里斯蒂娜很可怜舅舅丹尼尔的妻子：她从来没有得到任何休息，一直在照顾自己丈夫和孩子们，这样他们才能按时吃上饭，才能穿戴整齐，她一直在不停地做事。尹佳·列娜就像这艘船上的一艘移动的船，她每时每刻都在运动。从长远来看，这是难以为继的：她变得眼圈发黑，人瘦得皮包骨头。有时她几乎走不动路，步履蹒跚地在四周挪动，好像她的每一步都是最后一步。

克里斯蒂娜说，她必须在床上躺着，得让丹尼尔接管她的事情。

尹佳·列娜看上去非常恐惧，她说：
"不能让丹尼尔知道什么！不要让他知道我病了！"
"为什么不呢？"
"也许他自己的病还没有好呢，可怜的人。"

"可是他已经好了呀。"

"没有。"尹佳·列娜压低了声调,"他边在周围走动边在受难。他正在跟上帝较劲呢!"

"是吗?可是他还可以做点有用的事情。"克里斯蒂娜认为,"而且他也不需要一直做祷告。"

"他忍受不了这些世俗的东西。而现在他要在上帝那儿弄明白。"

于是尹佳·列娜几乎是悄悄地说,克里斯蒂娜不要把这件事告诉任何人。她的丈夫向她承认,他犯过一个严重的罪过,一个人所能犯的最严重的罪过。他陷入灵魂上高傲的诱惑并且还以为自己是没有罪孽的,也就是他一度被基督原谅,只要他相信救世主,他就永远不会再有罪孽了。他一直保持着无罪孽并认为没有任何法律可以凌驾于无罪孽的人。所以上帝某天脱下了他赤裸的灵魂的伪装并且让他看到它的本来面目:他因为晕船病而与那些有罪孽者和未皈依者一起病倒了。此后他发生了改变。

丹尼尔曾经说,他为自己的高傲以及自以为无过的缘故挨了上帝一记响亮的耳光,从此以后,他走路晕晕乎乎的。他曾经责怪其他人说他们信仰不坚定,可是现在他已经请求所有人原谅他。他已经请求她对他的原谅,尽管他除了让她好没有任何别的。

她亲爱的丈夫以前觉得他要比普通有罪孽的人强一些,现在他又觉得他要比其他人更没用。他曾经告诉她,这艘船上只有唯一一个没有罪孽的人,而她就是韦斯特尤尔的乌尔丽卡。她没有染上虱子,而且躲过了晕船病。她是上帝拣选的人。她被人揭穿通奸有100次之多,然而她却被上帝拣选了。

丹尼尔说，为了这唯一没有罪孽的人，为了乌尔丽卡，上帝在那么严重的风暴中赦免了他们这艘小船并且拯救所有人免遭沉没；所有人都要感谢这鸢鹰救了他们的命。

"这不是真的！"克里斯蒂娜愤怒地大叫起来，"我永远也不会相信这个说法！这个女人绝不比我们其他任何人更无辜！"

"不要告诉他我的事！"尹佳·列娜乞求道，"什么也不要跟丹尼尔说！不要告诉他我身体不好的事！答应我。"

于是克里斯蒂娜不得不答应她。可是她实在希望把真相告诉舅舅："你难道没有看出来，你的妻子在海上正把自己毁了吗？上帝不会是要让她不管自己的健康而为了让你逃避世俗世界吧？上帝难道不应该建议丈夫对自己的妻子充满爱意并在她虚弱的时候照顾她吗？要是你迄今还具有理智并且看到这一切的话，你就会看出你妻子病得很重，是吧？"

可是丹尼尔舅舅现在是这样古怪，以至于她从来无法跟他说重话。在他温柔的眼神面前，人们会把所有重话和坏话都埋在心里。在他的神情之中有某种会让人思想停滞的东西并且有点像是在祷告时刻的感觉。当他双膝跪下进行祈祷的时候，他的脸部表情就解释了某种东西——即便他处于到处是呕吐物的船舱地板中间也是如此。他往往表现得有点可笑，可是不知道为什么，所有人都不好意思去嘲笑他。克里斯蒂娜无法理解为什么要指责舅舅任何事情都是那么困难。也许是因为他比这儿的任何人在必死性方面离上帝更近些，她感到也许是这个缘故。

他的妻子在这儿正把自己毁了而他却没有觉察到这是肯定的。尹佳·列娜就像一只驯服的家畜那样跟着自己的主人。学过基督问答之后的妻子就会对自己的丈夫态度谦逊，可是现在上帝真的会认为她实在必须并且有义务跟着丈夫，而他要把她丢弃在大海里吗？

克里斯蒂娜感到很难肯定。

2

卡尔·奥斯卡在海上没受到多少损伤，身体仍然很健康，可是在拥挤的船舱里的长途旅行让他的情绪很压抑。现在当他要在新世界开始一段新生活的时候，他需要比以往任何时候都具有无畏的精神，可是他变得没有在陆地上的时候那么高兴。他走着并且在为未来苦思冥想，而这在以前是从没有过的事情。此外，身体有一种特别的欠缺：迄今为止还没有一次在旅行中他没有在妻子那里获得满足。这是由于一个很大的不凑巧：正当克里斯蒂娜还健康的时候，他不得不在未婚男子的床位睡觉，而等他之后可以搬到帆布帘另一侧她身边的时候，她已经生病了。而现在她变得很虚弱，他又不能强迫她。

自从结婚后，他在妻子那儿得到满足成了一种习惯。当他不再能够获得满足的时候，身体就会出现不安和易怒，脾气就会失衡，而且他没有得到真正安宁的睡眠。这是某种缺失，而他的思绪漫无目的地牵着他——那种缺失的东西。当他在克里斯蒂娜那儿获得满足的时候他很少想女人：她们无法对他产生触动。而现在缺失的时候他经常感到担心，既感到烦躁又感到难为情。可是他需要为此感到羞耻吗？也就是这么回事，他缺乏了他不得缺失的东西。一个健康的男人需要在一个女人那儿得到满足，这是非常自然的事情。而现在他的这种自然特征在这船上被扭曲了。

在这儿他也没有太多事情可以做，所以会多出很多沉思的时间。他也有时间去走路和做可有可无的事情，走路和思考是他必须做的、可有可无的事情。他和妻子在一起的所有美好时刻都止不住地在脑子里回放，而这些回忆都折磨着他。这些回忆并非他所愿，因为他企图把它驱走。在他正进行一生中巨大的迁徙时他有许多其他要思考的事情。可是最先冒出来的是让他回到床笫之欢的迷惑，而他又开始感到羞耻：他这是怎么啦？他应该还是可以忍受一小会儿的。所有男人都不得不忍受这样的时刻。为什么他会感到这样难熬呢？难道他身体的欲望比其他男人强很多吗？他现在在与之抗争，这是他的船病。他很清楚：从长远来看，要是不能接触某个女人的话，他是难以忍受的。

一天夜里，卡尔·奥斯卡梦见自己走进了那些未婚女人待的地方，跑到韦斯特尤尔的乌尔丽卡那儿并跟她云雨起来。

他醒了过来并为自己的梦感到羞愧。他已经能够设想自己跟那只喜鸟、那个大妓女躺在了一起，在他之前已经有超过100个男子跟她有一腿了。虽然这段时间里他在睡觉，可他还是感到很惊讶。这是在梦里的一种行为，可这种行为让人感到可耻。

而他琢磨着：要是在醒着的时候，他会不会去找乌尔丽卡？要是他老想着这事并且得忍受足够长的时间的话，也许他会这么做的；他不是很确定。他或许曾经看过她一次并且感到，在她身上有某种东西在引诱他。她的身体保养得非常好，跟她接近的男子往往会变得性冲动强烈。可是他脑子里应该是能够保持自控力的，他会与那个女人保持距离的。而且他还和克里斯蒂娜说好了，只要一踏上美国的土地，他们就会和那只喜鸟分开。克里斯蒂娜无法跟这个老妓女做朋友，要是跟她继续在一起的话早晚会发生什么意外。

现在谁也不知道他和妻子啥时候可以像一对健康而幸福的夫妻那样再一起过日子。克里斯蒂娜抱怨那个新添的毛病：她的四肢和关节、脊椎和手上开始疼痛。这很奇怪：她那么年轻，可是像老人那样出现关节和四肢的疼痛。此外她感到浑身发冷，就像冰冷的水兜头浇到她身上一样。这种坏毛病在海上无法根除，因为无论是在晴朗天气还是在风暴天气都有。她持续感到发冷，即便她上甲板晒太阳的时候，这种寒冷的感觉还是会穿身而过。感觉好像她周身的血液都冷却了，而且再也无法在她身体里捂热似的。还有就是胸部的重压也阻碍了她的呼吸，疲倦和无力永远也挥之不去。

在她整个一生中，除了孩童时期在婴儿床上，克里斯蒂娜从来就没有躺在病床上过，可现在她病了。

她的病痛源于自身巨大的懒惰，就如那些老人说的那样，一个最坏的习惯是她不怎么太爱动：她不愿意活动手或脚，既不愿意走路也不愿意站着，不愿做任何事情，喜欢无所事事。而这让她付出了沉重的代价，她只愿意做一顿饭，只有要给孩子穿脱衣服时才不得不努力去做，每个早晨她都必须强迫自己洗漱并给自己穿衣服。她将越来越多的事情推给卡尔·奥斯卡去做，而且在这次旅行中她开始感到头晕和无力。以前她从没这么懒惰，从来没在白天做这么少的事情。该不会是大海把来自陆地的人的力量和生命力给吸走了吧？

她喝光了两瓶丈夫从船长的药箱里拿来的药液，可是之后感到更加虚弱了："我害怕我快变成一个累赘了！"

"你一到陆地就很快会好的！"他说，"你只是无法忍受船上的食物罢了！"

他们只拿到些腌过的、腐臭难闻的旧食物并且吃起来就好像是木桶底的酸味。他们一直没喝上一滴牛奶，吃上一块新鲜的面包、新制作的黄油、新鲜的肉块，有的只是在储藏室里存放很久的食品。他们还无法煮一锅土豆，土豆这种东西比任何其他营养都更能保持身体的机能，这样它才能让身体得到不可或缺的排泄。不，要是船上的每个人都因为船上食物得病的话，那么卡尔·奥斯卡完全不会感到惊讶。他自己也感到四肢有点软弱无力。而几乎所有他与之交谈的人都抱怨承受着与克里斯蒂娜相同的病痛，尽管她比其他人更严重。可是在没有回到陆地之前、在人们可以正常地生活并且有吃有喝之前，他们之中任何人都不会康复。在海上的生活是不幸且对人身体有害的，他们真切感受到了这一点。

而卡尔·奥斯卡在心里想，他永远也不会再重复这样的海上航行。余生他都会待在陆地上。

克里斯蒂娜还有一种向她丈夫隐瞒的先见之明：她身上得了一种险恶且不易察觉的疾病。因为这一次必定在下身有某种疾病。而自打她首次登上"夏洛特号"时就已经感觉到那种忧愁：这不是什么船病！这个病要人命！这一次你永远无法让我恢复如初了！可是我早已经警告过你了！离开家乡的最后几天里上帝就警告过你了：不要到海上去！留在你的家乡！你跟外边的大海一点儿关系都没有！可是你不听！你还是出发了！而现在你感觉到了！你一下到下面这儿的房间你马上感觉到了!这儿就是一座坟墓,一座昏暗的、可怕的坟墓!某些东西也告诉你这儿会成为你的坟墓:某一天他们会带着一块给你的帆布走到下面来——你将永远不可能活着出去!他们会用一块帆布把你抬出去……

克里斯蒂娜应该已经从下面很多人那里听说过那种疾病叫什么:脆弱的种子。这是一种令人恶心的、对腐烂、蜕变、被损毁的某种称谓——对已经死亡的一种说法。

这种邪恶的东西也被叫作船病。

大舱口旁的故事

1

"夏洛特号"的乘客们原本都是闲不住的人;他们的时间都在劳作中流逝,即便节日和礼拜天,也是在劳作中度过。农民和他们的妻子手上总是闲不住。现在在这艘运载他们的船上,他们碰到了某种新的问题:无事可干。

他们每天都要擦洗自己的床位,每天要在船上的厨房里做三顿饭,修补自己的日常便服、自己的床垫和枕头以及一切破了的东西,而母亲们则照看自己的孩子。可是这些活儿在长途旅行中是不够干的,无法打发他们在海上的时间。每天几乎有四分之三的时间绝大多数人无事可干。而这些要强的人从来没有学会当他手上啥活也没有的时候,一个人该如何打发时间。

在无所事事的时间里,乘客们像无助的人一样盯着外面的大海。我们到前方去要干什么呢?而这承载着他们的帆船的永恒的大海和永恒的浪头没有给他们提供任何答案。他们剩下的只有面向大海观望。在这个漫长的航行里,日子就这么一天天过去,一天天变成一个个星期,又从一个个星期变成一个个月。

日子变得漫长又沉寂,他们在"夏洛特号"帆船上的生活单调得让人生厌。这从来没有引起他们一丝朦胧意识:他们需要度过的时光,要是它不能过得足够快的话,会变得令人难堪到不得不试图逃避的地步。他们是咎由自取的,是他们自己决定要走上了这段航程,可是他们对自己的无所事事极为不满:他们可以忍受孤单,可是无法忍受无所事事。于是他们开始试着相互聚集。

当海上被美好而平静的天气支配的时候,乘客们就围着大舱口旁聚集起来。他们用自己的身体形成了密密匝匝的一团,有站着的、坐着的、躺着或半躺着的,他们占据着离舱口最近处的甲板的每一寸地板。妻子们坐在自己丈夫的膝盖上,孩子们倚着母亲和父亲的胸怀。于是他们拿出自己从家乡带来的食品袋里剩余的东西并将食物递给对方:有人拿出一个未切好的长面包,另一人拿出存到现在的熏羊腿,第三个人从自己的小盒子里把剩下的黄油拿了出来,第四个人则骄傲地从自己的食品盒里取出没有切好的奶酪。长面包、羊腿还有奶酪在四周传递着,每个人都取出自己的小刀从三种食物上给自己切下一小块,抹上黄油吃了,甚至还有人拿出一壶用去年农家院大麦地里打下的麦粒在家乡的木桶里酿制的烧酒。

这是"夏洛特号"乘客们的美好时刻。他们在这样的聚会中再次找回了老家的某种东西。

而当大海风平浪静并且帆船在航行中恰好的速度下缓慢地晃动着前行时,乘客们聚拢在大舱口周围并且互相帮衬着打发着那些无可奈何的流逝的日子。人们在赞美诗专用单弦琴的伴奏下演唱赞美诗、在小提琴的伴奏下演唱在家乡经常唱的歌谣,而有人则讲述起一个真实而古怪的故事。

海洋是如此之大。"夏洛特号"遇到了逆风,于是在乘客们围坐在大舱口周围时有足够的时间来讲述许多故事。有一天,农庄主尤纳斯·彼得讲起了一个曾经发生在瑞典他家乡的罕见的故事。

2

故事发生在大概100年前。

曾经在尤德尔地区多年主事的教区牧师德鲁塞尔,一个星期天的早晨,在就要进行布道前,在神父更衣室里突发脑中风并且在人们还没来得及把他从教堂里抬出去前就死了。他那时还不到70岁,而在这之前他已经发过两次中风了。德鲁塞尔是个很有责任感而且率真的神父,他对所有贫穷和可怜的人都一视同仁。他尤其受到教区里妇女的喜爱。终其一生他都过着像年轻小伙那样的生活,可是很多人都清楚,他并非过得那么无辜。听说在他身强力壮的时候,他以一种在上帝的戒律第5至第7章之间里禁止的方式,利用了女人的好心。在他还是少年时有一次被主教传唤,主教听说他混到了教区里一个已婚妇女的床上。可是等主教来到尤德尔地区看到那个女人是如此妖娆时,他赦免了他的通奸罪。

现在尤德尔的神父也是这样在一个星期天,正好就在他履行其职责的当中去世了。整整一周过去了,而死者还没有下葬。这事在教区里引起了很大的疑问,因为死亡事件正好发生在红月,就在狗日期间①,这个时候蛆虫非常喜欢钻进肉里和尸体里面,然后很快就散发出难闻的恶臭。在一年中的这个季节,让一具尸体在地上搁置8天是相当长的时间了。

又过了8天,教区牧师德鲁塞尔还没有下葬。整个教区的人们开始琢磨这到底是怎么回事:为什么他们过世的神父没有在通常合理的时间内举行葬礼?一定是存在某种不可告人的秘密阻碍了这个葬礼。可是有什么事情可以阻碍一个神的仆人举行一场基督教葬礼并且下葬呢?

替代德鲁塞尔并照管死者的职务的来自隆阿舍的助理牧师斯滕贝格应该会回答这个问题,可是没有人愿意去问他。然而大多数人却想问马格达——德鲁塞尔的老女佣,她自少女时期起就一直忠心耿耿地为她的男主人服务了许多年,因而她也许比这儿的任何人都与他亲近。可是当她的主人的葬礼被人传得沸沸扬扬的当口,那个老女仆的嘴像上了封条一样闭得死死的,好像需要用桦凿才能把它撬开似的:所有人都清楚她一定了解不能举行葬礼的神秘障碍。

可是现在碰巧还有另外一个人,也知道了这个内情,他就是为去世的教区牧师制作棺材的教区乡里的木匠。他答应助理牧师斯滕贝格要守口如瓶,可是在他和妻子亲密的时候,在其严守秘密的许诺下,他把这个秘密告诉了妻

---

① 狗日,又译犬日,是夏天中最热的时期,相当于盛夏、真夏,或三伏。在北半球,这个时期是7月上旬至8月中旬之间,在南半球,则是1月上旬至2月中旬。这个名词源于大犬座的天狼星,英语中又称犬星。天狼星在7月至8月时出现在北半球的天空上,正当夏天最热的时期,古罗马人认为这颗星星带来了这个时期的暑热。

子。而他妻子又如法炮制，在对方同样严守秘密的许诺下，告诉了另一个邻居的妻子，于是通过这种方式真相在两天内传遍了整个教区。

在几个星期甚至数月里，除了议论发生在教区牧师德鲁塞尔的尸体——他去世后身体古怪的姿势，整个尤德尔教区里人们几乎没有别的谈资。

是马格达，那个老女佣在临时被用作停尸房的教堂院落里的轧平机房发现了这个秘密。她要去给她的男主人洗身体，于是她被眼前这一幕吓得实在不轻。以前她曾经给许多男人洗过尸身，可是这样的场景她却从来没见过。她的男主人已经死去多日，身体也已经僵硬了，可是他的身体还处于要和女人云雨的姿势。而即便人们处于最强壮的年龄，当死神降临的时候，身体里的力量也往往会消失。看到眼前这一情形，这个老女人感到浑身无力。她差一点晕过去，因此无法继续给尸体清洗了，而是从轧平机房里走了出来。

第二天她又回去了，可是那个死人的尸体还是那个样子，没有发生任何变化。这时她终止了尸体的清洗，可是她没有向任何人讲她看到的情景。在教区牧师活着的时候，她忠实地为他效劳了一辈子，她要在他去世后同样为他效劳。任何可能玷污其名声的事情都不能让它传播出去。

第三天，马格达返回停尸房，可是她的主人还是保持着那种罕见的姿势。同一天木匠抬来棺材，这时她发现情况再也无法掩藏了。那个木匠看到这一幕时也像她那样震惊。而他跟那个老女佣商量好了：他们去世的教区牧师无法以这样可怕的样子安葬。女佣向他求教：他们该怎么办呢？木匠一点儿办法都没有。这不是一个匠人所能解决的事情。对于这样作孽的邪恶力量,任何木匠工具,无论是榔头还是刨子都无济于事。因为他马上意识到,这不是别人,正是魔鬼自己附到了死者的阴茎——这个男人很大一部分罪孽起源的男性器官上。通过这个罪孽的工具,邪恶的魔鬼控制住了德鲁塞尔的遗体。必须让某个具有上帝力量的神人介入其中并拯救这个死者。木匠建议马格达去找那个新的牧师。

老女佣去找助理牧师斯滕贝格,并试图用愚钝且不那么心甘情愿的舌头描述她死去的主人的状况。助理牧师跟她一起到了外边的停尸房。尸体现在已经被包裹起来了,可是当老女佣掀开所需那部分的时候,助理牧师几乎无法直视,他的脸色变得很苍白。他命令马格达把尸体重新包裹好然后说:"我的同事兄弟不能以这种令人作呕的样子埋葬。"他没有说更多的话。他没有说出让德鲁塞尔摆出那副姿势的那种力量的名字,可是马格达明白木匠说的话是对的。

教区牧师德鲁塞尔的葬礼定于星期五。现在已经是星期二了。

助理牧师斯滕贝格是一个能驾驭和驱除撒旦力量的神父。有一次他将撒旦从隆阿舍一个农庄主那儿赶了出去,另一次他为一个被撒旦附体多年的格林穆斯尤尔的老女船长把撒旦赶了出去。这时斯滕贝格又回到了神父庄园并穿上了大衣和硬领。他手臂下夹着《圣经》和其他几种教堂书籍,回到停尸房,他把自己关在那个房间里。在要驱赶撒旦的时候,他总是这样与他同处一室。

德鲁塞尔的继任者在轧平机房里一待就是几个小时。第二天他又返回那儿:死者的遗体没有发生任何变化。助理牧师斯滕贝格连续两天、每天一个小时,把自己关在停尸房继续他的努力。可是撒旦这个魔鬼的痕迹仍然留在那儿。

斯滕贝格这次没能把这个恶魔赶走。于是葬礼不得不延后,在撒旦还附着在同事兄弟遗体上的情况下,哪个葬礼都无法进行下去。

这是一个炎热的红月,而这个去世的教区牧师已经在地上放了整整一星期了。非常奇怪的是,遗体没有散发出任何味道。于是人们认为或许是那种附着在死者阴茎上的神秘力量,在保护着遗体不腐烂。

斯滕贝格已经不再能够驾驭那个老对手了,他需要人帮忙。他骑上自己的马去找在凌纳吕德和艾尔姆博达的同事兄弟。这两个教区的牧师都是出了名的神力挺强的人。助理牧师向他们叙述了他们的老朋友德鲁塞尔不幸过世的情况:他问他们是否愿意跟他一起去帮忙让撒旦放了他的猎物。

凌纳吕德和艾尔姆博达的教区牧师很清楚他们亲爱的同事兄弟在女人方面的弱点,它往往会把好男人毁了,而且他们明白就是由于他年轻时犯下的罪孽让魔鬼如愿以偿了。他们答应去给斯滕贝格帮忙。

第二天,三个穿戴整齐的牧师在尤德尔神父庄园围在第四个牧师的尸体旁。他们祈祷,唱赞美诗、画十字符号,他们做了受魔鬼侵扰后通常所能做的教堂的高级弥撒。三个活着的神父为一个死者祷告。这样的弥撒一直持续到半夜。

那两个陌生的神父在尤德尔停留到第二天,他们又返回停尸房去观察前一天他们努力后的效应。可还是没有发生任何变化：撒旦还是停留在死者的阴茎上，他仍保留着他的猎物。而这时德鲁塞尔神父已经在地上停留了11天。

三个神父万分惊讶地商量道：该怎么办？他们不能就这么让自己的同事兄弟身上带着自己的敌人下葬，也不能让尸体这样再放几天而不下葬。关于不能下葬的障碍已经通过某种方式流传了出去，越来越多的人在谈论这件事，而这在一个基督教区并非一件光彩的事情。

神父们想到去威克斯舍找主教，请他帮着出个主意。威克斯舍的主教是一位经验丰富的老神父，他对于对付撒旦的方法非常熟悉。

这时那个老女佣马格达来到斯滕贝格的跟前，她请求助理神父让她单独跟他讲。她要做一个忏悔，透露一个可怕的秘密。她是这样讲的：

17岁那年她到教区牧师德鲁塞尔那儿做女佣。她做事非常卖力，可是仅仅做了几个星期的工，她就被男主人连哄带骗地夺去了童贞。很长时间里她都生活在她的负罪感之中。可是很快她开始自己担心起来：她害怕自己的灵魂救赎。于是她对男主人越来越反感，他还是经常勾引她。她开始仇恨自己的勾引者。于是有一次她在愤恨的驱使下做了一件狠心的事情：她请求上帝为她报复，她乞求上帝让她的男主人受到惩罚——在他死后要把他移交给撒旦。

这个时候德鲁塞尔神父很快对她不苛求了，他又喜欢上了另外一个女人。可是马格达还是留在他那儿做工。她没什么可抱怨的，他对她很好。于是她在那儿待了一年又一年，渐渐地她变成了他的老女佣。这个时候她已经不再感到跟他一起生活有什么负罪感了，她的内心又重新获得了安宁。

许多年过去后,马格达已经原谅了她的男主人曾一度夺走了她的童贞并让她背负上通奸罪的这件事。不仅所有仇恨已完全从她的思想中烟消云散,她甚至越来越依恋这个曾经勾引过她的男人。她将他伺候得很好并以多种方式哀悼他。她已经离不开他了,而他也离不开她。他们已经过了男女之间互相寻求肉欲的年龄,可是他们通过其他方式相互帮助及慰藉。马格达已经知道她少女时的勾引者是一个好男人,他大方、富有同情心、愿意帮助所有穷人和可怜人。于是她深受回忆的折磨:她曾经在失去童贞的沮丧时刻一度恼火地想把那个男人交给撒旦,让他经受永恒的折磨。

也就是说,她一度犯下一个冷酷无情的罪孽。

于是,在一个星期天的早晨,上帝摸了一下他的仆人的额头:德鲁塞尔中风并死去了。而那个时刻终于来临了,这时马格达才有了那个可怕的发现:魔鬼撒旦附到了他身上。她亲眼所见,上帝让她年轻时曾祷告的事情成真了。

自她见到自己的祷告如愿以偿已经过去多日了,可是这些天里她只睡着过一会儿。她承受着煎熬:她心爱的男主人由于她让撒旦据为己有将其变成了自己的窝。

这就是老马格达的忏悔。而现在她要自己尝试解救教区牧师德鲁塞尔。她打算单独和死者以及那个在他身上附着的撒旦待一夜。她也不知道如何去拯救自己的主人,可是她愿意在他的停尸床旁边忏悔她所做的一切。

助理牧师赶紧向老女佣说道:"马上照你说的去做!"

当天晚上她去了停尸房,于是人们看到房间里整夜都亮着烛光。谁也不清楚她为已去世的年轻时的勾引者做了些什么,可是每个人都猜对了:她在上帝面前证明,她原谅了德鲁塞尔一度对她造的孽,她表示不再仇恨他,相反还很爱他并且求神赐福于他的祭奠——她收回原来复仇的祷告,取而代之以爱的祷告,她为他的灵魂安息而祈祷。

第二天一早,助理牧师斯滕贝格来到停尸房时,他发现他的同事兄弟的尸体发生了改变,他的性工具与其他所有死去男人的尸体的都一样了。撒旦最终放弃了对教区牧师德鲁塞尔的控制。三个饱学之士及经验丰富的神父没能办成的事,让一个平庸的、没有啥学问的老女人干成了——她在停尸房里用她真诚的爱情战胜了恶魔的邪恶力量。

于是两天后,人们最终为教区牧师德鲁塞尔举行了基督教葬礼。教区里的所有人都跟着他的棺椁到了他最后安息的地方,人们对撒旦最后从他身上被赶走感到非常愉悦。因为他曾经当过一个好牧师,尤其是他对教区里的女人特别好,所以现在大量妇女都聚拢来瞻仰他的遗容。

于是,在某个风平浪静的日子,在载着去美国的乘客的"夏洛特号"帆船的大舱口旁,这个奇特的故事就这样在这群乘客中间传开了。

在大海上漂泊的农民

1

乘客们，那些在世界上漂泊的人，都随身携带一个小本子——《救世主基督出生后第1850年日历》，这是他们每天都要使用的。在当天的日子名称与巨蟹座、水瓶座或白羊座的图案之间的空白处，在每个过去的星期日上会打上一个小十字。他们无法了解自己处于大洋的具体位置，但至少想知道他们所处的日子。在帆船上所有的日子都一个样，无论平日还是周末，这些在海上的人无论周末还是平日都一样做他们的事情。现在要是他们手上没有日历本的话，就已经完全迷失了时间方位。在日历本上将已经过去的日子打上十字让他们的生活有了稳定感和信念。在家乡的时候，他们往往只在将一头母牛赶到公牛那儿的日子里才会打十字，这样的话才会知道什么时候可以等待小牛的出生。

在日历本上还会记载预测的天气以及已经出现的天气：晴天、阴天、疏云、雨天、晴朗和美丽的日子。有的晴朗和美丽的日子有时候会突然间变得完全阴云密布或持续不断地下雨，而在雨季里，大部分日子里太阳会从早到晚照耀着。天气会偶尔与日历本上的对得上号。

绝大多数时候风是朝西吹的,是朝他们的船航行的相反方向。而这个风正是阻碍他们并且让他们延迟上岸的——它是从那块陆地、那个他们要登岸的地方吹来的。他们不知道这意味着什么。

2

乘客们已经航行了5个星期。这一年已经跨入5月份——开花的月份。

可是现在这些陆地居民住在这儿不会显示任何季节迹象,深深的大海,不会告诉人们春天或秋天以及照料播种或收获。大海不会变绿,也不会开花。当寒冷的北风刮来并且天空下的水变得与其一样灰白的时候,这时候含有腐败的秸秆的旧耕地像极了湖面,而这个时候人们估摸着冬天就快来临了。而当太阳照耀着、泛着蓝光的海面平静得就像教区里的小湖湖面一样时,这时人们还以为是在夏天呢。海水显然不会告诉陆地的居民季节。

可是在这个开花的5月份的日子里,甲板上迎来了暖湿空气:这时候他们知道春天已经进入陆地,于是他们贪婪地吸进这股新风;也许这股风曾经吹拂过那家园里的耕地和草场。这些从一个大洲的已经耕作过的耕地上漂洋过海到另一边未开垦过的土地的农民,他们把空气吸进鼻腔,然后琢磨:这样的春意到了家乡的哪个地方?燕麦是否已经播种?土豆是否已经播种?下雨过后耕地里的牛粪有臭味儿吗?牲口们站在自己的圈里吗?它们在哞叫和期盼,抑或已经放到田里了吗?

他们来自土地，而他们要去的也是土地。大海对于他们而言仅仅只是他们利用的过道，一个他们返回土地必须跨越的水域。他们在大海上的出现是为了完成从一个陆地向另一个陆地的迁徙。所以他们无法理解船上那些哪儿也去不了的海员，他们持续地在这艘船上待着，就只有来来回回地在这个海域里航行。而这些农民航行是有使命的，可是海员们来来回回地航行却是没有使命的。

他们是进行长征的农民。他们认为一天又一天所看到的海面是一模一样的。因为对于他们而言大海到哪儿都是一样的：他们无法发现大西洋与波罗的海水面的任何差异。在一个水面上用肉眼所能纵览到的那块水面并不比另外一块水面大多少。而今天他们看到的与昨天所看到的是一样的：他们会怀疑，他们真的已经移动过了吗？

在一趟行程里，一辆车的轮子下一块石头永远不会被碾过一次以上。可是在这儿好像日复一日都是同样的海浪用其肩膀将帆船抬起。当人们在陆地上旅行时会途经不同的地区，森林和草地、山坡和谷地、小溪和湖泊。可是在这儿的海上他们四周被一样的海水所包围；他们坐着并且眼睛直勾勾地瞪着外面的宿命般的水面，没有任何东西可以引起他们的注意：几乎到处一个样。大海永远那么庞大和漫长，可是它也很小，因为它就是一种地貌，它是唯一的区域。它一直就是同一个区域，它就是海洋。

而这个大洋里始终如一的、单调的、一周接一周迎接陆地的人们的情景，它唤起了一个期盼：他们急切地憧憬着想看到一块绿色的土地，哪怕是一棵树、一个灌木丛，他们会满足于单一的灌木、树林里的一丛杂草，只要是长成的绿色的任何东西，他们都会感到舒心。

在如今阳光灿烂的晴好日子里，温煦的风儿吹进他们的鼻腔，他们从风中认出了春天的味道。可是他们的眼睛却看不到春季的景象。他们坐在一艘老旧而又单薄的帆船甲板上，而5月却没有为他们带来任何花朵。围绕他们船只的海面抬起了蓝绿色的浪花，而远方家乡的山坡上现在已经被仙翁花、大毛茛、白花酢浆草、峨参和紫萼路边青覆盖。而从春花花冠上散发的香味儿也没有随着风儿让那些远航的人闻到。

他们失去了这个春天，因为他们是寻找新家园的人们。他们航行去了远方，而迄今还很难想象远方早晚会有他们的家。可是他们觉得，对于他们来说，他们已经只能前行，毫无退路可言。

"夏洛特号"帆船的乘客们朝着空旷而宿命般的、犹如当年以色列的孩子们去寻找上帝允诺的土地一样穿越同样巨大而漫长的水域。乘客们就是乘坐帆船的沙漠商队：他们的帆船就是背负着将他们走出这片空旷的不毛之地的会起伏的骆驼，而这个广阔的区域就叫作大西洋。

3

在某几个晴朗而美好的日子里，帆船会被一团厚重的迷雾所笼罩，它们会将乘客们的世界缩小并且让他们本已拥挤的房间变得更加拥挤。

迷雾用它那浓密的灰色羊毛纱巾围住"夏洛特号"帆船，这样船上的人们的视野被缩小到只有几个怀抱那么小。这时船外的世界他们全都看不见了。乘客们整个生动的世界这时仅存在这个破旧的甲板。其余的世界仅仅是某种灰色的、微弱的、笼罩着的、模糊的、无以看穿的东西——那就是迷雾。这个世界被围上了一件潮湿的羊毛衣服，紧贴着他们造起了一堵黏稠而柔软的墙壁。它从他们头上抹去了桅杆和风帆，它移动到了甲板，钻进了船舱。这增添了他们的暴躁，这与将空间压缩的程度一样多。迷雾的软毛又柔又轻，可是它却沉重地压迫着他们的心灵并使得他们情绪低落且抑郁。世界变得更加灰暗和令人沮丧。乘客们变得易怒和脆弱，并且为一切没什么大不了的事情争吵起来。男人之间的交谈中愉悦和友好的玩笑消失了，而在上面厨房里女人们在做饭的时候拿起锅子当成打人用的棍子。人们自己都忍不住要折磨自己，所以相互间更忍不住不发脾气了。

那堵将他们团团围住的柔软的墙，笼罩在整个大海上。他们驶进了一堵1000千米厚的墙，他们认为自己在漫无目的地航行。他们的船在移动吗？他们脑海里朦胧地记得"夏洛特号"就像一个在水上的岛屿，静静地躺着，被海底看不见的粗铁链牢牢牵住。他们看不到它在往什么地方去。它在航行，但却去不了任何地方。这艘帆船躲藏在围绕着整个地球的厚厚的羊毛围巾里。

而在这些大雾遮天的日子里，乘客中间开始从一个到另一个地传递着一个令人不安的问题：他们的船有没有迷失航向？

他们开始计算日子：6个星期、7个星期……很快他们的航程已经到了第8个星期。这一年已经进入了6月份。到美国还剩多长的路程？他们无数次地询问船上的海员，而他们得到同样多的、模模糊糊的答复：走了一半路程了，几乎有一半路程了，走了有一半多的路程了。现在他们开始厌倦这个一半路程并且想回避它了。他们被告知，最多需要8个星期就可以抵达北美，而现在应该很快就要到了。可是仍要他们等一个又一个星期，所以越来越多的人开始发愁：谁也不会告诉他们已经走了多远或肯定地向他们表示他们所处的位置。也许他们的船已经驶过了美国沿岸？也许他们迷失了方向？也许他们永远也到不了？

他们可以信赖掌舵的船长吗？在没有任何标志、没有任何他们曾经航行时留下的一丁点儿痕迹的这片海域里，他肯定能找到去北美的路吗？他可以驾驶着船朝一个方向行进，可是大海的风和洋流会将船驱动着往完全另外的方向行进。他白天可以根据太阳，夜里可以根据星星辨别方向，可是当太阳和星星都不显现，当天是阴着的或像现在这样迷雾笼罩的时候，他该往什么地方行驶呢？他们害怕甚至他们船的总指挥也不知道这艘船现在处于什么位置。

缓慢的航行已经耗尽了乘客们的耐心，他们犹豫着想向船长问许多问题。可是这个不时可以在甲板上看到，而大部分时间在自己的小房间躲着的沉默的小个子男人，不鼓励任何人靠近他。据传他们得到了一个答复，这是他给一个勇敢而又好奇的乘客提出的问题的答案，他提的问题是：我们什么时候抵达北美？于是船长这样回答道：是哪一天我们到纽约港，对吗？是的，他非常愿意回答。只要他自己先知道一个消息——一个关于天气的消息。他只要知道未来几周里天气会怎样变化，每一天，天是否会变阴或者晴、是否平静或者有风暴、微风或是弱风、下雨或者有雾。而且他非常想让他们告诉他最近时间、每一天里风将往哪个方向刮，是从东还是从西刮来，还是从南往北刮来。只要他们尽快地告诉他这些消息的话，那么他就可以马上告诉他"夏洛特号"船的乘客们抵达纽约港的具体日期。

这是一个从"夏洛特号"船长那儿回来的碰钉子的垂头丧气的问话者。打这之后,再没有人去他那儿重复这个问题。可是洛伦兹船长想:他可以讲一下如何对付那持续的逆风。但是去给那些无知的农民讲解在大西洋这个纬度的合适的风有什么用呢?他也很想试着向他们解释指南针。现在这些搬迁的人正在承受着离开土地的痛苦,但是他们有足够的时间去整那些牛粪堆,并且再将自己埋入土中。他们一点儿也不用着急。他当然可以让这艘双桅帆船开得更狠点,可是他担心桅杆承受太大压力。要不然的话"夏洛特号"船那两面满帆可以撑出这样的风帆面积,在有利的季风的吹动下可以让它具有非常快的前行速度。可是双桅帆船的帆相对于船只有点过大,因此这艘帆船的船长宁愿刮的风适当弱一些。

可要是所有的逆风天都变成顺风天的话,那么"夏洛特号"船上的乘客就已经登岸了。

逆风延长了乘客们的路程,于是他们怀疑并且琢磨着他们是否受到了欺骗:去美国的路程要比人们告诉他们的长许多。他们不是以他们已经航行的路程,而是那些他们在海上停留的天数来计算。于是对他们来讲,好像自4月份第二个星期离开登船地区时他们已经航行了几万公里一样。现在家乡已经远在无法想象的天边——而他们要寻找的新家仍然遥不可及。

风和洋流与他们是逆着的。大西洋在帆船的前行之路上持续设置新的阻碍,想迫使他们返回。大西洋持续在船只前进的方向设置障碍,想迫使他们转身。他们精神上变得对延误他们航程的大海感到很失望。许多人想到，只要可以再次登上陆地，我们就再也不会坐船，将自己的命托付给大海。

4

可是太阳还在那儿待着，第二天早晨又出来了。西风，这个逆风又刮了起来，于是它像一把巨大的扫帚、一把世界级的扫帚，扯碎了迷雾的厚重的羊毛纱巾，它解体并消失得无影无踪，留下一个蓝色的、打扫得干干净净的大海。

他们逃脱了厚重的浓雾的怀抱，却换来了逆风。西风，也就是美国风，仍然在阻挡他们的航道。这就是来自新世界的问候："你们给我停下来！你们有的是时间！你们早晚会抵达目的地的！"一定是大海的风不愿意让他们加快抵达新世界。

他们现在已经航行了两个月。自从英国海岸消失他们进入大西洋之后，就没有见到任何一艘船。整个这段时期他们没有见到除自己这艘船外的任何活人在船舷外活动。看上去好像只有他们自己，而没有其他生物在渡大西洋。其他所有人都生活在陆地上，这些乘客孤独地待在大海上：这些陆地的流浪者是这片海域里被其余世界遗弃和遗忘了的唯一活着的生物。而那个念头一直在他们脑海中回旋：也许他们所离开的家乡还有个把人在惦记着他们，但是在别的国家却没有任何人在等候他们。

于是，某天在"夏洛特号"船尾甲板上，人们发现来了一个新乘客。有人高声呼喊道："看哪，有一只鸟！"然后更多人相互喊道："一只鸟！"

在很短时间内这个消息传遍了整艘船：他们在船上见到了一只鸟。于是乘客们聚拢到那个新的同行者身边，与它保持一定的距离，凝视着它。

这是一只小鸟，头和尾是蓝黑色的，翅膀和背是绿色的，脖子和肚子是白色的。这只鸟长长的、锋利的鸟喙朝向天空，两条细得像捻线的鸟腿轻快地往前踱着碎步。当它在甲板上四处飞行的时候，它的腿快速移动，看上去好像它只用一条腿在运动似的，而当它在飞行时，它扇动的翅膀就像一个绕线筒一般。

船上没有任何乘客或船员能认出这只鸟，没有人知道它的亲属。有些人以为它是一只涉禽，因为它长着锋利的鸟喙，还有它快速的翅膀拍击，有点像丘鹬。其他人猜测它是某种燕子。但还有人认为，这只鸟是一只小鸟，等它长大后也许就是一只海鸥、秃鹳，或者干脆就是一只海鹰。可是他们所有人都对这只鸟不甚了了。

这个突然到访的不速之客在乘客们看来就好像《圣经》里的奇迹。他们几乎已经记不得最后看到一只鸟是什么时候了。在旅行刚开始的时候，海鸥每天绕着船只的桅杆翻飞，可是到了大西洋上，那些飞行着的伙伴也消失了。没有任何翅膀在船上翻飞，而随着这些海鸥的消失，所有活物都背离了移民们的船只。而现在这只小鸟飞来并且降落到甲板上：这是一个奇迹。

这只会飞的小精灵是怎样找到他们这艘小小的孤帆的？鸟儿们住在陆地上、树林里或地里、岸边的芦苇或山上的洞里。没有鸟儿会在大海当中做窝。而这里距离最近的陆地有好几千公里。那两个可怜巴巴的小翅膀是如何载着鸟儿，穿越黑暗和狂风暴雨一路飞到这儿的？于是乘客们想：这只鸟儿是从哪里来的？它有什么带给他们的使命吗？

他们马上想到这个船上的新来者一定有什么奇特的事情：这只鸟儿与众不同。海上漫长的孤独是创造奇迹和想象的温床，这样奇怪的事情成了人们晚上在壁炉旁的悄悄的谈资。

这只鸟儿的眼睛闪烁着黑光，其谜一般的深邃眼瞳谁也无法弄明白。它没有发出任何声音，一直没有鸣叫。这个如此神秘的客人就在大海中间出现在大家面前，是个完完全全的哑巴。他们听说过被割了舌头的鸟儿就不会出声了，它也许就是其中之一吧？

这个船上的新生命成了船上最受宠爱的乘客。所有人都想给鸟儿喂点吃的。乘客们大方地掰碎了自己带到船上的干面包和长面包，这位客人在足以让上千只小鸟的肚子撑爆的那么多食物面前徘徊着。它很快就变得挑剔起来，它从来都不厌其烦地从甲板上叨起面包屑。它一点儿也不胆怯地在所有喂它食物的人群中来回走动。当一个大浪冲上甲板的时候，它踮起自己纤细的小腿躲避。它是那么敏捷，以至于没有一滴水会打湿它的脚。它会时不时地飞起来绕着船舷飞一圈，好像它在来来回回地对大海巡视一样。可是它总会回到甲板上。"夏洛特号"成了它的家。

于是一只小鸟走进移民船上的人们的生活当中，它改变了那些生活在这里的人的生活和梦想。它给这些在海上漂泊的人带去了音信：从田间、花丛、森林中的树木还有耕地里的种子那里。它的翅膀犹如新长出的桦树叶子那么绿，它的脖子白得像湿草地里的羊胡子草，它羽毛的颜色来自泥土和那上面长的东西。它来自上帝让人类和动物建造房屋和窝的陆地部分，因此它属于他们，所以它成了他们的鸟儿。在海上的孤独和与世隔绝中的乘客们来了一位造访的近亲。

在许多天里，他们都一直无法将自己的脚踏上鸟在船上留下的十分稳定而稳固的斑点。这只鸟儿让他们想起来陆地仍然在某个地方存在着：它从那个绿色的世界带来了音信。

他们中有几个念过"萨迦"，因此他们非常肯定这是一只有魔力的鸟儿。它是怎么来到这海上的？没有任何其他会飞行的动物在这儿生存，它该不是通过某种魔术吧？也许它是一个公主，在用一双鸟腿绕着他们踱步？也许他们用自己的干面包在喂一个国王或王子？谁也无法知道。这个魔术可能成于美丽的一天，那天它没有穿上金黄色的大衣外套，在头上戴上金色的皇冠，而是穿上了自己的羽毛盛装？他们曾经听说过这样的事情。他们中一些人也念过这样的"萨迦"，这样的事情经常发生。而要是他们的鸟儿不是一个王室之人，那它一定是个贵族，一个王子、大公或是伯爵变的。因为只有贵族才会变成鸟儿，普通俗人只会变成狼和蛇及其他凶恶的野兽。于是那只小鸟就这样被乘客们尊崇着：他们想象在这具身体里曾经住过一个高贵的灵魂。它可以让他们变好，也可以让他们变糟。他们愿意与来自陆地的信使做朋友，因为他们内心深处还以为，它的到来应该是对他们的恩赐。

而且船员们也说，自从他们第一次在甲板上看见那只小鸟那天起，就一直刮着顺风。所以他们觉得那只小小的、长着羽毛的动物一定会给这艘船带来某种使命。所以没有谁比船员们更害怕它，谁都不希望这只小动物受到一丁点儿伤害。

小鸟儿白天在甲板上待着，夜里钻到帆布和桅杆背后隐藏起来。帆布匠用呢子布料为它缝制了一个柔软又舒适的窝。所有人竭尽所能让它在船上能够过得舒舒服服的。当它跑出去想戏水时，当它沿着船舷飞行时，总有人盯着它。它告诉农民们，在海上他们有着共同的居所。他们过着一种原本不属于他们的生活，可是这只小飞行动物成了他们的慰藉。当他们看到这只鸟儿，便焕发了生机，而且让他们记起了：他们不会永远在这艘船上这样圈着的，还存在别样的生活。鸟儿让他们想起了所有他们知道的在陆地上留存的东西。

从来没有哪种小动物会像这只在"夏洛特号"移民船上的鸟儿一样，在他们向美国航行的几天里，给这么多成年人带来如此多的喜悦。

他们所有人都希望这个来自陆地的信使能够在去美国的剩余时间里都能留在他们这儿。可要是它就如许多人以为的那样，是一个国王或王子变的话，他们也就明白了，它是不会留下来的。

于是在一个清晨，鸟儿不见了。这件事在"夏洛特号"上引起了很大的骚动。人们把整艘船都搜遍了，却没有发现那只消失了的鸟儿的任何踪迹，没有一根羽毛、一丁点儿鸟粪，一点儿痕迹都没有。就像它突然光临这艘船一样，人们也同样无法解释那个神秘客人的消失。如果鸟儿死在船上，它的尸体应该是会留在船上的。这时他们知道它离开了这艘船返回大海远方了。

离开后它会不会飞到陆地上呢？乘客们并不担心。他们觉得天气和风以及距离这些都管不了它。他们确信它不是一只普普通通的鸟儿，一千只里也不会有第二只。

它已经飞得无影无踪，并且再也没有回来。在接下来的几天里，船上弥漫着悲伤。乘客们已经被自己的鸟儿遗弃了。船上的人们失去了一个近亲，于是他们像对一个去世的亲属那样哀悼它。他们反反复复地琢磨且反问自己：为什么它不愿意在他们这儿留下来？为什么他们不能亲身经历圆满的奇迹？他们觉得它是来自陆地的信使，可是它犹豫着想告诉他们什么事情呢？现在他们永远也无法知道了。

当他们说这是一个不祥之兆的时候，那些航行过三四十年的老船员看上去脸色凝重。他们觉得似乎乘客们说的有道理：它消失后的那天就出现了一个很可怕的风暴。

而自从乘客们的鸟儿消失后，船上就没剩下任何可以让这些在海上漂泊的农民回想起那绿色陆地的东西了。

5

卡尔斯港的"夏洛特号"移民船就是这样，载着货物及人员，在漫长的大西洋上，迎着形形色色的风和天气，穿越风暴及浓重的迷雾，穿越风平浪静、阳光灿烂的海面航行着。但是大部分时间刮着逆风，它对船艏和桅杆及风帆形成阻力，因而延缓了其前进的速度。而这对于非常没有耐心的、来自陆地的乘客来说，这段航程看起来就像是被无穷无尽的、反反复复的、相同的波涛海浪一次又一次抬起的过程。

于是乘客们开始回想自离开登船码头起他们已经驶过的漫长航程。他们回想起他们在两个月里已经走过的巨大海面的点点滴滴，他们的脑海中满是已经驶过的永无尽头的海面。当他们生活在陆地上的时候，从来无法想象大海会是如此巨大。

而有一件毫无异议的事情越来越深地在他们的心灵里扎下了根：

在那个新世界里为他们准备的都有什么东西呢？在那个他们费劲巴拉地找去的新国度里迎接他们的会是什么呢？他们无法想象返回祖国的行程。他们现在所做的迁徙，对他们而言就是永远：他们永远不会再走这段无穷无尽的路回去，他们永远也不会再次跨越这片无穷无尽的大洋。

这样的旅行人们一生只会做一次。

母亲流血了

1

一天夜里,卡尔·奥斯卡在床铺上睡觉的时候被约翰叫醒了。男孩站在旁边扯他的被子。

"父亲!醒醒!"

"你要干什么?出了什么事情吗?"

"母亲流血了……"

"小家伙,你告诉我!母亲怎么啦?"

"她流血了。我得告诉爸爸。"

卡尔·奥斯卡的床铺离他妻子的床位只有两三步距离,而他几乎只需跨一步就能到妻子床边上。她的床铺旁边放着一盏灯线已经掉到灯口下方的壶形油脂蜡烛灯:他搜寻着找到火柴,然后将灯点亮。在烛光的照耀下,他看到了这样一番情形:克里斯蒂娜的下巴和脖子上都沾上了血迹,她的白色睡衣被血浸湿了,在床脚跟放着一个平底铜钵,里面几乎满是血。她的鼻孔里塞着两个湿透了的、深红色的棉花球,在烛光的照耀下看上去像一对硕大的、成熟的红李子。血就是从鼻子里流出来的。

"我的上帝哪,克里斯蒂娜!你这是怎么啦?"

"我让约翰去……"

"你为什么不早点叫醒我?"

"我以为血就会止住的……"

她的嘴唇一点儿血色也没有,她用非常微弱的声音说,开始流血的时候她几乎快要睡着了。她起初以为感冒了,于是一次又一次地擤鼻子。可是之后,她发现擤鼻子用的手绢满是血。她现在已经这么躺了很长一段时间,不知道到底有多久,而血还是在不断地往外流。她头下没有垫枕头,平躺着想要让血止住,可是这不管用。她用棉花球塞住鼻孔,可是等棉花球湿透后,血直接从那里渗出来。现在她不知道该怎么办了。

"我实在太累了……我快不行了,卡尔·奥斯卡……"

妻子纤细的脖子上的血迹在闪烁,就好像她的脖子被人戳了一刀似的。那些在平底铜钵里游泳的鲜红色的棉花球就像被掏出的内脏,看上去就像在床上进行了屠杀一般。卡尔·奥斯卡一直怕看见血,所以他感到浑身乏力。

克里斯蒂娜的眼睛呆滞而又睁得很大。最近几天,她变得如此虚弱,以至于要一直躺着,而且她几乎没吃任何东西。在这次出血发生时,她不具备所需要的抵抗力。她直挺挺地就像一具尸体一般躺着,她脸色灰白得就像尸首的肤色。他明白这儿正在发生着的事情:他妻子的生命正在流逝。

最近一周乘客们又减少了三人:这三人都是成年人,而且都是死于这种船病。中间船舱里的人日渐稀少。尹佳·列娜也病得很重,可是她自己不愿意说,她不愿意让丹尼尔担心。昨天感觉她已经好起来了。今天夜里谢拉耶尔德庄园来的人床铺那里没有听到任何动静,他们安宁地进入了梦乡。

"你很疼吗?"卡尔·奥斯卡问他妻子。

"不。一点儿也不疼。我只是感到非常疲劳……"

"那是因为流了很多血。我们必须把血止住。"

她慢慢转过头去看在床尾坐着的约翰。就这么一个小小的动作,鼻孔里红色的血流就涌了出来。

"你静静地躺着……就静静地躺着……"

她嘴里发出犹如平静的风一般虚弱的耳语声:

"要是血流停不下来的话,那我就会死了吧……"

"必须让它停下来……"

"可要是没有人可以帮忙的话……"

"一定会有人来帮忙的。"

约翰睁着大眼睛紧张地盯着自己的父母。他还没长足够大,所以并不能全都听明白,可是他具有孩子的预感。他开始哭了:

"我不想让母亲再流更多血了……我不想……"

"孩子,安静!"父亲说,"你躺下睡觉!"

小麦尔塔和哈拉尔德平静地在床铺边躺着。在船外,大海在咆哮,海浪拍打着船身发出砰砰的声响。最近的昼夜一直在风暴中。而在今天夜里的风暴中风刮得更为猛烈。一个孩子在某个床铺上从睡梦中喊叫起来。一个女人在高声打鼾。在女人的鼾声中人们可以听到海浪撞击船侧边的声音。

船转动起来,克里斯蒂娜在自己床铺上跟着晃悠起来,所有人,不管是病人还是健康的人都晃悠起来。

有人高声恼怒地叫骂起来,因为有人在里面点上了蜡烛:夜里永远也没法安宁地睡个觉。可是卡尔·奥斯卡没有听到任何声响，既没有听到海里传来的声音，也没有听到他周围的人的声音。他在自己正流着血的妻子旁倚着：这样大的血流不会挺多久的。要是不很快止住的话她会死的，要是在个把小时里止住的话，今天晚上他就会变成鳏夫了。

他站在自己的劳动伙伴、自己床上的伙伴、自己孩子的母亲身旁，对他而言，她是这个世界上他最不可或缺的人，而生命正随着她流失的血液，一点一滴地从她那儿流逝。现在上帝是否要将她像将他女儿安娜一样从他身边带走呢？他想要干什么？他现在实在是又穷又无助并且一筹莫展。他必须做些什么。一个人总是可以做些力所能及的事情的，一个人总是可以运用他的智慧将其理解的事情做好的，从来都不相信任何事情是于事无补的。他通常不会屈服，他还不至于无用到现在就要屈服的地步，现在可是关系着克里斯蒂娜的生命。

在教区里他认识好多个止血师，而在这艘船上他不认识任何止血师。可是这里也许还有一个人可以帮忙。

"我去把船长叫醒。"

"没有用的。"克里斯蒂娜的声音轻得几乎听不到，"现在可是深更半夜。"

"船长应该可以帮我们。他不会拒绝的。"

他们这艘船的指挥官照管着药箱，对他们而言，他就是代理大夫。他很要面子而且很严厉，乘客们很怕他，海员们在他面前会发抖的。他从来都没有表现出对下面中间船舱里的病人和死者的任何同情；那些病人从他那儿取到药品直到他们康复或者死掉，而他们死后，他就给他们举行葬礼，然后将尸体沉入大海。人们觉得他是一个心肠很硬并且不近人情的人。可是现在卡尔·奥斯卡要下去到船长的小船室去找他。当他的乘客面临死亡威胁的时候,他不能拒绝提供帮助。

"不要去找他,卡尔·奥斯卡!"病人央求道,"不会有什么用的!"

他当然知道,克里斯蒂娜以为她注定会死在这艘船上,她永远不会登上美国的土地。可是他并不这么认为。他始终相信,没有什么事情是那么肯定不能改变的。要是尝试一下,那他也许能够改变。一个人不得不进行尝试。

"我马上回来。"

卡尔·奥斯卡从那儿冲了出去。经过些许的麻烦,他将掩上的大船舱口打开了,在黑暗中摸索着前行。今天夜里天气很糟糕。沉重的浪涛击打着船舷并破碎了——他马上遇到一个海浪并且半个身子都被弄湿了,一直到肚子。可是他几乎没有觉察到。他要去船尾的甲板,他在被来自大海的大桶的冲刷水持续泼溅而变得湿滑的甲板上滑倒了,他爬起来后又摔倒了。今天夜里整艘船都陷入危险之中,可是他全然不顾这些:它也许会沉没,谁也拿它没有办法,可是他必须将克里斯蒂娜的血给止住。

他抓住一根绳索,这样摸索着走到船尾,在那里的下一个台阶处可以通往船长的小船室。

他使劲拍打房门。直到第三次敲门后,才有一个强有力且具有穿透力的声音传出来:

"是魔鬼让你在那儿敲门吗?"

可是卡尔·奥斯卡打开房门走了进去。洛伦兹船长已经睡着了,现在他从自己的床铺上坐起来。他睡觉前把外套脱了,但还穿着裤子。他的灰色头发凌乱地矗立在额头前面，活像一只公羊的角。

要是哪个男子看上去像要跟人角斗的话，那么这一刻的"夏洛特号"船长就是这样的人。

洛伦兹以为是某位船员来为一件允许让人去叫醒他的、紧急的事情，要是另外的事情的话，这个船上没有任何人敢去叫醒他，可他还是发出了愤怒的吼叫。当他看见深更半夜闯入他房间里的是一个乘客时，他感到非常惊讶，用眼睛盯着打扰他安宁的人。

"她流血了。我们无法止住。我害怕她快不行了。"

船长张开那个狗鱼下巴，打了一个哈欠：现在他比这艘帆船上的任何人都更需要睡眠。这个令人诅咒的天气，因为这样的天气，最近几天他比任何人都要更多地照看船只。这些农民要是想休息的话可以躺着，他们没有对于这艘船的任何责任。他应该教训一下那个长着农民大鼻子的闯入者，可是他没有这么做。

这个男子说，他的妻子快死了。这时他就不能跟他说，他自己正在睡觉。要是她能够活下来的话，他损失的睡眠可以补回来。可要是不巧她丢了命的话，对她来说就补不回来了。

洛伦兹认出了卡尔·奥斯卡脸上的大鼻子：那个芬兰人说起过这个男人。他应该是船上比较有事业心的农民之一。他是不是一次也没有闹过，因此大副没有去调教过他？

可在自己老婆躺着快死的时候，他还是可以去求救的。此外她还不是一个老太婆，这个小伙子还很年轻。

"你妻子流血已经很长时间了吗？"

卡尔·奥斯卡讲了流血的情况，船长听着，然后说：

"自然是由于船病。我认得出来这个。"

"她还怀着孩子。"

船长从自己的床铺上下来，然后穿上雨披和雨鞋。卡尔·奥斯卡用感激的眼光跟随着他的动作。

"我们得看是否能止住流血。"

洛伦兹在他的桌子上搜寻着《海事医学手册》，他找到了这本书并开始翻看。他找到了他想找的东西：

"从嘴和鼻子里的出血是非常罕见的，偶尔会非常强烈或持续很长时间，这会变得很危险。

治疗办法：如果出血很强烈或延续时间很长的话，病人会变得虚弱并晕厥，人们应该试着止住流血，首先将其置于清新、寒冷的空气中，然后将冷水敷布置于病人的额头、鼻子或脖子处，如果这样还是不起作用的话……"

自从船长最后一次止血到现在已经过去很久了，他必须重温自己的知识。他从一个箱子里取出几块干净的粗亚麻布手绢，然后搁在自己的手臂上。他点上一盏小手灯，跟着年轻的农民走上小房间的台阶。

当他们走在甲板上的时候，"夏洛特号"陷入大海深深的波谷，卡尔·奥斯卡两次差一点失去重心往前摔倒。两次都是船长抓住了他的肩膀把他拉了起来：

"今天夜里这样的小浪头真他娘的多！"

他自己跟着船的运动，就好像他的脚用7英寸的钉子牢牢地在甲板上钉住了一般。

当他们下去的时候，克里斯蒂娜闭着眼睛躺着。

"船长来了……"

她缓慢地睁开眼睛。洛伦兹船长看了一眼病人的脸色，并且看了盛着血的铜钵后说，也许已经太晚了。失去像一个小湖泊那么多血液的人，谁也无法挽回生命了。谁都可以看得出，这个女人罹患船病已经很久了。

现在病人正在咽下最后一口气。这对于那个流血的病人是个很大的损失。她还年轻，在身体健康的日子里，她一定很是靓丽。丈夫一定非常需要她，在他快到北美的时候。对于那三个小孩来说也是一大损失，他们在家庭舱里连在一起躺着；那些失去母亲的人比其他人在一生中都要过得更艰辛。而且那个年轻女人还怀着另一个孩子！是的，这些农民的兔崽子，他们是靠什么活下来的！整个这些到北美去的移民都是由于他们的繁殖，以至于他们在家乡的小木屋里没了一席之地。

要是他们从来没有踏上大西洋的话，这些可怜的人该会多么幸福啊！那样的话，妻子就可以保全自己年轻的生命；那样的话，这个年轻的小伙子也就不会成为鳏夫；那三个小孩子就不会成为失去母亲的孤儿。

船长的目光从妻子身上移到丈夫的脸上：多么可怜的人哪！

"夏洛特号"船长所看到的卡尔·奥斯卡的脸是坚毅且不为所动的，就好像是木刻一般。他想，这个男人是不会怜悯别人的。

"我们要试着止血……"

洛伦兹还是想竭尽所能为那个流血的女人做些什么。他叫她的丈夫去拎一桶新打的冷海水，将手绢在水桶里浸透，然后将手绢像冷水绷带一样敷在病人的额头上。它应该能够降点温。还剩几块手绢没有浸湿：他用这些手绢绑住克里斯蒂娜的臂弯和膝关节处。在捆绑的时候他把结尽可能打得紧一些。她有点小抱怨而他知道这可能让她感到疼了，但他必须扎得妥妥的，这样还留在这些部位的血液就可以留在那儿了。

当一个女人失血那么多的情况下，人们还应该在她的性器官周围敷冷水绷带。可是洛伦兹想想还是算了。农妇们对于那个部位有着很强的羞耻心，要是让她的下体暴露的话，她也许会感到害怕并试图自卫。当他碰到她的身体时，她睁着大大的、恐惧的眼睛看着他，就好像他要杀了她一般。除了自己丈夫，在他之前别的男子都没有碰过这个农妇。

他所能做的事情很快就做好了，世界上没有哪个大夫可以做更多事情了。在他离开前，他告诉卡尔·奥斯卡一些注意事项：病人要以这样的朝天姿态完全静止地躺着，而且敷在额头上的那些浸湿的手绢必须每小时换一次，这样才能让它们一直保持较冷的状态。

船长的话听上去有点严厉且毋庸置疑，这是出自一个船长的命令。可是卡尔·奥斯卡非常疑惑地想，在今夜里这样严重颠簸的床铺上，他如何能够让妻子的身体完全静止地躺着。

洛伦兹船长回到自己的小房间去了。这个夜里他一点儿睡意都没有了。在这样的天气里，他必须顺便上甲板看看。要是风暴就这样加大的话，他们很快就可以靠来自船尾的风满帆行驶了。一个船长永远无法在他需要的时候休息，而仅仅在他可以的时候才能休息。现在他首先要坐一会儿并且拥抱一下啤酒杯上的女孩。这是他最好的休憩方式。她丰满的肉非常坚硬，硬得像石头一般，而且她不会暖一个男人的手，可是她始终准备为他服务，而且还很忠诚可靠。那些柔软而又丰满、不可靠的姑娘曾经属于他少年和壮年时期,而在啤酒杯上的姑娘则属于老年的海员。

"夏洛特号"船长的思绪又在那个年轻的农民和他生着要命的病的妻子身上停留了一会儿。那个男人应该会为失去至爱而感到非常沮丧吧?可是绝大多数贪婪又小气的、讲求实际的农民很少会真正关心自己的妻子:他们哀悼这些死者的时候,大多数是为自己失去的劳动力而难过。而这个长着大鼻子的农民也许很快就会在美国找另一个女劳工来慰藉自己。他极有可能是一个能干的男子,而能干的男子比他人更难缺女人。在这个世界上,具有强大本能的男人干成了大多数事情。很可惜他是个农民——要是他生在海边而不是在内陆,那么他会成为一个敏捷的水手。

"夏洛特号"作为移民船的第7次航行现在已经接近它的尾声。这是一次很好的、安宁的旅程,风暴很有限。船上的死亡人数也不多:78个乘客里只有7人死亡。他在其他航行中既有过更多乘客,也有过更少乘客死亡的记录。显然会发生第8起死亡例子,在这次航行中他将第8次履行神父的义务。

这是真的——人类也许是一艘船只可以承载的最不理智的货物:船长需要时刻睁大眼睛,高度警觉……还有谁比洛伦兹船长对"夏洛特号"帆船更清楚呢?

那些只需要在海上运输死的货物的船长该是何等幸福啊!他们即便是在暴风骤雨的时候也可以享受一刻安宁的睡眠。

2

卡尔·奥斯卡已经给克里斯蒂娜换了一次冷水敷带。

可是她的鼻子仍然像先前那样出血。

约翰终于睡着了。他在床上斜躺着，枕着他母亲的腿。小麦尔塔在做梦，并在梦中说有人要从她手中拿走一块饼干。从邻近的床铺那儿传来此起彼伏的打鼾声。一个已经打了几个小时的女人发出更加高扬的鼾声。而在船只外边，大西洋里掀起的浪涛，像它自创世神话第一天起就在所有的恶劣天气一如既往的那样拍打着船边。克里斯蒂娜在自己的床铺上躺着荡着秋千，她已经这么荡了许许多多个日夜。船只在颠簸摇晃，卡尔·奥斯卡为了不从他坐着的凳子掉下来，时不时地抓住床铺的边沿。

他时不时地再次点亮油脂蜡烛灯并注视着自己的妻子。她大部分时间闭着眼睛躺着，但偶尔睁开，而这个时候他试着想捕获眼皮底下的动静。可是她从自己的眼睛里消失了，他无法在其中看到她。他就坐在她身旁，可是她却离开了他。另一个女人在打鼾，有些人在打呼噜，而其他人像死了一般地躺着。而那边谢拉耶尔德庄园来的那些人的床铺边不时能听到一种平静的、睡梦中的呓语：这是祷告声。这是丹尼尔在祷告。他就这样在守夜。尹佳·列娜病得很重地躺着，可是她否认自己病了，还声称自己身体很好。谁会理解这些奥吉安人呢？

又过了一个小时。等卡尔·奥斯卡第二次给他妻子换冷水敷带的时候，他觉得血流开始减缓了一些。

上面的甲板上已经更换了值勤。凌晨4点，狗看守停止在船上的值勤，首批早晨的值勤人员开始工作。卡尔·奥斯卡继续看护他的妻子，他看护着克里斯蒂娜，这天夜里他竭尽所能看护着她。

从甲板上面传来一声巨响，就像一个巨浪沉重地撞击木板并将其击碎一般,而病人醒了过来睁开了眼睛。卡尔·奥斯卡再次凝视它们,他在眼睛里找到了她:她醒了并有了知觉。

从她嘴里传出像微弱的风扇那样的声音——于是他俯下身子听到:

"卡尔·奥斯卡……"

"我在……"

"我就想求你,你该会对孩子们好吧?"

"你应该可以放心……"

"你会照顾好那些小生命吗……"

"你知道我一定会的……"

"很高兴能听到……以后你就要既当爹又当妈了……"

"是……可是你现在不要再说了,克里斯蒂娜……"

"是的。我们不要再提了!"

"你要不要吃点什么东西?"

"不要。什么也不要。"

克里斯蒂娜"荡起了秋千"。

卡尔·奥斯卡从他的毛衣兜里拿出用一张小纸片包裹着的几颗糖块。这是从家乡带来的,他将这些糖块保存了很久。

"你嘴里要不要含一颗糖块?"

"不要。"

搁在他衣兜里的纸片包着的糖块已经不再是白色了,他对着糖块吹了吹,让它们变得干净些:

"可是我特意藏着留给你吃的。"

"你真好,卡尔·奥斯卡……可是我嚼不动。"

"你啥也不要吗?"

"不用。"

他紧紧握住她放在被子上的手。他感到她的手比给她的四肢冷敷用的海水还要冷。

那种他一直想摆脱的念头现在攫住了他,他一直想往好的方向想,一直不愿承认:是他说动她跟他去北美的,是他带着妻子和孩子踏上了这条海路;是他推动他们的迁徙——总得有人承担责任。"我责无旁贷!"他曾经说过的。而现在他得负责任,并且为他所说的话付出代价。要是他早知道会是这样,要是他能够设想到这样的情形,要是他知道会付出这个代价,而现在这些想法一下子难以克制地涌上心头,最终化为后悔和沮丧。

卡尔·奥斯卡非常后悔。

"克里斯蒂娜……"

"我在呢……"

"我要请你……原谅我……"

"我要原谅你什么呀?"

"就是我要出国。"

"我也要啊。"

"可是这是我起头的。"

"你没有任何恶意。"

"你知道我的意思,克里斯蒂娜。"

"你是为了让我们过得更好——为了我们大家。"

"是呀,虽然人们是这么想的……然而这也可以毁了我们所有人……"

"你不要懊悔了,卡尔·奥斯卡。你不用自责。"

"我要负绝大部分责任。"

"可是你就是为了我们大家的追求。你不要难过了。"

"你原谅我了吗,克里斯蒂娜?"

"我没有什么要原谅你的。记住我说过的。"

"非常高兴听你这么说……"

"我喜欢你,卡尔·奥斯卡。你总是做得很棒。我们是最要好的朋友……"

"是的……最要好的朋友,我们是……"

卡尔·奥斯卡就这样和克里斯蒂娜互相交谈着,就像他们再也无法在这个世上谈更多话的样子。

克里斯蒂娜又"荡起了秋千"。她又闭上了自己十分疲惫的眼睛:

"我还要再睡一会儿……"

"你睡吧!你需要的。"

"就睡一小会儿……"

"你当然得睡觉!只要你不……只要你不……"

他的舌头在嘴里打结了,他说不下去了:只要你不死去并离开我!

"现在我就想静静地躺着,"妻子说,"我实在太累了……"

"好的,就静静地躺着吧!我去换一下敷带。"

"让我下来吧,"她喃喃地说,"让我从秋千上下来吧,卡尔·奥斯卡……"

这样荡着一点儿也不好玩……

这时他明白她在说胡话。

3

瓶颈处的油脂蜡烛灯快要燃尽了。他在黑暗中坐着,聆听着她的呼吸声:你当然可以睡觉!你想睡多久就多久——再睡上整个晚上、明天一天、几天都可以！你可以整天整夜地睡觉，只要你还能再次醒来，只要你能再次睁开眼睛，只要你能醒来，只要你不死去！

既当爹又当妈，她说。要我孤孤单单地带着三个孩子到美国吗？而这第四个孩子呢——第四个孩子由她带着——他跟着她。其他三个没妈的孩子跟着我。不——他们到如今还是既有爸又有妈的：我听到她在呼吸。她只是睡着了。然而要是发生她不再呼吸这样的事情的话——那么我就只能怪自己。我咎由自取。我说过，总得有人承担责任。我承担这个责任。她一直是不情愿的，从一开始就反对这件事。可是我说服了她。她跟随了我，可是我认为她一直在后悔。尽管她什么都没说。是我如此再三地要求，是我而非任何他人弄成这样的。她不情愿，而我说服了她。她现在可以追究我的责任。可是她却说没有什么需要原谅我的事情。我们是最好的朋友……是我导致她失去了自己的生命——而她说："我喜欢你"……

这是由于你一直这么坚持和固执才造成的局面。你现在应该感受到了！你要实施你的意愿——而现在你看到它的结果了！要是你听了她的话，要是你听从了你妻子和你父母以及其他人的规劝的话，你今天夜里就不会点着快燃尽的油脂蜡烛灯坐在这儿，烛光映照着她并在心里琢磨：这个烛光是映照着一个活人还是死人？而我在今天这个暴风雨夜里也不会在这艘前后翻滚的船上坐着，我也不会在这艘恶魔的船上待着，这个巨大无边的大西洋，是任何时候永远都要被诅咒的——要是她会——要是她会留下来——要是那个该死的芬兰人带着帆布走下来——走到这张床跟前——来到她跟前——把她抓住——并像他一贯说的：我们得抬走——是的，我们现在得抬走而且……要是他来了——要是他来了的话——而我只能怪我自己：我不听劝而且太固执了——那些大鼻子的人总是非常固执，这是你的大鼻子，卡尔·奥斯卡……

可是你没有任何恶意——你没有任何恶意——你不要难过——不要难过。可要是到时候那个芬兰人来了该怎么办？他常常在早晨下来并查询——明天不行——还没有——还没有到时候。最好是夜一直继续下去——总比明天来临，芬兰人手里拿着一块帆布下来要强些。你只好怪自己……

卡尔·奥斯卡·尼尔松就这样在他患病的妻子的床边看护着她，他在妻子床边守穿了他一生中最漫长的一夜。

而当清晨的阳光照进船舱的时候，他听到了一个孩子的声音——他的小儿子约翰走到他膝盖边抓住他的裤腿说道：

"父亲……母亲不再流血了。"

4

夜晚已经离去，而早晨悄悄来了。大海降低了它粗鲁、轰隆的风暴嗓门，不再传来任何海水撞击船边的声音，波涛让人感到非常弱。当中间船舱的老地方的乘客们这天清晨开始从床铺上爬起来，并且醒着进入新的一天的时候，船只几乎没怎么摇摆。

约翰已经在母亲躺着的地方从床上爬了起来：

"母亲已经停止流血了。"

克里斯蒂娜像以前一样朝天静静地躺着，她张开大大的眼睛，眼中闪烁着从大舱口处透进的微弱的日光。她的嘴缓缓翕动：

"卡尔·奥斯卡……你在那儿吗……"

"在的……"

"我觉得……我睡了……"

"是的……你睡了很久。"

"我不再那么困了……"

"这太好了。"

"我……觉得……"

可是克里斯蒂娜没有说出更多话。她太累了，以至于说不了更多话。

卡尔·奥斯卡看到：她的鼻孔里不再流血。流血止住了——也许几个小时前就已经止住了；他在黑暗中犹豫着没点蜡烛，因为他怕影响别人睡觉，因此没有看到。可是血止住了。在移民船上还是有一个会止血的人，那就是船长本人。一个人始终要竭尽所能，永远也不要以为没有任何事情可做。

正当卡尔·奥斯卡陶醉在喜悦中的时候，一个人来到他的跟前，缓慢而笨拙地揉了揉他的肩膀。他是丹尼尔·安德里亚松。他脸色苍白，他的眼睛由于守夜而布满血丝。而当他朝卡尔·奥斯卡脸上然后朝在床上躺着的克里斯蒂娜脸上看去时，他的眼睛看上去异常僵硬而陌生。他的嗓音听上去也十分陌生，好像是从另一个世界的远方传来似的：

"她死了。"

"没有，她活着。"卡尔·奥斯卡回答，"我想她现在活过来了。"

"她刚刚死去了。"丹尼尔说道。

"可是你自己看哪……"

"你要相信我,卡尔·奥斯卡:她死了有一会儿了。她一直没有告诉我,她有多么晕。"

"你没有看到她还活着吗?!"

"她死了。你自己去看,要是你愿意的话!"

"我没有在做梦吧?还是你是在说别人?"

卡尔·奥斯卡睁大眼睛仔细地观察丹尼尔的眼睛。

在他身旁站着一个悲伤的男人。丹尼尔说的不是他的妻子,而是他自己的妻子:尹佳·列娜没有告诉她病了就已经死了。可是卡尔·奥斯卡却感觉好像是他让妻子起死回生一般。

这个早晨是他们船上的另一个男人成了鳏夫。

又是三铲瑞典带来的泥土

1

洛伦兹船长坐在船长室里琢磨一张纸,上面有一行字写道:

> 妻子尹佳·列娜·安德斯多特来自克鲁努贝里省尤德尔教区谢拉耶尔德,出生于 1809 年 10 月 4 日;与农庄主丹尼尔·安德里亚松于 1833 年 6 月 23 日结婚……

姓名、性别、年龄——这是他所要求的一切:这些是他为了举行葬礼所需要知道的所有内容。这是船上发生的第 8 起死亡案例。可是这些内容中有的与死者不吻合。他仔细思考后发现任何东西都对不上。他见过那个流血的女人的身体,他给她捆绑过四肢:那是一个年轻的女人,还不到 30 岁。可是他现在在出生日期上看到死者 40 岁了,还有上面说她留下了 4 个孩子,而且都在船上和父母在一起。他清楚地记得在那个病得快死的人的床边只躺着 3 个孩子。

所以应该是发生了另一起死亡案例,这出乎他的意料。

在这趟航程中，他又要站在甲板上，又要挑选合适的祷文以及发人深省的赞美诗段落，还有某些书面语，譬如"在船上如何给死人举行葬礼"的规定等。

"……让我们所有人都思考我们都必须死去，因此我们都要理智……"

那个发人深省的祷文含有两层意思：一层意思是我们要理智而且在我们死之前要很好地利用我们的生命；而另一层意思是我们要为我们的死亡做好准备。而那个正确地培植自己的理智并且持续地井井有条地为自己的死亡做准备的人是不会糟蹋自己的生命的。这也意味着他不会以这种方式浪费他享有的有限的时光。人们要尽可能长久地让生命欢快和圆满：死亡很快就会来临，那时候就没有任何愉悦可言了。

船长将思绪转向自己，"夏洛特号"船长确实在很少几年里时不时地在短暂时刻与死神擦肩而过。在少年时他脑海里经常出现末日的念头，可是年纪越大，出现这样念头的时刻越来越少了。在这些年里他获得了某种智慧。直到现在60岁了，他身体棒棒地在周围海上航行。几乎所有他年轻时船上的伙伴都被大海吞噬了，而他们的身体都已经与在他们船只旁咆哮的大海融为了一体。而他自己已经航行了46年。为什么呢？要是人们去琢磨的话，没有任何事情会是如此愚不可及。他也一样可以自问为什么今天刮南风而昨天刮北风而不是相反。当人们一度知道一个问题没有答案的时候，那么就不要再多问了。只有笨蛋才会不停地寻找他明知并不存在的答案。

死亡也许会很困难，可它是某种非常普通的事情；许多人已经做到了，人们在任何时期都做到了，而他也将试着经历这个。而当他一度知晓，自己无法避免的时候，然后他想装着他可以永远地活着，这样也不错：他可以永远在周围航行，他的船只会腐烂，可是船长会留下来。要是他不去想死亡，他就可以最佳地享受自己的生活。

现在尹佳·列娜·安德斯多特是如何过了上帝给她的40年的？一个在超载的移民船上的葬礼主持人很少知道那些他念祈祷文的对象。他的乘客已经从家乡的教堂登记簿上迁出而且迄今还没有在其他登记簿上注册。他们不在自己家里，他们不拥有任何教堂墓地。只有大海为他们敞开它深厚的怀抱，它可以接纳他们所有人。

这些农民往往害怕死在海上——但仅仅是埋葬的缘故：他们愿意葬在教堂的墓地里，而大西洋不是教堂的墓地。他们在黑暗的超自然的迷信中漫无目的地徘徊：现在这片曾经埋葬过许多好水手的水域，对于那些可怜的陆地上的老鼠来说还不够好吗？

尹佳·列娜·安德斯多特也许是死于对大西洋无名墓地的恐惧。她的40年就是活在山坡上、土豆垄中和麦地里俯下身体，在牲畜栏和粪堆、牛棚和谷仓间蹒跚，可是她会到海里，到地球上最大的没有任何标志的墓地去休憩。因为她没有在任何地方登记，她是一个还没有抵达目的地的移民，一个世界上的流浪者。

可这个农妇还是在这个世界上留下了自己的痕迹：她生下了北美共和国的4个新的公民。

洛伦兹船长用他僵硬的、被海水的盐分弄得又灰又粗糙的手指拿起自己的笔在一张小纸上写下两行字：

在去往纽约途中，1850年6月7日死于卡尔斯港的"夏洛特号"帆船上。

证明人：克里斯蒂安·洛伦兹，船长。

2

这是大西洋上一个平静而又美好的6月清晨。移民们的船只在微弱的南风的吹拂下航行着。阳光照进海面，其反光犹如火焰一般在镜面般的海面上反射回去。这些来自陆地的人在这个早晨第一次有了夏天的感觉。

一群移民围成一个半圆形聚集到"夏洛特号"船尾的背风面甲板上。里面竖着一个木架子：几块木板钉成的木桩放在一对矮架子上面，木架子中间放着一个用帆布包着的狭长的包裹。

围着站着的人们穿上了自己最好的衣服：男人穿着灰色或者黑色粗呢毛线衫，岁数大些的女人围着丝巾。那些没有看护任务的船员也跟乘客们混在一起。

男人们都没有戴帽子，女人们的丝巾向甲板低垂着。所有人的脸色都显得格外庄严肃穆。这是一个静止的时刻，还有一群人围在木头展板边，站着的人也同样僵硬：白色的帆布包裹着一个人的躯体，头朝着甲板里面，脚朝向大海。用平板搭成的灵柩朝下向大海倾斜着，裹尸布轻触着船舷。

"夏洛特号"的旗帜仅仅升到张帆用的斜杆一半的位置。船长从他的船长小屋里出来，并立即下了一个命令：用操帆索将大桅杆的风帆朝后拉，将帆船的速度降下来，很快船只在降到控制的速度后稳定下来。在这个迷人的夏天的早晨，"夏洛特号"帆船在航行途中因为一个置于后面甲板上的灵柩里的尸体降低了它的航速。

船长脱下了油布雨衣，换上了黑色的长大衣，他裸露着的脑袋上的灰色而凌乱的头发现在整整齐齐地梳理好了。他走上前来，站在木板灵柩的前端并朝上向风帆看了一眼，好像在思考着如何让他的船只去牵动它的帆。他用自己的手臂夹着一本赞美诗本。当他打开诗本的时候，周围站着的人开始攥紧自己的手，越来越多的人神情肃穆地朝下往甲板望去。

洛伦兹船长翻了几页赞美诗，又往回翻过去，然后有点不耐烦地耸了一下肩，因为没能一下子找到他要找的内容：他真应该在赞美诗里"当人们要为死人举行葬礼"那一页上折个角。那么现在人们该唱哪一页上的赞美诗呢？他在那上面改了两个词，这样它才能适用于船上的葬礼：他将"这土地的沉默的怀抱"改为"这大海的深深的怀抱"。赞美诗作者应该不会认为不好的。

正当他寻找祷文的时候，他的目光投向一边：靠他最近的地方站着一个留着棕色胡子的小个子农民。他能认出那个人来：就是这次航行的第一天他在甲板上扶起的那个人。这个男子现在用一只胳膊抱着一个婴儿，而他身边围站着稍微大一些的孩子：四个孩子围着一个父亲。

洛伦兹迅速将目光从这些人身上收回，然后朝甲板下望去。这里有一些他要在这里用手抓的东西：他脚边竖着筐子，里面有半筐泥土，泥土上插着一把小铲子。

他在赞美诗中找到了那个地方，于是开始念起来。他用在海上多年练就的、要压过狂风暴雨的清晰而有穿透力的嗓音念道：

啊，我的上帝！你为了罪孽的缘故让人们死亡并且又成为泥土,你让我们所有人明白,是人我们终有一死……

现在所有聚集在一起的人都开始握紧拳头,他们所有人都神情肃穆地低下自己的头并聆听着书上的语句。大西洋的海水悄悄拍打着船侧。一丝微风吹起了船长光光的脑门上的几缕灰发。在读最后几句话的时候人们听到了一点抽泣声,可是声音马上沉寂下来,然后消弭在船长铿锵的嗓音里。

这个早晨,海鸥们又成群结队地返回并且绕着桅杆和风帆旋转。它们又开始成为海上可见的生命。

葬礼主持人开始唱起赞美诗。开头是欢快而悠长的,他得单独演唱半个章节。可是渐渐地人们跟上了节拍——就像船只的晃动一般缓慢地唱起了赞美诗:

> 你这个悲惨的世界,再见啦!
> 我的灵魂正在去往天堂的路上。
> 那里是她愿意抵达的港湾,
> 那里是她梦寐以求的
> 应该成为永恒的地方,
> 上帝的圣徒有时做得到。

当赞美诗渐渐消失于海上时,船长从脚边的筐里拿起那把小铲子。他用这个工具铲起三铲这艘船上携带的、来自祖国家乡的泥土,倒在他跟前的死者身上。这些泥土在落到帆布袋子上时发出沙沙的响声。沉重而又令人惊恐的词语落在人们低垂的头上:

你来自泥土,你要回归泥土。耶稣·基督要在这最后的一天唤醒你!

让我们祈祷吧!

真相是沉重的,可是祈祷是柔和的安慰剂。听到"最后的一天"的时候某人叫了起来。这不是希望的呼唤,听上去更像鸟儿无助及无望的尖叫:这该是一只海鸟在呼唤。于是几个聚集在一起的人把脸朝向桅杆和风帆:也许是一只海鸥破坏了葬礼庄重的宗教氛围。然而这不是某只饥饿的海鸥,而是一个孩子发出的叫声。

那些倾倒在上面的泥土存留在帆布包裹上:那些泥土汇成三个小团块,还有一些四散的土粒。这些看上去像是在纯洁的白色帆布上的丑陋、灰黑色的斑点。船长的葬礼祈祷词还没念完,灵柩向下倾向船舷,几个较轻的土块从大块泥土上分开并向下滑落,朝向外面的大海——几个土块在倾斜的木架上缓缓地继续滚落过船舷,向下掉进大海。

这是走过漫长旅程的泥土。它们来自陆地,来自死者40年里踩过的地方,那里是她被沉甸甸的土豆篮子和麦穗压弯着走路的地方,那里是她提着牛奶罐和水桶的地方,那里是她每天晚上照看自己的食物,在夜里将其锁在地下室的地方——那里是她度过除了这一年春天她跟随自己丈夫到海上之外、所有的春夏秋冬的地方。这是来自瑞典的少量泥土,仅仅三铲子的泥土,伴随着人们在一旁的创造、毁灭及重生的话语,这个人的灵柩缓缓地落进大西洋。而这些泥土,好像要比人体急于先行一步,为海里的坟墓奠基似的。

可是周围站着的人中没有人关注帆布上泥土的动向。

在这些泥土向海里滚动的时候,葬礼的第二首赞美诗开始唱响:

> 我的遗体得悄悄地隐藏
> 在这大海的深深的怀抱里;
> 忘了世间的这个地方吧,
> 我在这无名的地方安息着:
> 上帝该知道这个地方的名字,
> 因为他要招呼自己的朋友。

这天早晨,太阳照射在平和地躺着的大海上,而这时它正安静地聆听着一首坚忍而柔顺的、期待在时间尽头在上帝那儿寻求安息的人类灵魂的赞歌。又有一些土粒散落并且顺着帆布滑落大海。

于是洛伦兹船长开始给他的船员信号:可以让灵柩入水了!

这时他身后有个人在移动,那个怀抱婴儿的小个子、留着棕色胡子的男人走上前来到他身旁。他有点疑惑又有点犹豫地看着这艘船的长官。洛伦兹朝边上移动了一步,把自己站着的位置——灵柩的头一端让给那个尚存的死者家属。

丹尼尔·安德里亚松想要说些什么。他的声调不是很高,他从来没当过指挥,不会发任何指令。而且他没有太多话要跟他已经躺在帆布包裹里的去世的妻子讲:

"上帝就像跟摩西那样跟你说:你不用去那边了?我珍爱的妻子,也没有见到那个新的国家——你比我们先到了另外的港湾。

可是当我想动身去那里的时候，你告诉我说：不要说我要背叛并且离开你；你要去的地方我也要去；你在哪儿我也会在哪儿；你死去的地方，我也会在那儿死去，我愿意也埋葬在那儿。"

只有那几个围在灵柩旁边的人听到了丹尼尔·安德里亚松的话，他常常这么低声说话。

他从灵柩旁往回退了一步，一个漫长而迟缓的一步。接下来船长给水手们一个落水的信号。两个男子很快将灵柩的前端抬起，而在几个很短的瞬间那个狭长的、包着尸体的包裹从倾斜的木架子上滑下去。几乎在同一时间，它在周围人群的主事下从船舷边消失，然后从船的一边听到一个微弱的、拍打海面的声音：听上去好像是海里的活物在下面嬉戏，又像是一个小浪拍打着船只厚重的船身。

风帆上的旗帜很快通过斜桁升到高处，然后又降下来。如此这般三次。

在这段时间，聚集到甲板上参加葬礼的人们在船上四散开来。那个空荡荡的木头展板孤零零地留在那儿。两个船员过来又把它给拆了，他们取下上面的木板和支架，这时候主桅杆上的风帆全部张开了，于是"夏洛特号"帆船在缺了一个乘客的情况下，又继续向前航行了。

这是大西洋上一个美丽的早晨。太阳升得更高了，它的光芒在船只刚刚卸下中间船舱负载的地方明亮地照耀着：水面底下一团火焰在燃烧着。

朝向仲夏夜的航行

1

　　罗伯特和艾琳斜倚在船舷旁注视着在船边嬉戏的海豚。那些像小猪崽一般肥硕的、圆滚滚的鱼像磨坊里的轮子一样在水槽里翻滚着。这些是年轻小伙和姑娘所见过的最大的鱼。而罗伯特手边没有任何钓鱼工具：他所有的鱼竿、鱼线和鱼钩都放在那只美国箱子里了，它已经被放在中间船舱下面的货仓里，自那以后就再也没有见过。

　　那永恒的西风一直吹着，他们遇到了逆风，而且海豚们比船只移动得要快很多。它们来回跳跃追逐着船艄，就好像它们想要嘲笑航行缓慢的船只似的：我们在这儿！你在哪儿呢？你能追得上我们吗？

　　艾琳指着海豚们在四周转圈的地方：就在那儿有一个完完全全绿色的地方。她以前沿途也看见过这样的地方——为什么一部分海水会变成斑块状的绿色？是否有某艘船在海上这样的地方排出了绿色？罗伯特思索后回答：也许是上帝有意让这部分海水变成绿色。也许是他用这种颜色来做某些海面的试样。然后他改了主意，并将所有水面都弄成了蓝色。之后他把这些绿色的海面扔到了这儿的洋面，这样它们还能有些用处。

在海上总有某些可看的东西。罗伯特并不像其他人那么认为，不认为只存在唯一一种命运、唯一一种环境，他对于日复一日地从甲板上进进出出地看海感到厌倦。在风暴中，大海就像一个起伏不定的风景，那儿波浪是运动着并且是在四周转悠的。在风平浪静的时候，阳光照射下的大海就像一个人们非常想抚摸的、广阔的、镶着金黄色边的蓝色丝绸带。夜里在月光下，大海是宽阔、明亮的道路，在那里天空中的天使可以缓缓地向前走去。陆地上的某个丘陵或某座山始终在同样的地方待着，并且每次人们经过时它们看上去都一样。可是大海看上去永远不会是一成不变的。

在这段旅程刚开始的几个夜里，罗伯特以为他会死在海上。在刮第一次风暴的时候他躺在自己的床铺上，死亡的恐惧将他吓得脑门上尽冒黏糊糊的冷汗。他已经经历过一次他并不喜欢的冒险；要是冒险还会有任何喜悦的话，那它一定不会是要人命的那种。可是他挺过来了，而且很快就为他在第一次风暴中的恐惧感到羞愧。现在他在晚上躺着的时候不会去想夜里是不是会被淹死。

而当他们开始接近这段漫长航程的尾声时，他开始纯粹地喜欢上了大海。很快他就要与大海分离了。听说他们不知哪一天就会见到陆地了。现在每天都会有乘客站在驾驶舱前面去眺望美国，就好像他们以为那个国家是一个小点儿，要是他们不看着点的话，也许会错过。那些带着日历本并且每天在上面打叉的人说，几天后就是仲夏了，也许他们可以赶在仲夏节前抵达美国沿岸呢。

"我们要不要念念英语书？"艾琳问道。

"可以的，只要你愿意就行。"

现在她就像他一样急切地想学英语词汇。他怀疑她不再相信那个神圣的上帝会在她登陆的时候将英语灌注给她，这样她一下子就会全部的英语。而且他还多次告诉她，那个神圣的上帝在第一个降灵日给使徒灌注新语言发生在美洲大陆发现之前的很早的时候，那个时候英语还没有被发明出来。所以谁也无法肯定，是否可以用和希腊语、埃兰语、叙利亚语及科普特语相同的方式来传授，再加上还是在节日，所以使徒们才可以在一天之内学会这样的语言。

现在罗伯特和艾琳已经在语言课本上学到"申请雇用"这一章节了。这是一个很重要的地方。从到美国头一天起，他俩就该自己养活自己了，而要养活自己，就必须谋到一个差事或找到一个活儿。

罗伯特最终决定，他们将用书里第一次拼写的词来发英语的音，他们不去管括弧里面的拼写，那尽让人糊涂并把他们的语言弄得一团糟。

你能告诉我在哪儿能找到工作吗？——Could you tell me where to get work？

你能干什么？——What can you do？

寻找工作者应在这儿回答他是木匠、裁缝、鞋匠、马鞍匠、手纺工、纺织工、泥水匠以及招待员或者从事其他手工行业。可是罗伯特跳过了这一段，他不管马鞍匠英语叫什么，他自己不会做啥马鞍。他只管跟自己有关的唯一一句话：

"我习惯干农场里的活计。"（"I am used to farm work."）

他是干农活的长工。他唯一做过的工作就是农场里的活计，他唯一可以照料的事情就是农庄主派的活计。所以他把这句话反反复复练了多遍。他现在会讲了——他缓慢地重复这些词并试图尽可能照其拼写的那样仔细地发音。

I am used to farm work. 他想到美国后的头一天就用美国人自己的语言，将他会干的活儿以及他适合做的事情像模像样地讲给美国人听，让他们大吃一惊。他想从到美国的第一天起就有面子。

在尤德尔教区，他们的家乡，艾琳只当过看孩子的女佣，而现在她已经满16岁了，所以到美国后她想找一份像一个成年妇女那样的更有价值的事情做。她在这本语言书中看到一个叫作"普通家庭管理"的章节。这个章节讲述在美国的一个女佣整个一天的工作内容，于是罗伯特迫切地建议她在登上陆地前完完整整地学会，这样她也可以有面子。

"我是新的服务女孩。——I am the new servant girl. 您必须早上6点起床。——You must get up at six o'clock in the morning. 你得生火并将水烧开。——Make fire and put water to boil. 拿扫帚打扫餐厅。——Get the broom and sweep the dinning room. 收拾餐桌。——Clear off the table. 饭前请洗手。——Wash your hands before you handle the food."

因为艾琳已经学到这个地方了，她看了看自己的手，它们是那么干净洁白且散发着肥皂水香味：她大清早刚刚洗过手。

"在美国他们显然以为新的女佣手上一直是脏兮兮的。"她说道。

"美国人对所有的肮脏都很讨厌。"罗伯特回答，"在新世界里所有东西都比旧世界要干净些，所以你非常适合在那儿工作。"

"在美国女佣早晨6点之后才需要起床,可你相信那会是真的吗?"

罗伯特对于这一点不敢肯定:那样的话她也许很快就会怪他撒谎了。他小心翼翼地答道:

"也许她不是在所有的地方都可以睡这么长时间。但我听说长工可以睡到早晨5点。"

在艾琳当看管孩子的女佣时,她总是在早晨4点或4点半时就被家庭主妇叫醒了。她喜欢躺得久一些,所以现在她对罗伯特的回答感到有点儿失望。他曾有一次告诉她,说所有女人在美国过得都不错,而这要是真的话,那么在早晨她们应该会比男人睡得更长些。

艾琳和罗伯特紧挨着一起坐着,用自己不习惯的、不怎么听话的舌头试图让自己熟悉一种新的语言,他们认真而不厌其烦地重复着这几句英语句子,并按照英语字母仔仔细细地念着:

"I am used to farm work." "I am the new servant girl."

那两个年轻的移民想通过这两句话让人知道他们是怎样的人,而且他们必须要以一种体面的方式准确无误地说出来。因为这对于他们的未来具有非常重要的意义。

少年和女孩身下的帆船甲板缓缓地摇晃着,大海动荡的世界围绕着他们,相同而永恒的浪头把他们托起并且承载着他们走向一个新的世界,他们必须在那里适应生活。

2

卡尔斯港的"夏洛特号"帆船正朝向仲夏航行。

船艏的鹰继续朝西看着,它的眼睛依然被大海的浪花冲刷得乌亮。而那两根来自船只家乡的森林里的高大的柚木桅杆，微微地弯曲着朝向波谷滑行，马上又一次从波浪的巢穴里升起来。它们就这样卑躬屈膝地背负着船帆越过这个大海，可是它们又一次自豪而又顽强地满帆矗立起来。它们在猛烈的风的冲击下弯曲了，它们被大暴雨压得低下了头，可是永远会再次站起来。那些看上去用赤手空拳就能掰碎的又窄又薄的木板做成的、如此纤细的柚木尖顶，在世界大洋里抵御住了所有季节的恶劣天气。这是来自遥远的国家的柚木，它们属于与土地和沙地一样坚强的船上的人，它们就像风帆的脊柱——它们与这些人是亲戚，就像这些它们帮着渡过大海的人一样的坚韧而不屈。

很快它们将再一次战胜大西洋。现在"夏洛特号"在航道上每天会遇到其他船只、乘客以及蒸汽铁船，它航行超过其他船只，被舰船赶上或者和其他船只相伴而行。围绕着风帆的海鸟群越聚越多，在海面上，迄今为止汹涌澎湃地拍击船舷的还是没有被人触碰过并且清澈透明的蔚蓝色海水，现在看上去显得浑浊及肮脏，而且在水面上漂浮着各种各样的东西。所有迹象都表明，离陆地不远了。而很快船只就要不在大海里，而是像在一个宽阔的河口那样航行。

太阳高高地挂在天空并用其炎热将甲板笼罩。大白天里生病的乘客被人从中间船舱里搀扶出来，在甲板上整日里躺着，享受着美好的阳光照射。那些深受船病之苦的乘客开始康复：他们觉得这儿照射着他们的太阳要比在家乡的太阳更热一些。现在已是夏季最热的时候——仲夏的天气。

自从那次风暴之夜发生严重出血后，克里斯蒂娜身体开始缓慢地康复。可是迄今她仍没有力气站起身来。每天有太阳的时候，卡尔·奥斯卡会将她从昏暗、令人窒息的船舱里背到甲板上，她日复一日地感到力气回到了自己身上。可是她现在对于自己这样没用感到很受折磨。有这么多事情要管，可她现在一点儿忙都帮不上：这些事情等上岸后应该会走上正轨的。

乘客们的大扫除和登陆的准备工作已经开始进行了。中间船舱里人们又洗又擦，又是用水冲刷，又是漂洗，然后晒干。各式各样的衣服，休闲服、内衣、睡衣要洗干净、缝补好，弄得整整齐齐的。这些都不是男人干的活儿，可是卡尔·奥斯卡必须承担起来，成了他额外的工作。太多东西在这次漫长的航行过程中毁掉、磨损、破损、被呕吐物弄脏并且发霉。床垫和枕头以及许多个人衣物都破了，只有将其扔到海里。而几乎所有东西都变得臭不可闻，就像他们现在已经居住了两个多月的这个船舱一样。他进行了整理并且扔了许多，这些东西堆成了山高：

这艘船上需要有一个收破烂的！他可以做一笔很好的买卖！

现在他得像其他乘客一样把自己的垃圾山都扔到海里去。于是他猜想，要是每个新来者都像他那样沉下一样多的垃圾的话，这些垃圾渐渐会在美国沿岸海底聚集成一座垃圾山。

克里斯蒂娜觉得他清理并处理掉了太多的东西：在这堆高高的衣服堆里有一部分衣服也许可以清洗和修补的，这样还能再用。可是卡尔·奥斯卡觉得在船上甩掉这些发臭的垃圾是一种解脱：他就是不想见到这些闻起来令人作呕并且勾起风暴对人的折磨还有人们对船病的嫌恶记忆的旧衣服。他想摆脱这些见证这趟航程的麻烦的东西。看到这些东西只会让他们到陆地后感到痛苦，而这时他们正要开始一种新的生活。

"我也不想让美国人嘲笑咱们。"他说，"要是他们看见这些垃圾的话，会琢磨我们会是什么样的人种。"

卡尔·奥斯卡自认对于在那里所有的追求都没有得到好的回报的祖国没有任何亏欠，可是他不愿意让瑞典在美国那儿让人嘲笑：他要显示瑞典是一个怎样的国家，它的农民是一个干净而正直的人，从那儿来的人是有教养且是干干净净的，尽管在他们的旅行箱里没有什么值钱的东西。对于他来讲，他非常想在进入新世界大门的时候，衣着得体并且举止显得明智且有绅士风度。

随着旧衣服和垃圾沉入海底，他与旧东西做了了断，现在要开启新的征程。

他们所携带的床上用品，卡尔·奥斯卡除了被子没有保留别的东西：那是他们结婚用的蓝色被子，是克里斯蒂娜亲手缝的。被子已经被呕吐物弄得斑斑点点的，而且上面还开着许多大口子。克里斯蒂娜把被子全部拿到太阳光底下，看到她带来的被子惨不忍睹的模样时忍不住落下了眼泪。可是她也许可以等他们上岸后她恢复健康和精力了再洗一下，把那些恶心的斑点去掉，再把洞给补上。新娘被子是她的最爱，它比他们从家乡带来的其他财宝都要珍贵。这是属于她在瑞典安家的东西，她用它来铺了婚床。卡尔·奥斯卡和她婚后用这床被子盖了整整6年。她现在希望他们还能用这个被子再盖上几年。这床婚被要是不能安在美国新家里的话，他们永远也不会感到幸福。

卡尔·奥斯卡在登陆的准备工作中对于女人的活计

显得如此熟练和灵巧，让克里斯蒂娜感到十分惊讶。看上去只要他愿意，几乎想干什么就能干什么。看上去他又恢复了自己的老脾气，并且一天天变得越来越生机勃勃。仲夏很快就要到了，他自言自语，那时候人们就得有点节日气氛。

离陆地越来越接近，卡尔·奥斯卡活得越来越像他自己。

3

一天早晨，罗伯特在自己床铺上被阿尔维德叫醒了，他非常兴奋地站在那儿推着他的肩膀：

"他们看见美国了！"

还没有完全醒过来的罗伯特套上自己的裤子，通过大舱口，走到甲板上，这时候他还在系裤子。甲板上已经有许多人聚集在那儿，几乎清一色的男人，但还可见到几个起早的女人。他们所有人都静静地站着，庄严地等待着：他们看到了北美。

迄今为止眼睛还没有太多要发现的。他们正朝着一条像是大海湾的宽阔河流的入口航行着。天刚蒙蒙亮，而远方的陆地还笼罩在迷雾中：美国这个早晨还在沉睡，还没有扯下笼罩它的黑夜的被子。陆地正从船只的正前方和两侧浮现，但是在晨雾的笼罩下在船上即将靠岸的乘客看来仅仅若隐若现，有的地方裸露了，而另一些地方则遮掩着。迄今为止任何人都还无法看清这个国家是肥沃还是贫瘠，是富裕还是贫穷，是美丽还是丑陋。可是他们已经抵达了美国沿岸——而这对于他们的认知就已经足够了。

现在在这个漫长的路程的最后一段、在进入哈德逊河的航行非常顺利,刮着顺风,船帆在风的吹拂下犹如撑开的裙子一样。河道上满是各种各样的船只,大帆船、单桅杆小帆船、蒸汽船,各种不同大小的舰船。"夏洛特号"双桅帆船已经孤零零地在大西洋上航行了很久,现在它有了大量结伴而行的船只。

这个国家笼罩的晨雾渐渐地消散了。裸露的沿岸缓缓地升起,它们是高高的、像堡垒一般的堤岸。而且很快展现在他们眼前的是一个已经有人居住的地方,它们就像一个庞大的海角一般直直地冲着他们的船只。渐渐地,迷雾散去,露出大量成群的屋顶,那里矗立着成排的房子,而在房顶之上则矗立着与家乡一模一样的教堂的塔及尖顶。跟前是一座他们迄今为止从未见过的大得多的城市。当白天阳光普照的时候他们看见了自己梦寐以求的港口:纽约港。

罗伯特和阿尔维德站在驾驶舱里,在一个晃荡的船甲板上纹丝不动地站着。在他们身旁站着大副,那个参与全部"夏洛特号"船到北美之旅的芬兰人。他说,在他们面前的那块陆地只是一个大岛。它刚开始叫马纳-哈塔,是印第安语,他听说这是印第安人最喜爱的神祇的名字。他在这个美丽的马纳-哈塔岛屿居住了数千年,直到有一次因为发洪灾,他不得不从那儿迁移。现在那里绝大部分都住着人,可是他在船停靠在码头的时候从来没有去过任何一所教堂,所以他不能确定现在住在马纳-哈塔岛上的究竟是哪个神祇。

"夏洛特号"驶向一个有堤防及船坞的沿岸。可是在那边上边还矗立着一个巨大的黄灰色的、建有非常大的圆塔的建筑。罗伯特很想知道那会是什么东西。

"那个城堡叫作加尔顿城堡。"

罗伯特不知道,他以前从来没有听说过这个词,可是他不想问。阿尔维德替他问了。

"一座城堡跟一个要塞几乎是一样的。"芬兰人答道。

罗伯特看着他并合上了眼睛;那个黄灰色的、建有巨大的圆塔的房子是一座监狱。那些被判入狱多年的人会被关进要塞。也就是说,在这座被称作加尔顿城堡的房子里面居住的是囚犯。而他没有设想过他到美国看到的第一栋房子,是一个监狱,一个人们被剥夺了自由后关禁闭的地方。于是他说,他几乎没有想到,在几乎所有丑恶及犯罪的人都被消灭的北美合众国会有任何监狱。

可是大副解释道:加尔顿城堡已不再是要塞了。那儿既没有士兵也没有囚犯,而有一个非常棒的酒店。他曾经去过那儿。那儿的饭菜非常好,还有赠送的好啤酒。他曾经光顾过许多次,每次都能吃得酒足饭饱。每星期天都会有大量客人光顾这家酒店,成排成排的人在那儿坐着吃喝。加尔顿酒店是一家好得很的酒店,而且是一个非常自由的地方,那是一人拔刀而许多人会看热闹的地方。

这正是罗伯特所想象过的那样:在美国的要塞跟在瑞典关押囚犯的要塞不一样,那是有许多客人的好酒店,人们在那儿可以自由自在地寻欢作乐。美国当局肯定是一个对人友善的政府。

4

没过多久,"夏洛特号"的所有乘客都聚集到了甲板上。那些自己用气力爬不上去的人被背着上去了：现在他们见到美国了，所有人都想看到。他们看到了房子、教堂、堤防、船坞、街道和道路、人群和车辆。可是乘客们的眼睛里缺了某种东西——他们搜寻着某种更多的东西，某种美国沿岸迄今还没有显现的东西，于是最终在不远的地方他们发现了那个地方：晨雾笼罩褪去之后的那个圆塔建筑背后裸露出一个小树林，一群巨大的枝繁叶茂的树木、一块长满绿草的草坪。迄今为止他们仅仅看到灰暗的沿岸，眼前这片绿色让他们眼前一亮。那儿长着灌木和树木、叶子和绿色的树枝以及各种花花草草：那儿终于有一片绿色的土地了。

这次漫长的航行让乘客们经历了各种风暴、磨难、疾病和麻烦，在船上的封闭严重耗损了乘客们的生活勇气及情绪。船病及船上的发烧降低了他们的活力并且减少了他们的生活乐趣，船上单调的生活让他们感到压抑，许多人变得对自己的生活和命运无动于衷。可是现在展现在他们眼前的这一幕：一片生机勃勃的土地离他们已经很近了。他们成功跨越了大海，陆地再次进入他们的眼帘。

这些拥挤着站在甲板上的人就像漫长的冬天里在牛棚拥挤的牛栏里捆绑着的一群伸出脖子的牲口，当他们开始嗅到春天和新草及草场气味时奔向大门：他们很快就要被放出去了，圈养的日子很快就要到头了。而在此刻他们获取了一种新的乐趣，以及一种新的精神。他们重新有了活力，像是获得了新生，好像有一种新的灵魂吹进他们的胸膛。那些晕船的人知道，他们将得到康复，那些懈怠者变得又有了精神头，新的活力注入那些筋疲力尽的身体里、注入那些无所事事者身上，使其创业激情得以回归，这股新的活力让懦弱者变得无所畏惧。他们思想中无动于衷的氛围，犹如清晨的迷雾被白昼从陆地上驱散一般，变得烟消云散。

这是对于陆地的陶醉攫住了"夏洛特号"的乘客们。海上的航行生活让他们从身体到灵魂都懈怠了。可是对于陆地的陶醉开始让那些力量回归。他们又见到了那绿色的土地。作为寻找新家的人们，他们从陆地开始启航，又返回陆地。于是他们感到生活又回归了。

5

那艘瑞典小船停靠到了船坞。连接码头的木板已经扔出去了，于是乘客们开始上岸。这是新国家迎接他们的一个实在炎热的夏日。

来自科尔帕默恩的家庭已经聚集在一起并且做好准备，等待轮到他们下船。卡尔·奥斯卡一手抱着自己最小的儿子，另一只手搀着自己的妻子。克里斯蒂娜想自己走着登岸。许多乘客很久以来第一次到甲板上待这么长时间，他们中许多人非常虚弱，以至于必须被背着到岸上。但是克里斯蒂娜说：她不愿意被人说，说她都没有力气用自己的腿登上美国的土地。要是她被背着上岸的话，这不会是某种幸运的迹象。可是她的腿和其他身体部位都非常软弱无力，所以她沉沉地靠在卡尔·奥斯卡的肩上。罗伯特每只手牵着一个孩子，正照管着约翰和小麦尔塔，今天小家伙们还没有睡醒并在高声喧闹：他们今天早晨很早就被弄醒，现在他们被一切喧闹以及登岸时拥挤的人群弄得不知所措。小哈拉尔德不愿意被父亲用手臂抱着，他也想下来用自己的腿走路。他还很小,还不知道害怕。

孩子们都脸色苍白且很瘦,他们的四肢都松松垮垮的,可是到了陆地吃到新鲜食物后他们很快就会好起来。第四个孩子还藏在母亲肚子的保护下浑然不觉:这个尚未出生的生命将成为"夏洛特号"乘客中第一个北美共和国的公民。

4月初一个灰色又寒冷的早晨,16个从尤德尔教区出发并在奥克比村聚集的乘客,有15个跨进了另一个世界的门槛。少了一个人。78个从乘船处上船的人中有70个抵达了目的地。还有8个乘客被"夏洛特号"扔进了大西洋。

可是卡尔·奥斯卡·尼尔松把自己人全都聚集到了一起,他很健壮并且自我感觉良好,他对所有人都能全须全尾地渡过大海而心满意足。

现在他不再担心陆地上的行程,因为脚下的一切都是那么稳固。上岸前他仔细擦了擦自己那双在离开家乡前最后一个晚上才拿到的高级皮靴。他用一大块猪油抹在牛皮上,这样靴子会变得锃光瓦亮。这双靴子是用最好的、带有纹路的、坚固的、用橡树皮打磨的牛皮制成的。这双靴子非常合脚并且是在家乡制作的。有了这双靴子他感觉自己很有安全感:美国的路也许不好走,但是脚上有了这双鞋他应该都能无往而不至。

要不然的话他和他的随行人员的服饰也太差了。当他们的船最终抵达的时候,他们看上去被折磨得脸上神情萎靡、浑身上下衣衫褴褛的。他们中大部分人要穿着他们在整个航行期间穿着的休闲服装,而非人们在节日期间穿的像样的衣服。无论男人还是女人都像落了形的母鸡一般。而当他们拿出自己带来的宝贝,自己的盒子、箱子、篮子、小饰物并将这一切都堆放在甲板上时，这艘船变成了一个巨大的鞑靼人的货船。在去港口城市的时候，尤纳斯·彼得曾将来自尤德尔地区的同行人员比作鞑靼人。在登岸的时候，船上几乎所有人都像鞑靼人一样，而且比他们刚开始这趟行程前更像了。

可是无论他们看上去有多么悲惨、多么虚弱，无论他们看上去是多么贫穷可怜，北美还是接纳了他们。

现在轮到他们登岸了。船码头要高些，而他们的小船甲板则低一些——连接船码头的跳板于是变得有点陡峭。可是克里斯蒂娜用尽力气自己走到了岸上。卡尔·奥斯卡几乎不用支撑她。而小哈拉尔德最后从他的手臂上挣脱下来走上跳板。他在最后一段跑了起来——科尔帕默恩最小的家庭成员也用自己的腿走进了美国。

而就在踏上坚实的陆地后，卡尔·奥斯卡停下了脚步：一阵晕眩向他袭来。他被眩晕攫住了。他脚下的地面就像船只的甲板一样颠簸起来。他脑袋一阵发晕，脚下一阵趔趄。在海上没有一次出现过这种眩晕。直到他又站回陆地，这种眩晕感才出现，于是他的脚开始变得不稳起来。他无法理解：也许他已经不适应在陆地上行走了，也许他得用整个一生来重新适应在陆地上行走。可是在这个他刚刚进入的、新的、陌生的国家里，他非常清楚他不得不尽可能地站稳脚跟。

1850年的仲夏夜晚，从载货港卡尔斯港出发的"夏洛特号"双桅帆船，在历经10个星期的不停航行后抵达了纽约港。移民们踏上美国土地的第一步，就是这种缺乏安全、立足不稳及踌躇感。

《大移民》是计划中的四部长篇小说的第一部。

维尔海姆·莫贝里
1949 年 8 月于美国蒙特雷

"北欧文学译丛"已出版书目

（按出版顺序依次列出）

［挪威］《神秘》（克努特·汉姆生 著 石琴娥 译）

［丹麦］《慢性天真》（克劳斯·里夫比耶 著 王宇辰 于琦 译）

［瑞典］《屋顶上星光闪烁》（乔安娜·瑟戴尔 著 王梦达 译）

［丹麦］《关于同一个男人简单生活的想象》（海勒·海勒 著 郗旌辰 译）

［冰岛］《夜逝之时》（弗丽达·奥·西古尔达多蒂尔 著 张欣彧 译）

［丹麦］《短工》（汉斯·基尔克 著 周永铭 译）

［挪威］《在我焚毁之前》（高乌特·海伊沃尔 著 邹雯燕 译）

［丹麦］《童年的街道》（图凡·狄特莱夫森 著 周一云 译）

［挪威］《冰宫》（塔尔耶·韦索斯 著 张莹冰 译）

［丹麦］《国王之败》（约翰纳斯·威尔海姆·延森 著 京不特 译）

［瑞典］《把孩子抱回家》（希拉·瑙曼 著 徐昕 译）

［瑞典］《独自绽放》（奥萨·林德堡 著 王梦达 译）

［芬兰］《最后的旅程：芬兰短篇小说选集》（阿历克西斯·基维 明娜·康特 等著 余志远 译）

［丹麦］《第七带》（斯文·欧·麦森 著 郄旌辰 译）

［挪威］《神之子》（拉斯·彼得·斯维恩 著 邹雯燕 译）

［芬兰］《牧师的女儿》（尤哈尼·阿霍 著 倪晓京 译）

［瑞典］《幸运派尔的旅行》（奥古斯特·斯特林堡 著 张可 译）

［芬兰］《四道口》（汤米·基诺宁 著 李颖 王紫轩 覃芝榕 译）

［瑞典］《荨麻开花》（哈里·马丁松 著 斯文 石琴娥 译）

［丹麦］《露卡》（耶斯·克里斯汀·格鲁达尔 著 任智群 译）

［瑞典］《在遥远的礁岛链上》（奥古斯特·斯特林堡 著 王晔 译）

［挪威］《珍妮的春天》（西格里德·温塞特 著 张莹冰 译）

［瑞典］《萤火虫的爱情》（伊瓦尔·洛-约翰松 著 石琴娥 译）

［瑞典］《严肃的游戏》（雅尔玛尔·瑟德尔贝里 著 王晔 译）

［芬兰］《狼新娘》（艾诺·卡拉斯 著 倪晓京 冷聿涵 译）

［挪威］《天堂》（拉格纳·霍夫兰德 著 罗定蓉 译）

[芬兰]《他们不知道做什么》(尤西·瓦尔托宁 著 倪晓京 译)

[丹麦]《无人之境》(谢诗婷·索鲁普 著 思麦 译)

[挪威]《柳迪娅·厄内曼的孤独生活》(鲁南·克里斯蒂安森 著 李菁菁 译)

[瑞典]《大移民》(维尔海姆·莫贝里 著 王康 译)

图书在版编目（CIP）数据

大移民 /（瑞典）维尔海姆·莫贝里著；王康译.
北京：中国国际广播出版社，2024.8 --（北欧文学译丛）. -- ISBN 978-7-5078-5581-4

I. I532.45
中国国家版本馆CIP数据核字第2024PP3331号

Simplified Chinese Translation Copyright©2024 by China International Radio Press Co., Ltd.
All rights reserved

大移民

总策划	张宇清　田利平
策　划	张娟平　凭　林
著　者	［瑞典］维尔海姆·莫贝里
译　者	王　康
责任编辑	笈学婧
校　对	张　娜
封面设计	赵冰波

出版发行	中国国际广播出版社有限公司［010-89508207（传真）］
社　址	北京市丰台区榴乡路88号石榴中心2号楼1701 邮编：100079
印　刷	北京启航东方印刷有限公司

开　本	880×1230　1/32
字　数	370千字
印　张	16.5
版　次	2024年8月 北京第一版
印　次	2024年8月 第一次印刷
定　价	68.00元

版权所有　盗版必究